Uma Biografia de Fernando Pessoa:
Labirinto dos heterónimos

Nao Sawada

フェルナンド・ペソア伝
異名者たちの迷路

澤田 直

集 英 社

なにものかであることは牢獄だ
自分であることは　存在しないこと
逃げながら　わたしは生きるだろう
より生き生きと　ほんとうに

——フェルナンド・ペソア

フェルナンド・ペソア伝　異名者たちの迷路　目次

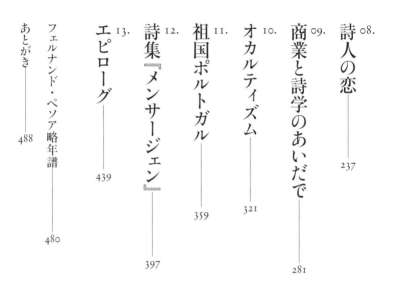

＊本書におけるペソアおよびその他のテクストの翻訳は特に断りのないものについては拙訳による。ペソアの著書および主要な参考文献に関しては、以下の略号を用いて記す。

BNP: Biblioteca Nacional de Portugal. ポルトガル国立図書館、その Espólio（収蔵品）

Cartas: Mário de Sá-Carneiro, *Obras completas de Mário de Sá-Carneiro, Cartas a Fernando Pessoa,* Lisboa, Ática, 1978, 1979, 2 vols.

CDA: *Cartas de Amor de Fernando Pessoa e Ofélia Queiroz,* Lisboa, Assírio & Alvim, 2012.

CFPDP: *Cartas entre Fernando Pessoa e os Directores da Presença,* ed. Enrico Martines, Lisboa, Imprensa Nacional-Casa da Moeda, 1998.

Cor: *Correspondência,* ed. Manuela Parreira da Silva, Lisboa, Assírio & Alvim, 1999, 2 vols.

EA: *Escritos Autobiográficos, automáticos e de reflexão pessoal,* Lisboa, Assírio & Alvim, 2003.

ECFP: *Edição Crítica de Fernando Pessoa,* Lisboa, Imprensa Nacional-Casa da Moeda, 1990-, 12 vols.（批評校訂版全集）

ESUA: *Eu sou uma antologia, 136 autores fictícios,* ed. Jerónimo Pizarro e Patricio Ferrari, Lisboa, Tinta da China, 2013.

Fotobiografias: *Fotobiografias século XX, Fernando Pessoa,* direção de Joaquim Vieira, texto de Richard Zenith, Lisboa, Temas e Debates e Autor, 2008.

H: *Heróstrato e A Busca da Imortalidade,* ed. Richard Zenith, Lisboa, Assírio & Alvim, 2000.

L: *Lisboa, What the Tourist Should See, O que o turista deve ver,* Lisboa, Livros Horisonte, 1992, 2ª ed. 1997.

LDD: *Livro do Desassossego,* ed. Richard Zenith, Lisboa, Assírio & Alvim, 1998.

LP: *A Língua Portuguesa,* ed. Luísa Medeiros, Lisboa, Assírio & Alvim, 1997.

OC: *Obras Completas de Fernando Pessoa,* Lisboa, Ática, Colecção «Poesia», 1942-1974, Imp. 1987, 11 vols.（詩全集）

OPP: *Obra Poética e em Prosa;* introduções, organização, biobibliografia e notas de António Quadros e Dalila Pereira da Costa, Porto, Lello & Irmão, 1986, 3 vols.

SP: *Sobre Portugal: introdução ao problema nacional,* ed. Joel Serrão, Lisboa, Ática, 1978.

SQI: *Sebastianismo e Quinto Império,* Lisboa, Ática, 2011.

UQA: José Paulo Cavalcanti Filho, *Fernando Pessoa: uma quase autobiografia,* Porto, Porto Editora, 2012.

『詩集』:『ペソア詩集』澤田直訳編、思潮社、二〇〇八年、一部を改変

『不穏の書』:『新編 不穏の書、断章』澤田直訳、平凡社、二〇一三年

『不安の書』:『不安の書【増補版】』高橋都彦訳、彩流社、二〇一九年

『リスボン』:『ペソアと歩くリスボン』近藤紀子訳、彩流社、一九九九年

フェルナンド・ペソア伝

異名者たちの迷路

01. プロローグ

ぼくらのなかには　無数のものが生きている
自分が思い　感じるとき　ぼくにはわからない
感じ　思っているのが誰なのか
自分とは　感覚や思念の
劇場にすぎない

ひとつではなく　いくつもの魂をぼくはもっている
ぼくではない　たくさんの自分がいる
けれども　彼らとは無関係に
ぼくは存在する
彼らを黙らせ　ぼくが語る[*1]

これは二十世紀ポルトガルの詩人、フェルナンド・ペソアが、〈異名者《いめいしゃ》〉リカルド・レイスの名前で発表した詩の一部だ。ぼくは最初にこの詩を読んだときに、胸のうちにあった毛糸玉の塊がほぐされるような心地がした。自分が感じていながらうまく言語化できなかった感情や思い。それを詩人や作家が思いも寄らぬ形で表現する。そうした文章に出会って、長年のわだかまりが氷解することは誰しも経験するだろう。ぼくにとってはこの詩がまさにそれであり、以来、名前すら聞いたことがなかったフェルナンド・ペソアという詩人がぼくのなかに巣くうようになった。

　大切な作品や作者との出会いは、たいてい偶然によるものだ。だが、偶然ほど重要で必然的なものはない。ぼくの場合、それは留学中のパリの書店でたまたま手にした『複数詩人　フェルナンド・ペソア』というフランス語の本だった。[*2] 一九八〇年代半ばのことだ。その本は詩人の没後五十年を記念してポンピドゥー・センターが作ったカタログのような冊子だったが、偽名とも筆名《ペンネーム》とも違う、〈異名〉というコンセプトにまずは惹かれ、わけのわからぬまま、複数の異名者による詩を読むなかで、この詩にがつんとやられたのだった。

　だが、もう少し筋道を立てて語らないとわかりにくいだろう。とつぜん、〈異名者〉などと言われても戸惑うにちがいない。かいつまんで言えば、こういうことだ。

　古来、ペンネームで作品を書いた詩人や作家は少なくないが、ペソアの独特な点は、自分とは異なる人格、外見、来歴、文体を持った別人格の作家、すなわち彼自身が〈異名者〉と呼ぶ存在を作り上げたことにある。研究者によれば百は下らないという彼の創造した異名者のうち、主なものはアルベルト・カエイロ、リカルド・レイス、アルヴァロ・デ・カンポスの三人だが、生前にはこれらの異名者たちがペソアの創造によるものだということを知らない読者もいたほど、まったく異なる作風の作品を書く詩人たちだ。[*3]

一八八八年リスボンに生まれたペソアは、一九一五年に親友のマリオ・デ・サ＝カルネイロとともに雑誌『オルフェウ』を発刊、本名だけでなく、アルヴァロ・デ・カンポスの名前で未来派的な詩を発表し、新しい文学潮流の旗手と見なされるようになった。雑誌は、サ＝カルネイロの自殺によって二号で廃刊となったが、『オルフェウ』はポルトガルのモダニズムの第一世代の拠点となり、ペソアはその後も別の雑誌を拠点として、本名での作品と並行して、古典的な詩を発表するリカルド・レイスや、自然詩人アルベルト・カエイロの名義で、いまだ旧弊であったポルトガル文学を刷新する詩を次々と発表していく。こうして、ペソアの詩に魅了された次世代の若者たちが彼を師として慕うようになり、モダニズムの第二世代を形成した。とはいえ、世間的にはほとんど無名で、商業翻訳で生計を立てる日々を送った。一九二〇年以降は重い神経症に悩みながら、生き延びるために最低限必要なだけ働き、残りの時間をひたすら執筆とアルコールの摂取に注いだ結果、ペソアは一九三五年に肝機能障害のため、四十七歳で亡くなる。生前に発表された詩はおよそ三百篇、散文は百三十篇、詩集としては、英語詩集三冊を除けば、実名による詩集『メンサージェン』を死の前年に上梓《じょうし》したのみだった。

ペソア、1914年（25歳）
主要な異名者たちが誕生した頃
提供：Casa Fernando Pessoa／協力：ポルトガル大使館

だが、ペソアの死後、公刊されたものの十数倍もの作品が書かれていたことが判明する。自宅に残された衣裳箱のなかに膨大な数の草稿が発見されたからだ。その数およそ二万七千五百点。草稿は国立図書館に入れられ、生前には知られなかった作品が続々と出版された。このように伝説的な存在となったペソアは、ユーロに通貨統合される前のポルトガルで紙幣に肖像が使われているほどの国民的詩人だったのだが、作品を初めて読んだときのぼくには、そのような予備知識はまったくなかった。ただただ一目惚れのように、その多様な作品群に惹かれて、見つかる限りの彼の作品の翻訳（英語、フランス語、スペイン語）を書店で手当たり次第に買い求めた。そして、クリスマスの休暇を利用してパリからリスボンを訪れ、読むこともできないポルトガル語の原書まで買い求めるようになったのだった。

ペソアが創作活動を行った二十世紀初め、ヨーロッパの中心ではプルーストやジョイスといった作家たちが意識の流れをめぐる壮大な物語を紡ぎ出していた。同じ頃、ユーラシア大陸の西端ポルトガルで、ペソアは個の分裂、解体、離散という、二十世紀後半になって脚光を浴びることになる現象に直面して、他者＝多者となるという稀有《けう》の試みを創作の基盤に置いた。筆名や偽名とは一線を画す〈異名〉というトポスを案出することによって、文学における主体の問題や、作者の問題をまったく新たな視点から照射したペソアが世界的に注目されることになったのは、生誕から百年がたとうとしていた一九八〇年代のことだった。いわば時代がペソアに追いついたのだ。「わたし」という存在が確固としたものではなく、むしろゆらぎがあり、複数の束からなっていることは、多くの人が日常生活の端々で感じることだ。十年前のわたしがいまのわたしとかなり違うばかりでなく、恋人と一緒のわたしと、仕事のときのわたしは、別人とまではいかなくても、接点はそう多くない。わたしの性格が陽気か陰気かではなく、陽気なわたしもいれば、陰気なわたしもいる。状況によって、誠実なわたしもいれば、狡猾《こうかつ》なわたしもいる。それなのに永遠不変な「自我」などを考えるのは無理がある。これは平野啓一郎が提案した、「個人」に代わる「分人」という概念に通じる話だ。もちろん、生まれたときから死ぬときまでの「わたし」を貫く何かはあるだろう。たとえば、そのひとつが自分の名前だ。ひとは別の自分になろうとするとき、しばしば名前を変えることから始める。このように、ペソアの〈異名〉の問題は、二十一世紀になって、誰もが身近に感じるようになった多様なアイデンティティの問題と関係がある。

言語学者のロマン・ヤコブソンは「フェルナンド・ペソアの名前は、ストラヴィンスキー、ピカソ、ジョイス、ブラック、フレーブニコフ、ル・コルビュジエといった一八八〇年代に生まれた偉大な世界的芸術家たちのリストのなかに入れられるべきである。こうした芸術家たちの特徴はすべてこのポルトガルの詩人に凝縮されて見出される」[*4]と述べた。じっさい、ペソアのうちには西洋近代が素朴に信じてきた個人のアイデンティティから脱出するためのあらゆる要素が認められる。今度は、本人名義で書かれた晩年の詩を引いてみよう。

詩人はふりをするものだ
そのふりは完璧すぎて
ほんとうに感じている
苦痛のふりまでしてしまう

書かれたものを読むひとが
読まれた苦痛のなかに感じるのは
詩人のふたつの苦痛ではなく
自分たちの感じない苦痛にすぎない

こんなふうに　軌道のうえを
理性を楽しませるためにまわっている
そのちいさなぜんまいの列車
それが心と呼ばれる[*5]

（「自己心理記述」）

だが、ペソアがある時期からきわめて幅広い読者層を獲得することになったのは、〈異名〉という前代未聞の装置のためだけではない。それ以上に、彼の片言隻語《へんげんせきご》がアフォリズムのように魔術的な力を持っていて、読む者のうちに響いてくるからだ。

もうずいぶんまえから、私は私ではない。[*6]

（『不穏の書』）

ただ夢だけが永遠で美しい。それなのに、なぜあいもかわらず語りつづけているのでしょう。[*7]

（「船乗り」）

ペソアの残した言葉を書き写すのは、なんだか少しだけペソアその人になったようで心地よい経験だ。「引用」は現代の文学の重要な要素のひとつだが、それは共振力が強力に発揮される磁場でもある。つまり、書くことと読むことが交わる場所であり、作者と読者が錯綜する地点なのだ。文学の根底には、自分とは違う存在になりたいという欲望が横たわっているのではないか。小説を読むとき、自分ではとうていなしえない冒険やロマンスに身を任せ、ぼくらは一時的に別人になる快感にひたる。「何という恍惚でしょう、書くということは！　もはや自分でなくなり、語られているあらゆる被造物のなかを経巡《へめぐ》るのです」[*8]と言ったのは、フランス十九世紀の作家フローベールだ。他人の文章を引用することもまた、なにがしかその人に変身することだと言えよう。

ペソアほど引用を誘発する二十世紀の詩人は稀《まれ》だ。ペソアの言葉には太古の響きが近代の意匠をまとって立ちのぼるようなところがあり、この共振力によって、多くの作家、映画監督、音楽家、造形作家、ダンサーなどがペソアに引き込まれていった。イタリアの作家アントニオ・タブッキはペソアの多くの作品を翻訳しただけでなく、ペソアをふんだんに引用した小説『インド夜想曲』(一九八四)を書き、さらにはペソアが登場する『レクイエム』(一九九一)をポルトガル語で書いてしまうほど、この詩人にのめりこんだ。[*9] また、ポルトガルのノーベル賞作家ジョゼ・サラマーゴは、ペソアの異名者たちが登場する『リカルド・レイスの死の年』(一九八四)を書いている。[*10] この磁場の及ぶのは文学だけではない。映画監督ヴィム・ヴェンダースに『リスボン物語』(一九九四)を撮らせ、振り付け師カロリン・カールソンに、ペソアを主人公にしたダンス「ドント・ルック・バック(過去を見るな)」を作らせたのも、ペソアの断章群が持つ、恐ろしいまでの共振力ではなかっただろうか。

人生は意図せずに始められてしまった実験旅行である。[*11]

あらゆる詩はいつも翌日に書かれる。[*12]

私は韻など気にしない。
隣りあった二本の樹が同じであることは稀だ。[*13]

なんでもよい、ペソアの本を手にとって、目に飛び込んでくる断片を繰り返し読んでいるうちに、それはいつのまにかペソアの言葉でありながら、読んでいるわたしの言葉に(も)なってしまうのだ。

「私は神話の創造者になりたい。それこそが人間の仕事として許される最高の神秘だ[*14]」という断章がある。神話《ミュトス》がギリシャ語で、言葉、話、物語を意味することを思い起こせば、ペソアの野心は、引用され、語られることをまさに望んでいたとも言えるし、ぼくらが、このような神話を必要としている時代を生きているようにも思われる。じっさい、彼の残した言葉のひとつひとつが珠玉の断章であり、それを何度も反芻しているうちに、彼が発した言葉なのか、はたまたそれを読んでいる自分の言葉なのか、わからなくなってしまうほどだ。この評伝でもペソアの言葉を数多く引用するので、ぜひそれらを存分に味わっていただきたい。

メキシコの詩人オクタビオ・パスは、その卓抜したペソア論「自分にとっての他人」の冒頭で「詩人にとってその作品以外の伝記はありえない」と述べていた[*15]。この言葉は決定的に正しい。しかし、それでも伝記的事実は、彼の作品と同じくらい重要な意味を持つし、同じくらいぼくらの想像力を刺激しもするから、それを物語風にまとめておいたほうが、彼を知らない読者にもイメージが湧くことだろう。

わたしが死んでから　伝記を書くひとがいても
これほど簡単なことはない
ふたつの日付があるだけ――生まれた日と死んだ日
ふたつに挟まれた日々や出来事はすべてわたしのものだ[*16]

これは異名者のひとりアルベルト・カエイロの詩の一節。カエイロは作品以外の実人生は自分だけに属すとして、伝記的アプローチを禁じているようにも見える。だが、その一方で、ペソアは異名者たちの生年月日（さらには誕生の時刻まで）のみならず、その生涯のエピソードまで、さまざまな機会に書き記してもいる。つまり、ここでもペソアならではの矛盾が見られる。伝記は拒まれていると同時に要請されてもいるのだ。

本書では、ほぼ時系列に沿って詩人の生涯を見ていくことにしたい。プルースト以来、作家その人の実人生と、作者の人格とを峻別することは、ほとんど常識となった観があるが、ペソアの場合には、生の問題こそが作品の根幹にあり、「作者とは何か」という、「作者の死」という考えの手前にある根源的な問いをぼくらに突きつけている。彼の生と作品を交差させることによってこそ、その営みの意義がより鮮やかに見えてくるように思われる。ときにはひとつのテーマをよく見るために時間軸を離れもするが、基本的にはペソアという詩人の描いた実存と作品の航跡をクロノロジカルに辿っていくことにしよう。[*17]

＊1 OC IV, 157.『詩集』五二頁
＊2 *Fernando Pessoa, poète pluriel*, Paris, BPI, Centre Georges Pompidou, La Différence, 1985.
＊3 諸説あるが、たとえばESUAでは名前だけのものも含め、百三十六の異名について辞書形式で記述している。
＊4 Roman Jakobson, «Les oxymores dialectiques de Fernando Pessoa», *Questions de poétique*, Paris, Seuil, 1973, p. 463.
＊5 OC I, 237.『詩集』一〇頁
＊6 LDD 157.『不穏の書』一九二頁
＊7 OC VI, 53.『不穏の書』八七頁
＊8 一八五三年十二月二十三日付、ルイーズ・コレ宛て書簡（拙訳による）。Gustave Flaubert, *Correspondance, t. II*, Paris, Gallimard, coll. «La Pléiade», 1980, p. 483.『フローベール全集』第九巻（筑摩書房、一九六八年）二三五頁
＊9『インド夜想曲』（須賀敦子訳、白水社、一九九一年）、『レクイエム』（鈴木昭裕訳、白水社、一九九六年）
＊10 ジョゼ・サラマーゴ『リカルド・レイスの死の年』（岡村多希子訳、彩流社、二〇〇二年）
＊11 LDD 338.『不穏の書』七一頁
＊12 OC II, 275.『不穏の書』二一〇頁
＊13 OC III, 40.『不穏の書』二〇頁
＊14 OPP II, 1023.『不穏の書』六三頁
＊15 Octavio Paz, «Fernando Pessoa: el desconocido de sí mismo», *Los signos en rotación y otros ensayos*, Madrid, Alianza Editorial, 1971.
＊16 OC III, 86.『詩集』四九頁
＊17 ペソアについての評伝はかなりの数に上るが、その嚆矢となったのはペソアに私淑した詩人ジョアン・ガスパール・シモンイスのもの。João Gaspar Simões, *Vida e Obra de Fernando Pessoa: História de Uma Geração*, Lisboa, Bertrand, 1950, 2 vols.

ただし、この本はかなりバイアスのかかったもので、現在では疑問視される部分が少なくない。その後の定評のある伝記としては以下のものがあり、本書の執筆はそれらの研究に多くを負っている。Ángel Crespo, *La vida plural de Fernando Pessoa*, Barcelona, Seix Barral, 1988; Robert Bréchon, *Étrange étranger: une biographie de Fernando Pessoa*, Paris, Christian Bourgois, 1996; UQA; また、本書の執筆がほぼ終わったときに刊行されたリチャード・ゼニスの伝記も事後的に適宜参照した。Richard Zenith, *Pessoa: A Biography*, New York, Liveright Publishing Corporation, 2021.

写真資料を集めた評伝的写真集としては、以下のものが重要である。Maria José de Lancastre, *Fernando Pessoa: uma fotobiografia*, Lisboa, Imprensa Nacional-Casa da Moeda e Centro de Estudos Pessoanos, 1984; *Fotobiografias*.

02.
少年時代

1——死者たちの群がる風景

一八八八年六月十三日、フェルナンド・アントニオ・ノゲイラ・ペソア（Fernando António Nogueira Pessoa 一八八八―一九三五）は、リスボンに生まれた。[*1] 生家はリスボン市の歴史的中心地シアード地区にあるサン＝カルロス広場、四番地の五階（左）のアパルトマン。正面には、六万人近い人々が亡くなったとされる一七五五年にリスボンを襲った大地震で崩壊したテージョ・オペラ・ハウスに代わって、敬虔女王マリア一世治下の一七九三年に建設された新古典とロココの折衷様式のサン＝カルロス劇場がある。現在では、生家の建物には、ペソア生誕の家のプレートがあり、広場の壁には異名者たちを描いた戯画があるだけでなく、ペソアの彫像も建っている。

父ジョアキン・デ・シーブラ・ペソアはそのとき三十八歳、法務省の官僚だったが、そんな肩書きに似つかわしくないほどの音楽好きで、サン＝カルロス劇場に所属する音楽批評家として評論活動に勤しんでいた。オペラ座の目の前に居を構えたのは、そのためかもしれない。父はフランス語とイタリア語を話す知識人だったが、その父、つまりフェルナンドの祖父ジョアキン・アントニオ・デ・アラウジョ・ペソアは将軍、曾祖父ダニエル・ペソア・エ・クーニャは医師だった。さらに遡って六代前のサンショ・ペソア・ダ・クーニャは新キリスト教徒、つまり改宗ユダヤ人で、一七〇六年に異端審問所によって糾弾され、財産を没収されたものの辛くも死罪は免れたという。[2] 一方、祖父ジョアキン・アントニオの母方は、王家とも親しい騎士の家柄のアラウジョ家であり、ペソアは、最晩年の伝記的文章で、自分の血統を遡れば、「騎士階級とユダヤの混血である」[3]と述べている。ただ、そこからすぐさまペソアすなわちユダヤ詩人とするわけにはいかないだろう。というのも、一四九七年の勅令によりポルトガル国王マヌエル一世が領内のすべてのユダヤ人に強制改宗を迫ったため、多くのマラーノ（改宗ユダヤ人）が生まれたポルトガルでは、祖先にユダヤ人がまったくいない者を見つけることのほうが困難だからだ。

父、ジョアキン
提供：Casa Fernando Pessoa／協力：ポルトガル大使館

母のマリア・マダレーナ・ピニェイロ・ノゲイラは夫より一回りほど若く、当時二十六歳。リスボンの西方遥か千五百キロの北大西洋上にあるアソーレス諸島のひとつ、テルセイラ島の出身でフランス語、英語、ドイツ語に堪能だったばかりでなく、ラテン語も読み、詩作もたしなむ教養ある女性だった。それもそのはず、彼女の父ルイス・アントニオ・ノゲイラは、テルセイラ島の名家の出身で、コインブラ大学の法学部で学んだ後、故郷での勤務を経て、最後には本土で大臣官房の中枢にまで上りつめた高級官僚であり、国会議員や有力新聞の主幹も務めた人物だったからだ。[*4]

両親が結婚したのはペソア誕生の前年のことで、家には二人の年老いた召使いジョアナとエミリアのほかに、父の母ディオニジアも同居していた。リスボンの高級住宅街の快適な家で家族に囲まれて過ごした幼年時代の幸福な想い出は、詩人の記憶のうちに生涯とどまることになる。

ペソアの正式名、フェルナンド・アントニオ・ノゲイラ・ペソアの最初の二つが洗礼名、後の二つが姓で、前が母方の姓、最後が父方の姓（両方の姓をつけるのがポルトガルの習慣）だ。誕生日の六月十三日は、リスボンの街の守護聖人である〈パドヴァの聖アントニオ〉の祝日でお祭り日だ。アントニオというと、ブリューゲルやフローベールが題材にした「聖アントニウスの誘惑」を思い起こす人もいるかもしれないが、大アントニウスとも呼ばれるそちらではなく、こちらはアッシジの聖フランチェスコの弟子のパドヴァのアントニオのほうである。失せ物探しの聖人として知られる彼は、十二世紀末にリスボンに生まれたポルトガル人で、本名はフェルナンド・マルティンス・デ・ブリャォンと言い、南フランスやイタリアで布教に励んだ後、三十代半ばの若さでイタリアのパドヴァにて病没した。[*5] つまり、この聖人の本名と修道士名の両方をつけたファーストネームによって、ペソアは二重にリスボンとポルトガルに結びつけられていると言える。

「イワシ祭り」とも呼ばれる聖アントニオ祭は今日でも夏を迎える重要で華やかなお祭りで、にぎやかなパレードが街を練り歩き、イワシを焼く煙がもうもうと立ちこめるなか、音楽に合わせ、人びとは踊る。聖アントニオが縁結びの聖人ということもあって、愛の言葉が囁かれ、プレゼントが交換されたりする晴れの日なのだが、ペソアという内向的な詩人とはなんというコントラストだろうか。

母、マリア・マダレーナ　Ⓒ Alamy／PPS通信社

　ペソアは、六月二ー一日に、殉教者教会で型どおりの洗礼を受けた。後年、詩人はその教会を虚構化して描いている。現実にはリスボンの中心地にあった教会を鄙《ひな》びた村へと想像力のなかで転調するところにペソ

ア一流のアイロニーが見られる。

ああ　故郷の教会の鐘よ
静かな夕暮れどきに嘆くように
鳴りわたる鐘の音が
ぼくの魂のうつろに響く

おまえの鐘の音はなんともゆったりしていて
まるで人生を哀しむかのようだ
最初に撞《つ》かれた鐘の音がすでに
反復の音を響かせる

街をうろつくぼくが通りかかると
すぐ近くで音をたてるが
ぼくにとっては夢のようで
魂の遠くのほうで鳴り響く

鐘の音のひとつひとつが

広い空に振動する
ぼくは過去をより遠くに感じ
郷愁《サウダーデ》をより近くに感じる[*6]

ペソアは早熟で、八ヶ月の赤ん坊のときから、アルファベットに興味を示したと言われる。その一方で空想にふけるような性格でもあったようだ。いずれにせよ、ペソアの芸術全般への志向は、音楽批評を手がけた父と、教養豊かな母、双方の影響があったと想像される。

ペソアが生まれた一八八八年のポルトガルとはどんな世界だったのだろうか。パリやロンドンといった西ヨーロッパの中心ではまさに世紀末の退廃が始まらんとするときであり、ほとんど糜爛《びらん》と紙一重の絢爛《けんらん》な世界が漠然とであれイメージできるかもしれない。それに対して、ピレネー山脈の彼方、イベリア半島の状況はなかなか想像がつかないのではないだろうか。ましてや、その西のはずれに位置する小都市の当時の様相は、ぼくらの想像力を超えている。ここで、当時のリスボンの状況を素描しておこう。[*7]ヨーロッパの最西端に位置するポルトガルが、中心と比べて文化的にも物質的にも遅れを取っていたことは容易に想像がつくだろう。世界の海を股にかけた大航海時代の栄光は遠い過去のものとなっていた。三百年あまりにわたってポルトガル経済を支えてきたブラジルが一八二二年に独立すると、その凋落《ちょうらく》にはさらに拍車がかかった。

一八七〇年から一八九〇年代、ポルトガルは重篤な経済危機に見舞われていた。貧困から逃れるためにブラジルへの移民の数が急増すると同時に、他の欧州諸国の場合と同じく、農村部から都市部へと大量に人びとが流入し、とりわけ首都リスボンと、第二の都市ポルトに人口は集中した。それでいて、揺籃《ようらん》期にあった産業界を保護する措置を政府が取らなかったために、ヨーロッパの先進国との差は日増しに開く一方だった。

それでも、近代化の流れが、ヨーロッパのなかでアテネに次いで最も古い都市と言われるリスボンの街にも押し寄せてくるのがこの時期である。一八五六年には、リスボンとカレガードの間に初めて鉄道が敷設され、その七年後の一八六三年にはマドリードを経て、パリまで鉄道が繋がり、フランス文化が一気に流れ込んでくることになる。鉄道とともに、鉄橋などのインフラも整備されていく。現在もリスボンの風物詩として有名な路面電車がそのよい例だ。リスボンは坂の多い街だが、最初の馬車鉄道路線が鉄道駅サンタ・アポロニャとサントスの間で開通したのが、一八七三年十一月十七日、その後、一九〇一年には電車方式が導入され、その後まもなく既存路線はすべて電化された。

高低差のあるリスボンの街の往来を容易にするため、一八八四年にラヴラ、八五年にグロリア、九二年にはビカにケーブルカーが作られ、世紀の変わった一九〇二年には、リスボンの低地バイシャ地区のサンタ・ジュスタ通りと高地シアード地区のカルモ広場を結ぶエレベーターも建造された。四十五メートルの鉄塔を設計したのはエッフェルの弟子ラウル・メスニエル、初めは蒸気で作動していたが、一九〇七年にはこれも電動となった。こうして、トラムとともに今でもリスボンに比類なき魅力を与えている交通網が整備されたのだった。

当時のリスボンはロンドンやパリのような華やかさこそなかったものの、一国の首都の機能は十分に備えた調和のある街並み、そしてなによりもペソアも愛したテージョ川（スペインを流れる間は、タホ川と呼ばれる）が海のように眼下に横たわる美しい街だった。多くの貧しい労働者や、重労働に喘《あえ》ぐ農民たちが大半だったなかで、ペソア一家はかなり裕福な階層に属しており、フェルナンドは経済的に恵まれた幼年時代を過ごすことになる。

一八九三年一月、弟ジョルジェが誕生し、新しい家族が加わり、喜びに湧くのもつかのま、七月十三日、父ジョアキンが結核で急逝する。享年四十三。早すぎる死だった。[*8] それが幼心に大きな痕跡を残したであろうことは想像に難くない。一家はそそくさと遺産を処分し、住み慣れたサン＝カルロス広場の家を引き払って、父方の祖母や叔母たちとともに、中心から離れたサン＝マルサル街一〇四番地に転居する。これが、生涯にわたって何度

6歳の頃のペソア
提供：Casa Fernando Pessoa／協力：ポルトガル大使館

となく繰り返されることになるペソアの引っ越しの最初のものだった。あたかも一家に死神が取り憑いていたかのように、翌一八九四年一月二日、今度は弟ジョルジェが生後わずか一年で死亡してしまう。最初の異名者であるシュヴァリエ・ド・パス（フランス人）[*9]が現れたのはこの頃のことだと、ペソアは後に回想している。[*10]

私は最初の異名者と思われる人物を今でもよく覚えています。最初の異名者というよりは、実在を欠いた最初の近しい存在とでもいうべきこの人は騎士《シュヴァリエ・ド》パスという男で、六歳の私は彼からの私宛ての手紙を自分で書きました。その姿は今でも薄れることなく、郷愁の果てで私の彼に対する幾ばくかの情愛は残っています。他の人物はもっとぼんやりとしていて、名前も忘れてしまいましたが、やはり外国の名前で、はっきりとは覚えていないのですが、騎士パスのライバル[*11]でした……。

もちろん、こんなことは少し孤独な子どもにはよくあることかもしれない。だが、ペソアは少年時代にそれを強烈に生きただけでなく、生涯にわたって原体験として生き続け、それがはたして幻想なのか現実なのか、しまいにはわからなくなるほどだった。自分の周りに、現実とは別の人びとの住む別の世界を作り上げようとするこの傾向は次第に発展して、大人になった頃には、あたかもほんとうに彼らが存在するかのように交流したと詩人は言う。

私自身とは、あるいは自分がそうだと思っている私とはまったく異なる性格の人物が現れるのです。私はすぐさまごく自然に、まるで友だちのように、名前を発案し、来歴がつけ加えられ、外見——顔つき、背丈、服装、身振り——なども目の前に見えてきます。こんな風に何人もの友人や知人を構想し、それが増殖し、彼らは現実にはけっして存在したことがないのに、三十年たった今でも、私には彼らが感じられ、見え——繰り返して言いますが——聞こえ、感じられ、見えるのです……。そして、彼らが懐かしく、不在が寂しく感じられるのです。[*12]

表面的には平穏だった少年時代ではあったが、物心ついた頃から、ペソア少年は自分のうちにある韜晦《とうかい》や芸術的嘘に対する傾向に自覚的だったという。そして、それは霊的なもの、神秘的なもの、オカルト的なものへの関心とも結びついていた。十九歳頃のペソアがフランス語で書いた幼年期の思い出によれば、七歳にしてすでに神経衰弱の傾向があり、子どもらしからぬ子どもで、一人遊びを好み、読書をし、執筆をしていたという。

彼は孤独な子どもだった。それはあきらかだった。それに加えて、衝動的な激しい怒りと、多くの恐怖が見られた。その性格を要約すれば、知的早熟、時期尚早の強烈な想像力、意地の悪さ、恐怖、孤立の必要。つまり、ミニチュアの神経疾患である。[*13]

このようなペソアの性向には、同居していた父方の祖母ディオニジアの存在も関与していたかもしれない。精神を病んでいた彼女は、発作に見舞われると幼い孫にまで攻撃的になったようで、その恐怖は少年ペソアの心に深く刻まれた。後年、一八九五年五月に祖母は発作を起こした後、精神科病院に二ヶ月間入院している。自分もまた狂気に捕らわれてしまうのではないかという思い、精神の病に取り憑かれるのではないかという恐怖は生涯ペソアにつきまとった。若い頃、英語でこう記している。「私の精神の病のひとつ――そしてそれは表現しがたい恐怖でもある――は狂気に対する恐れで、それ自体がすでに狂気である[*14]」。神経症的なものは十九世紀から二十世紀前半の文学に通奏低音のように響く症候だが、ペソアの場合もまた、意識的にそれを利用していたふしが窺える。いずれにせよ、ペソアはその後も狂気と隣り合わせた生活を送るだけでなく、狂気に関する考察を大量に残すことになる。

2――南アフリカへ

ペソアが最初に書いたとされる詩は、一八九五年七月二十六日のものだ。

ああ　ポルトガルの地

ああ　ぼくの生まれた地
この土地を　ぼくは愛す
でも　もっと　あなたを愛す[*15]

七歳の男の子が書いた「おかあさんへ」と題する簡単な四行詩に将来の詩人の片鱗《へんりん》を見出すのには無理があるだろう。それでも、ポルトガルへの愛を語りつつ、地の果てまでおかあさんについていきますと、きっぱりと言い切る少年の姿は、なんとも託宣的に見えてしまう。

なぜこのような表明が詩の形でなされたかと言えば、それはひとえに家庭状況の変化による。当時、母マリア・マダレーナ・ノゲイラは、前年に知り合ったジョアン・ミゲル・ローザ将軍と交際中であった。二人は近々結婚し、将軍の赴任先である南アフリカに行くことが決まったが、ペソアも彼らに同伴するのか、それともリスボンに留まるのかが議論されていたのだ。

十二月三十日、母はダーバン在ポルトガル臨時領事ジョアン・ミゲル・ローザと再婚した。ただし新郎はすでに赴任していたため、新郎の兄のエンリケ・ローザが代理となる不在結婚式がリスボンの聖マメデ教会で執り行われた[*16]。翌一八九六年一月二十日、ペソアは、母とともに継父の赴任地である南アフリカの英国植民地ナタールに向けて出帆する。親子を二人だけで旅させるのを心配した、母の伯母の配偶者マヌエル・グアルディーノ・ダ・

クーニャも同行した。七歳半の少年にとって、この船旅は鮮烈な印象を与えたことだろう、と想像する。ところが不思議なことに、後年のペソアはこの旅行やアフリカ滞在について驚くほど語ることが少なかった。そのため、その様子は二次的な情報に頼って再構成するほかはない。いずれにせよ、彼らはまず、リスボンの南西千キロの大西洋上に位置するポルトガル領マデイラ島のフンシャルまで行き、一月二十九日にイギリス船籍の蒸気機関を備えた帆船、いわゆる蒸気帆船のハワーデン・キャッスル号に乗り、アフリカ大陸の沿岸を伝って進み、三週間後にダーバンに無事到着した。

当時の南アフリカは、ポルトガルにとって戦略的にきわめて重要な位置にあった。ブラジルを失ったポルトガルにとってアフリカの植民地は、マカオを別とすれば、残されたほとんど唯一の海外拠点であったのだが、そこは列強による熾烈な争奪戦の場でもあったからだ。状況を少しおさらいしておこう。

一八八四年から翌年にかけて、ドイツの宰相ビスマルクの提唱によって開かれたベルリン会議では、列強十四ヶ国によるアフリカ分割が議題に載せられた。その結果、確認されたのが実効支配の原則である。会議の焦点は、ベルギー国王レオポルド二世のコンゴ支配を承認するかどうかだったが、沿岸部をめぐっても各国がしのぎを削りあい、議論は紛糾した。ポルトガルは歴史的所有権を主張したが斥《しりぞ》けられ、結果的に、最初に占領したものがその地帯の領有権を持つという先占権の原則が確認された。つまり沿岸部を占領した国に内陸部の併合を認めることになったのである。

しかし、モザンビークとアンゴラというアフリカ東西の沿岸国を植民地としていたポルトガルが二国を結ぶ内陸部を占領することに対し、イギリスは強大な武力を背景に強く反対し、ポルトガルは従わざるを得なかった。また、世界におけるポルトガルの地位は下降一方の状態にあり、植民地を次々と失っていったために、主力の農産物をイギリス向けに輸出することで何とか食いつないでいるというのが実情で、経済的な対英従属も日増しに強まっていたのである。

ペソア母子が赴いたダーバンは、モザンビークの南、インド洋に面した港湾都市である。一四九七年に、インド航路を探し求めて、喜望峰の先へと進んでいたヴァスコ・ダ・ガマがクリスマスの日に発見したため、ポルトガル語でクリスマスを意味する「ナタール」と名づけられたポルトガルに縁の深い場所だった。しかし、ポート・ナタールはその後、英国やボーア人の影響下に入り、一八三五年にはケープ植民地総督ダーバン卿の名前をとって、ダーバンと改名された。一八四三年以降は英国の支配下ナタール植民地の中心となり、インフラも整備された貿易の拠点として栄えていた。

ローザ一家が住みはじめた頃のダーバンの人口は二万八千人程度、その半分がヨーロッパ人、四分の一がインド人、残りの四分の一がズールー人という典型的な植民地都市であった。当時の写真を見ると、ヨーロッパ風の立派な建物が並ぶウェスト・ストリートを中心に、インド洋とナタール湾にはさまれて、整然とした街並みを形づくっていた。歴史あるリスボンの街とは比較できないにしても田舎町ではなかった。ポルトガルのアフリカ植民地政策の重要性に照らしてみて、この地に派遣された継父ジョアン・ミゲル・ローザが、政府の信頼が厚い重要な人物だったことは想像に難くない。

一八九六年三月、ペソアはダーバンのアイルランド系ミッションスクールの聖ヨゼフ修道会学校に入学する。通常は五年かかる課程を三年で終え、秀才振りを発揮している。英語の力もめきめきとつける。この頃を回想して、ペソアは晩年の手紙で書いている。「少年時代から思春期にかけて、私は英国の植民地で過ごしたのですが、すばらしく魅力的な本がありました。ディケンズの『ピクウィック・クラブ』です。いまでも、このために、私は、それを思い出すために、再読することがあります[*17]」。

ペソアは子ども向けの本は好まず、怪奇小説や神秘的な物語を耽読《たんどく》した。ダーバンはし

ダーバン、ウエスト・ストリート、1895年頃
© Universal History Archive／PPS通信社

ばしば激しい嵐に見舞われたという。後年、ペソアが病的なまでに嵐を恐れることになった原因はそのあたりにあるのかもしれない。インド人、そしてヨーロッパ人が混じり、多くの言語が飛び交う街で、ペソアは完璧に英国風の教育を受けることになる。[*18] だが、生活の詳細はよくわからないことも多い。ペソアの作品のうちのみならず、書簡などにも、この南アフリカでの生活を描いたものがほとんどなく、それに対する郷愁や想い出などもほとんど語られていないからだ。[*19]

ローザ一家は、九七年までややはずれのリッジ・ロードに住んだ後、数ヶ月のホテル住まいを経て、九八年から一九〇一年の一時帰国まではウエスト・ストリートにあったポルトガル領事館に隣接する宿舎に住んだ。一時帰国したポルトガルから戻った一九〇二年から一九〇五年まで一家が暮らしたのは、一〇番大通り、ベランダに囲まれた十九世紀コロニアル風の平屋で、周囲には椰子《やし》やマンゴーの木も植わった瀟洒《しょうしゃ》な家である。ペソアは八歳のときに初聖体拝領、十歳で堅信礼を受けているから、型どおりにカトリック教徒として育てられたことになる。南アフリカで、家族は増えていく。一八九六年十一月二十七日、妹エンリケッタ・マダレーナが生まれる。一八九八年十月二十二日には、次妹マダレーナ・エンリケッタが、そして、一九〇〇年一月十一日には弟ルイス・ミゲルが誕生する。[*20]

しかし、足し算ばかりでなく、引き算も起こる。世紀が変わった一九〇一年六月二十五日、次妹マダレーナ・エンリケッタが死去。それでも、一九〇三年一月十七日には次弟ジョアン・マリアが誕生。一九〇四年八月十六日には末妹マリア・クララが生まれ、家族はさらに賑やかになる。当時のポルトガル外交官の家庭がどのようなものであったか、想像するほかないのだが、華やかな社交界のあるヨーロッパとは違い、新興都市ダーバンでの上流階級の交際の場は限られていたことだろう。それでもペソアたちが到着した一八九六年には電化も始まったし、立派な建物も続々と建造されていた。

一八九九年四月、飛び級で初等教育課程を終えたフェルナンドは、ダーバン・ハイスクールに進学した。これは英国の植民地における男子パブリックスクールで、大学予科も含んでいた。高台のレア地区、セント・トーマス通りにあったこの学校は、英国風の赤煉瓦の建物でアーケードがあり、周りに多くの木が植えられていた。おそらくこの地で最良の教育を受けることができる場所であったろう。この学校で、フェルナンドは、大きな影響を受ける教師、英文学に造詣の深いW・H・ニコラス校長と出会う。異名者リカルド・レイスのモデルのひとりと推定される彼は、アイルランドとスペインの血が混じり、肌は浅黒く、先祖の一人は無敵艦隊《アルマダ》の水夫だったという伝説的な人物で、ラテン語を熱愛し、ラテン語ができない生徒を軽蔑した。生徒たちをヴィクトリア朝風の真のジェントルマンに育てることに熱意を燃やしたという。後のペソアの英国風の振る舞いはここに始まると思われるが、この学校で彼は、必修の英語、ラテン語、数学の他に選択必修として物理、選択科目として歴史とフランス語を学んだ。南アフリカに来るまで英語を学んでいなかったが上達も目覚ましく、六月には早くも飛び級で上のクラスに移り、年上の生徒たちに混じ

10歳の頃のペソア
提供：Casa Fernando Pessoa／協力：ポルトガル大使館

りながらも優秀な成績を収める。十二月には、学級賞を受けている。

正式な領事に昇格した継父ジョアン・ミゲル・ローザは、健康上の理由を用いて休暇を申請し、一九〇一年八月一日、一家はドイツ船ケーニッヒ号に乗り、一時帰国の途に就いた。帰国船にはモザンビーク出身の家政婦パシエンサが同乗しただけでなく、悲しいことに、六月二十五日に夭折したマダレーナ・エンリケッタの遺体も一緒だった。今回の経路は、西回りより時間のかかる東回りで、スエズ運河から地中海を通り、四十三日の長旅だった。帰国した一家は、リスボン郊外のペドロウソス地区に仮寓した。近くに、夫（ダーバンまでペソア母子をエスコートしたグアルディーノ・ダ・クーニャ）を数年前に亡くした大伯母マリア・ピニェイロ・シャヴィエルが、彼女の姉のリタやフェルナンドの父方の祖母ディオニジアらと一緒に住んでいたためである。文学好きのこの大伯母は、フェルナンドにアルメイダ・ガレットのロマン主義的ドラマなどを教えてくれたという人物だ。[*21]

その後、一家はリスボン市内のドン・カルロス一世大通りのアパルトマンを借りて暮らしたが、大伯母たちとは頻繁に交際した。また、継父の兄で詩人のエンリケ・ローザも足繁く彼らの家を訪れた。ペソアは英語だけでなくポルトガル語でも多くの文章を読み、また書いたが、とりわけ風刺雑誌に影響を受けて、自分でも『おしゃべり』と題する手書きの絵入り雑誌を作り、五号まで出している。空想上のニュースや新聞、コラムなどからなる数頁のもので、すべて自分で執筆しているが、異なる署名がされているところは、異名

左からフェルナンド、母、異父弟のルイス・ミゲル、
継父、異父妹のエンリケッタ・マダレーナ。1901年夏、ポルトガルにて
提供：Casa Fernando Pessoa／協力：ポルトガル大使館

の萌芽と見ることもできるだろう。

ポルトガル滞在中、一家は他の親戚を訪れる旅行もしている。まずはフェルナンドの実父ジョアキン・ペソアの故郷、ポルトガル南部アルガルヴェ地方のタヴィラに父の従姉リズベラを訪ね、一九〇二年五月二日には母の故郷テルセイラ島に親戚を訪れ、母の姉アナ・ルイザ[*22]の家に滞在した。当初は長く留まる予定だったものの、島で疫病が発生したため、滞在は九日間で打ち切られ、リスボンに戻った。それでも、従弟妹との交流は楽しかったようで、この地で作成した『おしゃべり』の編集長は従弟のマリオとなっている。

六月二十六日、一家は、初等教育修了書を取得するためにリスボンに留まったフェルナンドを残し、ダーバンへと向かい、彼は三ヶ月弱のあいだ大伯母たちと暮らすことになった。自伝的メモによれば、それまで文明社会の汚染を免れていたが、この一年間のポルトガル生活で「少々、都市生活の有害な官能性の影響を受けた」[*23]という。この時期、彼がポルトガル語で詩作に耽《ふけ》っていたことは、リスボンの日刊紙『オ・インパルシアル』(七月十八日付)に「痛みが私を苦しめるとき」で始まる詩が掲載されていることが証明している。「十四歳の詩人」という見出しの後、作者が、亡くなった批評家シーブラ・ペソアの子息、ルイス・ノゲイラ議員の孫にして、在ダーバン領事ミゲル・ローザ氏の義理の息子であることが明記されているから、一族の伝手《つて》による掲載であることは明らかだが、それでもみずからの作品が初めて活字になったことは少年にとって誇らしい出来事であったにちがいない。[*24]作品はアウグスト・ジル(一八七三―一九二九)の詩から抜き出した四行を主題に、それへの註という形をとった四行詩四連。元の詩をみずからの詩へ織り込む技巧的なもので、若者にありがちなストレートに真情を吐露する抒情詩でないところがペソアらしい。[*25]

一九〇二年九月十九日にフェルナンドも南アフリカの家族に合流するためドイツ船ヘルツォーク号でリスボンを後にしたが、ダーバン・ハイスクールに戻ることはなく、大学入試の準備をしながら、夜は商業学校に通うことになる。この進路変更は、英国社会で商業が重要だということだけでなく、飛び級によってまわりの学生よりも年下だったことも関係しているかもしれない。自由な時間がほしかったと考えることもできる。じっさい、ペソアはこの時期、小説をはじめ多くの執筆を英語で試みているからである。この時期の特記すべきこととしては、一九〇三年七月十一日に、カール・P・エフィルド（Karl P. Effield）名義で書いた英語の詩「The Miner's song（炭鉱夫の歌）」が『ナタール・マーキュリー』紙に掲載されたことだろう。[26]

この頃のペソアはスポーツをすることもなく、多くの友人を作ることもなく、ダーバンの街から出ることもほとんどなかったようだ。それでも、幼年時代のような神経過敏はなりを潜め、ごく普通の内気な少年として、想像力に身を任せていたと本人は語っている。級友の回想によれば、フェルナンドは「活発で、幸せそうで、上機嫌で、人を惹きつける外見をしていた」[27]という。また、別の級友は、身体は小柄で頭でっかち、ものすごく聡明だが、狂気じみたところがあったと証言している。[28]

一九〇三年十一月、喜望峰《ケープ・オヴ・グッドホープ》大学入学資格試験に合格。『イングランド史』で有名なトーマス・マコーリーに関する英語の論文は南アフリカ全体の受験者八百九十九人中一位で「ヴィクトリア女王記念賞」を受賞した。[29]その副賞として好きな本をもらうことができたフェルナンドは、キーツ、テニスン、ベン・ジョンソン、そしてエドガー・アラン・ポーの選集を求めた。こうして一九〇四年一月に彼は大学に登録する権利を得たわけだが、当時の喜望峰大学はいまだ学科なども整備中だったこともあり、再びダーバン・ハイスクール（大学一年相当のクラス）に通い、英国のオクスフォードなどへの大学入学のための準備クラスで学んだ。シェイクスピア、ミルトン、バイロン、シェリー、キーツ、テニスン、ポー、カーライル、ポープなどを愛読するとともに、ギリシャ・ローマの古典も読破し、十六世紀以降十九世紀までの英文学の素養を存分に身につけた。

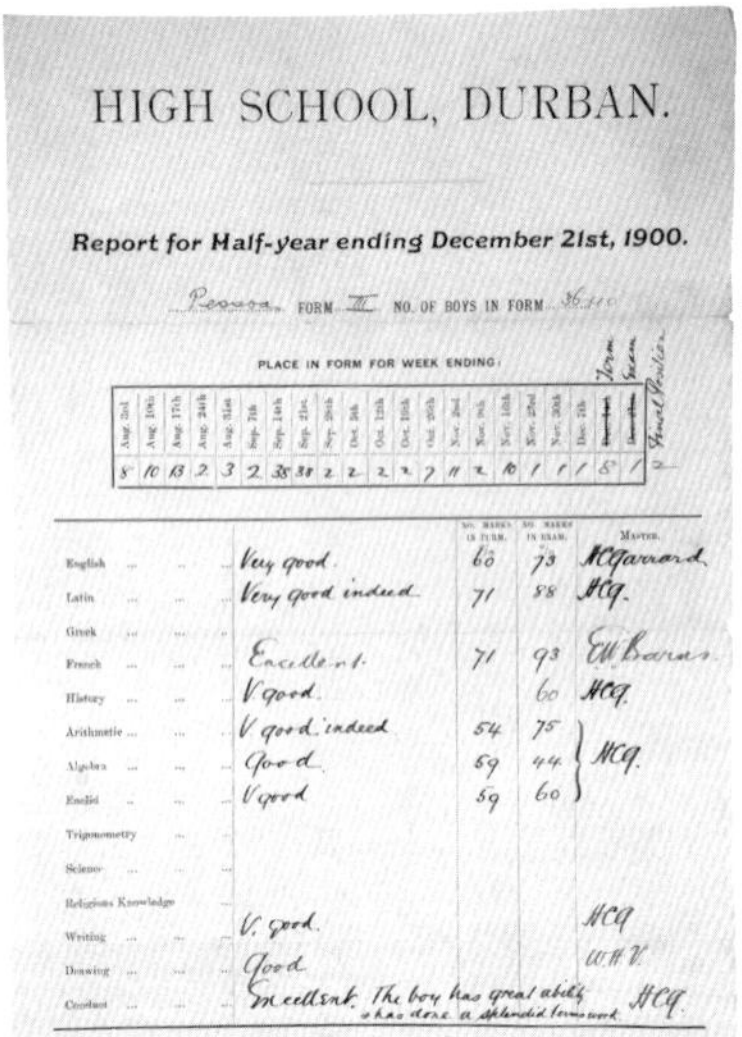

HIGH SCHOOL, DURBAN.

Report for Half-year ending December 21st, 1900.

Pessoa FORM III NO. OF BOYS IN FORM 36 ...

PLACE IN FORM FOR WEEK ENDING:

Aug. 3rd	Aug. 10th	Aug. 17th	Aug. 24th	Aug. 31st	Sep. 7th	Sep. 14th	Sep. 21st	Sep. 28th	Oct. 5th	Oct. 12th	Oct. 19th	Oct. 26th	Nov. 2nd	Nov. 9th	Nov. 16th	Nov. 23rd	Nov. 30th	Dec. 7th	Form	Exam	Final Position
8	10	13	2	3	2	38	38	2	2	2	2	7	11	2	10	1	1	1	8	1	2

		No. Marks in Term.	No. Marks in Exam.	Master.
English	Very good.	60	73	HCGarrard
Latin	Very good indeed	71	88	HCG.
Greek				
French	Excellent.	71	93	EW Barnes
History	V good.		60	HCG.
Arithmetic	V good indeed	54	75	HCG.
Algebra	Good.	59	44	
Euclid	V good	59	60	
Trigonometry				
Science				
Religious Knowledge				
Writing	V. good.			HCG
Drawing	Good			W.H.V.
Conduct	Excellent. The boy has great ability & has done a splendid term's work			HCG.

The School will re-open on February 3rd, 1901.

W. H. Nicholas ... Head Master.

ダーバン・ハイスクールの成績書
提供：Casa Fernando Pessoa／協力：ポルトガル大使館

彼が受けた教育は、ペソア作品の全体像を理解するために重要な要素だ。ペソアは生涯にわたって英語による詩作を続けるだけでなく、英国風のメンタリティも保ったからだ。

英文学のなかで彼が心酔したのは、シェイクスピアとミルトンだったが、前者のほうが優れていると考えたのは、この劇詩人の矛盾を内包する広大な世界に魅了されたためだと思われる。もちろん、古典のみならず、ロマン主義や、ジョン・ダン、形而上学詩人などにも手を伸ばしはじめていた。ペソアが、小説よりもエッセイを好む傾向にあったことはここで強調しておきたい。彼のお気に入りは、ジョゼフ・アディソンやリチャード・スティールといった百科全書派に通じる哲学的傾向のある作家や、トーマス・カーライルなどで、文学作品の中でも物語より思想的なものを好む傾向は生涯変わることがなかった。*30

一九〇四年十一月、フェルナンドは大学教養課程の中間試験でも、英語を母語とする同級生たちを尻目に、ナタールでトップの成績を出す。地道な勉強が報われた結果だと言ってよいだろう。これによって、フェルナンドには英国風ジェントルマンとしての生涯が約束される……はずだった。ところが、イギリスの大学に行くことはなく、リスボンに戻ることになる。奨学金は最優秀の彼ではなく、次席の学生に与えられてしまったからだ。その経緯を明確に説明する資料も文献もないので憶測の域を出ないが、いくつか理由が考えられる。奨学金給付の要件は、直近三年間連続しての南アフリカでの修学だったが、フェルナンドは一九〇一年から一年間ポルトガルに帰国していたために要件を満たしていなかったこと、また英国籍でなかったことも災いしたかもしれない。いずれにせよ、成績優秀者が受けるべき奨学金がもらえなかったことで英国での進学の道は閉ざされた。

こうして、突然の進路変更によってペソアは南アフリカの英国風生活に別れを告げ、母国ポルトガルに帰国することになった。この時期の執筆はもっぱら英語でされているが、その多くはチャールズ・ロバート・エイノン（Charles Robert Anon）と署名されている。Anon は Anonym を略した語で、「無名」ということにすでにこだわっていたことが窺える。自国の文化から離れて、懸命に適応しようとした英国文化から門前払いも同然の仕打ちを受けたティーンエージャーの打ちひしがれた心中は想像するに余りある。自分はポルトガル人なのか英国人なのか、いったい何人なのか、みずからのアイデンティティも含めて、あらゆるものに対する無所属の感情がペソアのうちで次第に大きくなっていたことには、このような境遇が大きく影響しているのではなかろうか。

かくして、変化の多かったものの、比較的穏やかだった少年時代は終わり、ペソアの人生は波瀾《はらん》に満ちた第二幕に入る。

＊1　より正確に言えば、十三日の午後三時二十分。OPP III, 1419. 占星術に凝っていたペソアは『英国占星術ジャーナル』への手紙でも時刻まで明記している。Cor I, 257.
＊2　以下の書に詳しい系図がある。*Fotobiografias* 196-197.
＊3　OPP III, 1427. EA 204.
＊4　OPP III, 1419-1420.
＊5　ペソアは一九三五年（亡くなる年）六月九日、「フィゲイラ広場」の総題のもと、「聖アントニオ」「聖ヨハネ」「聖ペテロ」の三篇の詩を書いているが、「聖アントニオ」は「ぼくはあなたとまったく同じ日に生まれた／六月十三日に」と始まっている。Fernando Pessoa, *Santo António, São João, São Pedro*, introdução de Alfredo Margarido, Lisboa, A Regra do Jogo, 1986, p. 99.
＊6　OC I, 95-96.『詩集』三〇頁
＊7　以下の記述は、市之瀬敦『ポルトガル　震災と独裁、そして近代へ』（現代書館、二〇一六年）、金七紀男『ポルトガル史【増補版】』（彩流社、二〇〇三年）、立石博高編『新版世界各国史16　スペイン・ポルトガル史』（山川出版社、二〇〇〇年）、デビッド・バーミンガム『ポルトガルの歴史』（高田有現・西川あゆみ訳、創土社、二〇〇二年）を参照している。
＊8　『リスボン日報』紙に掲載された訃報は以下に全文が採録されている。OPP III, 1301.
＊9　Chevalier de Pas の発音はパスでもパでもありうるだろう。フランス語の Pas は「歩み」「一歩」を表すと同時に、否定も意味するので、これは「否定の騎士」という響きを持つ。
＊10　以下はすべて、一九三五年一月十三日付のアドルフォ・カザイス・モンテイロ宛ての手紙からの

引用。異名者の誕生などについて説明した重要な手紙で、今後も何度も引用することになる。Cor II, 341.『詩集』一一〇頁

＊11 ライバルもまたフランス人で、チボーデ大尉という名前だったという。

＊12 Cor II, 342.『詩集』一一〇頁

＊13 José Blanco (ed.), *Pessoa en personne: lettres et documents*, traduit du portugais par Simone Biberfeld, édition revue et corrigée, Paris, la Différence, 2003, p. 84. 強調は原文。

＊14 日付は一九〇八年十月三十日。OPP II, 80.

＊15 OPP I, 17.

＊16 OPP I, 18.

＊17 批評家ジョゼ・オゾリオ・デ・オリヴェイラ宛ての一九三二年の書簡。Cor II, 278-279. ちなみに、現存するペソアの蔵書にはディケンズは『荒涼館』『骨董屋』『クリスマス・ブックス』の三冊が残されているが、『ピクウィック・クラブ』は見当たらない。ゼニスはペソアがこの本を読んだ時期を一九〇〇年か〇一年と推定している。Zenith, *op. cit.*, p. 104.

＊18 同じ頃、マハトマ・ガンディーが南アフリカで弁護士として開業したことはもちろんまったくの偶然だが、その同時代性は興味深い。

＊19 ペソアの南アフリカ時代の研究を集中的に行ったのは、ヒューバート・ジェニングスで、本稿の記述はその研究に負うところが大きい。Hubert D. Jennings, *Os Dois Exílios: Fernando Pessoa na África Do Sul*, Porto, Centro de Estudos Pessoanos, 1984; *Fernando Pessoa in Durban*, Durban, Durban Corporation, 1986. また、次の文献も重要である。Alexandrino E. Severino, *Fernando Pessoa na África do Sul*, Marília, Faculdade de filosofia, ciências e letras de Marília, 1969, 2 vols.

＊20 ルイス・ミゲルの誕生をゼニスの最新の伝記（Zenith, *op. cit.*）は一九〇一年としているが、ここでは従来の研究にしたがって一九〇〇年としておく。

＊21 この大伯母に関しては、自伝的ノートでも言及されていて、彼女が書いたという「十八世紀的」ソネットまで書き写されている。OPP III, 1420-1421.

＊22 Ana Luísa Pinheiro Nogueira（一八六〇―一九四〇）。通称アニカ伯母は、母の一歳ちがいの姉で、

八九年に農業技師のジョアン・ノゲイラ・デ・フレイタスと結婚した。ペソアは彼女の子ども、つまり従弟妹のマリオとマリアたちとも終生親しく付き合った。

＊23 José Blanco (ed.), *Pessoa en personne, op. cit.*, p. 84.

＊24 作品の後、署名の前には「一九〇二年三月三十一日、リスボン」と記されている。なお、新聞社による前書きは、アウグスト・ジルを誤って、アウグスト・ヴィセンテとしている。cf. QA 78.

＊25 OPP I, 145-146. ECFP I M, 33. cf. *Fotobiografias* 45. http://multipessoa.net/labirinto/obra-publica/1

＊26 ESUA 109.

＊27 Jennings, *Fernando Pessoa in Durban, op. cit.*, p. 17.

＊28 *Ibid.*, p. 23.

＊29 この賞は、南アフリカのユダヤ人によって創設されたものだとセヴェリノは説明している。Alexandrino E. Severino, *Fernando Pessoa na África do Sul, op. cit.*, vol. 2, p. 179.

＊30 自分が影響を受けた作家や詩人について、ペソアは何度か書き付けているが、一九〇四—〇五年頃として、ミルトン、バイロン、シェリー、キーツ、テニスン、ポー、ワーズワース、カーライルが挙げられている。OPP III, 1423.

03. 詩人誕生前夜

1――リスボンの異邦人

一九〇五年八月二十日、十七歳のフェルナンド・ペソアは、再びドイツ船ヘルツォーク号に乗船し、南アフリカから西回りでポルトガルへ単身帰国する。物心ついてからの多くの時を南アフリカは英国領ダーバンで暮らした彼にとって、久しぶりのリスボンはさながら外国のようであり、馴染むのに苦労したことだろう。だが、ペソアはその後、この街からほとんど出ることがなくなり、生涯をこの都市で過ごすことになる。[*1] リスボンはいわば詩人の殻となるのだ。

九月十四日にリスボンに到着したペソアは、はじめペドロウソス地区に住む大伯母マリア・ピニェイロ・シャヴィエルの家に仮寓し、ついで前年に夫を亡くし、九月からリスボンに移り住んでいた伯母アナ・ルイザ（愛称アニカ）の家で従弟妹たちと暮らした。そして、十月、リスボン大学文学部に改組される前のリスボン文学高等学校に通いはじめる。

だが、授業は退屈極まりないもので、とうてい若き詩人志望者を満足させるものではなかった。外交に関する授業なども受講しているのは、継父の奨めによるものなのか、漠然と外交官のキャリアも選択肢にあったのかはよくわからない。当時の日記にはこんな日常が記されている。「今日は授業に行かなかった。明日も行かないつもりだ。地理の課題があるが、まるでわからない。強制されたあらゆる勉強は嫌いだ。国立図書館[*2]」。

いずれにせよ、生活の中心は読書で、授業そっちのけで、国立図書館に足繁く通い、これまで通り英米文学（シェイクスピア、ワーズワース、ミルトン、ポー）を読み続けただけでなく、ボードレール、ヴィリエ・ド・リラダン、モーリス・ロリナなどのフランス文学、さらにはギリシャ哲学、ニーチェ、ショーペンハウアーが加わり、読書三昧の生活を送る。そんな生活のなかで一九〇六年五月下旬、原因不明の体調不良におちいる。同年代の友人もない孤独なリスボンを離れ、英国に留学しようかとも考えはじめる。七月には、継父ローザ領事が休暇を得て、ダーバンから母や弟妹を伴って一時帰国した。ペソアもエストレーラ公園の近くに仮寓した家族と一緒に暮らすことになるが、またしても一家は死神に襲われる。十二月、末妹のマリア・クララが死去したのだ。

この時期の創作のほとんどは、アレクサンダー・サーチ（Alexander Search）の名前で署名されている[*3]。これは後にペソアが創案する〈異名〉、つまり、まったくの別人格の一つ手前、通常の筆名以上の存在だ。「探求」を意味するサーチという姓を持つこの人物は一八八八年六月十三日リスボン生まれとされていて、ペソア本人と一致するだけでなく、当時購入した蔵書にサーチの署名がされている本も見つかっている。エイノンと同様イギリス人であるサーチによる英語の怪奇小説『扉』は、この頃書きはじめられたようだが、ポーの影響が色濃く見てとれ、いまだ習作の域に留まっている。

翌一九〇七年四月末、ローザ一家はダーバンに戻り、ペソアは父方の祖母ディオニジアと母方の大伯母たち（終生独身だったリタ・ピニェイロと寡婦となったマリア・ピニェイロ・シャヴィエル）と暮らすことになる。[*4]だが、祖母の精神障害が悪化するのに同調するかのように、彼自身も強度の鬱病に悩む。この頃から、哲学書を多読するようになり、それは生涯続いた。またフランスのデカダンス派に親しむようにもなった。

当時のペソアにとっては母国語のポルトガル語よりは、南アフリカで習得した英語のほうがまだ優位にあったようで、A・サーチ名で英語の詩を数篇と四十頁ほどの短篇小説「独創的な夕食（A Very Original Dinner）」を執筆している。[*5]この怪奇小説の筋立ては比較的シンプルで、細部の展開もやや淡泊だが、それでも筆力を感じさせるものに仕上がっている。舞台は同時代のドイツ、ベルリン美食協会の権力闘争のなかで、起こるべくして起こった惨劇の物語である。

ペソアが大学を退学するのもこの頃だ。はっきりとした理由は不明だが、研究者たちの推測によれば、一つには、友人と言えば、英語で会話ができる南アフリカ帰りの二人ぐらいだったこと。[*6]また、一九〇六年の五月から八月には体調不良がひどくなり、七月の試験を受けられず、追試験を申請したものの認められず、進級できなかったこともあるようだ（それでも、九月に再登録はしていた）。だが、直接のきっかけとなったのは、ジョアン・フランコの独裁政治に対する抗議運動であったらしい。いずれにせよ、大学そのものへの興味が失せていたこと、さらには家族との関係もギクシャクしていたことなど複数の原因が重なっての結果だった。

学生でもなく、働く身でもない、宙ぶらりんの状態にあった十九歳のペソアに、宝くじにでもあたったかのようにある日とつぜん大金が転がり込んでくる。一九〇七年九月六日、祖母ディオニジアが死去し、唯一の直系子孫であるペソアがまとまった遺産を相続したのだ。[*7] ただし、未成年だった彼が実際に遺産を手にして、その全額を見果てぬ夢に賭けるのは二年後のことになる。

20歳の頃のペソア
提供：Casa Fernando Pessoa／協力：ポルトガル大使館

この時期のペソアが精神的に不安定だったことを示すエピソードをいくつか紹介しよう。一つ目は、精神疾患を根本的に治療する目的で前頭葉白質切截術《ぜんとうようはくしつせつじつ》（いわゆるロボトミー）を考案した神経科医、エガス・モニスの診察を受けたことである。モニスは、ペソアをルイス・フルタード・コエリョのもとに送り、治療を受けさせた。その治療とは、彼がポルトガルに導入したスウェーデン体操だった。ペソアは後年（一九三三年）、当時を回想して書いている。「一九〇七年〔略〕私は動く死体でした。三ヶ月間、週に三回の体操のレッスンを受け、フルタードが私を徹底的に変えたので、こうやって今でも生きている、そう言ってもけっして過言ではありません」[*8]。

もうひとつは、南アフリカ時代の知人たちに、精神科医ファウスティノ・アントゥネスを名乗って、現在治療中のペソアの学生時代の様子を照会する手紙を書き送ったことだ。それは彼の変名趣味の表れだけでなく、過去の自分が周囲にはどのように映っていたのかを知るための行為だったのかもしれない。自分が他人からどう見られているのかに関して、若者がセンシティヴなのはめずらしいことではないが、ペソアには自分が何者なのかを確かめたいという気持ちが強くあったのだろう[*9]。

三つ目は、十月二日付のアレクサンダー・サーチと悪魔のあいだに英語で交わされた契約書である。

一、人類に対して善をなすことを躊躇《ためら》うことも、諦めることもけっしてしない。二、読者を不快にしたり傷つけたりする可能性のある官能的あるいは邪《よこしま》なことをけっして書かない。三、真理の名のもとに宗教を攻撃する際には、宗教の代替物を見つけるのは難しく、哀れな人間が暗闇で泣いていることをけっして忘れない。四、人間の苦しみと病をけっして忘れない。[*10]

悪魔と交わした契約であるのに、善いことばかりが誓われている点が不思議だが、ここにはすでに後年の神秘主義への傾倒の萌芽を見てとることができる。

この頃のペソアの状況は、孤独の一語に尽きる。リスボン生まれにもかかわらず、長らく外国暮らしをしていたため、他愛のない話ができる学友も、親しく交際する知り合いも少なく、人付き合いの乏しい暮らしをしていたペソアの関心はひたすら文学に向けられていた。とはいえ、まったく一人ぼっちだったわけではない。帰国当初から頻繁に会っていた人物がいる。それが、継父の兄エンリケ・ローザだ。[*11]彼は技術系の軍人であったが、文人でもあった。一八五〇年生まれで、植民地アンゴラでインフラ整備などに携わった経歴の持ち主だが、病気のため退役し、リスボンの植物庭園にほど近いリオ・デ・ジャネイロ街に隠居し、詩作に耽っていた。ペソアは、義理の伯父の自由思想とエキセントリックな性格に強く惹かれ、その奨めでロマン主義から同時代までのポルトガルの詩に親しむことになった。こうして読みはじめたアンテロ・デ・ケンタル、ゲーラ・ジュンケイロ、ゴメス・レアル、アントニオ・ノブレ、セザリオ・ヴェルデといった詩人たちから大きな影響を受けたことを後になって本人は語っている。[*12]

そして、それ以上に重要だったのは、エンリケ・ローザの仲介により、フランスの象徴詩から強い影響を受けた一世代上の詩人カミロ・ペサーニャ[*13]とカフェ・スイサで出会ったり、リスボンの文芸カフェに足を踏み入れるようになったりしたことだ。こうして、ペソアはようやく故郷と再び絆をつなぐようになる。交友関係が広がるのに呼応するかのように、ポルトガル語での詩作も増えていく。そのきっかけとなったのは、ガレットの作品を読んだことだと、後年ペソアは友人アルマンド・コルテス゠ロドリゲスに説明している。「『実のない花』と『落ち葉』を読んで、突然の衝撃が生まれました。そうして、ポルトガル語で詩を書きはじめたのです[*14]」。この時期には、『ファウスト』の最初の草稿も書かれている。ゲーテがその大作によって伝説的人物に仕立てたこの人物は、ペソアに終生つきまとうことになる。

きわめて不安定な状況にあったのは詩人の内面と生活だけではなかった。彼が暮らすポルトガル社会もまた安定からはほど遠いものだった。一九〇八年二月一日、それまでもけっして平穏でなかったポルトガルに文字通りの激震が走る。国王カルロス一世と王太子ルイス・フィリペが、テージョ川近くのコメルシオ広場で、待ち伏せしていた過激な共和主義者たちに襲われ、暗殺されてしまったのだ。背景には、深刻な経済危機があった[*15]。辛くも一命をとりとめた次男のドン・マヌエルが二十六歳の若さでマヌエル二世として即位するが、政情はきわめて不安定であり、国民もこの衝撃からなかなか回復できないでいた。こうして、ペソアの二十代は、不穏な仕方で幕開けを迎える。

ところで、先ほど述べかけた祖母の遺産はどうなったか。その話を忘れてはいけない。一九〇九年八月、新聞広告でアレンテージョ地方の小都市ポルタレグレで印刷機が格安で売りに出されているのを目にしたペソアは、すぐさま機械を買いつけに出かけ、温めていた夢を実行に移す決心をする。[*16] 書籍や雑誌の発行を手がけることは彼にとって生涯を通じての関心事だったが、その最初のチャレンジが一九〇九年十一月のイビス出版の設立だった。[*17] 若き作家志望者は、この出版社からみずから書きためていた評論やエンリケ・ローザの詩集などを刊行しようと考えていたようだ。名前として選ばれたイビスは、ポルトガル語でコウノトリを意味するが、ペソアがここで思い描いているのはむしろ古代エジプト神話の英知を司る神トートの化身イビス（アフリカクロトキ）である。この神は人の身体にトキの頭をつけた形で知られる。長い嘴《くちばし》をペン先に見たてたその姿から、書記の守護神ともされたイビスについて、ペソアはいくつかの詩を書いているだけでなく、自分自身のニックネームとしており、私信などに用いている。[*18]

こうして、実生活に乗り出したわけだが、未経験の若者の創業がすんなり成功するほど世の中は甘くない。出版社はまもなく立ちゆかなくなり、この失敗によってペソアは棚ぼた式に得た財産もすっかり失ってしまった。[*19] ただ、この失敗を経験不足からだけ説明するのは正しくないだろう。というのも、この後もペソアが文学以外の分野で何かを計画するごとに、計画はことごとく頓挫するからだ。いや、文学においてでさえ、やり遂げることが稀だったことは、残された膨大な未完作品の山が如実に語っている。

この最初の起業の失敗の後、親戚筋の紹介による就職の話もあったが、創作活動に没頭したい一念で、ペソアはそれを断ってしまう。こうして、いわば背水の陣を敷いて、本格的に詩人としての生活に入るのだ。

このあとも頻出するから、ここでリスボンの街の地理を素描しておこう。ペソアが、世に知られることの少ないポルトガルの首都を外国人に知らしめるために書いた（と言われる）英語のリスボン案内はこう始まる。

七つの丘の町、リスボン。すばらしいパノラマを約束する、七つの丘の展望台。その上一面に、高く、低くつらなる、色とりどりの家々。それが、リスボンだ。[*20]

東京で言えば、中央区、千代田区、港区に新宿区と渋谷区を足したぐらいの、こぢんまりとした現在のリスボンが形成されたのは十八世紀のことで、ペソアが暮らした二十世紀初頭も現在もその相貌にさほど大きな変化はない。決定的な断絶はその前に起こった。一七五五年十一月一日に突然この地方を襲った地震が、ポルトガルの首都に壊滅的な被害をもたらしたのみならず、ヨーロッパの知識人たちに前代未聞の衝撃を与えたことはよく知られている。[*21]震源地は、サン・ヴィセンテ岬の西南西約二百キロ、マグニチュード八・五強、西ヨーロッパの広範囲に強い揺れを起こした。その日はキリスト教では死者を悼む万聖節の祝日にあたり、折しも死者追悼のミサの真っ最中だった。リスボンの被害は甚大で、津波による死者一万人を含む、六万人ほどが死亡。首都の中心部は焼け野原となった。いまでも街の中心には、天井が崩落したカルモ修道院が廃墟のまま残されている。

災害復興を国王から命じられたのは、時の宰相で、のちにポンバル侯爵に叙せられるセバスティアン・デ・カルヴァーリョだった。王は新しいリスボンを完璧に秩序だった街にすることにこだわり、大きな広場と直線状の広い街路からなるデザインが設計された。啓蒙的な明晰さを新しいリスボンのコンセプトとした再建は急ピッチで進められ、わずか一年後、リスボンは前近代と近代の魅力が共存する都市として再生した。

リスボンは高低差のあるいくつかの地区《バイロ》から成り立っているが、テージョ川に近いのが、洗練された商業地区として知られるバイシャ[*22]である。ポルトガル語で下を意味するバイシャは文字通り下町であるが、復興に際してカルヴァーリョは、それまでの雑然とした街並みを一新し、幾何学的に整備しただけでなく、耐震建築であることを条件として課した。洒落たデザインの石畳が美しいこの地区は、ペソアの仕事場であると同時に、散策の中心地でもあった。そしてテージョ川の近くには、リスボン最大にしてヨーロッパ有数の美を誇る、コメルシオ広場がある。大地震で破壊されたマヌエル一世の宮殿があったことからテレイロ・ド・パソ（宮殿広場）とも呼ばれる正方形の広場は、黄色がかった同じスタイルの建物に三方を囲まれ、残る南の一辺はテージョ川に面し、優美な空間を作り出している。そのアーケードには、ペソアが足繁く通った、リスボンで最も古くからあるカフェ、

1925年頃のリスボン

マルティーニョ・ダ・アルカーダ（創業なんと一七八二年！）がある。店に入るとペソアは判で押したように、「一《ウン》、二《ドイス》、三《トレス》」と頼んだという。一、コーヒー、二、ブランデー、三、煙草。この三つはペソアがこよなく愛した嗜好品だった。[*23]

　コメルシオ広場の北側には、三本の大通り、黄金《オウロ》通り、アウグスタ通り、銀《プラタ》通りが繁華街をなし、街の中心へとつながっている。オウロ通りも終わりにさしかかった西側に、すでに述べたサンタ・ジュスタのエレベーターがあり、ポルトガル語で「高い地区」を意味し、住宅や商業、娯楽の中心であるバイロ・アルトへのアクセスのひとつとなっている。そして、バイシャとバイロ・アルトの中間に位置するのが、ペソアが生まれたシアード地区で、ペソアが若き作家志望者たちと文学談義に耽ったカフエ・ア・ブラジレイラがある。

一方、オウロ通りを抜けて到着するところが、ドン・ペドロ四世広場、というよりロシオという名前で親しまれる巨大な長方形の広場で、三方をポンバル様式の建物が囲んでいる。多くの交通機関が経由する街の心臓部だ。その背後、東の丘に広がるのが、リスボンで最も古い地区で、観光客が必ず訪れるアルファマ地区。サン・ジョルジェ城からテージョ川にかけて南斜面が広がる。

ロシオから北側には、リベルダーデ大通りという、並木、花壇、噴水、彫像に彩られた幅九十メートル、全長一・五キロという途轍《とてつ》もない大通りが延び、復興の立役者の像がそびえるポンバル侯爵広場へとつながっている。

とはいえ、青年期以降のペソアが居を転々としたリスボンはそれらの華々しい中心地ではなく、起伏の多い西側の新興住宅地、エストレーラやベンフィカ[*24]といった当時は郊外と呼ぶべき地区だった。そこから、ペソアは歩いたり路面電車に乗ったりして、毎日街の中心にまで降りていき、仕事をし、カフェで友人たちと談義し、お気に入りの店で一杯ひっかけるという、単調とも言える生活を過ごした。これらの街並みの寂寥《せきりよう》と郷愁の入り交じった光景は、後に半‐異名者ベルナルド・ソアレスの『不穏の書』にこう描かれている。

> 田舎や自然が提供するいかなるものも、グラサやサン・ペドロ・デ・アルカンタラから見た月の光に照らされた静かな街の不規則な壮大さには敵わない。私にとって、

陽の光の下でさまざまな色に輝くリスボンの街ほど美しい花はない。[*25]

私は夏のゆったりとした夕べのバイシャのこの静寂が好きだ。とくに、昼の雑踏と対照《コントラスト》をなすこのあたりの静寂が好きだ。海軍工廠《アルセナル》通り、税関《アルフアンデガ》通り、それにつづいて人気《ひとけ》のない波止場にそって東へと伸びている長く寂しい通り——それらすべては、こんな夕べに私が彼らの孤独のなかに入り込んでゆくとき、その悲しさによって私を元気づける。[*26]

ペソアは、エキセントリックな異名者アルヴァロ・デ・カンポス名義で「リスボン再訪」と題する詩を二つ書いているが、そのうち一九二六年と記された詩には、この故郷の街に対する率直な気持ちが吐露されているように思われる。

またもや　おまえを見る——リスボンとテージョ川　そしてすべてを
おれは無用な存在として　おまえのうちを　そしておれ自身のうちを過ぎていく
異邦人として　ここでもまた　他のいたるところと同じように[*27]

一九〇九年十一月、イビス出版の設立と同じ頃、ペソアは大伯母たちの家を出て、出版社のすぐ近くのグロリア通り四番地で一人暮らしを始める。その後、一九一〇年末ないしは一九一一年には、大地震で崩壊したままの修道院が残るカルモ広場一八―二〇番地に移る。彼が商業文書の翻訳者として働くことになった貿易会社があったためだ。これが生涯の変わらぬ収入源となる。来る日も来る日も、単調で退屈な商業通信文を翻訳する日が続く。一九一一年六月からはアニカ伯母の所で暮らすが、一四年十一月には彼女までもが、娘夫婦とともにスイスに移住してしまい、その後はまたもや一人暮らしに戻る。[*28] とはいえ、すでにペソアは志をともにする友人たちを見出していたから、孤独はそれまでほどではなかったかもしれない。

2――批評家としてのデビュー

ペソアは詩人としてデビューするに先立ち、まずは批評家として文壇に出る。その当時のポルトガル文学はどのようなものだったのだろうか。その状況を少し見ることにしよう。日本ではポルトガル文学そのものがほとんど知られていないので、大まかな見取り図を示しておくのがよいだろう。[*29]

ポルトガル語は、フランス語、スペイン語、イタリア語などと同じく、俗ラテン語から生まれた言語で、その文学の起源は十二世紀末に遡ると言われる。とりわけ重要なのは国民的詩人と称されるルイス・デ・カモンイス（一五二四―八〇）だ。彼の名前はこの後もたびたび登場するので頭の片隅にとどめておいていただきたい。

カモンイスの生涯は謎に満ちている。[*30] 一五三七年に創設されたコインブラ大学[*31]で学んだのち、国王ジョアン三世[*32]の宮廷に出入りするようになるまでのことはよくわかっていない。ポルトガルは、十五世紀のエンリケ航海王子の時代からタンジールやセウタなど北アフリカでの覇権をスペインと争っており、海外進出は血気盛んな若者たちの活動の場となっていたが、ご多分に漏れずカモンイスも一五四七年にセウタで従軍、イスラム教徒との戦いで右眼を失い、これがいわば彼のトレードマークになるのだが、三年後に帰国すると、今度は決闘事件を起こして、一年間投獄されるなど、かなりの暴れん坊だったようだ。獄中で執筆した詩が、後に刊行される叙事詩『ウズ・ルジアダス』の第一章となる。

ルジアダスとはポルトガル人のこと、ローマ時代にこの地帯がルシタニアと呼ばれたことに由来する名称だ。標題通り、古代ルシタニアの英雄ヴィリアトから、中世のイネス・デ・カストロの悲恋を経て、ヴァスコ・ダ・ガマの航海を中心としたポルトガルの栄光の歴史を顕彰するのが主題である。ホメロスやウェルギリウスの叙事詩が、個人の運命を謳《うた》ったものであるのに対して、集団の運命に焦点を当てた点にオリジナリティがあると言われる。

池上岑夫訳でその冒頭を見てみよう。

（一）

西の国ルシタニアの浜を発《た》ち、

かつて誰も航海したことの
ない海を切り進み、ついには
タプロバネのなお先にまで行き、
危険と戦闘にあっては、およそ
人間とは思えないほどの勇気を示して、
遠い人々のあいだに新しい帝国をうち樹《た》て
その名を高からしめた傑出せる戦士たち、

（二）
また信仰と帝国領を拡げ、悪に染まった
アフリカとアジアの地を打ち砕いて、
輝かしい記憶を人々の心に残した国王たち、
そしてまた目ざましい武勲によって
死の掟《おきて》から自由となった人々、
わたしはこうした人々をうたって
その名を世界にひろめよう、わが詩想と
技とによってそうすることができるならば。*33

執筆は獄中の一章で終わったわけではない。カモンイスはみずから大航海に乗り出し、一五五三年には、ゴアを経てマカオへ向かい、そこでさらに六章を書きついだ。詩人が長い旅路の果てにポルトガルに戻るのは一五七〇年。作品は一五七二年に書籍として日の目を見たものの、その晩年は貧窮と病苦のために悲惨だったと伝えられる。だが、『ウズ・ルジアダス』は、その後ポルトガルの偉大さを記憶に刻む作品として評価され、ペソアの時代、カモンイスは国民的詩人の名をほしいままにしていた。

カモンイス以降、マイナー・ポエットや劇作家がいなかったわけではないが、ポルトガルには、国境を越えて名声を博す詩人や作家、つまりダンテ、シェイクスピア、モリエール、ゲーテ、セルバンテスは生まれなかった。世界文学に知られる巨人は登場しなかったのであるから、ぼくらにとって馴染みのないのも無理はない。そして、滋味豊かな英文学に親しんでいたペソアにとって、祖国ポルトガルの文学が物足りないものであったことも想像に難くない。

新しい波はつねに外部から来た。十九世紀初め、ナポレオン戦争が終結する頃から、ポルトガルにもロマン主義がもたらされた。一八五二年にアルメイダ・ガレット（一七九九―一八五四）が滞在中のフランスで書いた長篇詩『カモンイス』（一八二五）が最初のロマン主義的作品と言われる。その他に、アレシャンドレ・エルクラーノ（一八一〇―七七）が『ポルトガルの歴史』など実証史学的な歴史著作を著した。*34 だが、最も重要なのは、ポルトガルを代表する映画監督マノエル・ド・オリヴェイラに多くのインスピレーションを与えたカミーロ・カステロ・ブランコ（一八二五―九〇）だろう。彼は、ポルトガル北部の習俗を冷徹な視線で描いた『破滅の恋』（一八六二）などの傑作を残した。[*35] ロマン主義はポルトガルで独自の発展をとげるどころか、むしろ保守的な性格を強め、一八六五年には、コインブラ大学の学生によってその後進性を徹底的に批判されることになる。そのなかから現れたのが、詩人のアンテロ・デ・ケンタル（一八四二―九一）やゲーラ・ジュンケイロ[*36]（一八五〇―一九二三）、『アマーロ神父の罪』（一八七五）、『マイア家のひとびと』（一八八八）などで写実主義を確立した小説家エッサ・デ・ケイロース[*37]（一八四五―一九〇〇）、歴史家オリヴェイラ・マルティンス（一八四五―九四）など、いわゆる「七〇年の世代」だ。

一八九〇年代に入るとその写実主義も後退し、代わって少しずつ入ってきたのが、フランスやイタリアの先鋭的な芸術であり、その盛んな紹介活動の中心にいたのが、詩集『オアリストス』（一八九〇）によって象徴主義を唱えた詩人エウジェニオ・デ・カストロ（一八六九―一九四四）だった。彼は一八九五年には国際文芸誌『芸術』を立ち上げ、イタリアのダヌンツィオ、フランスのマラルメ、ヴェルレーヌ、モーリス・バレス、ギュスターヴ・カーンやベルギーのメーテルランクらに寄稿を仰ぎ、新しい芸術運動の紹介に励んだ。その一方で、写実主義への反動から、国民主義と理想主義を基盤とした新ガレット主義と呼ばれる運動が興ったことも付け加えておこう。

一方、政情に目を転じてみると、植民地をめぐる弱腰の態度も相俟《あいま》って、国王に対する共和主義者たちの反感は日増しに強まっていた。こうして、一九一〇年十月三日、共和主義者が反乱を起こすと、それに共鳴して民衆蜂起が起こり、革命が勃発した。国王マヌエル二世はすぐさま亡命。ここにブラガンサ朝は滅び、五日に共和国が宣言された。[*38] 翌一一年には急進的な憲法が制定され、王党派を排除して共和国政府は支持基盤を固めた。この後、共和国政府は、イエズス会の追放、修道会の解散、政教分離、離婚の承認など、ヨーロッパでも他に例を見ないほどラディカルな改革をポルトガルに導入し、国内の宗教勢力を壊滅状態に追い込んだだけでなく、貴族制も廃止して、体制を一新した。

このような新たな共和国の動きに呼応するように、文学の世界でも革新的な運動が始動する。それが、ポルトガルの再生を目指す〈レナシェンサ・ポルトゥゲーザ〉、すなわちポルトガル・ルネサンス運動だ。一九一〇年十二月、港湾都市ポルトで『鷲《アギア》』を創刊した中心メンバーは、詩人のテイシェイラ・デ・パスコアイス（一八七七―一九五二）、作家・歴史家のジャイメ・コルテザォン（一八八四―一九六〇）、哲学者レオナルド・コインブラ（一八八三―一九三六）などで、共和国の改革に刷新と豊かな内実を与えることを目指すと同時に、ヨーロッパにおけるポルトガルの位置づけを探る知識人たちだった。この運動を推進する理念が、パスコアイスの提唱したサウドジズモ、つまり「サウダーデ」を中核に据えた思潮である。

「サウダーデ（Saudade）」というポルトガル語は、他の言語に翻訳することができないとしばしば言われるが、あえて訳せば「郷愁」「ノスタルジー」のことだ。先に述べたガレットの詩『カモンイス』の冒頭もこの言葉で始まっている。ただし、後に詳しく見るように「サウダーデ」とは単なる過去の回想ではなく、未来への希望を含む点に特徴があることには注意したい。パスコアイスは、「サウダーデ」をポルトガルの集合的なアイデンティティ、ポルトガルの国民性と見なしたのみならず、「サウダーデはまちがいなく新たな《宗教》である」とまで言った。そして、「新しい《宗教》、つまり新しい《芸術》、ゆえに新しい《哲学》、《新しい国家》である」[*39]とぶちあげ、ポルトガルの再生を図ろうとした若き知識人たちがこの旗印のもとに集結したのである。

とはいえ、誰もがこの考えに共感したわけではなかった。復古主義とも捉えられかねないこの考えは、近代化推進が喫緊の課題だと主張する陣営からは、きわめて後ろ向きな発想として厳しく批判され、論争が起こった。この時点のポルトガルの文壇では、二十世紀の新しい文化のあり方を模索するなかで、さまざまな潮流が交錯していたのである。

若きペソアもこれらの動きに無関心ではいられなかった。いや、それどころか、彼は身をもってこの論争に参戦し、『鷲』陣営に身を置いた。彼は文学を自分の人生の中心に据えようという野心を持った青年だったとはいえ、この時点ではまだ、具体的な方向性は何も決まっていなかった。それでも、ちょうどこの頃、今後はポルトガル語で詩作を行うことを不退転の決意でみずからに誓ったことはまちがいない。後にペソアは書いている。

私はいかなる政治感情も、社会感情も持っていない。とはいえ、一種の非常に強い

> 愛国感情はある。私の祖国、
> それはポルトガル語だ。[*40]

一九一二年四月に刊行された『鷲』の第二巻四号に、ペソアは「社会学的見地から見た新しいポルトガル詩」と題する評論を発表する。[*41] ペソアにとって最初に活字化された散文である。四節からなる論争的なエッセイで、その主張はきわめて明快だ。[*42]

> 文学の創造者たちの価値は、彼らがそれに呼応する時代の創造的な価値と一致する。したがって、文学は時代の諸理念を反映するだけでない——この点が重要だが——文学史において文学の価値は、文明史における時代の価値と一致するのだ。[*43]

このような視点から、ポルトガルにいま必要な文学、とりわけポエジーは何かと問い、それは過去に回帰するような懐古趣味ではなく、シェイクスピアやヴィクトル・ユゴーのような偉大な詩人の登場、叙事詩『ウズ・ルジアダス』を書いたポルトガルの国民的詩人

『鷲』第2巻4号
所蔵：Seminário Livre de História das Ideias

カモンイスを超える詩人の登場、つまり、超《スプラ》カモンイスだ、とペソアは同世代の若者たちに向けて発信し、新たな文学構築への意欲の炎を焚きつけた。

無名の若者による、伝統を真っ向から批判する論調に対して、四月二十三日付の『オ・ディア』紙に無署名の批判が発表され、論争が起こる。批判に対してペソアは五月に刊行された『鷲』五号で「再考」と題する反論を行う。そこでは、エリザベス朝時代の英文学、ロマン主義のフランス文学が引き合いに出され、社会と文学がいかに深い部分で呼応しているのかが強調される。そのうえで、新しいポルトガルの詩を、「非大衆性」「反伝統性」「反国民性」の三点から考え、さらに、そこに、「新しさ（独創性）」「気高さ（高揚）」「偉大さ」という三要素を重ねてアプローチする必要が説かれる。ここでも再び英・仏文学の卓越した例が参照されはするが、今度は、自国の詩人たちのうちにもその萌芽が探られる。偉大な創造期の先駆者としてアンテロ・デ・ケンタル、そして、同時代の具体的な例として、『鷲』の同人であるテイシェイラ・デ・パスコアイスとジャイメ・コルテザォンの詩が引用される。だが、論の中核は、最初の論文から一ミリたりともぶれていない。いつ、どのようにして、超《スプラ》カモンイスが生まれてくるのか、それこそが問題なのだ。

これらの論考からだけでも若きペソアの意気込みは伝わってくるが、この華々しいデビューに満足することなくペソアは、その年の秋から九、一一、一二号に、今度は「心理学的見地から見た新しいポルトガル詩」と題する論考を連載して、さらに持論を展開する。そこでは新しいポエジーの美学として、「漠然」「精緻」「複合性」を挙げたうえで、フランスの象徴詩人アルベール・サマンと並んでポルトガルの若き詩人マリオ・ベイラフォンの詩を引用して、この三つの観念の内容を例示したあと、これらの要素を含む詩とは、魂のポエジーであるとともに、主観のポエジーに他ならないと宣言する。その一方で、客観的なポエジーもまた、不可欠であるとして、その構成要素は「簡潔さ」「可塑性」「想像力」であると提言し、哲学や神学をも参照しつつ、持論を展開した。その結論は、前二作とは大きくは異ならない。

我らが偉大なる民族は新たなインドの探索に出発するだろう。だが、それは空間のうちにではなく、「そこから夢が作られるもの」によって建造された帆船〔身廊《しんろう》〕のうちにある。そして、その真の運命、至高の運命、つまりこれら航海者たちの作品は暗き肉体的前奏曲《プレリュード》でしかないが、神的に実現されることになろう。*44

この預言的な結論が示すように、この評論そのものは具体的な綱領や宣言を備えてはいなかったが、ポルトガル文学の新たな方向性を示すものではあった。この時点でまだ自分自身の詩を発表してはいなかったにもかかわらず、一連の評論によってペソアの名前は文壇に轟き、同世代の若い作家たちと親しく交流するようになる。リスボンのカフェで、マリオ・ベイラフォン、アルフレド・ギザド、ルイス・デ・モンタルヴォル、ポンセ・デ・リアフォンなどと頻繁に会って、談論風発した。なかでも、マリオ・デ・サ゠カルネイロとは意気投合し、親友となった。

ペソアの数少ない日記のひとつが一九一三年二月十五日から四月九日まで残されているが、それを読むと、いわば文学三昧の生活振りが見て取れる。[*45] 朝は十時頃に嘱託のような形で働いていた会社に出勤、通信文を書く合間に私信を書いたり、文章を書いたりして過ごす。というより、実態は、私事の合間に業務をしていたようだ。じっさい、この時期の原稿が書かれているのも、会社の便箋で、会社にとってはありがたくない人物だったのかもしれない。昼を待たずに、カフェ・ア・ブラジレイラに出かけ、そこで若い作家や詩人と雑談、その後は、印刷所に出かけたり、散歩をし、夜はときには芝居に出かけたりしている。ペソアは頻繁に手紙を書いているが、その筆頭は、南アフリカにいる母と、パリにいるサ＝カルネイロだった。

マリオ・デ・サ＝カルネイロ
© Alamy／PPS通信社

ペソアの生涯にきわめて大きな影響を与えるサ＝カルネイロとはどんな人物か。[*46] 一八九〇年にリスボンの裕福な家庭に生まれ育ち、たびたびパリに出かけ、新しい芸術運動に通じていた彼は、ペソアより二歳若かったが、文学的にはきわめて早熟で、十四歳の頃から級友たちと芝居を作ったりしていた。一九一二年には、戯曲「友情」と、短篇集「始まり」を発表。一九一四年には「散乱」と題して十二篇の詩を発表するとともに、小説『ルシオの告白』を、一五年には短篇集『燃える空』を発表するなど、一九一六年四月二十六日にパリで服毒自殺するまで、多産な活動を行った。彼の詩は、嘆き節で知られるフランスの詩人ジュール・ラフォルグ風のものもあれば、ブレーズ・サンドラールばりのモダニズムの詩もあり、複数の影響が見られる。その多産な創作と才能豊かな人柄に関しては、第六章で雑誌『オルフェウ』の冒険を検討するときに詳しく見ることにしたい。

いずれにせよ同世代の仲間たちと、ア・ブラジレイラなどのカフェに屯《たむろ》して、新しい文学についての議論に明け暮れる日々は、ペソアにとってこれまでの孤独な生活を帳消しにする活気をもたらしただけでなく、さまざまな情報を仕入れる機会でもあったにちがいない。

だが、それも長くは続かなかった。一九一二年十月、サ＝カルネイロはソルボンヌ大学に留学するためパリに出発してしまう。お互いの孤独を慰めるかのような頻繁な文通が始まる。サ＝カルネイロからの手紙が残っているので、二つの若き魂の熱い交流の様子を窺い知ることができる。[*47] ペソアにとって、前衛志向がきわめて強かったサ＝カルネイロは、キュビスム運動をはじめとする多くのパリでの出来事を知らせる貴重な情報源でもあった。

評論ばかり書いているペソアに対して、サ＝カルネイロは「きみは、そんな長ったらしい批評を書くことでエネルギーを浪費せずに、詩を書いて発表すべきだ[*48]」と助言している。

けだし、正当なアドバイスだが、ペソアはエッセイというジャンルを放棄することは生涯なかった。いずれにせよ、すでに見た一連の批評活動を通して、ペソアが自分自身の声を模索していたことは想像に難くない。胎動期にあったペソアの目指すところが、新たな詩であることは、一九一三年に、当時の名が通っていた著者たちの作品を辛辣に批判した批評を週刊誌『演劇《テアトロ》――批評雑誌』に発表していることからも見てとれる。[*49]

一九一四年二月、ペソアは文学・芸術・科学の批評月刊誌『レナシェンサ』の創刊号に「黄昏の印象」という題名で二篇の詩を発表し、ついに詩人としてのデビューをはたす。ナイーヴな詩篇に見えるかもしれないが、爆弾のごときものをうちに秘めた作品だった。第一篇は前章で引用した「ああ　故郷の教会の鐘よ」で始まる詩だ。「鐘の音のひとつひとつが／広い空に振動する／ぼくは過去をより遠くに感じ／郷愁《サウダーデ》をより近くに感じる」[*50]。この最後の四行句に見られる「郷愁」という言葉からも明らかなように、「サウドジズモ」に通じる要素を見て取ることも可能だが、精読してみれば、そこで述べられる郷愁はパスコアイスとはまったく異なる種類のものであることがわかるはずだ。

その違いがより顕著に見られるのは、もう一篇の二十二行からなる象徴性の強い詩だ。

沼地　黄金色に輝く　ぼくの魂の不安を掻き立てる……
弔鐘　遠くから聞こえる〈どこかの鐘〉の……色褪せる　黄金の
小麦が　落日の灰燼《かいじん》のなかで……疾駆する　肉体を震わす寒けがぼくの魂を……

いつも同じだ　この〈時刻〉は！……揺れる　椰子の頂！
ぼくらのうちなる静寂を　葉たちが凝視する……秋が発露する
さすらいの鳥の鳴き声から……青　その沈滞のうちで忘れられた……
おお　不安の　声なき叫びが　この〈時刻〉に爪をたてる！
なんという驚き　ぼくが叫び以外のなにかを願っているとは！
ぼくは彼方に両手を伸ばす　だが伸ばすとすぐにわかる
ぼくが望むものは　欲するものではないと……
〈不完全な〉シンバル……おお何と古くからの
この〈時刻〉が〈時間〉を追放する！　引く〈波〉が侵入する
気を失うほどに　自分に身を委ねるぼくは
今の〈ぼく〉を想い出しすぎて　我を忘れてしまいそうだ！……
光輪から流れ出て〈かつてのこと〉は透明で　自分が空《から》になる
〈神秘〉がぼくに教える　ぼくは別人だと……月あかりで　耐えきれない……
歩哨《ほしよう》は直立する……地に突き立てた槍《やり》は
歩哨より高い……なぜすべてはこうなのか……単調な〈日〉……
やけにのびた蔓《つる》が〈時刻〉と〈彼方〉をなめる……
地平線は目を閉じる　みずからの過ちの環《わ》である空間に向かって……
未来の沈黙を告げる阿片のファンファーレ……〈遠くの〉列車……

遠くに見える門扉……木立の合間に見える……何と頑強なこと！[51]
（「沼地《パウイス》」）

訳文からは伝わりにくいかもしれないが、破格の文体で書かれたこの詩、落日の心象風景と読むことができるこの詩をサ＝カルネイロは激賞した。「ぼくは感じ、理解し、ただただ驚くべきものだと思う。ぼくが知るきみの作品のうちで最も才気溢れるものだ[52]」。

二篇の詩によってペソアが、みずからの提唱した新しいポエジーを実践しようとしたことはまちがいない。じっさい、旧態依然としたポルトガルの抒情詩と比べたとき、この詩の先鋭性は明らかだ。いや、先鋭的にすぎると言うべきだろう。当然の結果として、『鷲』のメンバーのなかには、ペソアの急進性とその批評の立ち位置を批判する者が少なからず現れ、ペソアがさらなる作品を『鷲』に寄稿することに反対した。そのため、ペソアは別の発表場所を模索することになる。

かくしてペソアは本格的にポルトガル文学の世界に参入したのだが、当時の彼の文学観をみごとに集約しているテクストがある。一九一三年頃に書かれた「現代芸術、夢の芸術[53]」だ。ペソアは、現代芸術の主要な特徴は、「夢」という一語に要約できると宣言し、自説を展開する。夢を文学の中心に置いた作家や詩人と言えば、ウイリアム・ブレイク、コールリッジ、ネルヴァル、プルースト、アンドレ・ブルトンなど枚挙に遑《いとま》がないが、ペソアの場合、夢は何を意味するのだろうか。

ペソアによれば、現代は、思考と行動が乖離《かいり》している時代である。中世やルネサンスまでであれば、夢想家は夢を具体的に実現することができた。たとえば、エンリケ航海王子がよい例だ。世界がボジャドール岬で終わっていると信じられていた時代に、それを信じず、失敗にもめげず何度も探検隊を送り続け、ついにはその先を踏破することに成功した彼は、途方もない夢想を現実としたのである。

だが、いまやそんな冒険は終わってしまった。古代の偉人は夢の人だったが、現代の人間は実践の人ばかりなのだ。現代において夢見ることができるのは詩人のみだとペソアは断言する。「現代芸術が〈個人の〉芸術になったときから、その論理的発展はより一層その内面化のほうへ――より増大する夢、つねに夢のほうへと進んだ[*54]」。この詩人像は他の誰よりもペソア本人に当てはまる。じっさい、彼は完全な夢想家であり、その夢想を作品へと見事に転換したからだ。

『不穏の書』にはこう記されている。「夢そのものが私にとって懲罰となる。夢をとてもはっきりと見ることができるようになったので、夢で見るすべてのものが現実に見えるほどなのだ。そのため、夢としてそれらを価値づけるすべてが失われてしまう[*55]」。

ペソアはしばしばモダニズムの旗手と見なされるが、現代文明の無批判な肯定者であるどころか、その辛辣な批判家だったことを忘れてはならない。ただし、それだけなら、ペソアもあまた犇《ひし》めくマイナー・ポエットの一人でしかなかっただろう。ならば、彼を比類なき巨人にしたのはいったい何か。それがほかならぬ異名者の創造という前代未聞の営為である。今こそ、フェルナンド・ペソアを稀有な詩人とした、〈異名〉の誕生について語るべき時が来たようだ。

＊1　リスボン近郊の港町カスカイス（およそ三十キロの距離）や、妹夫婦を訪ねて彼らの住むエヴォラには短期滞在したので、まったく出なかったわけではない。

＊2　一九〇六年三月二十八日付の日記で、原文は英文。EA 32.

＊3　サーチの名前は一九〇六年頃に生まれたが、ペソアは事後的にそれ以前に書いた詩などの署名もサーチとしている。

＊4　ベラ・ヴィスタ・ア・ラパ通り一七番地。

＊5　邦訳は『アナーキストの銀行家――フェルナンド・ペソア短編集』（近藤紀子訳、彩流社、二〇一九年）所収。この時期、ほかにもモーリスやパンタレオンなどの名前が現れる。

＊6　南アフリカのプレトリアで教育を受けたアルマンド・テイシェイラ・レベロらである。

＊7　一九〇七年九月七日付の『オ・セクロ』紙に、喪主であるペソアの以下のような葬儀通知が掲載されている。「フェルナンド・アントニオ・ノゲイラ・ペソアは、愛する祖母ドナ・ディオニジア・デ・シーブラ・ペソアの死および、その葬儀が本日朝七時に執り行われ、葬列は西墓地のチャペルから出発することを、親戚、関係者、ご友人のみなさまに謹んでお報せいたします」EA 40.

＊8　«O que um milionário americano fez em Portugal», OPP III, 1270.

＊9　EA 64-69, 390-401. 手紙を受け取った同級生二人のうち、クリフォード・ゲールツのほうはそれがペソアだとすぐわかったと、後に研究者の質問に対して答えている。

＊10　OPP II, 75.

＊11　Henrique dos Santos Rosa（一八五〇―一九二五）。一九〇六年五月十六日伯父宅を訪ねたペソアは日記に書いている。「巨大で驚異的な精神の持ち主、最も偉大な範疇に入る悲観的な哲学者。彼の科学の知識は浩瀚《こうかん》だ」*Fotobiografias* 78.

＊12　OPP III, 1423.
＊13　Camilo Pessanha（一八六七―一九二六）。一八九四年以来マカオで暮らしていたペサーニャは、体調を崩して何度かポルトガルに帰国した。ペソア自身は、自分たちの雑誌『オルフェウ』の発行をペサーニャに知らせる手紙のなかで、最初の出会いを想起している。Cor I, 183-184.
＊14　OPP III, 1422.
＊15　金七紀男『ポルトガル史【増補版】』前掲書、一九一頁。金七紀男『図説 ポルトガルの歴史』（河出書房新社、二〇一一年）九六頁
＊16　従来の伝記の多くが、ガスパール・シモンイスの記述にしたがって、印刷機の買い付けを一九〇七年八月、イビス出版の設立を九月、倒産を同年末としてきた。しかし、この流れにはどう考えても時間的に無理がある。たとえ未成年のペソアがすぐに遺産を相続できたとしても、葬式と同時に印刷機を買い、それから数ヶ月後に倒産というのは並大抵の速度ではない。この矛盾を詳しく調べたのがアントニオ・メガ・フェレイラだ。彼は当時の資料を詳細に調査して、設立を一九〇九年と推測している。ここでの記述は以下の書に多くを負っている。António Mega Ferreira, *Fazer pela vida, um retrato de Fernando Pessoa o empreendedor*, Lisboa, Assírio & Alvim, 2005, p. 41-68.
　印刷機の買い付けに関しては手続きが終わるまでポルタレグレで退屈していたペソアが、ダーバンの高校時代の学友でリスボンに戻っていたアルマンド・テイシェイラ・レベロに書き送った手紙がある（Cor I, 27-28）。この手紙は従来一九〇七年八月二十四日のものとされてきたが、メガ・フェレイラの調査に従い、ここでは一九〇九年の出来事と考える。ちなみに、ペソアの母は当時の息子の暮らしぶりを心配し、また印刷機の購入についても拙速だったと手紙で伝えている。
＊17　*Fotobiografias* 74-75.
＊18　とりわけ、後に見る婚約者オフェリア・ケイロス宛ての手紙に見られる。ペソアはまた道ばたで片足をあげ、イビスの真似をすることもあったという。*Fotobiografias* 75.
＊19　ただし、その詳細については未だ不明の点も多く、今後の調査研究が俟たれる。
＊20　『リスボン』（近藤紀子訳）七頁。英語で執筆されたこのガイドがほんとうにペソア自身の手になるのか怪しむ声がないわけでもない。L 30.

＊21 なかでも、ヴォルテールの『カンディード』や「リスボンの災害についての詩」は有名である。
＊22 バイシャ・ポンバリーナとも呼ばれるが、これもポンバル侯爵を冠したもの。
＊23 『リスボン』一三頁
＊24 ベンフィカは、言わずと知れたサッカーの名門チームSLベンフィカの本拠地である。
＊25 LDD 83.『不穏の書』一四七頁
＊26 LDD 47.『不穏の書』一二五頁
＊27 OC II, 251.
＊28 パッソス・マヌエル通り二四番地の四階（左）のアニカ伯母の家に住み、その後、一九一四年四月（もしくは三月末）にパスカル・デ・メロ通り一一九番四階（右）へ一家が引っ越したときも一緒に移っている。その後、伯母たちがスイスに移住すると、ペソアは一九一四年十一月からドナ・エステファニア通り一二七番地の一階（右）に住むことになる。
＊29 以下の記述は主に次の文献に拠っている。José Augusto França, *História da Arte em Portugal: o modernismo*, Barcarena, Presença, 2004. António José Saraiva, Óscar Lopes, *História da literatura portuguesa*, Porto, Porto Editora, 11ª ed., 1979. Yves Léonard, *Histoire du Portugal contemporain: de 1890 à nos jours*, Paris, Chandeigne, 2016. Georges Le Gentil, *La littérature portugaise*, ouvrage complété par Robert Bréchon, Paris, Chandeigne, 1995.
＊30 その生涯と作品は以下の邦訳によって知ることができ、ここでの記述もそれに多くを負っている。ルイス・デ・カモンイス『ウズ・ルジアダス　ルーススの民のうた』（池上岑夫訳、白水社、二〇〇〇年）
＊31 一二九〇年に、ディニス一世によって、リスボンにエストゥード・ジェラル（一般教養学院）が創立され、法学、文法、論理学、医学などの学部が設けられた。それが何度か移転したのが、コインブラ大学の前身だとされ、ヨーロッパで最も古い大学の一つに数えられる。
＊32 「敬虔王」と呼ばれたジョアン三世は、アヴィス王朝の第六代の国王で、後に出てくるセバスティアン一世の祖父にあたる。一五三六年、異端審問所を設立。
＊33 カモンイス『ウズ・ルジアダス』前掲書、七頁

＊34　Georges Le Gentil, *La littérature portugaise, op. cit.*, p. 142-149.
＊35　Camilo Castelo Branco カミーロ・カステーロ・ブランコ『破滅の恋　ある家族の記憶』（小川尚克訳、彩流社、二〇一一年）などが訳されている。
＊36　ゲーラ・ジュンケイロの社会風刺詩「ドン・ファンの死」（一八七四）やカトリック教に対する風刺詩「永遠なる父の老年」（一八八五）などの作品からペソアは大きな刺激を受けたという。
＊37　José Maria de Eça de Queiroz エッサ・デ・ケイロース『縛り首の丘』（彌永史郎訳、白水社、二〇〇〇年）など多くの作品が邦訳されている。
＊38　当初、ペソアはこの状況に好意的であったようだ。
＊39　*Filosofia da Saudade*, selecção e organização de Afonso Botelho e António Braz Teixeira, Lisboa, Imprensa Nacional-Casa da Moeda, 1986, p. 27.
＊40　OPP II, 573.『不穏の書』七〇頁
＊41　«A nova poesia portuguesa sociologicamente considerada»　この題名からは、一世を風靡したジャン＝マリー・ギュイヨーの『社会学的見地から見た芸術』（一八八九）が思い起こされる。ペソアの蔵書にあるこの本には下線を引いた箇所もあり、読んでいた形跡はある。美とは生の力の表現であり、人は芸術によって普遍的生に与るのであるから、芸術の目的は人びとを広い生活に参入させることにあるとしたフランスの社会学者の主張との接点の分析については他日を期したい。
＊42　ペソアのこの論考の意義と位置づけについては、以下の論文が詳しく論じており、本稿の記述もそこから多くの教えを得た。渡辺一史「フェルナンド・ペソーア研究――ポエジーと文学理論をめぐって」（東京外国語大学大学院地域文化研究科博士後期課程、博士〔学術〕論文、二〇一二年六月）。この博士論文はペソアに関する日本で最初の本格的な学術論文で、とりわけ前期のペソアについて多くの示唆を与えてくれる。
＊43　OPP II, 1150.
＊44　OPP II, 1194-1195.
＊45　EA 106-133.
＊46　Mário de Sá-Carneiro　その著作は全四巻（五冊）の全集として刊行された。*Obras completas de Mário*

de Sá-Carneiro, Lisboa, Ática, 1945-1956.

＊47 残念ながら、ペソアの書いた手紙は失われ残っていない。わずかに詩人が手元に残した写しや下書きから、その片鱗を想像できるだけだ。一方、サ＝カルネイロの書簡は *Cartas* に収録されている。

＊48 一九一三年二月三日付書簡。*Cartas* I, 63.

＊49 « 3 », *Teatro - Revista de Critica*, nº 3, 25 de Março de 1913, p. 2. http://www.pessoadigital.pt/en/pub/Pessoa_3?term=teatro

＊50 OC I, 95.『詩集』一六頁

＊51 OPP I, 164.

＊52 *Cartas* I, 114. 強調は原文。ただし、手放しの賞賛というわけでもなく、いくつかの部分については批判もしている。

＊53 OPP III, 147-151.『詩集』所収、一一七―一一九頁

＊54 OPP III, 148.『詩集』一一八頁

＊55 LDD 377. ECFP XII, 109.『不穏の書』一五一頁、『不安の書』六四頁

04. 異名者登場

1――勝利の日

ペソアの〈異名〉はどのようにして生まれたのだろうか。

一九一四年三月八日を、ペソアは彼の生涯の「勝利の日」と呼んでいる。アルベルト・カエイロという決定的な異名者が現れた日だからだ。他の重要な異名者、アルヴァロ・デ・カンポスとリカルド・レイスの最初の詩が書かれるのはそれから少し経ってからのことだが、六月には三詩人は揃い踏みしていた。一九一四年といえば第一次世界大戦勃発の年だが、人類史上未曾有の惨劇を引き起こすことになるこの戦争に匹敵するほどの、と言っては誇張になるが、少なくとも文学史上稀に見る変革を起こす大きな出来事が、リスボンの片隅に住む駆け出しの詩人の脳内で起こった。

二十五歳のペソアは、イギリスの出版社にみずから提案した『ポルトガル諺集《ことわざ》』のため、三百の諺を選び翻訳をしていた。[*1] 無聊《ぶりょう》を紛らわせるかのようにしてめぐらされた夢想のなかでその出来事は起こった。

異名者の誕生について、一九三五年一月、ポルトガル・モダニズム第二世代の詩人アドルフォ・カザイス・モンテイロに宛てた長文の手紙のなかで詳細に説明している。劇的瞬間に関する貴重な証言だから、少し長くなるが、そのまま引用することにしよう。


一九一二年頃、私は異教的な性格を持った詩を書こうという気になりました。不規則な韻文でいくつか試してみましたが〔略〕、結局放棄してしまいました。けれども、そのとき、ぼんやりとした薄暗がりのなかに、それらの詩を書いた人物の肖像をうっすらと垣間見たのです（知らぬあいだにリカルド・レイスが生まれていたのでした）。

一年半から二年後のある日、私は少々複雑な牧歌詩人をつくりあげ、それをあたかも実在する詩人であるかのように〔略〕紹介して、サ＝カルネイロを揶揄《からか》ってやろうと思い立ちました。数日を費やしましたが、うまく仕立てることができませんでした。ところが、それを諦めた日──一九一四年三月八日──私はふと背の高いたんすに近寄り、紙をとって、立ったまま（私がいつもできるかぎりそうしているように）書き始めたのです。そうして、私は、次々と三十篇ほどの詩をなんとも定義しがたい一種の忘我のうちに書き上げました。それは本当に私の生涯の勝利の日でした。あのような日は二度と来ないでしょう。私は「群れの番人」という題名《タイトル》から始めました。そしてそれに続いてきたものは、私のうちにおける誰かの出現だったのです。私はすぐさまその人物をアルベルト・カエイロと名づけました。——馬鹿げた表現をお許しください——私のうちに私の師が現れたのです。それが最初に感じた感覚でした。その感覚が余りに強烈だったので、三十数篇の詩を書き上げるやいなや、他の紙片をとって、同様に一気呵成にフェルナンド・ペソアの「斜雨」のうちの六篇を書いたほどでした。それもただちに、全体的に……それはフェルナンド・ペソア＝アルベルト・カエイロからたんなるフェルナンド・ペソアへの帰還でした。いやむしろ、フェルナンド・ペソアのアルベルト・カエイロとしてのみずからの非実在に対するリアクションだったのです。*2

二十数年前の出来事が脳裏にまざまざと甦ってきたかのような、体験当時の興奮がそのまま伝わるヴィヴィッドな描写だ。このほとんど神秘的とでも呼ぶべき体験は、一回限りのものでありながら、詩人の精神のうちに深く刻まれ、その後も摩耗することなく現前しつづけていたのだろう。ところで、唐突に出現した師カエイロは一人で現れたのではなく、弟子たちも引き連れていた。手紙の続きを読み進めよう。

一度、アルベルト・カエイロが生まれると——無意識的、本能的に——私は彼に弟子たちを見つけてやろうとしました。私は彼の偽りの異教徒的態度から、潜在的だったリカルド・レイスを引き剝がしました。私は彼に名前を見つけてやり、それを彼に似つかわしく――というのも、その時すでに彼の姿は見えていましたから――合わせてやりました。それから突然、リカルド・レイスとは反対の派生としてもう一人の個人が猛然と現れました。一息に、途切れることなく、直すこともなく、アルヴァロ・デ・カンポスの「勝利のオード」がタイプライターから湧き出したのです。その名を持ったオードが、この名を持った男と同時に出現したのです。[*3]

じつは、ここに多くの誇張と虚構が混じっていることは、いまでは草稿研究などが明らかに示していることである。アルベルト・カエイロの詩の最初の日付は三月四日であり、八日に先立っているし、一気呵成に書かれたものではなく、少しずつ書き継がれ、推敲されている。カンポスの「勝利のオード」の初稿もタイプライターではなく、手書きのものである。しかし、そのような事実は文学的な真実と比べればどうでもよいことだろう。[*4]

ここで問題になっているのは、絶対的な他者の出現という根源的な経験であって、単なる署名の問題ではない。

単にペンネームをいくつも用いたということであれば、そのような作家は少なくない。だが、ペソアの場合はそれとは違って、異名者たちはペソア本人とはまったく別の人格を備えている。ここが最も肝要な点だ。離人症ないしは解離性同一症と紙一重にも見える状況であるが、それは病理学的事象ではなく、存在論的で詩学的な事象である。異名者とは、「わたし」のうちの他人でもなければ、未知の部分でもない。作者でありながら、他者としての作者であるという、芸術創造の根源に潜む他者性の人格化のごときものである。これも後のことになるが、ペソアはみずからの生涯と作品を素描した短文「書誌目録」で〈異名〉の定義を簡潔かつ明瞭に説明している。

フェルナンド・ペソアの書くものは、それぞれ実名（ortónimo）と異名（heterónimo）と呼びうる二つの作品のカテゴリーに属している。しかし、それらを無名（anónimo）とか偽名（pseudónimo）と言うことはできない。それは事実に反することだ。偽名の作品は、異なる名前で署名されているとはいえ、作者がその人格において書くものだ。ところが、異名による作品は作者の人格の外にある。それは作者によって作られているとはいうものの、ドラマの人物の台詞がそうであるように、完全な個性を持っているのだ。[*5]

繰り返して確認すれば、ペソアにおける異名とは、作者とは異なる別人格であり、あたかも小説の登場人物のように作者からは独立している。すでに紹介したように、主要な異名詩人はアルベルト・カエイロ、リカルド・レイス、アルヴァロ・デ・カンポスの三人。カエイロは素朴な文体をもつ異教的詩人、レイスはギリシャ・ローマの古典文学に通じた端正な文体をもつ古典的詩人、カンポスはほとんど暴力的な前衛の波に身を任せる未来派詩人と、三者三様である。だが、重要なことは彼らのスタイルが異なるという点だけではない。それ以上に、三人の詩人の相互関係、相互作用がきわめて精密に計算されており、三人の作品が組み合わされることでひとつのドラマティックな全体が立ち上がるように構成されている点である。つまり、ペソアの試みは単に様々なスタイルによって詩を書くことではなく、これらの異名者たちによってひとつの劇的空間を創り出すことにあった。

彼はこの試みを「幕間劇の虚構」と呼んだが、それは演劇さながらに登場人物たちが、作者から独立して語り、振る舞うからである。「三人のそれぞれは一種のドラマをなしており、それと同時に三人が全体としてさらに別のドラマをなしている」[*6]と詩人は説明している。これこそ、ペソアの構想していた「人物によるドラマ」[*7]であった。その意味で、読者は、個々の詩作品をそれとして読むだけでなく、異名詩人をキャストとして配した新たな詩空間をメタレベルにおいて読解することが求められている。

フランシスコ・コスタに宛てた一九二五年八月十日付の手紙でペソアは、彼にとって「芸術は本質的に演劇的であり、最も偉大な芸術家とは、最も強烈に、最も深く、最も複雑に、自分以外のすべての存在を生きる者のことです」[*8]と説明している。ドラマの重要性に関しては後ほど検討することにして、ここでは異名者という装置を発案し、それを用いて文体も主題もきわめて多岐にわたる膨大な数の作品を生み出したという点を確認すれば十分だろう。「発案」と書いたが、それがむしろ「啓示」のような体験であったことを忘れてはならない。先に引いたカザイス・モンテイロ宛ての手紙のなかでペソアは、こう述べている。

私は実在しない仲間を創造しました。そのすべてを現実という型のなかに固定したのです。彼らの影響関係を一つひとつ確認し、彼らとの友情を経験し、私のうちで、彼らの議論と価値基準の違いに耳を傾けました。そして、これらすべてのなかで私が、すべての創造者である私自身が、最もちっぽけな存在だったように思えるのです。何もかもが私とは無関係に発生したように思えるし、いまもそんな気がするのです。[*9]

ところで、最初に発表されたときに、これらの詩人がペソアの異名者であることは、親しい仲間以外には知られておらず、一般の読者はそれを知るよしもなかった。のみならず、当初は友人たちにも、異名者を実在の詩人だと信じ込ませようとしていたらしい。そんな冗談にひっかかって、カエイロの詩を読んだことがあるなどと真顔で言う者まで出てきたエピソードをペソアは友人に愉快げに書き送っている。[*10]

もう一点付け加えておきたいことがある。それは異名という装置が一般に知られ、彼らがペソアによる被造物であることを知ったうえで彼らの作品を読んだとして、それによって興味が減るわけではないということだ。むしろ、ペソア・ワールドの虜《とりこ》になった読者からすると、カエイロやカンポスといった風変わりな人物は、もはや創造された人物であることをやめ、準‐実在の人物となる。それはハムレットやオセロといった舞台上の存在、ボヴァリー夫人などの小説の主人公と同じく文学的実在を備えた存在と言える。

そうはいっても、演劇や小説のなかの登場人物とは異なる重要な特徴がある。虚構空間の存在であり、創造された人物でありながら、みずからも作品を創造するという、二重の虚構性を担うことだ。このねじれた虚構性のうちにペソアの独創性があることを忘れてしまうと、そのきわめてオリジナルな位置を見損なってしまう危険がある。

それにしても、なぜペソアはこのような不思議な仕掛けを試みなければならなかったのか。ひとつの説明として、ポルトガル文学の後進性があるだろう。カモンイス以来、世界的ステージで通用するようなスーパースターがポルトガルにいなかったことはすでに述べた。十九世紀末から二十世紀前半のヨーロッパは、さまざまな芸術運動が現れては消える百花繚乱《りょうらん》の状態だった。ペソアはそれらと近しく接しながら、一方で古典的な完成度を持った作品を作り、他方でモダニズム的なもの、前衛性も体現する必要があった。相矛盾する要素をすべてひとりで担う必要があったのだ。

この神秘体験にも似た啓示が起こったのが、ペソアがきわめて深刻な精神的危機を迎えていた時期だったことは偶然ではないだろう。一九一四年六月五日付の母宛ての手紙で、自分のまわりではすべてが遠ざかり、崩壊していく、と漏らしている。[*11] 具体的には親しい人びとの生活の変化で、親友（一時帰国していたサ＝カルネイロのこと）が明日はパリに出発し、アニカ伯母がもうすぐ娘の結婚のためにスイスに移住し、その他にもポルトやガリシア地方に引っ越す友がいる、と述べたうえで、あらゆる変化は、一見よさそうに見えるものも含めてすべて悪く、ネガティヴなのだと嘆いている。

当時のペソアの状況を確認しておこう。この年、一九一四年二月には『レナシェンサ』誌の創刊号に二篇の詩からなる「黄昏の印象」を発表し、詩人としての待望のデビューを果たした。そのうちの一篇「沼地《パウイス》」はサ゠カルネイロをはじめ同世代の若き友人たちからは熱狂的に迎え入れられ、「パウリズモ（沼地主義）」という言葉が仲間内で使われるほどであったが、前世代との軋轢《あつれき》は増し、参入したばかりの既成の詩壇では孤立してしまった。そのような状況で、さらなる展開を模索していた折りにこの神秘的体験が起こったのだろう。先ほどの手紙からだけではカンポスとレイスがいつ誕生したのかは明確ではないが、レイスの最初の「オード」とカンポスの「勝利のオード」が書かれたのは六月頃と想定される。ただし、レイスの影はすでに以前からほのかに見えていたようだ。「医師、リカルド・レイスは一九一四年一月二十九日夜の十一時ごろ私の魂の中で生まれた*12」と詩人は書いている。

同じ頃、半 - 異名者のベルナルド・ソアレスも生まれつつあった。半 - 異名者とは、絶対的な別人格ではなく、ペソアの人格の一部を引きずりながらも、ペソアとは異なる存在というほどの意味だ。リスボン在住の会計補佐ソアレスは『不穏の書』の著者と目される人物だが、その最初の断章「忘我の森で」は一九一三年八月の『鷲』二〇号に掲載されている。ただし、「現在準備中の『不穏の書』から*13」と記されたこの断章はペソア名で署名されているし、その後この作品の著者名は二転三転しているから、この人格は形成途中だった、と言ったほうがよいかもしれない。さらに、三人の異名詩人がペソア本人も交え、相互に相手の存在について語っているのに対して、ソアレスはひとりで別の小宇宙を作っている（彼については、第七章でじっくり見ることにしよう）。

いずれにせよ、後になってからの少々の脚色はあるかもしれないが、主要な異名者たちが揃って現れ、〈異名〉という空間が生まれたのが一九一四年六月以前であることはほぼまちがいない。[*14] というのも、親友サ＝カルネイロがパリからペソアに書き送った手紙にその名前が続けて出てくるからだ。

ぼくらのアルベルト・カエイロによろしく伝えてくれ。

（六月十五日）[*15]

昨日受け取ったアルヴァロ・デ・カンポスのオードにぼくがどれほど興奮したか、どう説明したらよいかわからないほどだ。

（六月二十日）[*16]

リカルド・レイス閣下のご誕生、心よりお祝い申し上げます。彼の作品を早く読んでみたいものだ。きみの手紙から察するに、きわめて新しく、きわめて興味深く独自な発想にもとづいているようだ。

（六月二十三日）[*17]

ただし、カンポスの「勝利のオード」が翌一九一五年に雑誌『オルフェウ』創刊号で発表されるのに対して、カエイロとレイスの詩は長らく篋底《きょうてい》に秘められ、発表されるのは、十年ほど後の一九二四年のことだ。

ポルトガル人の名字はヴァリエーション豊富とは言えないが、レイスにしてもカンポスにしてもごくありふれた姓であり、凝った筆名という趣はない。カエイロも同様だが、その響きのうちには彼の親友サ＝カルネイロの名前がかすかに聞き取れる。[*18] いずれにせよ、これらの固有名はいまではウィキペディアに独立して項目が立っているほどの実在性を獲得している。

ところで、ペソアの〈異名〉を前代未聞の試みと言ったが、似た事例がまったくないわけではない。デンマークの哲学者ゼーレン・キルケゴール（一八一三—五五）の場合がそれである。ペソアは、哲学書を耽読していたが、キルケゴールを読んでいた形跡は見られない。それでも、二人には少なからぬ共通点がある。このことは後に検討することとして、これらの異名者たちのプロフィール、そして詩がそれぞれどのような特質を持っているのか、主要な三人の詩人についてそれぞれ見ることにしよう。ペソアはこれらの異名者に固有の人格、来歴、容姿を割り当て、ホロスコープまで——占星術は生涯にわたる彼のパッションだった——作っていた。

2――三人の異名詩人　カエイロ、レイス、カンポス

アルベルト・カエイロ

異名者のなかで、他の二人、レイスとカンポスから、そしてペソア自身からも師と見なされるのがアルベルト・カエイロ（父母の名を両方ともつけた正式の名で言えばアルベルト・カエイロ・ダ・シルヴァ）だ。一八八九年四月十六日十三時四十五分、リスボンに生まれ、一九一五年に二十六歳の若さで結核のため死去した（とされる）。風貌は、金髪碧眼《へきがん》、中背で身体が弱いのだが、そうは見えない。両親を早くに亡くし、年老いた伯母に育てられたが、教養とは無縁の野人であることを望み、高等教育も受けず、職にも就かず、一生の大半をリバテージョの田舎で、金利収入で暮らした。これがペソアによるカエイロのプロフィールだ（また、二人の従兄アントニオ・L・カエイロとジュリオ・カエイロの短文が残されている）。

その作風から言えば、カエイロは自然詩人で、代表作『群れの番人』は長短四十九の詩篇からなる牧歌詩集だ。[*19]「ものをあるがままに捉える〈感覚的客観主義〉」を実践するとされる。『群れの番人』はこんな詩句で始まる。

羊を飼ったことはない
なのに　わたしはほとんど羊飼いのよう
わたしの魂は　羊飼いに似て
風や太陽をよく知っている
季節と手に手をとって
道を進み　事物をみつめる
人間のいない自然の完全な平和が
わたしの隣りに腰をおろしにやってくる[*20]

この淡々とした語りがカエイロの詩の特徴だが、そのほとんど寸鉄詩のような一句一句は天衣無縫とも「天然系」とも形容できる、自然で素朴な語り口が読む者を魅了する。

近代人は、あまりに自我意識が肥大しすぎているから、何かを見るとき、見ている自分を意識せずにはいられない。そのために、自分というものをはずして、生の光景を見ることができない。このことを端的に指摘したのは、アメリカの哲学者ラルフ・ワルド・エマーソン。その『自然論』で彼は言っている。

じつを言えば、自然を見ることのできる大人は少ない。たいていの人は太陽を見ることもない。せいぜいのところ、ごく表面的な見方をするのみだ。大人の場合、太陽

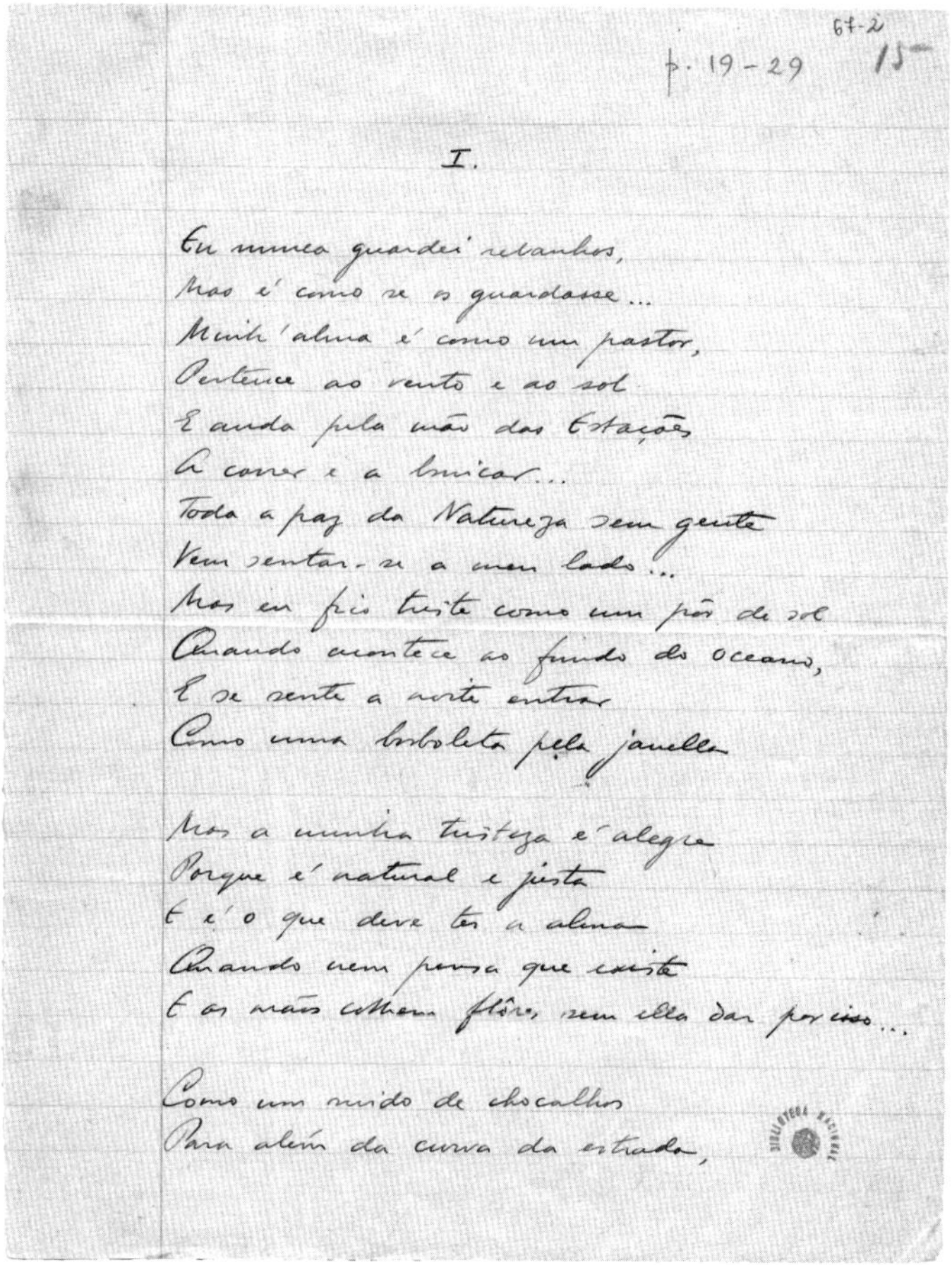

67-2

p. 19-29 15

I.

Eu nunca guardei rebanhos,
Mas é como se os guardasse...
Minh'alma é como um pastor,
Pertence ao vento e ao sol
E anda pela mão das Estações
A correr e a brincar...
Toda a paz da Natureza sem gente
Vem sentar-se a meu lado...
Mas eu fico triste como um pôr de sol
Quando acontece ao fundo do oceano,
E se sente a noite entrar
Como uma borboleta pela janella.

Mas a minha tristeza é alegre
Porque é natural e justa
E é o que deve ter a alma
Quando nem pensa que existe
E as mãos colhem flôres sem ella dar por isso...

Como um ruido de chocalhos
Para além da curva da estrada,

『群れの番人』第一の冒頭の原稿
所蔵：Biblioteca Nacional de Portugal

は目を照らすだけだが、子どもの場合、目と心のうちに輝き差し込む。自然を愛する人とは内的な感覚と外的な感覚が大人になってもほんとうにぴたりと適合している人、幼い心の魂を失わない人だ。[*21]

このように、近代の病が自我の病だとすれば、カエイロは自然そのものであり、永遠の子どもとしてこの病を免れている。彼は世界をあるがままのかたちで肯定する。それは否定を対として持つ肯定ではなく、絶対的な肯定である。目の前にあるものを突き放すのではなく、そのものになりきってしまうことすらできる子どものように、カエイロにおいては発話と存在との間に差がない。「光あれ」と言うことが、そのまま光の出現となる神にも似て、カエイロの言葉はそのまま現実なのだ。いまいちどエマーソンの言葉を借りれば、彼は「一個の透明な眼球《アイボール》」なのであり、無であり、すべてが見えるのだ。その意味で、彼は現代の隠者、あるいは神そのものとも言えるわけだが、神秘主義者のように、自分は神と一体だ、自分が神だ、などと公言することもない。

わたしには野心も欲望もない
詩人であることは　わたしの野心ではない
わたしなりのひとりでいるしかたにすぎない[*22]

（『群れの番人』第一）

あるいは、

わたしに哲学はない　あるのは感覚……
自然について語るとしても　知っているからではなく
自然を愛するから　こんなふうに愛しているからだ
愛する者が知っていたためしはない　愛しているもののことを
なぜ愛するのかも　愛が何なのかも……

愛とは永遠の無垢　つまり知らないでいること
唯一の無垢　それは考えないこと……[*23]

（『群れの番人』第二）

引用をさらに続けたくなるほど魅力的な詩句が次から次へと紡ぎ出されていく。
すでに見たように、当時のポルトガルの文学界はテイシェイラ・デ・パスコアイスなどによる「ポルトガル・ルネサンス」運動が展開された時期である。「サウダーデ主義」あるいは「ルシタニア主義」が提唱され、形而上学的で主観的な抒情詩が流行していた。カエイロはそのような風潮に真っ向から反対する。そんなものは異教主義《パガニズモ》の真似ごとにすぎない。真似ではなく、模倣ではなく、異教徒そのものにならねばならない、それも意識することなく。キリスト教以前の世界へと戻るのだ。パガニズモ、すなわち異教的世界を言葉によって現出させること。カエイロはそれを物静かに行う。

もう少し詳しく言えば、カエイロにとっては、世界は彼とは無関係にそれだけで存在しているのであって、世界を解釈するあらゆる試みは無用である。彼は世界の豊饒性を認めるが、その裏になんらかの神的なものを見出すことを徹底的に拒否する。だからこそ、彼の詩はメタファーからは果てしなく遠い。抒情性ですら、知的な抽象にすぎないからだ。彼の哲学は、まさに哲学がないことなのだ。そこから、彼はまた「唯物論的詩人」と見なされることもある。だが、カンポスとの対話のなかで、カエイロはそれを否定し、唯物論を表明することは愚かだと断言している。[*24]

一方で、カエイロの批判はポルトガルに蔓延する悪しきバロックの批判とも言える。カモンイスに回帰するのではなく、カモンイスを超えなければならない、というわけだ。これはペソア自身の考えでもあった。

このような先鋭的な態度によってカエイロは、カンポス、レイス、そしてペソア自身からも従うべき師と目される。カエイロのポルトガル語はけっして巧くはなく、ややぎこちないとペソア自身が述べているが、確かにカエイロの詩は、同語反復が多く、たどたどしささえ感じられる独特な語り口に貫かれている。子どもでも書けそうな詩、だが、むしろすべてを捨てた隠者の詩、モダニズムのはるか彼方にあると同時にその手前にあるような、すっきりした詩だ。

カエイロは、ペソア自身が望んだ知性からの解放を体現していると言ってよいだろう。

彼が残した詩の数はけっして多くはない。アティカ社版『詩全集』の第三巻、批評校訂版全集では第四巻がアルベルト・カエイロにあてられているが、詩そのものは百頁足らず、『群れの番人』四十九篇のほかに「恋する羊飼い」と題された短詩が数篇と「寄せ集めの詩」の標題のもとに七十ほどの詩篇が残されただけだ。この寡作ぶりは、カエイロが早世したことから説明ができるだろう。ひょっとすると、彼の特徴であるプリミティヴな詩を数多く書くのが難しかったのかもしれない。

リカルド・レイス

リカルド・レイスもまた異教《パガニズモ》の詩人、秘教的詩人とされる。ただカエイロとはずいぶんタイプが違う。一八八七年九月十九日十六時五分、ポルトに生まれたとされる彼は、背がカエイロよりわずかに低く、がっしりとした体格で、髪はくすんだ茶色をしている。イエズス会の学校で教育を受けたためにローマ文化の教養を身につけたラテン主義者だが、みずからの意志的選択によってなかばギリシャ主義者となった医者、そうペソアは説明している。その肖像のうちには、ペソアが少年時代にダーバンでラテン語を学んだニコラス校長の面影が込められていると言われる。レイスは政治的には王党派だったため、サラザールが政権を握ったあと、一九二九年にポルトガルを離れ、その後はブラジルに在住した（とされる[*25]）。

彼の代表作はリューディアやクローエといった女羊飼いや妖精に宛てられたオードだ。「頌歌《しょうか》」とも訳されるオードはもともとギリシャで音楽を伴った歌を意味し、ある人物や出来事を称える内容のものだった。ピンダロスが自由奔放で複雑な韻律で作り、模倣不可能と言われたのが有名だ。英文学では十九世紀にキーツをはじめ多くの詩人が手を染めているが、レイスの場合はそのような近代的なオードではなく、ラテン詩人ホラティウスの『オード集』が意識されている。

リューディア　ぼくらは知らない　ぼくらは異邦人だ
たとえ　どこで死のうとも　すべては他人のもので
ぼくらの言葉を話しさえしない
隠遁しよう
自分たちのなかに隠れ住もう
世界の喧噪を逃れて
愛が望むことは　他人のものとならないこと
秘儀のなかで発せられる謎の言葉のごとく
愛を　聖なるものとしよう　ぼくらのものとして[*26]

ここで呼びかけられるリューディアは、ホラティウスのオード集『カルミナ』に現れる女性の名だ。[*27] 特定の人物に呼びかけるかたちで自分の思いを歌うラテン詩人の形式に倣ってレイスは詩作している。ホラティウスの影響は文体にまで及んでおり、レイスはラテン語の原義をダブらせたり、倒置や省略をふんだんに用いたりする。そのため、彼のポルトガル語はあまりにラテン語的で、通常のポルトガル詩の用法を逸脱している、とペソアはコメントしている。

その最大の特徴は諦念とも悲観とも形容しうるネガティヴな世界観だ。じっさい、その詩は否定辞に満ちている。否定辞で始まり否定辞で終わる詩も少なくない。

無からは何も残らない　我々は無
太陽や風のうちに少し留まるだけの存在
息がつまる暗闇のなかで
湿った土に押しつぶされるまで
子孫を作ったとて　もうすでに死体なのだ

法は布告され　彫像は鑑賞され　オードは仕上げられる……
あらゆるものが　己の墓を持つ　内なる太陽が
この肉体を血で養う我々に落日があるのなら
どうして　それらにないはずがあろう

我々は物語をかたる物語　無なのだ[*28]

Nada fica de nada. Nada somos（「無からは何も残らない　我々は無」）という詩の冒頭に置かれた nada（無）という語の長音の響きが弧を描いて世界をまっぷたつに否定する。それは声高な否定ではなく、呟くような nego（ワレ否定ス）だ。頻出する否定辞によって、レイスの世界は否定のセピア色に染まる。水墨画にも似た、フラットでありながら奥行きを感じさせる世界。近代のネガ、清澄で古典的な語りによって、古代の風景が立ち現れてくる。よきエピクロスの徒として、自分に属さないものと属するものを峻別しつつ、瞬間瞬間の感覚を享受せよ、と告げる。その一方でストア派の徒として、生は不条理であり、虚無から生まれ、虚無へと戻ると告げる。

彼のどのオードにもこのような古代的な〈知〉が通奏低音として流れるが、レイス自身は、それでも近代的な異教徒である。その行動基準は、この束の間、この瞬間のみを生きることだ。

何も持つな　手に　　Não tenhas nada nas mãos
どんな記憶も　魂に[*29]　　Nem uma memória na alma

行頭の否定辞（Não, Nem）は、レイスの詩のひとつの定型であるような印象さえ受ける。

レイスの詩は、彼が敬愛したホラティウスだけでなく、ラテン詩人ルクレティウスの哲学詩『事物の本性について』を思わせるものもあるが、それでもそこには近代的な自己のきらめきがある点で、野生人カエイロとは一線を画している。

誰も他人を愛することはない　愛するのは
他人のうちにある　あると思っている自分だけ
愛されないことを　思い悩むことはない
おまえをあるがままに感じただけ　つまり異邦人として
自分であろうと努めよ　愛されようが愛されまいが
自分自身とともに閉じこもれ　少しずつ
自分の苦しみを苦しむのだ[*30]

レイスは過去にも未来にも殉ずることがなく、ただ現在を生きる悲しきエピキュリアンの理想を綴る、と彼の弟（あるいは従弟）フレデリコ・レイスは評している。[*31]
レイスの残した詩は、『詩全集』第四巻でおよそ百八十頁。長いものでも五十行を超えることはなく、ほとんどが短詩であることも特徴だ。また、わずかではあるが、短い散文も残している。

アルヴァロ・デ・カンポス

三人目のアルヴァロ・デ・カンポスは、一八九〇年十月十五日十三時三十分、ペソアの父の故郷ポルトガル南部のタヴィラに生まれる。身長は百七十五センチ。痩身でやや猫背。ごま塩頭で片眼鏡をつけることもある。マラーノ的雰囲気がある。神父の叔父にラテン語を習う。普通の中等教育を受けた後、スコットランドで造船を学んだエンジニアであり、東方を旅行した後リスボンに戻ってきた(とされる)。

カンポスは、異名者の中でも最もエキセントリックなだけでなく、最も複雑な人物である。レイスと同じくカエイロを師と仰ぎながらも前衛詩人であるアルヴァロ・デ・カンポスは、レイスが瞬間としての自分自身であろうとするのとは反対に、すべてであろうとする。「ああおれはなぜ　あらゆるひと　あらゆる場でないのか！」[*32](「勝利のオード」)と叫ぶ彼は、世界に遍在し、あらゆる人、あらゆる事物であろうとする。レイスが近代的な自我の分裂を瞬間性のうちで掬《すく》おうとしたのに対して、カンポスはこの複数性に進んで身を委せる。その意味で複数的詩人ペソアに最も近い存在だ。

カンポスはまた、異名者の中でひとり進化を続けていく人物でもある。あたかも仮面をはずすかのように次々と新しい相貌を見せていく。ポルトガル未来派の推進者の一人であり、論争が起これば、真っ先に攻撃を仕掛けるこの異名者は散文作品が多い点でも他の二人とは一線を画している。カエイロやレイスには近代的な意味での批評精神は見られない。

それに対してカンポスは批判＝危機《クリティック》を生きる詩人だと言える。雑誌に発表された「形而上学とは何か」（一九二四）や「非アリストテレス的美学のためのノート」（一九二五）などの論考は、ペソアの論考と比べると短いとはいえ、明晰な主張となっている。

　初期のカンポスは、都会に満ち溢れる喧噪と機械の美を謳った典型的な未来派的作品「勝利のオード」に見られるように、時空間へ自分の存在の種子をあまねく撒《ま》き散らしていく点が特徴的であるが、後には「リスボン再訪」や「煙草屋」でのような虚無感やアイロニーも見せる。その詩風は多様で変化していく。カンポスもまた否定辞の多い作品を書いているが、その否定はあくまでも近代的なそれであり、きわめて暴力的である点で、レイスの作品とは似ても似つかない。否定の否定による弁証法的展開によってカンポスは動き続け、駆り立てられるかのごとく疾走する。感情の起伏が激しく、激昂から無表情、高揚から憂愁まで、ダイナミックなレンジを移動する

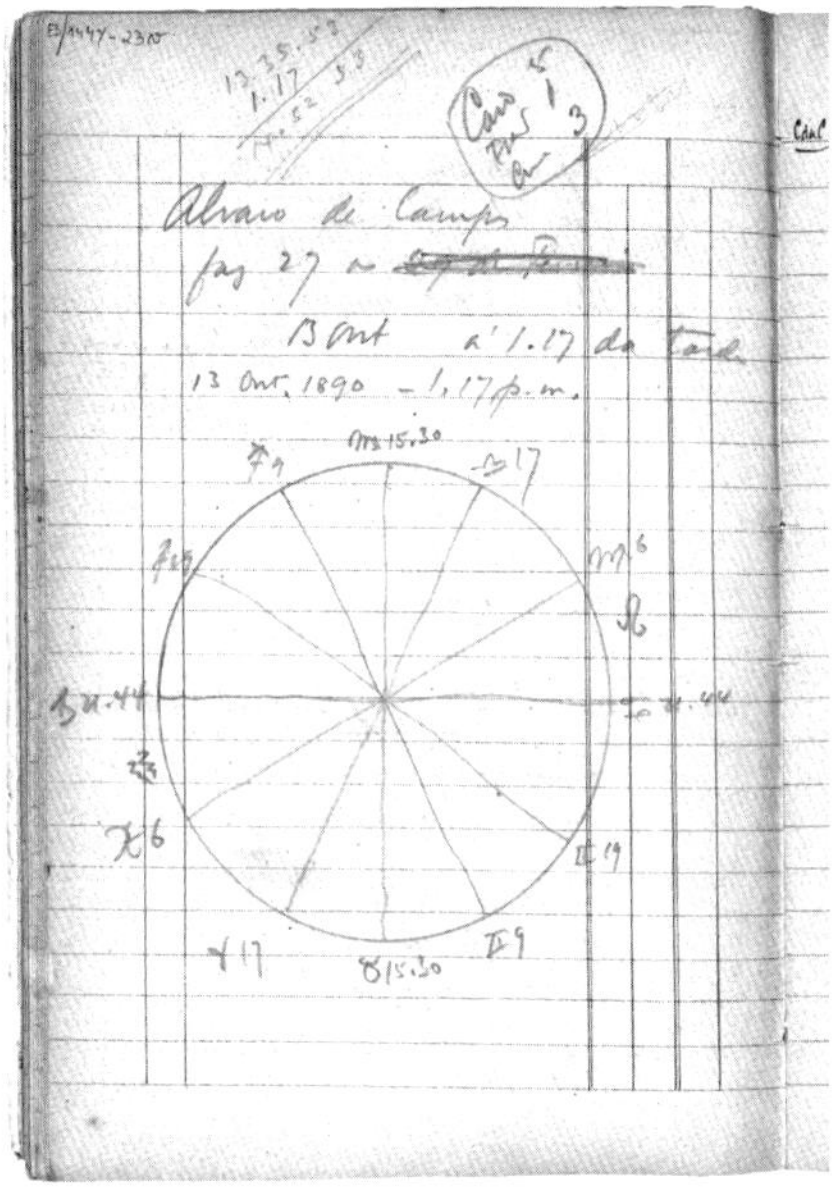

カンポスのホロスコープ
所蔵：Biblioteca Nacional de Portugal

カンポスは、ペソア本人も述べているように、詩人のうちにあるヒステリックな感情の代弁者でもある。「海のオード」「勝利のオード」などの初期の長篇傑作については後ほど詳しく見ることとして、世界を巨大な煙草屋に見立てる後期の代表作「煙草屋（Tabacaria）」の冒頭を引いておこう。

おれは何者でもない
けっして何者にもならないだろう
何者でもないことを欲することはできない
それを別にすれば　おれのなかに世界のすべての夢がある

おれの部屋の窓よ
世界の何百万のうちのひとりで　何者なのか誰も知らない　このおれの部屋
（だが　もし知っていたとして　何を知っているだろう）
窓の下には人びとが往来する路の神秘がある
どんな思考にも接近不可能な路が
現実的　不可能なほど現実的な　確実　認識不可能なほど確実な路が
石畳やさまざまな存在の下に　事物の神秘があり
壁に湿気を与え　人びとの髪を白くする死があり

虚無の道にすべてを載せた車を走らせる運命がある
今日のおれは敗残者だ　まるで真理を知っているかのように
今日のおれは覚醒者だ　まるでこれから死ぬかのように
事物に感じる愛情と言えば　別れの気持ちばかり
であるかのように　そのあいだも　この家と　路のこちら側は
列車へと変身し
おれの頭のなかに汽笛が鳴り
出発のときのように　神経が揺さぶられ　骨がきしむ[*33]

この調子でモノローグが延々と続くのだが、自己矛盾も含めて全事象を語ろうとする饒舌さがカンポスの特徴である。

「私はアルヴァロ・デ・カンポスのうちに、自分自身には許さなかったあらゆる感情を入れました[*34]」とペソアはカザイス・モンテイロ宛ての手紙で説明しているが、とりわけ晩年のカンポスはペソアが表明することを躊躇う感情や意見を直截に表明する装置となっているように思われる。もうひとつ、他の異名者と異なる点は、カンポスが時にペソアの実生活に介入したことだ（これは第八章で見る詩人の恋愛の破綻と関係している）。

さらに、カンポスが改宗ユダヤ人の家系とされていることの意味も小さくないだろう。ペソア自身はみずからのユダヤ的出自に誇りを持っていたにしても、それを誇示することは少なかった。その特徴をカンポスに託したと言えるだろう。カンポスの故郷とされるタヴィラは、ペソアの父方の出身地で、祖父ジョアキン・アントニオ・デ・アラウジョ・ペソア将軍は、騎士階級とユダヤの混血とされている。だが、ユダヤという問題構成についてはのちほど見ることにしよう。ここではカンポスの多様性を見てもらうために、もうひとつ独自な世界を描く短詩を引用したい。ホイットマンに心酔し、既成の秩序の破壊者として振る舞うカンポスは、不思議な抒情性も併せ持つ多面的な詩人なのだから。

ニュートンの二項式は　ミロのヴィーナスに劣らず美しい
ただ　それに気づくひとがほとんどいないだけ

óóóó……óóóóóóóóóó……óóóóóóóóóóóóóó

（そとは風）[*35]

なんとも簡素で、ミニマルアートの佇まいをもった短詩ではないか。
カンポスが師カエイロから受け継いだものは多いが、師の感情的な側面を作品において抽出した様式が、後に見る「感覚主義」である。いずれにせよ、カンポスが他の異名者と異なる点は何よりもその溢れ迸《ほとばし》る言葉、豊饒性、多産性にある。すでに述べたように、彼は異名者たちのなかでただひとり進化を続けた詩人だが、詩に関しては、その作風のみならず、寸鉄詩、短詩、長篇詩などヴァリエーションがあり、アティカ版『詩全集』第二巻に収められた作品はなんと三百十頁におよぶ。

＊

以上の簡単な紹介からも読み取れるように、これらの詩人たちの作風は驚くほど異なるが、ペソアはどのようにして、文体を書き分けたのだろうか。再びカザイス・モンテイロ宛ての手紙から本人の説明を聞いてみよう。

私がこれら三人の名によってどうやって書き分けているのかということですが……。カエイロの場合は、純粋で突発的なインスピレーションが起こり、何を書くのかを意識も想像もせずに書きます。リカルド・レイスの場合、抽象的に思いを巡らした後、それが突然オードの形を取ります。カンポスの場合、突然、書きたいという衝動が起こり、わけもわからず書きます。[*36]

もう一方で、異名者たちのスタイルに共通する要素があるとすれば、それは知性に対する感覚の優位だ。また、彼らがたいていの場合、一人称で発話し、二人称に向けて語っているという点である。このとき、発話を向けられている二人称はしばしば読者、個々の読者だ（レイスの場合は、神話的人物のこともあるが）。一方、発話しているのはペソアそのひとではない。ペソアは実名でも詩を書いているが、この三人の詩人の書くものとは、まったく別の声とスタイルを持っている。実名による詩が、もちろん量的には最も多く、アティカ版『詩全集』では第一巻が生前発表の詩、第五巻が唯一の生前公刊のポルトガル語詩集『メンサージェン』、第六巻が劇詩、第七、第八、第十巻が未発表詩、第九巻が民衆風四行詩、第十一巻が英語詩に当てられている。

四人の特徴を表にしてみるとわかりやすいだろう。[*37]

ただし、もう少し正確に言うと、自己同一性、現実と象徴、異教性と異境性、秘儀と神秘をモチーフとした作品を発表する実名者ペソアもまた、異名者たちを編み出した創造者ペソアとは微妙に異なる存在だろう。さらに、実名者ペソアのうちにもいくつかの方向性が見られるので、問題はさらに複雑なのだが、実名者ペソアも含めた四人の詩人が、先に述べた「幕間劇の虚構」と呼ばれる演劇空間を構成している。

このことを端的に示しているのが、晩年に発表されたカンポスによる「我が師カエイロ追想のための覚書」というテクストである。このテクストはカンポスとカエイロの出会いから始まり、四人の錯綜した関係が素描される。先取りすることになってしまうが、その一節を引いておこう。

我が師カエイロは、パガニズモの信徒ではなかった。パガニズモそのものだったの

	アルベルト・カエイロ ALBERTO CAEIRO	リカルド・レイス RICARDO REIS	アルヴァロ・デ・カンポス ÁLVARO DE CAMPOS	フェルナンド・ペソア FERNANDO PESSOA
生誕地	リスボン	ポルト	タヴィラ	リスボン
居住地	リバテージョ(中部)	ポルト(北部)	アルガルヴェ(南部)	リスボン(中部)
生年月日	1889年4月16日	1887年9月19日	1890年10月15日	1888年6月13日
星座	牡羊座	乙女座	天秤座	双子座
没年	1915年11月	不明	不明	1935年11月30日
身長	中背	カエイロより少し低い	175cm	173cm
肌の色	色白、蒼白	褐色	やや褐色	色白
髪の色	金髪	茶色	直毛黒色、ごま塩	茶色
目の色	青	不明、眼鏡使用	不明、ときに片眼鏡	茶色、眼鏡使用
職業	金利生活者	医師	造船技師	商業翻訳
教育	初等教育	イエズス会の学校	ポルトガルでの中等教育の後、スコットランド留学	南アフリカで英国高校、その後リスボン大学中退
詩風	素朴派	古典的	未来派/前衛的	複数の作風
主な主題	自然	幻滅、諦念	現代生活、航海、矛盾	歴史、人間、秘教
主要著作	『群れの番人』	『オード集』	「勝利のオード」	『メンサージェン』

だ。リカルド・レイスはパガニズモの信徒であり、アントニオ・モーラはパガニズモの信徒であり、おれもパガニズモの信徒である。内向きにこんがらがった糸玉でなければ、フェルナンド・ペソアもパガニズモ信徒であろう。だが、リカルド・レイスがパガニズモ信徒なのはその性格からであり、アントニオ・モーラはその知性からであり、おれの場合は反抗心、つまり、気性からだ。いっぽう、カエイロのうちにはパガニズモを説くものは何もなかった。つまり、彼はパガニズモと同質同根なのだ。[*38]

キーワードとも言えるパガニズモは、ぼくら日本人には馴染みが薄い考えだから、丁寧な説明が必要だろうが、それについては第八章で詳述することにしたい。さしあたっては、異教性《パガニズモ》と現代性《モダニズム》という一見かけ離れたベクトルが複数詩人の作品によって結びついている点を確認することでよしとしよう。ペソアの作品は、異教（異境）からの呼びかけとして、また現実から異境への逃走の誘いとして、あるいは、現実肯定でありながら現実そのものを再現する写実主義ではなく、まがいものの現実、書き割りとしての現実、いわば現実の〈シミュラークル〉を出現させることで、読む者を根底から揺さぶり、そのことで読者自身の人格《ペルソナ》もまた問いに付されることになる。

しかし、いったいなぜこのような不可思議な、そして空前絶後ともいうべき試みがなされたのだろうか。次章でその背景と意義を見ることにしたい。

*1　この本の印税をペソアは大いに当てにしていたのだが、世界情勢の悪化のために計画は頓挫し、ペソアには何の補償もなかった。出版者フランク・パルマーとのやりとりの手紙からその輪郭は見てとれる。Cor I, 108-109. その草稿は、出版社からの手紙と併せて現在では一巻にまとめて刊行されており、全容を知ることができる。Fernando Pessoa, *Provérbios Portugueses*, Lisboa, Ática, 2010.

*2　OPP II, 340-341. Cor II, 342-343.『詩集』一一〇―一一一頁

*3　OPP II, 341. Cor II, 343.『詩集』一一一―一一二頁

*4　『群れの番人』の全草稿はポルトガル国立図書館のサイトで見ることができる。右上に一九一四年三月四日（4-III-1914）の日付が記されているのは、『群れの番人』第一九と第一六が書かれた紙片。前者は「月光が草を照らすとき／何を思い起こすのか　わからない」で始まる九行詩。後者は「私の人生が牛車であったらよい／きしりながら　早朝に　街道を行き／夕べには元いた場所に／帰って行く」で始まる十二行詩。ECFP IV, 47, 173-174; 45, 166.
https://purl.pt/1000/1/alberto-caeiro/obras/bn-acpc-e-e3/bn-acpc-e-e3_item175/P5.html

*5　「書誌目録（Tábua bibliográfica）」は『プレゼンサ』一七号（一九二八年十二月）に発表された。OPP III, 1424.『詩集』一〇八頁

*6　OPP III, 1424.『詩集』一〇八頁

*7　OPP III, 1425.『詩集』一〇八頁

*8　Cor II, 84. フランシスコ・コスタは一九〇〇年生まれの詩人・小説家で、ペソアが創刊した雑誌『アテナ』に寄稿している。

*9　Cor II, 343. 強調は原文。

*10　アルマンド・コルテス＝ロドリゲス宛て、一九一四年十月四日付の書簡。「彼〔アルフレド・ペドロ・ギザド（ペソアの友人の詩人）〕はカエイロについて、たまたま紹介され、話を交わした人物として話し出した。すると、〔アントニオ・〕フェロ（ペソアの友人のジャーナリスト・作家）は「なんだい、そのいなかっぺは。そんな奴のことは聞いたこともないぞ」と言った。するとそこに居合わせたギザドの知り合いのセールスマンが図らずも声を上げた。「私は、その詩人のことを耳にしたことがあります。それに、彼の詩をどこかで読んだようにも思います」」。Cor I, 125-126.

＊11　Cor I, 115-116.
＊12　OPP II, 1067.
＊13　OPP II, 923.
＊14　ペソアはほとんどの詩に創作の日付を記入しているのだが、異名者の詩に関しては、この日付を事実とすることは難しい。たとえば、カンポスがカエイロと出会う前に書いたとされる作品「阿片常用者」には、「一九一四年三月、スエズ運河、船上にて」と記されているが、これは虚構上の真実の日付と理解されるべきである。
＊15　*Cartas* I, 150.
＊16　*Cartas* I, 151.
＊17　*Cartas* I, 154-155.
＊18　Sá-Carneiroから、最初のSáと途中のrnを取り去るとCaeiroとなる。Carneiroとは牡羊を意味するが、カエイロの星座は牡羊座（Carneiro）であり、彼の主著が羊と関係のある『群れの番人』であることは偶然にしてはできすぎている。
＊19　タイトルのO Guardador de Rebanhosはもう少し素直に「羊飼い」と訳すことも可能である。ただし、詩の内容から本物の羊飼いのみが問題であるわけではないことがわかる。
＊20　OC III, 20.『詩集』三三頁
＊21　Ralph Waldo Emerson, *Nature* (1836), Chapter I. ペソアの蔵書にはエマーソンの選集がある。
＊22　OC III, 22-23.『詩集』三四頁
＊23　OC III, 22-23.『詩集』三六頁
＊24　後出の「我が師カエイロ追想のための覚書」。cf. OPP I, 737-738. 利害を超えたこのような観照の態度のために、カエイロの詩を同時代の哲学者エドムント・フッサールの現象学に比する研究者もいる。
＊25　レイスに関しては、ブラジルに亡命させた後の暮らしについてペソアが何も書き残していないので、多くはわからない。その後日談を語ったのが、ポルトガル語圏初のノーベル賞作家ジョゼ・サラマーゴの小説『リカルド・レイスの死の年』で、ペソアの死後にレイスがリスボンを再訪する様

子を描いている。

＊26 OC IV, 142.『詩集』五三頁

＊27 リューディアの名はホラティウス『カルミナ』第一巻八歌、一三歌、二五歌に出てくるほか、第三巻九歌は彼女との対話詩となっており、そこにはレイスが呼びかける別の女性、クローエの名前も見える。

＊28 OC IV, 145.『詩集』五七頁

＊29 OC IV, 30.『詩集』五四頁

＊30 OC IV, 145.『詩集』五六頁

＊31 OPP I, 804-805.

＊32 OC II, 154.『詩集』八七頁

＊33 OC II, 252-253.『詩集』七一—七二頁

＊34 Cor II, 340.

＊35 OC II, 110.『詩集』八七頁

＊36 Cor II, 345. 詩は即興的なので他者の文体のうちに入り込むことは比較的容易だが、散文は難しくて、レイスの散文は書くことができないでいる、とも述べている。Cor II, 346.

＊37 この表はブラジルの批評家カヴァルカンチ・フィーリョがその浩瀚なペソア論で作成したものを参考にしている。UQA 235-236.

＊38 OPP I, 737.

05. 幕間劇の虚構

1──仮面と舞台

一九一四年三月から六月にかけて、ペソアはアルベルト・カエイロ、リカルド・レイス、アルヴァロ・デ・カンポスという、自分とはまったく異なる人格を備えた三人の異名詩人を生み出した。文学創造においては高揚期だったこの時期、日常生活のほうは不安定で低調だった。家族や親しい友人が次々とリスボンを離れたことがそれに拍車をかけた。とりわけ、前年の秋に帰国していた親友の詩人マリオ・デ・サ＝カルネイロが六月にパリに戻ったことが大いに応えたようだ。[*1] 二人は頻繁に手紙を書きあっているが、そこでは生活の不安ばかりでなく、もちろん、文学のことに多くの紙幅が当てられていて、互いに近作を送り、批評しあっている。[*2] サ＝カルネイロは、すでに引用した手紙でも異名者に言及していたが、六月二十七日付の長文の書簡では、レイスの「オード」を書き写しながら、「ホラティウスに匹敵する、古典的な「斬新さ」を実現[*3]」していると絶賛している。とはいえ、異名という装置の意味についてはよく理解していなかったようにも見える。「アルベルト・カエイロ、リカルド・レイス、アルヴァロ・デ・カンポスという策略（enredo）はとても興味深い」としたうえで、「本当を言えば、彼〔ペソア〕は、これらの偽名を必要としないのではないか」[*4]とも述べているからだ。

七月二十八日、オーストリア＝ハンガリー帝国がセルビアに宣戦布告し、第一次世界大戦が始まる。パリにいたサ＝カルネイロは不安に駆られ、八月末には非参戦国スペインのバルセロナに逃れ、九月半ばには結局ポルトガルに戻ることになる。一方、この時点では参戦していなかったポルトガルの首都リスボンでは戦争の影響はさほどなかったが、ペソア自身の精神状態は最悪だった。苦しい精神状態をペソアは、当時の最も親しい友人アルマンド・コルテス＝ロドリゲス宛ての九月二日付の書簡で吐露している。

ぼくはいま人生の危機の時代を過ごしている。自分の知的進路および「生活の」進路全体に方法的かつ論理的な意味を与えようと日々腐心している。自分の人生に（そして、そのことによって自分の作品に）規律を与えたい。[*5]

同じ手紙でペソアは異名者についても触れ、いまカエイロ、レイス、カンポスが書いているものはまだ作品の域には達していないが、近いうちにそれらは書物のうちに収められるだろうと控えめに述べている。彼らの名前が最初に現れるのもコルテス＝ロドリゲス宛ての別の手紙なのだが、そこではまだ「異名」という表現は現れておらず、偽名による試みと記されている。[*6] いずれにせよ、彼らの登場でペソアがみずからの創作活動に大きな手応えを感じたことはまちがいない。少し前になるが、六月五日付の母親への手紙（の写し）にはその自信のほどが窺える。

十年後――いや五年後に、私はどうなっているでしょうか。友人たちは、私が現代の最も偉大な詩人になると言います。――彼らは私がすでに書きあげたものを見てそう言っているのであって、私が今後書くであろうものからではありません（そうでなかったら私は彼らの言葉をここに引いたりしません）。しかし、それが実現するとして、私にはその意味するところがはっきりとわかっているでしょうか。その味を知っているでしょうか。ひょっとすると栄光は死と無用性の味がするかもしれません。そして、勝利は腐敗の匂いがするかもしれません。[*7]

確実な収入を得る定職につこうとしない息子の行く末を案じていた母を安心させるための言葉だったかもしれない。だが、異名者たちが生み出されたことで、ペソアにはこれまでとは違った展望が開けたことは確かだろう。いずれにせよ、ほとんど妄想から生まれたとでも言いたくなるこれらの人物を世に放たねばならない切迫した必然性が、ペソアのうちにはあった。自分の頭のなかだけでなく、部屋にまで溢れだし、視線の先に蝟集《いしゅう》するこれらの影を解き放つために……。そうでなければ、ペソアはほんとうに狂気に陥ってしまったかもしれない。じっさい、ペソアはみずからの異名者たちの誕生の起源に病理的なものを見てとり、彼のうちにあるヒステリーの深い痕跡、ないしはヒステリー性神経衰弱によってその説明を試みている。

> 異名者の心的起源としては、私の離人症および偽装への器質的で恒常的な傾向があります。これらの現象は――私にとっても他の人びとにとっても、幸いなことに――心理化されています。つまり、実生活においては、他人との関係において外に現れることはないのです。もし私が女なら――女性の場合にはヒステリー現象は攻撃性などのうちで現れますから――アルヴァロ・デ・カンポスの詩はどれも（私の詩のうちで最もヒステリックにヒステリックな詩です）、周りの人びとにとっては警告サインとなったことでしょう。しかし私は男なので――そして男性の場合ヒステリーは主に心理的な様相を帯びるので、すべては沈黙と詩《ポエジー》のうちで完遂します。[*8]

しかし、この言葉を文字通りに受け取ってしまうのはナイーヴすぎるかもしれない。これはあくまで一つの説明でしかない。子どもの頃からペソアが自分のまわりに虚構の世界を創り上げ、存在したことのない友人や知り合いに囲まれて暮らしていたことはすでに記したとおりだが、それだけでは詩にも文学にもなりはしなかっただろう。幼少期の幻視においては、彼らが活躍するための装置、すなわち舞台が欠けていた。ペソアは自分で、これまでになかった舞台を立ち上げなければならないだろう。そう、舞台こそは、これらの異名者たちの場所である。

ギリシャ悲劇の時代以来、舞台こそは自分が自分でなくなる場所、自分とは別の誰かが立ち上がる場所であったことはよく知られているとおりだ。芝居の仮面あるいは儀式の際につける面のことを、古代ギリシャ人はプロソーポン、ローマ人はペルソナと呼んだ。後者から、私たちが知る「パーソン」という言葉は生まれた。つまり、仮面をつけることによって、役者は自分以外の誰かを呼び出し、不在の誰かを現前させるのだが、このことから登場人物のこともまたペルソナと呼ぶようになった。そこから後になって、この言葉が人物の統一原理を指すにいたったのだ。

そうはいっても、古代のペルソナは、現在の私たちが考えるような生物的な個体性や、自我の意識と結びつくものではなかった。芝居の仮面にすぎなかったペルソナが、内面的統一性を持った「人格」へと移行し、自我としてのペルソナとなっていくにはキリスト教という媒介が必要だった。[*9] その複雑で精緻な理路を辿ることがここでの目的ではないから、ごく大雑把にまとめるに留めるが、霊魂の不滅を説くキリスト教の教義が、現世的なローマ法と結びつき、それが整備される過程でペルソナ概念が確立したと言える。こうして、霊魂としての人は、他の人間には代えがたい個性、滅ぼすことのできない人格の核としてペルソナを持つこととなる。その一方で、カトリックにおける最も重要な教義にもペルソナは関わる。父と子と聖霊は三つのペルソナ（位格）として区別されながらも、神としては一つであるとする不可思議な三位一体の論理はよく知られている。

ところで、仮面というと隠蔽の手段であるかのように思われがちだが、仮面は隠すだけでなく、隠しつつ露わにするという機能も持つ。そうして、そこにないものを開示するのである。したがって、仮面が嘘で素顔が真実、という単純な対立関係にはない。虚構《フィクション》vs真実と、断定してはならないのだ。むしろ、オスカー・ワイルドが喝破したように、「ひとは自分の人格で語るとき、最も自分ではない。仮面を与えられて、真実を語り出すだろう」[*10]と言える。ワイルドはペソアが強い共感を覚え、その詩を訳そうと試みてもいた作家だから、この言葉を知っていた可能性もあるだろう。現代思想が強調したように、虚構こそは、逆説的にも真理の発現する場所となることをペソアはつねに意識していた。

真実を告げる仮面というテーマは、ペソアの作品にしばしば現れる。たとえば、カンポスのこんな詩がある。

おれは仮面をはずし　鏡のなかの自分の顔を見た……
四十年前の子ども
まるで変わっていない……
これが　仮面が取りはずせる便利な点だ
いつでも子ども

過去が
子どものままなのだ
おれは仮面をはずし　ふたたび仮面をつける
このほうがいい
こんなふうに　仮面になると
いつもに戻った気がする　始発点に戻るように[*11]

あるいは実名の英語詩『三十五のソネット』の八番。

ぼくらはどれほどの仮面をつけているのか　仮面の下にも
魂の表情の上に　そして
みずから戯れて　魂が仮面を脱いだとして
それが最後の仮面なのか　素顔なのか　わかるだろうか
真の仮面は仮面の内部で感じられない
仮面ごしに　仮面した目で見るのだ[*12]

ペソアは本質的に演劇的な関心を持つ詩人であると先に述べたが、それはまずは、彼のうちに見られる多重性のためだ。つまり、俳優のように、自分自身でありながら、他者であること、あるいは他者となることで自分であることと関係している。

優れた演劇人でもあったフランスの作家アルベール・カミュは、俳優のありかたを、「あらゆる人生に入り込み、その多様性のうちでそれらの人生を実感すること」[*13]と表現している。この考察は演劇の本質を見事に要約した一節であると同時に、ペソアの営みを説明するための最適な表現でもあろう。「演じる」ということは嘘であり、したがって非誠実だと思われがちだが、ペソアはそのようには考えない。コルテス＝ロドリゲス宛ての別の手紙でのペソアの説明を見てみよう。

> 私が誠実でない文学と呼ぶものは、アルベルト・カエイロやリカルド・レイスやアルヴァロ・デ・カンポスの文学のことではありません（この最後のカンポスはあなた好みの人物で、夕べと夜の詩人です）。彼らの文学は、他者の人格において感じられたものであり、劇的に書かれてはいますが、誠実な（この言葉に私はたいへんな重みを置いています）ものです。それはリア王がシェイクスピア本人ではなく、彼の創造であるにしても、誠実であるのと同じことです。私が不誠実と見なすものは、人を驚かせるための作品や、根源的な形而上学の観念に根ざさない——これはとても重要です——作品です。つまり、人生の重みと神秘の概念が、たとえわずかな息のようなものであっても、見られない作品のことです。じっさい、カエイロやレイスやアルヴァロ・デ・カンポスの名前で書いた作品はすべて非常に真摯なものです。彼ら三人のう

ちに、私は人生に関する深い考察を、それぞれ別のしかたで、しかし、どの場合も、存在するという事実の神秘的な重要性に対する関心を込めて、投入しました。[*14]

文学における「誠実さ」とは何か、という大きな問題が提起されているくだりだが、この点を「模倣《ミメーシス》」という観点から考察してみよう。ふつうに考えれば、模倣とは、オリジナルあっての話である。つまり、オリジナルに対するコピーであり、その結果、一段低いもの、ひどいものは偽物だとされる。プラトンが自分の考える理想の国家から詩人を追放すると言って以来、哲学においてはしばしば模倣は悪しきものと考える風潮があったが、ペソアは、むしろ〈ミメーシス〉こそ詩の根幹にあると考えた。実名による詩、「自己心理記述」は、彼の詩学のまぎれもないマニフェストとして読むことができる作品だ。すでに引用したこの詩をあらためてここで読み直してみよう。

詩人はふりをするものだ
そのふりは完璧すぎて
ほんとうに感じている
苦痛のふりまでしてしまう

書かれたものを読むひとが

読まれた苦痛のなかに感じるのは
詩人のふたつの苦痛ではなく
自分たちの感じない苦痛にすぎない

こんなふうに　軌道のうえを
理性を楽しませるためにまわっている
そのちいさなぜんまいの列車
それが心と呼ばれる[*15]

常識的に考えれば、詩人とは詩を書く者、つまり創造する者だろうが、ペソアは、詩人とはfingidor（ふりをするもの）だと提示する。fingidorというポルトガル語は、他の言語に移し替えるのが難しいが、ぼくらの知っている言葉だと「フェイント」が同じ語源から来ている。つまり、「装う」ことである。装うことは、ほんとうはそうでないという事実を含意するから、偽物、嘘ということになってしまうが、ペソアの装いは、その背後に真理を隠してはいない装いである。

模倣は、人間に固有な行為ではない。動物もまた他の事物を模倣することがある。これを生物学用語では「擬態《ミミクリー》」と言う。生き物が外敵から身を守るために環境世界に溶け込むありかた。ある種の魚が海藻と見紛う外見をしていたり、蛾が木の葉とそっくりの姿で自分の存在を隠したりすること。これが擬態《ミミクリー》だ。この言葉を使って、第一行 O poeta é um fingidor を「詩人とは擬態者である」とあえてぎこちなく訳してみよう。そうすると、問題の所在がより明瞭に見えてくる気がする。世界を把握するには、対象を客体として捉えるやり方だけでなく、じつにさまざまな方法がある。事物を模倣するのも、その一つだ。そして、芸術の根源には、このような模倣があったのではないか、と言われることもある。ただ、対象と肉体的に同化しようとする行為は、しばしば原始的なもの、あるいは幼児的なものと考えられてきた。[*16]

ままごとや〈ごっこ遊び〉に興じた子どもの頃のことを思い出してみよう。お母さんやパン屋さんを演じる時、子どもはそれになりきっている。また、人間以外のもの、風車や汽車などの物や、馬やライオンのような動物になりきる。ほんとうの自分が一方にあって、もう一方で模倣する対象を真似るわけではないのだ。ほんとうの自分などというものは幻想にすぎない。子どもは同一化の身振りによって、風車や汽車の、馬やライオンの本質を内側から理解（認識）する。それは、客観的、科学的知とは異なる対象理解のありかたではあるが、それらより劣るわけではないだろう。さらに言えば、生まれたばかりの子どもが、模倣によって、親や世界を了解していく過程に端的に見られるように、それは人間の最もプリミティヴであると同時に根源的な世界了解でもある。そして、詩人とはまさに子どものように、世界になりきる。[*17] 自然詩人アルベルト・カエイロの世界がこれだ。

わたしは羊飼い
わたしの飼っている羊の群れとはわたしの思考たち
わたしの思考とは　すべて感覚したもの
わたしは考える　目と耳で
手と足で
鼻と口で

花のことを考えるとは　それを見て　香りを嗅ぐこと
果実を食べるとは　その意味を知ること[*18]

（『群れの番人』第九）

模倣《ミメーシス》を通じて、ひとは対象を経験し、対象の側はひとを通じて自己を表現するということが起こる。幼児や呪術的段階において人間は、まさに主体としては未熟であること（内界と外界の区分が曖昧であること）によって、このような模倣能力を発揮することができたのではないだろうか。つまり、未知のものを、自分の知識に簡単に還元することなく、そのものとして経験し、表現したのではないだろうか。ペソアが「詩人はふりをするものだ」というのは、このような詩法としてのミメーシスのことだ、とぼくには思われる。身体全体を、そしてその延長としての物質を用いて、細部にわたって未知の何かを真似ることによって、その未知のものを既知の概念にしてしまうことなく、それ自身として知ることである。それは、少し哲学的に言うと、複数性を一者へと包摂することなく、その個別性において捉えるありかただと言える。[19]

ところが、文明によって、ぼくらは他者と有機的に一致するという本来の模倣《ミメーシス》を捨て去ってしまった。わたしはわたしであって、あなたではない、馬でもない、風車でもない。厳格な同一律に根ざすかぎり、「わたしはわたしである」。大人はこの同語反復《トートロジー》から抜け出すことができず、そのために、未知なるものを本当の意味で理解することもできない。さらに悪いことには、他なるもの、「同一性」へと包摂することができないものを理解不可能なものとして排除してしまう。

「市民社会は等価交換原理によって支配されている。市民社会は、同分母に通分できないものを、抽象的量に還元することによって、比較可能なものにする。啓蒙にとっては、数へ、結局は一へと帰着しないものは仮象と見なされる。そういうものを、現代の実証主義は詩の領域に追放した」[20]というアドルノの言葉を援用すれば、まさにそのような一への還元を拒否する身振りとしてペソアの複数性を理解することができるだろう。

このようなミメーシスの身振りは、ペソアが編み出した異名者という虚構装置とどのように関係しているのか。それを近代的自我とのかかわりで見ることにしよう。

2――誰でもない者

ペソアが本格的に詩作を始めた頃の西洋文学の潮流をまずは確認しておこう。それはなによりもモダニズムの時代、さまざまな流派が生まれては消える前衛芸術の時代だった。多様な主題が明滅したわけだが、ここでは「自我」あるいは「わたし」という点に着目して、ペソアの異名者の試みの背景を見ることにする。イギリス、フランス、ドイツ、アメリカのような先進国と、周辺に位置し、政情も不安定で、経済発展も立ち後れていたスペイン、イタリア、ポルトガルなどの南欧を同一に論じることはできないが、それでもより広範囲な文脈に置くことで見えてくるものがあるだろう。

市民社会が少しずつ形成されていくヨーロッパ近代において、文学は、かけがえのないパーソナルな個性の表現として発展してきた。創作の問題は、世界と対峙する自己同一的（と想定された）な〈主体〉という問題構成と切り離すことができない。このような個のありかたを端的に表現したのは、十七世紀フランスのデカルトの言葉「我思うゆえに我あり」だ。「自我」の観念が精緻な哲学的体系を取るのは、ドイツ観念論によってである。その意味で、認識主体としての「自我」と近代的な世界観は連動していると言えるだろう。だが、ここでは難解な思想史の細部に入る必要はない。「わたしはわたしである」という単純な命題に帰着する近代的自我が、作者のオリジナリティと相俟って、芸術の中心にあったことを確認すれば十分だろう。

しかし、十九世紀末から、哲学においても、文学においても、自己同一的なものとして考えられた「自我」に対する信頼は揺らいでくる。その代表は、ペソアの同時代人であるマルセル・プルーストの『失われた時を求めて』(一九一三―二七)やジェイムズ・ジョイスの『ユリシーズ』(一九二二)といった壮大な自我の流れをめぐる物語だろう。[*21] 彼らの作品において始まった人物の解体は、それに続くカフカ、ムージルといった作家によって、より先鋭な形で、個性の分裂、解体、四散として描かれることになるし、ダダイスムや、フロイトの精神分析の強い影響下に展開したシュルレアリスムの運動が近代的な自我を否定したことはよく知られている。こうして、二十世紀初めの文学は、主体の位置、そしてそれに連動して作者のありかたにひずみを入れたのである。

西洋近代小説は、主人公の成長を語る教養小説《ビルドゥングスロマン》であれ、登場人物の内部へと沈潜する心理小説であれ、物語は輪郭のはっきりした個性を備えた個人を中心に、いわば近代絵画が遠近法で描くように、明確なパースペクティヴのうちで描かれるのが通例だ。ひとの心のなかには相矛盾した多様な顔があるはずなのに、そのうちのひとつの顔が唯一の典型として前面に出てくるのだ。

たとえば、十九世紀の大小説でもスタンダールやバルザックの主人公は、等身大の人間というよりは、ある一部が誇張された、行動的な人格である。しかし、このような自我を基調とした人物像はプルースト以降、次第に境界の不明瞭さにとって代わられることになる。『失われた時を求めて』の登場人物たちは、没落貴族やスノッブなブルジョワの典型に見えるが、じつはまったく別の人格を秘めた人間として描かれていることはその証左であろう。アルベルチーヌやシャルリュス男爵は、おそろしいほどの襞《ひだ》をうちに潜めているからこそ、神秘的な人間として語り手をも読者をも魅了するのだ。また、『ユリシーズ』の場合は、語りの視点が複数化あるいは非人称化され、明確な人物の語りが膨大な数の引用、パロディ、パスティシュにとって代わられる。[*22]

つまり、二十世紀前半とは、現代のぼくらにとっては実感となった近代の終焉と個人主義の終焉の始まりの時代だと言える。そしてそれは「自我」の解体と軌を一にし、パーソナルな個性の表現としての芸術の終焉でもある。

ペソアはこのような流れを詩の分野において、きわめて斬新に、そして特異なかたちで体現している。そう言ってもけっして誇張にはならないだろう。〈異名者〉の創出によって、一なるわたし、確固たるわたしという「自我」の神話は完全に解体あるいは脱構築されるのだ。もちろん、このような試みは、すでに十九世紀後半に象徴派を代表する詩人マラルメにおいて無名性として、また「わたしとは一個の他者である」と言ったアルチュール・ランボーによって予見されていた。

その一方で、ヨーロッパの周縁的な場所で相次いで、ペソアの同時代人たちが類似した試みを行っていることは興味深い。西洋の本流と見なされる国で近代化が進むのを横目で見ながら、それに遅れまいと近代化を懸命に推進する南欧などの周辺諸国では、強度こそペソアに及ばないものの、スペインの哲学者ミゲル・デ・ウナムーノ（一八六四―一九三六）が小説『霧』[*23]（一九一四）で、イタリアの劇作家ピランデッロ（一八六七―一九三六）が戯曲『作者を探す六人の登場人物』[*24]（一九二一）で、スペインの詩人アントニオ・マチャードド（一八七五―一九三九）がジャンル分類不可能な作品『フアン・デ・マイレーナ』[*25]（一九三六）によって、作者と作品の関係を揺さぶっているのだ。

『霧』は、シリアスな物語だが、失恋した主人公アウグストが自殺を考えるあたりから、メタ小説の様相を示す。アウグストは、自殺についての著作があるウナムーノに相談をするのだが、そこで哲学者からおまえは私の小説の登場人物にすぎないから自殺はできないと宣告されてしまう。それに対して主人公は「あなたもまた登場人物にすぎない」と切り返すように、ウナムーノの創造に関する見解が示されている。一方、ピランデッロの戯曲は文字通り、登場人物が作者に物語を聞き書きさせるのがプロットとなった、演劇そのものを主題とするメタ演劇として有名であるから、ここでは詳細を記すには及ぶまい。

ペソアに最も近い例は、スペインの詩人マチャードだ。『フアン・デ・マイレーナ』は、セビーリャ生まれの高校教師にして著述家のフアン・デ・マイレーナの発言集という結構をとってはいるが、通常のジャンルには分類しがたい。マイレーナは彼の師である哲学者アベル・マルティンの伝記などの著者ということになっているのだが、これらはすべて虚構であり、収録されているテクストはもちろん作者マチャードによるものだ。ただし、作家はそれをあくまでもマイレーナによる偽書としている点でメタ作品的側面が強い。小説の外枠として架空の編者を設定するやり方は十八世紀の小説にも類例は少なくないが、別人格が強調されている点で、ウナムーノらの試みは以前の小説とは一線を画す。
この星座のうちに、ヴァレリー・ラルボー（一八八一―一九五七）の『A・O・バルナブース全集』（一九一三）も入れるべきだろう。というよりも、発表年で言えば、こちらが先駆けと見なされる。この作品は、富裕な好事家《アマチュア》の短篇小説、詩、日記からなる全集という枠組みで作られている。ラルボーはジョイスの『ユリシーズ』の価値を夙《つと》に見出し、手ずからフランス語に訳したのみならず、イタリア半島やイベリア半島の文学にもアンテナを張っていたコスモポリタンな作家だが、『A・O・バルナブース全集』こそがペソアに異名者のアイデアを与えたのだと主張する研究者もいるほどだ。[*26] じっさい、バルナブース（＝ラルボー）の「仮面」と題された詩には、カンポスのすでに引用した詩と響きあうものが見てとれる。

僕はいつも顔に仮面をつけて書く、
そう、古いヴェネチア風の仮面、[*27]

異名者の系譜はさらに遡ることができるだろう。デンマークの哲学者ゼーレン・キルケゴール（一八一三―五五）である。彼はペソアときわめて似たしかたで、多くの筆名を用いて執筆した。[*28] 多くの哲学書を読んでいたペソアだが、キルケゴールを読んでいた形跡はない。しかし、二人には少なからぬ共通点がある。

その主著『あれか、これか』（一八四三）は十八世紀の小説にお馴染みの見出された原稿の出版者という枠組みをさらに複雑化して、入れ子構造を重層化した。[*29] 全体の架空の著者、あるいは刊行者はヴィクトル・エレミタという人物だが、その序言によれば、著者はエレミタ自身ではなく、この本の草稿を古道具屋から買った古机の引き出しの中に偶然見つけたにすぎない。さらに、草稿の筆者は一人ではなく、二人だとされる。第一部の美的内容の作者はAと呼ばれ、第二部の倫理的内容の筆者はBと呼ばれるのだが、第一部中の「誘惑者の日記」はA自身によるものではなく、ヨハンネス（誘惑者）という人物が書いたものをAが偶然発見し、整理清書したとされるのだ。

この錯綜した構成からだけでも、キルケゴールが提起しようとした複数性の問題は垣間見えるだろう。だが、それだけでなく、彼は自分の著書の内容の性格によって、そのつど「沈黙のヨハンネス」とか、「アンティ・クリマクス」などと名乗ることによって、本名（あるいはペソア流に言えば、実名者）のキルケゴールとは異なる性格で語っていることを強調したのである。その意味で、この身振りは、作品の責任者としての作者（author）という発想の枠組み内にあるのであり、近代芸術によって重視されるオリジナリティ神話とも密接につながっている。

天才的な芸術家による作品の創造という「オリジナリティ神話」は、ヨーロッパの諸言語が確固たる人称構造を持つことと無縁ではないだろう。たとえば、英語話者の場合、物心ついたときから、死ぬときまで、自分のことは「I」と発話する。さらに誕生の際につけられたファーストネームは生涯を通して変わることはないから、その名前はアイデンティティの核として機能することになる。わたしはわたしであり、それは永遠不変である。前節で見たキリスト教的な魂の不変性もそれを強固にする。

発話するごとに「I」と発し、呼びかけられるごとに同じ名前で名指されること、これはすでに百五十年ほど前から西洋システムを採用して、それに馴染んでいる現代の日本人にはさほど奇異なものには感じられないかもしれない。しかし、ぼくらの文化の深層心理に沈潜してみれば、事がそれほど単純でないことはすぐさま浮かび上がってくるはずだ。じっさい、日本語の場合、人称代名詞はヨーロッパ言語的な人称構造とは異なり、むしろ自称詞にすぎないことは言語学者が指摘するとおりだし、日本語学習者なら大きな躓《つまず》きの石として実感するところでもあろう。

日本人の男性は、生涯にわたって、ぼく、おれ、わたし、わたくしなどを使いわけるだけでなく、子どもに向かっては、自分のことを「お父さん」などと呼び、発話の状況に応じて、用いる名称が異なる。したがって、この使いわけは単に言語レベルだけでなく、人格の使い分けにまでいたる。これこそ平野啓一郎が「個人」とは違う意味で名づけた「分人」的なものの表れである。

あるいは、明治以前の日本人が生涯に何度も名前を変えてきたことを思い出してもよいだろう。義経の幼名は牛若丸で、元服したあとも、判官《ほうがん》などの官位名で呼ばれるとき、その人のアイデンティティの中核をなすものは何なのか。また、名前を継承する歌舞伎役者や噺家《はなしか》にとって名前が体現するアイデンティティには俳優と登場人物の間柄にも通じる関係性があるだろう。その意味で近代的な自我を獲得できずにいた明治期の日本人にとって自我がひとつの神話でしかないことは明々白々たる事実であった。

主体が変化するというモチーフはペソアの詩に頻出する。次のレイスの詩がそうだ。

過去の自分を想い出すとき　そこに見出すのは別のひと
記憶のなかでは　過去は現在
過去の自分は　わたしが愛する誰かだ
それとて　わたしがそう夢見ているにすぎない
わたしの魂を苛《さいな》んでいるのは
自分への郷愁《サウダーデ》や　いま見える過去への郷愁ではなく
この盲《めし》いた両眼の背後で
わたしが棲処《すみか》にしている郷愁
この瞬間だけが　わたしのことを知っている
記憶でさえ　何ものでもない　だから

わたしは感じる　現在のわたしも　過去のわたしも
異なるふたつの夢にすぎないと[*30]

ペソアのあらゆる詩的営為が炙《あぶ》り出すのはぼくらがしばしば疑問を抱くことなく信じている、「自分は自分だ」という近代的な人格や個人の手前にある「誰か」あるいは「何か」だ。それを「誰でもない者」、「ノーボディ」と言い換えてもよいだろう。そして、それは「誰でもない」からこそ、誰でもありうる何かでもある。つまり、「わたし」とは誰でもない、ノーボディなのだが、そのノーボディはエヴリボディに通じるのだ。この不思議な連関を象徴的に表している挿話が、ヨーロッパ最古の叙事詩『オデュッセイア』第九章のうちにある。

トロイア戦争からの帰途、一つ目の巨人キュクロプスの島に立ち寄ったオデュッセウスは部下たちと洞窟に囚われる。オデュッセウスは、巨人の中で最も大きいポリュペモスに名前を尋ねられ、「ウーティス（oudeis）」だと答える。その後、相手が酔ったところをオデュッセウスは目を突き刺して逃げるのだが、目が見えなくなった巨人は叫び、仲間たちが戻ってくる。彼らは「誰にやられたのか」と尋ねるのだが、「ウーティスにやられた」というポリュペモスの答えに、仲間たちは困惑する。ギリシャ語の「ウーティス」とは英語のノーボディ、つまり「誰でもない」を表す代名詞だからだ。「誰でもないやつにやられた」つまり「誰にもやられていない」ということになる。オデュッセウスは「ウーティス」と名乗ることによって、みずからを非人称化し、難を逃れたのである。[*31]

この挿話は、文学創作と密接に結びついていると考えることができるだろう。「書く」ということとは、生身の「わたし」から、誰でもない作者としての「わたし」になるという確信がペソアの営為のうちにはある。このような考えが六〇年代のフランスで、ロラン・バルトの「作者の死」やミシェル・フーコーの「作者とは何か」によって理論化されることはよく知られているとおりだ。

単なる偶然か、それとも運命と言うべきか、ペソア（pessoa）というポルトガル語は、仮面を意味するラテン語personaを語源とし、人、人称、個人、人格、ペルソナを意味する言葉だ。また、不定冠詞をつけてuma pessoa「誰か」「私たち」という意味でも用いられる。一方、フランス語ではpersonneは「ひと」を表すほか、代名詞として「誰でもない」という意味がある。フランス語に堪能であったペソアはこの点にも十分意識的であったろう。ペソアの本名にはPessôaとoの上にアクセント記号がついていたのだが、ある時期から署名する際にこのアクセント記号を取ってしまったことの背景には、このような言葉の意味連関があったのかもしれない。[*32]

いずれにせよ、自我はひとつではなく、むしろ分裂したものだ、と精神分析の助けを借りることもなくペソアは確信していた。この事態を歌ったカンポス名義の詩「メモ」を紹介しよう。

おれの魂は空っぽの花瓶のように粉々に砕けてしまった
あまりに深い階段の下に
うっかりものの女中の手から　落ちてしまった
粉々になり　陶のかけらすら残っていない

なに馬鹿言ってだって？　不可能だって？　知ったことか
かつて自分だと感じていたときより多くの感覚があるんだ
おれは　叩かれる前の足拭きマットに散らばった破片だ

落ちるとき　花瓶が壊れるような音を立てた
そこにいた神々は階段の手摺に身をのりだし
自分たちの女中が粉々にしたおれの破片を眺めてる

神々は女中に腹を立てたりはしない
女中に対しては寛容なのだ
おれは空っぽの花瓶だったんだろうか

神々は　奇妙にも意識して破片を眺める

自分を意識するので　破片を意識するわけじゃない
神々は眺め　微笑む
わざとではないから女中には寛大に微笑みかける[*33]

話が少し思想的な方向に流れすぎてしまったかもしれない。ただ、ペソアは詩人であると同時に、哲学に強い関心を持っていたので、このような迂回は必要だった。もちろん、「私は哲学に賦活《ふかつ》される詩人であり、詩的な能力をもった哲学者であったわけではない[*34]」と本人も述べているから、軸足はあくまでも詩にあることを忘れてはならないだろう。

ここでもういちど異名者たちが誕生した一九一四年頃のペソアの人生に戻ることにしよう。

ペソアが精神的にきわめて不安定な状態にあったことはすでに述べたとおりだが、当てにしていた『ポルトガル諺集』の翻訳料が戦争のために入らなくなり、手元不如意だったようで、コルテス＝ロドリゲスに二万レイスの借金を頼んでいる[*35]。その一方で、創作のほうは活発で多くの作品が生まれていたことは書簡からも窺える。のみならず、これまで以上に創作活動にすべてを奉じる決心をしたようだ。十一月二十一日のメモには次のように記されている。

今日、私は決意した。〈私〉であること、私の任務の高みにふさわしく生きること、したがって、自己宣伝や大衆たちとの交際という考え、交差主義という考えを軽蔑することを。他人たちによってもたらされた印象への旅から決定的に立ち戻り、私は私の〈天才〉を完全に獲得し、みずからの〈使命〉を神的に意識した。〔略〕

大衆への挑戦、劣った者たちを楽しませたり激怒させたり花火を打ち上げることはしない。優れたものは道化の仮面をつけない。諦念と沈黙を身にまとう。

私の性格への他人たちからの影響の最後の痕跡が消えた。私は理解した——自分ができること、「〈交差主義〉を打ち出す」という強烈で子どもじみた欲望を抑えるだろうことを感じて——私が平穏で、自分の主人であることを。

今日、ひとつの閃光が明晰さによって私を照らした。私は生まれた。[*36]

ここで言われている〈交差主義〉とは、ペソアが前世代の「サウダーデ主義」や「ルシタニア主義」に対抗して、サ＝カルネイロや自分たちの詩風に与えていた名称である。それは、すでに見たペソアの実名による詩「沼地」によって打ち出された新風を核とする「パウリズモ（沼地主義）」を発展させたものとされ、具体的には、「対象についてのわれわれの感覚と〈対象〉との交差」[*37]を問題にする立場であるが、その詳細は次章で見ることとして、ここでは当時のペソアと友人たちが新たなる旗印のもとに立ち上がろうとしていたことを確認すれば十分である。
じっさい、メモに先立つ十月四日付のコルテス＝ロドリゲス宛ての手紙で、ペソアはみずからの異名者を含む若手詩人たちの「アンソロジー」を、戦争が終わりしだい出版しようと呼びかけ、その構想を語っている。

本の構成はおよそ以下のようなもの。

1　マニフェスト（これは「最後通牒」のこと）
2　フェルナンド・ペソアの詩と散文
3　サ＝カルネイロの詩と散文（少なくとも「私自身あるいは他者」）
4　A・コルテス＝ロドリゲスの詩と散文〔略〕
5　A・P・ギザドの詩と散文
6　アルヴァロ・デ・カンポスの詩（「斜雨」――「クフ王」、その他[*38]）

結局、この計画は書籍としては実現しないのだが、形と内容を変えて、ポルトガルの文壇に爆弾を投じることになる新しい雑誌として一九一五年三月に刊行される。それがポルトガル・モダニズムの第一期の拠点となる『オルフェウ』[*39]だ。

＊1　パリに戻ったサ＝カルネイロからのこの年最初の手紙は一九一四年六月三日付で、ペソアに金策

を頼む内容のものだ。*Cartas* I, 146-148. その後のやりとりから、ペソアがそれに献身的に尽力したことが窺える。なお、ペソアの母親宛ての六月五日付の手紙（の写し）では、サ＝カルネイロの出発は明日（六日）となっているので日程的にはやや齟齬が見られる。Cor I, 116.

＊2 サ＝カルネイロの七月十三日付の手紙によれば、その前便でペソアは自分は「知的成熟の極みに達した」と書き送ったという。ここにもペソアの自信のほどが読み取れる。*Cartas* I, 174.

＊3 *Cartas* I, 160.

＊4 *Cartas* I, 161.

＊5 Cor I, 120-121.

＊6 この点については以下の研究に詳しい。後藤恵「フェルナンド・ペソーアの詩学―「偽名」から「異名」への移行を巡って―」（『言語・地域文化研究』東京外国語大学大学院、二六号、二〇二〇年）三六九―三八〇頁

＊7 Cor I, 115. 強調は原文。

＊8 Cor II, 340.『詩集』一〇九頁

＊9 ペルソナという複雑で多岐にわたる概念を包括的に論じた書籍は少ないが、以下の本がコンパクトにその近代までの歴史を概観している。小倉貞秀『ペルソナ概念の歴史的形成　古代よりカント以前まで』（以文社、二〇一〇年）

＊10 Oscar Wilde, «The Critics as Artist», *Intention*, 1891.「藝術家としての批評家」『オスカー・ワイルド全集Ⅳ』（西村孝次訳、青土社、一九八九年）一四五頁。ワイルドのこの対話篇では、文学的な誠実さの問題、主観と客観の問題がシェイクスピアの例とともに論じられていて、ペソアの論理ときわめて近いものが感じられる。ペソアの草稿にはワイルドへの直接的な言及が数多くある。また、『アナーキストの銀行家』へのワイルドの『社会主義下の人間の魂』の影響を指摘する論者もいる。Suzette Macedo, «Fernando Pessoa's *O Banqueiro Anarquista* and *The Soul of Man Under Socialism*», *Portuguese Studies*, vol. 7, London, Kings College, 1991, p. 106-132. また、ペソアの蔵書には詩集、戯曲集など四冊のワイルド関連の著書があるほか、アンドレ・ジッドのワイルド論など四冊のワイルドに関する書籍がある。

＊11　OC II, 61.『詩集』九五頁。カンポスの名高い「煙草屋」にも仮面のテーマは現れる。OC II, 257.『詩集』七五頁

＊12　OC XI, 164.

＊13　Albert Camus, *Le Mythe de Sisyphe, Œuvres complètes, t. I*, Paris, Gallimard, coll. «La Pléiade», 2006, p. 272. カミュ『シーシュポスの神話』（清水徹訳、新潮文庫、一九六九年／二〇〇六年）一三八頁

＊14　アルマンド・コルテス＝ロドリゲス宛て書簡、一九一五年一月十九日。Cor I, 142. 強調は原文。

＊15　OC I, 237.『詩集』一〇頁

＊16　『美学理論』をはじめ様々な場所でミメーシスについて述べているアドルノは、ホルクハイマーとの共著『啓蒙の弁証法』で、原初的な認識の際の「自然への肉体的同化」としてのミメーシスに注目する。ホルクハイマー／アドルノ『啓蒙の弁証法』（徳永恂訳、岩波文庫、二〇〇七年）三七五頁

＊17　この場合、ミメーシスとは単なる模倣ではない。まず、自分と対象、主体と客体といった絶対的な分離があって、その後に主体が客体を真似るという行為があるのではなく、むしろ、主体と客体が一体となって、その一体感のなかで対象を知る。これはまたベンヤミンが模倣について述べていることとも通じる。ヴァルター・ベンヤミン「模倣の能力について」『ベンヤミン・コレクション2』（浅井健二郎編訳、ちくま学芸文庫、一九九六年）七六頁

＊18　OC III, 37-38.『詩集』三九頁

＊19　このような事物への溶け込みはフランスの社会学者レヴィ＝ブリュールが、〈未開民族〉の心性として見出した「融即」という考えにも通じる。

＊20　ホルクハイマー／アドルノ『啓蒙の弁証法』前掲書、三〇頁

＊21　ペソアの蔵書には、『失われた時を求めて』第一巻「スワン家の方へ」の一九一九年刊行NRF版がある。二巻以降はない。ただし、『プルースト友の会の冊子』一号も所蔵。

＊22　吉川一義『「失われた時を求めて」への招待』（岩波新書、二〇二一年）とりわけ第五章を参照されたい。

＊23　ミゲル・デ・ウナムーノ『霧』『ウナムーノ著作集4』（高見英一訳、法政大学出版局、一九七四

年）

＊24 ルイージ・ピランデッロ『作者を探す六人の登場人物』『ピランデッロ戯曲集Ⅱ』（白澤定雄訳、新水社、二〇〇〇年）

＊25 Antonio Machado, *Juan de Mairena*, Madrid, Espasa Calpe, 1936, reed., Madrid, Ediciones Cátedra, 1993, 2 vols.

＊26 『A・O・バルナブース全集』の原型となる『富裕な好事家の詩』（一九〇八）は限定百部の自費出版だから、ペソアがそれを知りえたとは思えない。オクタビオ・パスは、一九一三年刊行の決定版は話題になっていたから、パリに住んでいたサ＝カルネイロからペソアがその評判を聞いていたことはほぼ確実だと述べている。Octavio Paz, «Intersecciones y bifurcaciones: A.O. Barnabooth, Álvaro de Campos, Alberto Caeiro», *Obras Completas*, II, Barcelona, Galaxia Gutenberg/Círculo de Lectores, 2000, p. 134. ただ、バルナブースの執事の甥による伝記が附された私家版と違い、決定版では〈異名〉の構造は目立っていない。また、サ＝カルネイロからペソア宛ての手紙にはそのような記述は見当たらない。ラルボーにおける作者の位置づけに関する日本語での文献としては以下を参照。佐藤みゆき「ラルボーと「バルナブース」――『A・O・バルナブース全集』における作者と作品――」（『学習院大学人文科学論集XVII』二〇〇八年）二二五―二四一頁。ちなみに、ヴァレリー・ラルボーは一九二七年にリスボンで講演を行い、その後、ペソアの友人でもある画家・詩人アルマダ・ネグレイロスなどと出会ったが、ペソアとの遭遇は確認されていない。ラルボー自身は、ポルトガル滞在について語り、多くの作家の名前を挙げている「リスボンからの手紙」で、ペソアには言及していない。cf. Valery Larbaud, «Lettre de Lisbonne: à un groupe d'amis», *Œuvres*, Paris, Gallimard, coll. «La Pléiade», 1957, p. 918-933.

＊27 ヴァレリー・ラルボー『A・O・バルナブース全集（上）』（岩崎力訳、岩波文庫、二〇一四年）六三頁

＊28 キルケゴールは『哲学的断片への結びとしての非学問的あとがき』の最後におかれた「最初にして最後の言明」で、みずからの仮名ないしは多名使用の意図を説明している。『哲学的断片への結びとしての非学問的あとがき』（杉山好・小川圭治訳）『キルケゴール著作集9』（白水社、一九九

五年）四〇〇—四〇七頁。両者の名義問題に関する比較研究としては以下を参照。Eduardo Lourenço, *Fernando Pessoa, roi de notre Bavière*, Paris, Chandeigne, 1997, p. 71-88; Alain Bellaiche-Zacharie, «Kierkegaard et Pessoa: Pseudonymie et hétéronymie», *Revue des sciences philosophiques et théologiques*, 2009/3 (Tome 93), p. 533-550.

＊29 『キルケゴール著作集1—4』（白水社、一九九五年）

＊30 OC IV, 119.『詩集』五六—五七頁

＊31 オデュッセウス以来、文学に様々に形を変えて現れる「無人」の系譜に関しては、ペソアには触れていないものの、栩澤厚生『〈無人《ウーティス》〉の誕生』（影書房、一九八九年）が詳しい。

＊32 ただし、このアクセント記号に関しては、システマティックとは言えず、雑誌『オルフェウ』や同時代のテクストの同じ作品内でも、アクセント記号がついていたり、ついていなかったりする。

＊33 OC II, 281-282.『詩集』七七—七八頁

＊34 一九一〇年のメモ。OPP II, 81.

＊35 Cor I, 132.

＊36 OPP II, 113; EA 147. この決意に関しては、アルマンド・コルテス゠ロドリゲス宛て書簡、一九一五年一月十九日でも表明されている。Cor I, 140-141.

＊37 ECFP X, 122.

＊38 Cor I, 126-127. ここでは「斜雨」はペソアではなく、カンポスの作品とされている点は興味深い。「クフ王」は「斜雨」の第三篇で発表時は無題、エジプトが題材となっている。

＊39 ポルトガル語のふつうの綴りであれば、Orpheu ではなくOrfeu となるが、ペソアはこのギリシャ語風の綴りにこだわったようだ。一方、手紙で、サ゠カルネイロは一貫してOrfeu と記している。

06.

同人誌『オルフェウ』

1——雑誌『オルフェウ』

一九一五年三月、季刊文芸誌『オルフェウ（Orpheu）』が、ポルトガルとブラジルで同時に発行された。編集発行人はルイス・デ・モンタルヴォル[*1]、版元はオルフェウ。ギリシャ神話の吟遊詩人にして密儀宗教の始祖である楽神の名前を冠した雑誌の表紙デザインは、パリ帰りの画家ジョゼ・パシェコ（José Pacheco 一八八五―一九三四）が担当した。ヨーロッパの辺境に位置し、いまだモダニズムの洗礼を受けていなかったリスボンの文化界に激震が走る。新しきポルトガル文学の流れがまさに誕生しようとしていたのだ。

ことの発端はその年の二月、ブラジルから戻ってきたルイス・デ・モンタルヴォルが、リスボンはバイシャ地区にあったカフェ・モンターニャでペソアやサ＝カルネイロと再会し、四方山《よもやま》話に興じたときに遡る。モンタルヴォルは、ブラジルで交際してきた若い詩人たちの詩を携えており、それらとともに自分たちの作品を発表してはどうかと提案した。

既成の雑誌に飽き足らず、みずからの発信基地を模索していたペソアとサ＝カルネイロ、そして彼らのまわりに集まっていた若き芸術家たちにとってはまさに渡りに船の提案だった。というのも、ペソアたちは前年から共同詩集か雑誌の形で自分たちの作品を発表しようと画策し、雑誌の名前も「エウロパ」にしようなどと構想していたところだったからだ。[*2] 自分たちの雑誌を創刊して、世に打って出ようという若者たちの計画は時を移さずに実行され、上質の紙に印刷された八十頁強の瀟洒な雑誌が刊行された。

ルイス・デ・モンタルヴォルが執筆した気負い気味の巻頭緒言によれば、『オルフェウ』

『オルフェウ』1号
提供：Casa Fernando Pessoa／協力：ポルトガル大使館

の目的は、既成の芸術からの「脱出」。オルフェウスの秘教的な理念のもとに、ひとつの秘密、転換点になることをめざし、自己発見の思想や芸術の拠点となることであった。[*3]

創刊号のラインナップを見てみよう。「「黄金の指標」のために」という標題のもとに集められたマリオ・デ・サ＝カルネイロの十二篇の詩、ロナウド・ジ・カルヴァリョの詩、ペソアの劇詩「船乗り」、アルフレド・ペドロ・ギザドの「十三のソネット」、ジョゼ・デ・アルマダ・ネグレイロスの散文詩「フリーズ」、コルテス＝ロドリゲスの詩、アルヴァロ・デ・カンポスの「阿片常用者」と「勝利のオード」[*4]。まるで聞いたこともない名前ばかりだろうが、気にすることはない。これらの名前は、現在の日本の読者にとってだけでなく、当時のポルトガルの読者にとっても、まったく馴染みのないものであった。それもそのはず、彼らはいずれもまだ二十代の若者だったからだ。それらの作品はどのようなものだったのか。

巻頭に置かれ、十頁を占めるのはペソアの親友にして、『オルフェウ』を理念的にも経済的にも支えるマリオ・デ・サ＝カルネイロの詩。この雑誌が経済的には彼（というよりその父親）に全面的に依存していたことは、目次の後にサ＝カルネイロの小説『燃える空』の近刊予告がまるまる一頁を使って行われていることからも見てとれる。サ＝カルネイロは、それまでのポルトガル文学を覆すような、斬新で、熱情的で、ほとんど痙攣的な詩想の持ち主だった。だからこそ、ペソアと肝胆相照らし、雑誌を創刊したのである。両者は批評精神の持ち主であり、その批評は理性と同時に感性と想像力に裏打ちされていた。

二人のあいだに違いがあるとすれば、サ＝カルネイロのほうが、より前衛意識が強く、より流行に敏感であり、一言で言えば自覚的にモダニストであったことだろう。掲載された詩、「「黄金の指標」のために」全十二篇には美のメタファーとしての「黄金」が溢れ、さながら、ギュスターヴ・モローやクリムトの絵画を思わせる。さらには、官能性に満ちた独特なエロチシズムも、ペソアには見られないものだ。

　その一方、ペソアが実名で、「一場からなる静態劇」という副題を付して発表した「船乗り」は、象徴主義的な薄靄《うすもや》のうちに浮遊しており、親友の作品とは好対照をなしている。柩《ひつぎ》の安置された部屋で三人の娘が独白風に語るメーテルランクばりの詩劇を、ペソア初期の傑作として高く評価する人も少なくないし、本人もかなりの自負があったようだ。そこには官能性よりは遥かに夢幻性が見られる。じつは、ペソアはこのテクストを前年に『鷲《アギア》』に提案していたのだが、すげなく拒否された。つまり、前世代との訣別のきっかけとなった曰《いわ》く付きの作品である。[*5]

　舞台は古城の一室、四隅に燭台があり、中央には白衣の少女の柩が安置されている。壁の高い場所には細長い窓があり、そこから、遥か彼方に海が見える。部屋では「通夜する女一、二、三」とだけ名指され、お互いには「姉妹」と呼び合う（だが、実際には血縁関係はなさそうな）娘たちが、ひとりは燭台を背に窓に向かって、他の二人は窓側に座っている。彼女らは動くことなく、ひたすら語り続ける。テーマは、海、夢、そして、郷愁《サウダーデ》だ。

夜明けを待ちながら、三人はぽつりぽつりと言葉を交わすが、話の接ぎ穂もなく、めいめいが独り言をつぶやいているかのようだ。

　とつぜん第二の女が、「お互いに何か物語をしましょうよ。わたしはどんな話も知らないけれど……[*6]」と提案する。だがその後も物語らしい話は始まらず、断片的な会話が続いた後、再び彼女が「わたしが海辺で見た夢の話を聞きたいかしら[*7]」と言って、自分の見た夢を話しはじめる。それは難破した船乗りの物語で、離れ小島に打ち上げられた彼は、強い懐郷の念に駆られるのだが、自分の故郷を思い出すのはあまりに辛すぎるので、そのかわりに、別の故郷を空想して、夢を紡ぐことにする。風景や街や人びとを生み出し、自分の幼年時代や過去も新たに作りあげ、しだいに虚構の国がすっかり彼の頭のなかに立ち現れてゆき、ついには、自分の本当の故郷が思い出せないほどに、虚構が現実にとって代わってしまう。ある日、一艘の船が島にやってくるが、もはやそこに船乗りの姿はなかったという。第一の女が「その話はどうやって終わったのかしら」と尋ねると、第二の女は答える。「終わらなかったわ……わからない……どんな夢も終わることがないの。わたしにわかると思って？　夢を見つづけるのかどうか、夢と思わずに見つづけているかどうか、夢が、わたしが人生と呼ぶこの曖昧な何かでないかどうか[*8]」。その後も、三人の間にはうわごとのような会話が、水平線が白むまで続くのだ。

　この作品はほとんど上演不可能だろうし、ペソア自身も舞台にのせようと考えてはいなかったようだ。強調しておきたいことは、要約した挿話のうちにペソアの考える空想の世界が見事に表現されていることだ。わたしが夢見ている、という以上に、誰かがわたしのことを夢見ている。そして、想像的なものがつねに現実にとって代わってしまう。これがペソアの夢の特徴だと言える。プルーストは、ネルヴァルの傑作『シルヴィ』をいみじくも「ある夢のそのまた夢[*9]」と評したが、この性格づけはそのまま「船乗り」に当てはまる。つまり、無限に——夢幻に——続く夢の入れ子形式は、後に『不穏の書』でも見るように、ペソアにお馴染みの構造なのだ。

しかし、ペソアはこのような象徴主義的な作品のみを発表したわけではない。アルヴァロ・デ・カンポスの「勝利のオード」は視覚詩の要素も含む未来派的な作品だ。

工場のどでかい電灯の刺すような光を浴びて
熱くなり　おれは書きはじめる
歯ぎしりし　野獣のおれ　これらの事物の美を讃えて
古代人の知らなかったこれらの美を讃えて

ああ　車輪よ　ああ歯車よ　永遠のr-r-r-r-r-r-rよ！
怒り狂う機械の制御された痙攣よ！
荒れ狂う　おれの内と外で

おれの切り裂かれたあらゆる神経を通して
おれのあらゆる感覚器官の先端を通して
おれの唇は乾く　ああ　現代の大音響よ
あんまり近くでおまえを聞いているせいだ
おまえのことを　おれのあらゆる感覚の
過剰な表現で歌いたい気持ちで頭に血がのぼる
お前たちと同時代的である過剰のためだ　おお機械たちよ[*10]

これまで見てきたペソアのどの作品とも似ていない、ダイナミックで暴力的なスタイル。内容は産業の進歩の最前線である工業や都市文明だ。ポルトガルでこのような野蛮な作品が詩として発表されたことはなかったから、蛮族の襲来のような大きな衝撃を読者にもたらしたことは想像に難くない。

さあ　列車よ　さあ　橋よ　さあ　夕食時のホテルよ
さあ　あらゆる機械よ　鉄の　原始的な　小さな機械よ
精密機器　粉砕機械　掘削機
圧搾機　ドリル　輪転機よ
さあ　さあ　さあ　さあ

さあ　電流よ　物質の病んだ神経よ
さぁ　さぁ　無線電信　無意識の金属的共感よ
えいや　トンネル　えいや　運河　パナマの　キールの　スエズの運河よ
えいや　現在のあらゆる過去よ
えいや　われらのうちにすでにある未来よ　えいや
えいや　えいや　えいや
国を超え繁茂する工場という樹に実る鉄と有用の果実よ
えいや　えいや　えいや　ほう　おー　おー
おれはなかにいるんだろうか　よくわからない　おれは旋回し　回転し　機械となる[*11]

三百行にも及ぶこの歯ぎしりしながら叫ばれる近代の賛歌は、その疾走するリズムで読む者をぐいぐいと牽引し、「ああおれはなぜ　あらゆるひと　あらゆる場でないのか！[*12]」という叫びで終わる。

これらの作品を読んだ当時のポルトガルの読者たちの反応はどのようなものだったのか。じつはこれらの詩の自由で大胆な調子は、リスボンの田舎くさい文壇のお歴々の冷笑と反発を買い、まともな韻律も知らない連中だとけなされたのである。

それでも、ペソアたちがみずからの運動に、絶大なる自信を抱いていたことは、スペインの哲学者にして作家のウナムーノに送った献本に添えた、ほとんど不遜とも見えかねない書状からも読み取れる。「私たちは確信しています。あなたがそこ〔この雑誌〕に既成の文学を通したあなたの文学の道程のうちでおそらく出会ったことがないものを発見して驚かれるだろうことを。このようにあえて申しますのは、我々のオリジナリティと価値を完全に自覚しているからです」[13]。無名の若者のこのような自信満々の手紙に、ウナムーノがどのような反応を示したかは残念ながらわかっていない。いずれにせよ、ペソアたちは、世界に通用するだけでなく、真に新しい文学を自分たちが作り上げつつあると自負していた。その一方で、グローバル化が進む世界に関しても、ペソアがきわめて自覚的であったことを示す資料がある。

〔『オルフェウ』の目的は〕時間的にも空間的にもコスモポリタンな芸術を創造することだ。我々はいま、世界中の国が物質的にはかつてないほど、そして知的には史上初めて、相互に嵌入《かんにゅう》しあう時代を生きている。アジア、アメリカ、アフリカ、オセアニアのうちにはヨーロッパが存在するし、ヨーロッパのただ中にこれらの国が見られる。地球全体の縮図を見たければ、ヨーロッパのどんな港でもいいから、その波止場に——たとえばここリスボンのアルカンタラ波止場でも——立ちさえすればいい。このような現象はきわめてヨーロッパ的であり、アメリカ的ではないと思う。じっさい、このような種類の文明の基礎と起源であり、その種類と方向を他の世界に与える文明地帯は、アメリカではなく、ヨーロッパだからだ。

だからこそ、真の現代芸術は最大限に脱ナショナル化する必要があり、みずからのうちに世界のあらゆる国を蓄積する必要がある。芸術が典型的に現代的になりうるのはこのような対価を支払うことによってのみである。我々の芸術のうちにアジア的懶《らん》惰《だ》と神秘主義、アフリカ的原始性、南北アメリカのコスモポリタニズム、オセアニアの超エキゾチズム、ヨーロッパの機械主義とデカダンを融合させ、交錯させ、交差させる。そして、このような自然発生的に行われた融合の結果〈あらゆる芸術の芸術〉、自発的に錯綜したインスピレーションが生まれるだろう。*14

こうして、当人たちにとっては大成功であった創刊号に続いて、『オルフェウ』は六月二十八日に、四・五・六月号として二号を刊行する。一号の表紙が世紀末的だったのとは対照的に、二号の表紙がシンプルでモダニスト的なたたずまいであることがまずは目を引く。編集責任者として

『オルフェウ』2号
提供：Casa Fernando Pessoa／協力：ポルトガル大使館

は、ペソアとサ＝カルネイロの名前が目立つ場所に並んでいる。その他の寄稿者は、ルイス・デ・モンタルヴォル（詩「ナルシス」）、アンジェロ・デ・リマ（リスボン精神科病院に入院中と記されている）、エドゥアルド・ギマランイス（ブラジルの象徴派詩人）、ラウル・レアルの小説「アトリエ」、ヴィオランテ・デ・シスネイロスといった面々であり、内容も一号より先鋭化している。さらに未来派の特別協力として、画家サンタ・リタ・ピントールの作品四葉が添えられており、一号と比べると未来派的な色彩が増していることは確かだ。

サ＝カルネイロは「支持体なき詩」の総題のもとに二篇の詩を発表。「マニキュア」と題された詩篇は、前衛的な視覚詩だが、次のような楽屋落ち的な要素も含んでいる。

マリネッティ＋ピカソ＝パリ∧サンタ・リタ・ピン-
　　トール＋フェルナンド・ペソア
　　アルヴァロ・デ・カンポス
　　　　！！！！

解釈すると、パリよりリスボンのほうがすごいぞ、ということになるだろうか。

一方、ヴィオランテ・デ・シスネイロスの詩は、「投稿者の作品だが、この筆名以外は未詳」という『オルフェウ』編集部による註がつけられているが、じっさいは、一号に実名で参加していたアルマンド・コルテス＝ロドリゲス（Armando Côrtes-Rodrigues 一八九一―一九七二）の手になるものであった。高校で教鞭を執りながら創作を続けていた彼は、スキャンダルが起こり、失職するのを恐れて筆名を用いたようだ。作品はカンポス、サ＝カルネイロ、ペソア、ギザドへの献辞のついた定型詩からなり、さらにはコルテス＝ロドリゲス（つまり自分自身）への献辞、「二歳の自分へ」という献辞もあり、ペソア宛ての詩には、「船乗り」という言葉も出てくるので、こちらも楽屋落ちの感が否めない。

ペソア自身は、本人名義による「斜雨」とともに、カンポス名義で九百四行からなる長篇「海のオード」を発表した。その冒頭は「勝利のオード」に比べれば、おとなしく見えるが、しだいに奔流のようにうねり、渦を描いてすべてを呑み込むような大きな波へと変わる。

ひとり　この夏の朝　無人の波止場に立って
おれは浅瀬の方を眺める　おれは限定できぬものを見る
おれは見る　見るのが嬉しい
小さく　黒く明るい　一艘の　入港する汽船[*15]

大西洋からテージョ川を遡って汽船がリスボンにやってくるという始まりは、大航海時代を牽引した海洋国ポルトガルの歴史そのものを思わせる。風景を見ている語り手の男はいつのまにか空想の世界に入っていき、彼自身が疾走する船になったかのごとく、イメージが次々と現れては消えていく。子どもの頃に読んだ『宝島』[*16]（一八八三）の話をはじめ、有情非情の形象が増殖していく様子は、ロートレアモンの『マルドロールの歌』（一八七四）にも通じる。詩人自身の南アフリカとの往復の船から見た光景もおそらくは反映していることであろう。

おれを呼んでいる　水が
おれを呼んでいる　海が
おれを呼んでいる　肉声を張り上げて　遠方が
過去に感じられたあらゆる海の時代が　呼んでいるのだ[*17]

同じオードとはいえ、リカルド・レイスのものは端正で古典的であり、韻もきちんと踏んでいたが、カンポスのものは、「勝利のオード」にしても「海のオード」にしても、韻を踏むこともなく、長さもまちまちで、自由奔放なものだ。すべての枠組みを外して突進していきながら、語る主体は次々と転生していく。太古から現在のあらゆる船乗り、冒険者、海賊たち。「おれはおまえたちと行きたい……おまえたちが行ったあらゆる場所へ」。あるいは、「おれはこの無抵抗の身体のなかで海賊たちに犯され、殺され、傷つけられ、切り裂かれた女、すべての女になりたい！」と、サドマゾ的な部分なども含め、どんどん転調していく。

「海のオード」の語り手は、見る者であると同時に見られる者でもあり、加害者であると同時に被害者にもなる。この複数性の視点は、ボードレールの有名な詩「自分自身を傷つけるもの」の「自分はナイフにしてそのナイフに傷つけられる身体[18]」に通じるものがあるが、それをずっと大がかりにしたものだ。レトリックの言葉で言うと、「対義語法《オクシモロン》」とか「撞着語法」と呼ばれる発想で、対立物をぶつけ、この衝突のパワーがどんどん増殖していく。こうして、入港する船を眺めていた語り手は、いつのまにか海賊になるだけではなく、海賊に脅されて怯えている子どもや女性にもなり、それを語っていくうちに人物や風景が分裂増殖していく。夏の朝、人気のない波止場に船が入ってくる清澄な場面から、急に血なまぐさいところに飛び、新しい文明の輝かしい世界にいたかと思ったら、とつぜん無人島の世界に行ってしまうなど、迷走しつつ疾走するのがこの長篇詩の魅力と言えるだろう。そして、細部がなにより素晴らしい。『宝島』に出てくる水夫の叫び声だろうか。「Ah ó-ó-ó-ó-ó-ó-ó-ó-ó-ó-ó-ó-ó----yyyy…[19]」といったアルファベットの字面がなんとも颯爽としている。

　こうして、充実した内容に大満足だったペソアたちはすぐに三号の準備に取りかかる。九月四日付のコルテス＝ロドリゲス宛ての書簡によれば、カミロ・ペサーニャ、サ＝カルネイロ、アルマダ・ネグレイロス、アルビノ・デ・メネーゼス、カルロス・パレイラなどの作品の他、自分の英語詩（「アンティノウス」と「祝婚歌」）、カンポス名義の詩が掲載され、国際的にも知名度の高い画家アマデオ・デ・ソウザ＝カルドーゾの絵が四葉掲載される予定だと告げている。[*20]

若者たちの野心的な雑誌の出だしは順風満帆に見えた。だが、好事魔多し。翌一九一六年四月二十六日、パリ留学中のサ＝カルネイロが宿泊先のモンマルトルのホテル・ニース[*21]でストリキニーネを大量に服用して自殺。かくして、彼らの冒険はあえなく潰《つい》えた。

不幸の兆候はすでに二号発行直後から現れていた。一九一五年七月十一日にサ＝カルネイロは再びパリに向けて旅立ったが、すぐさま強度の鬱状態に陥り、頻繁にペソアに手紙を書き送り、自殺を仄《ほの》めかしていた。ペソアのほうも十二月頃には、それにつられるかのように強い抑鬱症に悩まされていた。十一月に南アフリカの首都プレトリアにいる母が脳卒中のため左半身が麻痺状態に陥ってしまったとの報せを受けたことも一因だったようだ。翌一九一六年三月には、父親と関係を絶ったサ＝カルネイロの懐具合が悪くなり、ペソアは彼のために金策に走っている。そんななか、三月九日、ドイツがポルトガルに宣戦を布告。国は交戦状態に入るが、ペソアをはじめとする知識人はドイツびいきであった。そのような状況にもかかわらず、ペソアがひとり三号の準備にとりかかっていたとき、サ＝カルネイロの訃報が届いた。じつは、四月二十六日、ペソアは奇しくも親友への手紙をしためていたところで、虫の知らせで友の不幸を感じていたという。[*22]

生涯の大半を孤独に暮らしたペソアにとって、サ゠カルネイロはかけがえのない親友であり、文学における同志でもあった。その死は、ペソアだけでなく、『オルフェウ』にとっても致命的な損失だった。彼は雑誌の精神的のみならず、経済的な支柱でもあったからだ。こうして、校正刷りの段階まで来ていた『オルフェウ』三号は、結局資金不足のため発行できなくなった。[*23] 校正刷りの内容からも、雑誌が二号より統一感に欠け、伝統的な手法や象徴主義的な作品も含まれていることが見てとれる。サ゠カルネイロ「パリ詩篇」、アルビノ・デ・メネーゼス「誘拐の後」、ペソアは「剣」「彼方‐神」。アウグスト・フェレイラ・ゴメス、トマス・デ・アルメイダの詩。そして、「憎悪の場面」と題する長篇詩は、「感覚主義詩人にしてエジプトのナルシスであるジョゼ・デ・アルマダ・ネグレイロス」と署名され、アルヴァロ・デ・カンポスに捧げられている（この作品は後に『同時代』七号に掲載）。

サ゠カルネイロと『オルフェウ』を同時に喪失したペソアの悲しみは深かった。精神状態と同じくらい経済状況も悪く、住居を転々とし、この年だけで三回引っ越しをしている。[*24] どれも場末の家具付きの安アパートや、友人から借りた仮住まいである。彼がつねに手元不如意であったのは、生きるのに必要最低限の金額しか稼ごうとしなかったことの結果だ。一九一五年のノートには「人生のプラン」という英語のメモが残っている。それによれば、経済的安定に必要な金額は月におよそ六十ドル、うち四十ドルが必需品、二十ドルが嗜好品や余暇の費用。ただし、現在二つの会社から得ている報酬だけでは足りないから、五十ドルで満足すべきか、などと記されている。[*25] いずれにせよ、リスボンの中心から遠く、庶民が住む区域に移ることは、上流階級に属す彼の親類たちからすれば考えられないことだったろう。それでも、服装に関しては細心の注意を払っていたように思われる。残されている写真のペソアはいつも仕立てのよさそうなスーツや帽子を身にまとっているからだ。だが、その英国風のいでたちはリスボンの風景のなかではかなり浮いていたにちがいない。

こうして、大きなセンセーションを引き起こし、ポルトガルの文壇に激震を走らせる一石を投じたものの、『オルフェウ』はあえなく短命に終わった。しかし、若者たちの前衛への挑戦は露と消えたわけではない。彼らは新たな爆弾を準備していた。

2――ポルトガル文学における新旧論争

『オルフェウ』は、一部の若者による孤立した運動ではなかった。このことは、それに呼応するように、さまざまな雑誌やイベントが組織され、そこから多様な芸術家たちの声が湧き起こっていることからもわかる。[*26]『オルフェウ』創刊直後、一九一五年三月末には、雑誌『同時代』の準備号が発行され、ペソアがその趣旨説明文を書いている。編集責任者は『オルフェウ』一号の表紙のデザインも担当したジョゼ・パシェコ。フランスに留学し、エコール・ド・パリの画家たちと交流して、モディリアニの《帽子をかぶった男》のモデ

『オルフェウ』時代のペソア
© Alamy／PPS通信社

ルとなった人物である。王党派の雑誌『国家の理想』のアート・ディレクターを務めるだけでなく、リスボンのサロン・ボボーネで、アルマダ・ネグレイロスらの作品の展示をプロデュースするなど、文壇と美術界を結ぶ存在だ。[*27]不幸にして、『同時代』は準備号だけで終わったが、七年後に復活し、ペソアの活躍の場になる。

その他にも、『オルフェウ』二号刊行の二週間ほど前の六月十四日には、「新聞が語ることのない芸術家と作家の大会」が開かれた。旧態依然の芸術家たちに対して、アルマダ・ネグレイロス、サンタ・リタ・ピントール、作曲家ルイ・コエリョら血気盛んな若者たちが反抗の声を上げた催しである。また、一九一六年四月には、一号だけで終わったものの、雑誌『逃亡』が発行され、『オルフェウ』に近いメンバーたちが寄稿している。ペソア自身も詩「不条理な時刻」などを発表している。その冒頭を引こう。

きみの沈黙はいにしえの大型帆船　帆は一杯に風をはらんでいる……
穏やかなそよ風　小旗のなかで戯れる　きみの微笑み……
きみの沈黙のなかの微笑みは　階段であり竹馬だ
ぼくはより高くなり　天国にでも届いた気がする……

ぼくの心は　落ちて　千々に割れた壺……
きみの沈黙は　それを拾い収める　粉々のまま　隅っこで……

きみへのぼくの想いは　海が海岸へと運ぶ死体……そうではあるが
きみは架空のキャンバスで　ぼくはでたらめな色で芸術を描きこむ……

あらゆる扉を開け放て　風が想いを吹き払ってくれるように
煙った香りがサロンを怠惰でいっぱいにするという想いを……
ぼくの魂は満潮の水が満たす洞窟
きみを夢見るぼくの想いは　喜劇役者のキャラバン……[*28]

ペソアにはめずらしい恋愛詩のようにも見えるが、ここでも主題はむしろ憂愁と郷愁《リウダーデ》であることは最後の四行から見てとれる。

ぼくを苦しめるのは何だろうか……きみの静かな面持ちまでも
恐るべき不活性の倦怠と阿片でぼくを満たすだけだ……
ぼくにはわからない……ぼくは自分の魂さえわからない狂者……
ぼくは肖像として　夢の遥か彼方の国で愛されたのだった……[*29]

カンポスの未来派的オードの対蹠《たいせき》点にあるようなこの詩は、ペソアの片足がいまだ象徴主義的な領域にあったことを示している。いずれにせよ、百花繚乱とまでは言わないにしても、新潮流を模索する若者たちの動きが確実に胎動していたのがこの時期である。
しかし、これらの若き運動に対する前世代の反応はきわめて冷たいものだった。すでに触れたように、ペソアの古巣であった『鷲』をはじめ、各所から『オルフェウ』を揶揄したり、批判したりする記事が出された。なかでも、中庸を旨とする知識人、サウダーデ主義を代表する詩人作家で医師ジュリオ・ダンタス（Júlio Dantas 一八七六―一九六二）が、一九一五年四月十九日に『ポルトガル挿絵誌』に寄稿した「パラノイアの詩人たち」と題する文章は、きわめて高圧的、冷笑的だった。それを読んで激怒した若者たちはすぐさま反撃をした。その急先鋒が、辛辣で激烈な反撃「反ダンタス宣言」だ。

うんざりだ。PUM、うんざりだ。
ダンタスによって代表される世代は、何も持たない、盲目的な集まりだ！
ゼロ以下の食わせ者とペテンのこぎ手！
くたばれ　この世代
ダンタスに死を

このように始まり、ダンタスを痛罵する言葉がひたすら羅列されるテクストは、「ジョゼ・デ・アルマダ・ネグレイロス、『オルフェウ』同人、未来主義者にしてすべて」と署名されている。[*30] ジョゼ・デ・アルマダ・ネグレイロス（一八九三―一九七〇）はペソアより五歳ほど年下だが、きわめて早熟かつ多才な人物で、画家、詩人、小説家、エッセイスト、批評家、演劇家、舞踏家として活動した、ポルトガルの文化ステージにおける異色の存在である。[*31] 彼は『オルフェウ』誌に参加したのち、『ポルトガル未来派』の運動ではスキャンダルの中心にいた。ペソアは早くからその才能を認め、一九一三年四月『鷲』第二巻一六号に、彼の個展評を「アルマダ・ネグレイロスの戯画」と題して発表している。ただ、二人は性格的にはほとんど正反対で、うまは合わなかったようだ。外向的で、派手なパフォーマンスが得意だが、緻密さに欠けるアルマダ・ネグレイロスという人物を、内向的できわめて綿密な計算を行うペソアが心の底から評価していたとは思えないが、少なくともその芸術的才能の一端は認めていたようだ。アルマダ・ネグレイロスのほうは、ペソアの死後、詩人の油彩の肖像画をいくつか描くことになるが、それはずっと先、第二次大戦後の話である。

こうして、新旧論争が勃発するのだが、現在の視点から見てみると、ポルトガル・モダニズムの第一世代とされる『オルフェウ』はけっして一枚岩ではなく、少なくとも二つのベクトルが見てとれる。[*32] 一方は、ボードレールの『悪の華』（一八五七）に始まり、マラルメへと継承されるフランス象徴主義に連なる系譜であり、そこにはデカダンス的要素も見られるが、いわば十九世紀的な潮流である。他方は、二十世紀前半の前衛芸術であり、とりわけイタリアに始まった未来派だ。[*33] ただし、後者については、ペソアよりもサ゠カルネイロが主導したものだったようだ。リスボンに留まっていたペソアとちがって、パリに留学していたサ＝カルネイロは、同じくパリにいたサンタ・リタ・ピントールなどと同様、ヨーロッパの前衛運動を目の当たりにしていたからである。

　要するに、『オルフェウ』はひとつの明確な旗印のもとに集まったというよりは、ポルトガルの古い文学観を一蹴しようという思いを共有する多様な若者の集団だった。したがって、文学観も一様ではなく、新潮流のるつぼの様相を呈した。名称が挙げられたものだけを見ても、沼地主義《パウリズモ》、交差主義《インテルセシオニズモ》、感覚主義《センサシオニズモ》、未来派、同時主義《シミユリタネイズモ》があり、彼らが否定するはずのサウダーデ主義的なものまで混じっていた。そして、それらすべての運動の結節点にいたのがペソアだった。耳慣れない名前も多いかもしれないが、ここではこれらの文学潮流の詳細に入る必要はなく、概要を確認しておけば十分だろう。

　パウリズモとは、『レナシェンサ』創刊号（一九一四年二月）に掲載されたペソアの詩「沼地」の第一節のPaúis（沼地）の単数形Paulから作られた新語で、ペソアが提唱したポスト象徴主義的な作風を意味する。[*34] ペソア自身が掲げた主義というよりは、この詩に共感した仲間たちが用いた名称であるため、その内容を明確にすることは難しいが、主観的視線と客観的視線の意識的な混同、関連性のないアイデアの連なり、統辞法の逸脱といった特徴と、霊的なものへの志向が見られる。

　交差主義については、ペソアはロンドンの書籍商ハロルド・モンロー宛ての手紙で、この言葉は未来派やイマジズムのような流派を表すものではなく、詩の制作過程と関わるものだと説明している。客観的かつ主観的なイメージを頭のなかで交差させ同時に書き込むこと、たとえば部屋で夢想する人物とその人物の夢想を同時に描くことだ、と解説している。[*35]その一方で、カンポスは、「絶対的な客観性」を目指し、芸術から主観的要素をことごとく排除する未来派が力動的《ダイナミック》で分析的であるのに対して、交差主義の特徴は、「極端な主観性、極限まで高められた総合、静態的《スタテイツク》な態度の誇張である」[*36]と述べている。その具体例が、『オルフェウ』二号に掲載された六篇からなる実名の「斜雨」だ。異名者カエイロが生まれた際に、それへのリアクションとして書かれたとされる曰く付きの詩である。[*37]タイトルから連想されるものとはちがって、六篇の詩は第二篇を除けば雨は出てこず、一は港、二は教会、三は執筆、四はエジプト、五は戸外、六は音楽と関連した夢想あるいは幻覚だ。外の光景を見ているはずが、いつのまにか心象風景になっている、というのが全篇を通じた構造であるが、それを端的に示す第一篇を見てみよう。破格が多いので、それにつられて日本語も乱れているがお許しいただきたい。

この風景のうちを　ぼくの果てなき港の夢が進む
花の色は大型船の帆のように透明
船は波止場から遠ざかり　影で水面をこすっていく
陽の光に照らされた古木たちのシルエットを……

ぼくが夢見ている港は陰気で蒼白
ところが　この風景はここでは陽光に溢れている……
けれども　ぼくの心象ではこの日の陽光は　曇った港
そして　港を出る船は　陽の下のあれらの木々だ……

どちらからも自由になって　ぼくは下の風景から身を委ねる……
波止場のシルエットは明るく静かな街道だ
まるで壁のように立ち　そびえる
そして　船は木の幹のなかを進んでいく
垂直な水平線にしたがって
そして水のなかに一枚ずつ葉をつないだ錨鎖《びょうさ》を下ろす……

ぼくにはわからない　だれがぼくを夢見ているのか……
とつぜん　港の水がすべて透明になり
水底に　巨大な版画のように広がるのが見える
この光景　立ち並ぶ木々　港の中の焼ける街道が
そして　港よりもずっと古い帆船の影が通り過ぎる

ぼくの港の夢と　この光景をぼくが見ることとのあいだを
ぼくのそばにやってくる　ぼくの内側に入る
そして　魂の向こう側へと通り過ぎていくのだ……[*38]

カンポスはこの詩について、「魂に同時に二つの状態があり、別々の主観と客観が交差し、分離し、実在と非在が共存している[*39]」と述べたうえで、この作品を魂そのものの紛れもない写真と評している。まさに、内と外が交差する接点を捉えようとする試みだと言えるだろう。ペソアは、このような試みをさらに推し進めて、感覚主義に至る。

感覚主義は、ポルトガル・モダニズムのなかでも最も重要な運動であり、ペソアの詩学においてもその中心に位置するが、ここでも定義は必ずしも明確ではなく、いくつもの説明が書かれている。[*40]骨子だけを述べれば、一、生における唯一の現実は感覚であり、芸術における唯一の感覚は感覚の意識である。二、芸術はその絶対性において、感覚意識の調和的な表現である。感覚は、他者にとっての感覚となるような客体を創造するために表現されるべきである、ということになる。感覚主義は、「フランスの象徴主義、ポルトガルの超越論的汎神論、未来派、キュビスム、そのほか類似の思考が誘発する表現形態であるところの無意味で矛盾した事象の寄せ集め[*41]」であるが、通常の流派とは異なり、他を排除するのではなく、すべてを包含するとも述べられている。

いずれにせよ、これらの名称は、明確に定義された流派というより、旧弊なポルトガル文壇に対して投げつけられた手榴弾のごときものと考えるほうがよいだろう。とはいえ、『オルフェウ』はさまざまな潮流を内包しながらも、後に見るポルトガル未来派の運動に比べれば、さほど過激な運動ではなかった。

『オルフェウ』は、サ＝カルネイロの死によって頓挫したが、その跡を継ぐかのように、翌一九一七年には「ポルトガル未来派」の運動がサンタ・リタ・ピントールを中心に起こる。[*42]彼はきわめて倒錯した人物で、パリで頻繁に会っていたサ＝カルネイロによれば、「幻想的だが興味深くもあり」、政治的には「超王党派、さらには皇帝派」で、不寛容で、耐えがたいほど虚栄心にみち、欺瞞と嘘ばかりで、エゴが強く、計算高く、目的のためには手段を選ばず、要するにひたすら成功し、有名になろうと画策する人物。[*43]サ＝カルネイロの小説『ルシオの告白』の主人公のモデルとも言われる。リスボンの美大を卒業した後、一九一〇年には奨学金を得てパリに留学したが、王党派だったために共和国政府の大使と衝突して、奨学金を打ち切られるなど、若い頃からスキャンダルの絶えぬ人物だった。彼の作品は一度もポルトガルでは展示されたことがなく、ほとんど無名のまま一九一八年に二十八歳で結核で亡くなるのだが、全作品が焼却されることを望み、その遺志が実行されたため、『オルフェウ』二号に白黒で複製された作品などからその作風を推測する以外にはない。彼はパリでさまざまな前衛運動を目の当たりにし、マリネッティの講演を聞き、一九一二年にベルネム＝ジュヌ画廊での未来派絵画展で作品に接して心酔し、同年のアンデパンダン展では、「家具なしの部屋の物音」と題する未来派色の強い作品を発表した。一九一四年、第一次世界大戦の勃発とともにポルトガルに戻った彼は、マリネッティの未来派宣言を広めるとともに、自作を公開しようと考えたのである。

イタリアの詩人フィリッポ・トンマーゾ・マリネッティが一九〇九年二月二十九日にフランスの『フィガロ』紙に掲載した「未来主義創立宣言」によって始められた運動は、伝統的な芸術の徹底破壊と、機械化によって実現された近代社会のスピードを称えることで知られる。その背景には、産業革命以降、西洋社会に急速に広まった機械文明と都市化があるが、ポルトガルはすでに述べたように時代の流れにはかなり乗り遅れており、それを受け入れる準備はできていなかった。それでも、パリでその洗礼を受けたサンタ・リタやサ゠カルネイロたちは、未来派の運動をポルトガルにも導入しようとした。[*44]

二十世紀前半の前衛芸術運動は、未来派であれ、ダダイスム、シュルレアリスムであれスキャンダルを起こすことによって、自分たちの主張を発信する傾向があったが、ポルトガル未来派の場合もそれは同じだ。オリジナルから五年遅れ、一九一七年四月十四日、共和国劇場でポルトガル最初の未来派の催しが行われた。参加者の数こそ少なかったものの、前衛芸術家、作家、知識人が集まり、盛り上がりを見せた。催しはほとんどアルマダ・ネグレイロスの独壇場であり、彼の講演「二十世紀ポルトガル諸世代への未来派からの最後通牒《つうちょう》」によって開始した。怒れる若き芸術家は、ポルトガル共和国とその退廃を批判し、新たな国家の創設を叫ぶとともに、創造的精神を呼び覚まし、サウダーデ主義的で退嬰《たいえい》的な感情を滅ぼすという理由で、戦争を賛美した。

私はいかなる革命世代にも属さない。私は建設する世代に属す。

私は祖国を愛するポルトガル詩人だ。自分の職業を崇拝し、それを重んじる。私は、みずからの存在によって、詩人という語が持つ意味をその特権とともに変質させる。

私は二十二歳、健康で聡明だ。

自分自身の経験の意識的な結果だ。*45

イタリア未来派はファシズムと親和性が高かったが、その全体主義的思想に影響されていたネグレイロスは、民主主義を攻撃し、二十世紀にふさわしい新たなポルトガル国の樹立を呼びかけて、講演を終えた。その後すぐに、今度はピエロの格好で登場すると、唯一の女性未来派芸術家とも呼ばれたフランスの女性ダンサー兼詩人ヴァランティーヌ・ド・サン＝ポワンの「邪淫の未来派宣言」を朗読。その内容は強い種族にとっては高慢も淫蕩も死に価する大罪などではなく、淫蕩を芸術作品にすべしという挑発的なものだった。ネグレイロスはさらに四年前にマリネッティが発表したミュージックホールについての講演を朗読し、催しは大混乱のうちに終わった。

このイベント報告を含む『ポルトガル未来派』一号は一九一七年十一月に発行された。*46 四十二頁の雑誌によって、あらためて「未来派」を打ち出そうとしたと言ってよいだろう。

公式にはカルロス・フィリペ・ポルフィリオの主導によるとされるが、[*47] 実際に全体の差配をしたのはサンタ・リタ・ピントールだった。彼の大判の写真に「時代が生み出した天才」「ポルトガル未来派の偉大な提唱者」などのキャプションが躍ったほか、「地獄のオルフェ」を含む彼の作品の複製も付された。表紙に並ぶ名前を見るとその国際的な性格が窺える。パリでキュビスムを主導したギヨーム・アポリネール、スイス生まれで世界各地を放浪したブレーズ・サンドラールの未発表の詩がフランス語で掲載されている。仲介したのは当時、戦禍を逃れてポルトガルに滞在していた画家、ソニアとロベールのドローネ夫妻だったことが註記から見てとれる。そのほか、マリネッティ、ボッチオーニ、カッラといったイタリア未来派の面々のテクストもコラージュ的に引用されている。またラウル・レアルなどいくつかのテクストがフランス語で書かれている点も国際色を出そうとした結果だろうか。

　ペソアも積極的に参加していることは、「エピソード・ミイラ」と題する詩五篇、「幕間劇の虚構」と題した詩五篇、さらには、カン

『ポルトガル未来派』1号
所蔵：Seminário Livre de História das Ideias

ポスの「最後通牒」が掲載されていることから見てとれる。ペソアはマリネッティに手紙を送ったこともあり、そのマニフェストを訳してもいた。[*48] とはいえ、このイタリアの天才に心酔していた様子はない。その書簡もたんなる賞賛や尊敬ではなく、むしろ未来派の思想をさらに徹底させるべきだと説く、批判的な内容である。[*49] じっさい、カンポスが未来派的な詩を書いたのはこの時期のみで、この後は、未来派的な意匠はすっかり後退して、彼自身が述べる、相互に矛盾する多様な存在へと転身することになる。

「最後通牒」は、ペソアのコーパスのうちで最も激烈なもので、「ヨーロッパの高級文化人への退去命令！ 出ていけ」[*50]という挑発的な宣言からはじまる。名指されるのは、アナトール・フランス、モーリス・バレス、ブールジェ、キプリング、バーナード・ショウ、H・G・ウェルズ、チェスタートン、イェイツ、ダヌンツィオ、メーテルランクといった当時の西洋文化の代表者たちである。みんな出ていけ。あらゆる国民、国家は破産しており、それらを見捨てるのがよい、とカンポスは叫ぶ。

それでも、カンポスの筆致は未来派とは明確に一線を画している。[*51] というのも、彼は未来の名のもとに過去を否定することはなく、むしろ、過去は現在に勝ると主張しているからだ。文学においてさえ、現在のものは、栄光のロマン主義の残滓《ざんし》にすぎないと彼は断ずる。その意味で、前衛芸術といえども、その批判の矛先を免れるものではない。

さらに、マリネッティやネグレイロスとは異なり、カンポスは戦争賛美をしない。むしろ、戦争もまた現在の貧しさの一部でしかなく、彼にとっては嫌悪の対象でしかない。もちろん、カンポスも、未来派の決まり文句「くそっ」や「注意せよ」を用いるが、彼は過去の巨人を単に否定するのではなく、新たな巨人の誕生を願うのだ。「機械の時代にホメロスを与えよ。おお、科学的運命よ。電気の時代にミルトンを与えよ。おお、物質内部の神々よ」という叫びは、ひたすら現代の機械文明を賛美する未来派とは異なる。さらに子細に比較すれば、カンポスは、未来派のようにただ直観や本能を称揚するのではなく、その高揚したトーンにもかかわらず、知性や論理性を重んじているように見える。マリネッティ的な力の賛美からも一歩退いているのは、超人とは「最も強いものではなく」、「最も複雑」「最も調和的な」ものだと言っていることからも読み取れる。また、マリネッティは、個人の心理にはほとんど関心を示さず、物質の運動や速度に心酔したが、カンポスにそのような側面が見られるとしても、それはあくまでも未来派のパスティシュにすぎず、むしろ力点は、多重性を梃子として個人の崩壊を描く点にあった。

興味深いのは、ほとんどアジ演説的なテクストが、中ほどで一転してあたかも論文であるかのように、構造化されることだ。「反キリスト教的外科手術」と題されたセクションは、一、人格という教義の廃棄、二、個人という予断の廃棄、三、パーソナルな客観主義の廃棄の三つからなるが、それぞれが、（a）政治において、（b）芸術において、（c）哲学においての三分野に関して語られる。その二の（b）で言う。

最も偉大な芸術家は、最も定義しがたい者、最大限のジャンルで、最も矛盾と非類似をもって書く者である。いかなる芸術家もひとつの人格ではなく、複数の人格をもつべきなのだ。〔略〕こうして、自分がひとつで、不可分だという粗雑な虚構を解消させなければならない。[*52]

ここでは、ペソアが考える人格の複数性が未来派という装いのもとに語られている。それでも、最後は再びアジ演説的に声高に終わる。

以上のことを高らかに宣言しよう。テージョ川の手すり棒の前で、ヨーロッパに背を向けて、腕を上げ、大西洋を見つめ、無限に向かって挨拶しながら。[*53]

「最後通牒」は、スキャンダラスな相貌を持った折衷的なテクストではあるが、その疾走する文体はまぎれもなくカンポスのものであり、批評性とポエジーを兼ね備えている。

このように多彩な人材が集まった運動ではあったものの、ポルトガル未来派は打ち上げ花火のように儚《はかな》く消えた。ネグレイロスの「曲芸師たち《サルティンバンコス》――同時的コントラスト」の挑発的内容が当局の逆鱗《げきりん》に触れ、刊行後すぐに警察に差し押さえられ、一号のみで終わってしまったからである。ペソアによれば、このような内容の雑誌が全面的な検閲を免れたことがすでに奇蹟的であったし、差し押さえられる前に何部かが人手に渡ったことからすればむしろ成功だった、と考えてもよいだろう。

一九一七年のペソアの創作でもう一つ特筆すべき出来事があるとすれば、五月十二日に英語詩集『魔法のヴァイオリン弾き（The Mad Fiddler）』を完成し、イギリスの出版社カンスタブルに送ったことだ。六月六日には、出版社から断りの手紙が届くのだが、未来派運動の喧噪のさなかにもかかわらず、彼は英語による詩作も行っていたわけだ。

未来派運動は、ポルトガル文化の歴史において重要な出来事だったとはいえ、ペソアという巨大な迷宮的存在にとっては、挿話的なものに留まった。世間一般の関心も、このような些末な出来事のうえにいつまでもかかずらうことはなかった。なぜなら、ポルトガルの政情はまたもや、大きく変化したからである。

この年の十二月五日、アフォンソ・コスタの民主党政権に対して、陸軍大佐シドニオ・パイスがクーデターを起こす。パイスは共和革命後の制憲議会選挙に当選して代議士となった人物で、一九一二年にはドイツ公使も務め、親独派として、大戦への参加に反対していた人物である。政党間の対立抗争による混乱に乗じて、右翼勢力の熱狂的な支持を得たパイスは、憲法改正によって大統領の選出を直接選挙制に変更し、翌一八年にはみずから大統領に収まり、独裁を始めたのである。[*54]

そんななか、一七年八月にペソアは、みずからの名前を冠したF・A・ペソアという会社を設立し、友人アウグスト・フェレイラ・ゴメス、ジェラルド・コエリョ・デ・ジェズスの協力を仰ぐ。[*55] 業務内容は諸々の代行業という漠然としたもので、実質的には開店休業の幽霊会社だったようで、九ヶ月ほどで消滅した。経済状態はあいかわらず最悪で、ペソアはリスボンの北の地区に引っ越して[*56]、創作に没頭する生活に入る。その姿は、『不穏の書』の著者とされる半-異名者、ベルナルド・ソアレスを髣髴《ほうふつ》させるものだ。

＊1 Luís de Montalvor（一八九一—一九四七）。本名はLuís Filipe de Saldanha da Gama da Silva Ramosで、外交官、詩人、エッセイスト、批評家。ポルトガル・モダニズムの担い手の一人。一九三三年にはアティカ社を設立、ペソアの『詩全集』を刊行する。

＊2 ペソアは一九一五年二月十九日付のコルテス＝ロドリゲス宛ての手紙で興奮気味に原稿を依頼している。「ぼくらは即座にぼくらの雑誌、『オルフェウ』を印刷に回す。ポルトガルの編集長は、サ＝カルネイロとぼくの親しい友人であるルイス・デ・モンタルヴォルで、ブラジル側は、今のブラジルで最も興味深い詩人の一人で、最もぼくらの仲間であるロナウド・ジ・カルヴァリョだ」（強調は原文）。Cor I, 148. 雑誌『エウロパ』に関しては、サ＝カルネイロはペソア宛ての一九一四年の書簡で何度か言及している。*Cartas* I, 165. *Cartas de Mário de Sá-Carneiro a Fernando Pessoa*, ed. Manuela Parreira da Silva, Lisboa, Assírio & Alvim, 2001, p. 134-135.

＊3 『オルフェウ』の運動に関する研究は以下が示唆的である。*1915: O Ano do Orpheu*, organização de Steffen Dix, Lisboa, Tinta da China, 2015.

＊4 これらはカンポスによって書かれ、ペソアによって発表と冒頭に記されている。「阿片常用者」の最後には、「一九一四年三月、スエズ運河、船上にて」と記され、作者の東方旅行に由来することが仄めかされている。

＊5 作品の最後には「一九一三年十月十一―十二日」と記されている。ただし、その後かなり手を入れたことはコルテス＝ロドリゲス宛て一九一五年三月四日付の手紙から窺える。「ぼくの静態劇「船乗り」はかなり手を入れてよくなった。きみが知っているのは最初の簡素なバージョンでしかない。とりわけ最後はよくなった。ぼくが考える意味での偉大な作品ではないかもしれないが、恥

じるところはないし、いつかこれを恥じることになるとも思わない」（強調は原文）。Cor I, 157. この作品掲載までについては以下の詳細な研究がある。後藤恵「フェルナンド・ペソーアの「ことばの劇」：戯曲「船乗り」の分析から」Encontros Lusófonos (22), 2020, p. 40-52.

＊6　OC VI, 39.

＊7　OC VI, 45.

＊8　OC VI, 52.

＊9　Marcel Proust, *Contre Sainte-Beuve*, Paris, Gallimard, coll. «La Pléiade», 1971, p. 237. プルースト「サント＝ブーヴに反論する」（出口裕弘・吉川一義訳）『プルースト全集14』（筑摩書房、一九八六年）二九二頁

＊10　OC II, 144.『詩集』七九―八〇頁

＊11　OC II, 153-154.『詩集』八六頁

＊12　OC II, 154.『詩集』八七頁

＊13　一九一五年三月二十六日付。Cor I, 158-159.

＊14　インタビュー原案、一九一五年。OPP II, 1319. 強調は原文。

＊15　OC II, 162.

＊16　『宝島』の有名な海賊の歌のリフレイン *Fifteen men on the Dead Man's Chest. / Yo-ho-ho and a bottle of rum!* も英語のまま挿入されている。Orpheu, 2, p. 140, OC II, 180.

＊17　OC II, 172.

＊18　Charles Baudelaire, «L'Héautontimorouménos», *Les Fleurs du Mal, Œuvres complètes, t. I*, Paris, Gallimard, coll. «La Pléiade», 1975, p. 78-79.『ボードレール全集I』（阿部良雄訳、筑摩書房、一九八三年）一五〇頁

＊19　OC II, 172.

＊20　Cor I, 220. 画家アマデオ・デ・ソウザ＝カルドーゾ（Amadeo de Souza-Cardoso 一八八七―一九一八）は将来を嘱望されていたが、スペイン風邪にかかり若死にした。その幻想的でモダンな作風はペソアの世界とも共鳴する。

＊21　ホテルの名はグラン・ピガール・ホテルと変わったが、サ＝カルネイロがこの地で逝去したことを告げるプレートが今では外壁に表示されている。

＊22　Cor I, 210-212. 後に見るように、この時期のペソアは降霊術に凝っていたが、一九一六年六月二十四日付アニカ伯母宛ての長文の書簡で、サ＝カルネイロとの霊的交流について、次のように述べている。「サ＝カルネイロがパリで、大きな精神的危機を迎えていて、それが彼を結局は自殺へと追い込んだのですが、ぼくはその危機をここで感じたのです。とつぜん外部からやってきた鬱状態に陥ったのですが、当時は説明ができませんでした。この感応性はその後は起きたことはありません」（強調は原文）。Cor I, 217.

＊23　ギザドらがカンポスの論考に憤慨して『オルフェウ』を脱退したことや、経済的な理由もあったようだ。サ＝カルネイロはペソア宛ての手紙で、資金が限られているので、印刷費を下げ、紙の質も下げ、グラビアも断念しなければならないと書くとともに、アルマダ・ネグレイロスに声をかければ、資金も出してくれるだろう、と示唆している。*Cartas* II, 54.

＊24　一九一六年五月頃には、アンテロ・デ・ケンタル通り、九月頃にはバロソ提督通り一二番地、十月にはシダーデ・ダ・オルタ通り五八番地の友人のところに間借りしている。

＊25　OPP II, 88. 従来は一九一三年のメモと考えられてきたが、フレデリコ・フェレイラの会社で働くのは一九一五年からなので、時期を繰り下げると提案する以下の研究者の指摘に従う。*Cadernos, diários e escrita automática, Obras de Fernando Pessoa*, vol. 2, organização, prefácio e notas de Nuno Hipólito, Lisboa, Parceria A. M. Pereira, 2015, p. 62, n. 9.

＊26　ポルトガル・モダニズムに関しては以下が詳しい。Steffen Dix & Jerónimo Pizarro (eds.), *Portuguese Modernisms: Multiple Perspectives in Literature and the Visual Arts*, Oxford, Routledge, 2011.

＊27　彼はサ＝カルネイロの『燃える空』の表紙も描いていた。

＊28　OC I, 21.

＊29　OC I, 26.

＊30　*Manifesto Anti-Dantas e por extenso por José de Almada-Negreiros*, poeta d'Orpheu futurista etudo, Lisboa, Edição do Auctor, 1916. 一九一五年十月二十一日、ダンタスの戯曲『尼僧マリアナ』の初演の際に書かれ、

仲間内で朗読されたが、出版されたのは翌年。

＊31　作家としての仕事は次の一書にまとめられている。José de Almada Negreiros, *Obra completa em um volume*, Rio de Janeiro, Nova Aguilar S.A., 1997. なお、彼の名前の表記だが、Almada と Negreiros の間にハイフンがあるものとないものが混在するので、ここではハイフンのない書法を採用し、中黒で表記する。

＊32　そもそもヨーロッパ各地で始まったモダニズムはいずれも、多様性と統一性という相矛盾する特徴を持っていたものだ。ポルトガルの特徴については後に改めて見ることにしたい。cf. *Modernism: 1890-1930*, Malcolm Bradbury and James McFarlane (eds.), London, Penguin Books, 1976.

＊33　ポルトガル未来派に関しては、以下の文献に詳しい。João Alves das Neves, *O Movimento Futurista em Portugal*, Lisboa, Dinalivro, 1987.

＊34　cf. Paula Cristina Costa, «Paulismo», in *Dicionário de Fernando Pessoa e do modernismo português*, coordenação: Fernando Cabral Martins, Lisboa, Editorial Caminho, 2008, p. 609-612. だが、必ずしも、この主義の内容は明確ではない。渡辺一史『フェルナンド・ペソーア研究——ポエジーと文学理論をめぐって』前掲論文、一二五頁以下参照。

＊35　Cor I, 192.

＊36　これは日刊紙『ディアリオ・デ・ノティシア』宛ての一九一五年六月四日付の公開書簡。ECFP X, 376.

＊37　詩篇の最後には一九一四年三月八日と記されている。

＊38　OC I, 27-28.

＊39　「我が師カエイロ追想のための覚書」のためのメモ。カンポスは、ペソアがカエイロと出会わなければ、この詩を書くことはぜったいになかっただろう、と言っている。ECFP VI, 120.

＊40　ペソアは「感覚主義」という言葉を『オルフェウ』のプロモーションとして用いる傾向があり、『逃亡』誌に実名で掲載した「感覚主義運動」では、ペドロ・メネーゼス（ギザドの筆名）のデカダン詩的な作品などを例に挙げて説明している。ECFP X, 207-210.

＊41　ECFP X, 401-402. これはペソアが一九一六年頃に英国の出版社に「感覚主義」を売り込もうと

した手紙の草稿である。

＊42　サンタ・リタ・ピントール（Santa Rita Pintor　一八八九—一九一八、本名はGuilherme de Santa-Rita）には、二人の兄弟がおり、アウグストが作家、マリオが詩人。本人は彼らと区別するためかピントール（画家）と称した。

＊43　ペソア宛て一九一二年十月二十八日付、同年大晦日付の手紙など。*Cartas* I, 25, 39, etc.

＊44　サ＝カルネイロは、一九一五年八月十三日付のペソア宛て書簡で、『オルフェウ』を二部か三部、未来派運動に送るように指示している。*Cartas* II, 57-58.

＊45　Almada Negreiros, «Ultimatum Futurista às Gerações portuguesas do século XX», *Obra completa*, *op. cit.*, p. 649.

＊46　*Futurista*, p. 34.『ポルトガル未来派』は以下のサイトで閲覧することができる。
https://modernismo.pt/images/revistas/pdf/Portugal_Futurista_web1.pdf

＊47　ポルフィリオ（Carlos Filipe Porfírio　一八九五—一九七〇）は当時まだ美大の学生だったが、『ポルトガル未来派』の「編集長・創設者（director e fundador）」に担ぎ上げられ、その名が誌面に明記されている。cf. José-Augusto França, *A Arte em Portugal no século XX 1911-1961*, 4ª ed., Lisboa, Livros Horizonte, 2009, p. 51. 同様のやり方は『オルフェウ』でも行われ、一号の「編集人（Editor）」と明記されているアントニオ・フェロ（António Ferro　一八九五—一九五六）は未成年で、作品がまだ未成熟だったとペソアが考えたため、このような形で名前が掲載されたようだ。

＊48　ペソアからのマリネッティ宛ての手紙（の写し）はフランス語と英語で書かれている。ECFP X, 377. *Páginas de Estética e de Teoria e Crítica Literárias de Fernando Pessoa*, textos estabelecidos e prefaciados por Georg Rudolf Lind e Jacinto do Prado Coelho, Lisboa, Ática, 1967, 2ª ed., 1994, p. 164-169.

＊49　また、一九二九年にマリネッティがムッソリーニによって創設されたアカデミーの会員になったときは、「アカデミー会員マリネッティ」というアイロニーたっぷりの詩も書いている。OC II, 303.

＊50　OPP II, 1102.

＊51　じっさい、カンポスは、一九一五年六月四日付『ディアリオ・デ・ノティシア』宛ての手紙で、

みずからの立場を次のように述べている。「『オルフェウ』一号掲載の私の「勝利のオード」だけは、〔他の同人たちの作品のなかで〕未来派に近いものです。しかし、それは発想源である主題において近いのであり、その実現においてではありません。——そして、芸術においては、実現方法こそが潮流や流派の特徴であり、差別化するものなのです。いずれにせよ、私は交差主義者でも（パウリストでも）未来派でもありません。私は私であり、たんに私なのであり、私自身と私の感覚にのみ関わっているのです」。ECFP X, 376.

＊52　OPP II, 1114.
＊53　OPP II, 1117.
＊54　アルベール＝アラン・ブールドン『ポルトガル史』（福嶋正徳・広田正敏訳、白水社、文庫クセジュ、一九七九年）一三一—一三二頁
＊55　事務所は当初サン・ジュリアン通り四一番地、続いてオウロ通り八七番地に置かれた。
＊56　ベルナルディン・リベイロ通り一七番地。

07.『不穏の書』

1――リスボンのバートルビー

ここまでペソアの詩人としての側面を中心に見てきたために、三人の異名詩人と並んでペソアの世界を構成するきわめて重要な人物についてきちんと紹介していなかった。『不穏の書』[*1]の作者、ベルナルド・ソアレスである。ペソアの数ある異名者のなかで、ベルナルド・ソアレスが占める位置には特別なものがある。アルベルト・カエイロ、リカルド・レイス、アルヴァロ・デ・カンポスという三人の主要な異名者がそれぞれ実名者ペソアとは境遇も性格もまったく異なる強烈な個性の面々であるのに対し、ソアレスは〈半-異名者〉、つまり、ペソアに限りなく近い存在と規定されているからだ。ペソア自身の説明をまずは聞いてみよう。

半-異名者のベルナルド・ソアレスは、アルヴァロ・デ・カンポスに多くの点で似ています。ただ、彼はぼくが疲れていたり、まどろんだりしていると現れる存在なのです。そのためぼくが持っている推論の能力や心理的抑制の質が若干低下しています。したがって、彼の書く散文はそこかしこでとりとめのない話になります。ベルナルド・ソアレスが半－異名なのは、彼の人格がぼく自身の人格ではないためですが、ぼくの人格と違っているというより、人格の一部なのです。つまり、ぼくから推論や愛情などを引いたのが彼です。彼の散文は、論理的思考がぼくの散文にもたらす抑制的側面を除けば、ぼくのものと同一であり、彼のポルトガル語は完璧にぼくのものと同じです。[*2]

この明快な説明に少しだけ補足するとすれば、二人の外見および内面にも多くの共通点がある。ペソアは、生活に必要な収入を得るためにリスボンの小さな貿易会社で商業通信文を翻訳する仕事を最低限だけこなし、残りの時間のほとんどを執筆に当てていたが、ソアレスもまた、繊維輸入業を営むヴァスケス商会の会計補佐として、ささやかな俸給を得、余暇はひたすらノートを埋めることで過ごしている。二人とも独身で、旅行を夢見ながらもリスボンの街から出ることはほとんどなく、孤独な生活を送っている。ありていに言えば、ソアレスはペソアの戯画化された自画像であり、文学的分身である。[*3] 名前からして、異名のなかでベルナルド・ソアレス（Bernardo Soares）とフェルナンド・ペソア（Fernando Pessoa）は、アナグラムとまでは言えないが、響きがきわめて近い名前であり、ファーストネームの八文字中六文字、姓の六文字中五文字が同じというのは偶然ではないだろう。

だが、少し先走ってしまったようだ。まず初めに、リスボン在住の会計補佐ベルナルド・ソアレスの手記という体裁をとった『不穏の書』がどのような書物なのか、その紹介から始めるべきだろう。ペソアは多くの作品を同時に手がけ、一作を完成させることよりも、新たな作品に手を染める傾向があった。その結果、多くの作品が未完の状態に留まり、夥しい量の遺稿が残された。それは建築現場、あるいは廃墟のようにも見える。なかでも『不穏の書』は廃墟そのもののような作品である。現在『不穏の書』として刊行されているのは、長短さまざまな五百二十ほど（版によって数に異同がある）の断片からなる、五百頁を優に超す大著だ。

その実態は長いこと謎に包まれており、ベルナルド・ソアレス著『不穏の書』としてまとまって刊行されたのは、死後五十年近い一九八二年のことにすぎない。それはペソア・ワールドに慣れ親しんできた者たちにとっても衝撃的な事件だった。[*4] 異名詩人たちの紡ぎ出す世界とはまったく異なる新しいタイプの散文家としてのペソアが登場したからである。じっさい、この本はペソアが最後まで秘匿してきた別世界の観があるが、詩人の創作活動のなかで周辺的だったというわけではない。ほとんどの断章が未発表のまま筐底に残されたとはいえ、『不穏の書（Livro do Desassossego）』の頭文字をとってL. do D.という略号で呼んだ作品をペソアは二十年以上の長きにわたって書き続けたからである。[*5]

「不穏の書」という作品名そのものがペソアの筆の下に現れるのは比較的早く、一九一三

提供：Casa Fernando Pessoa／協力：ポルトガル大使館
リスボン市内、シアード地区を歩くペソア

年八月の『鷲《アギア》』二〇号に「忘我の森で」という題で発表された断章の最後に「現在準備中の『不穏の書』から」[*6]との表示があったことは第四章で見た。この時点では、まだソアレスという人物すら造形されていなかったが、小説でも散文詩でもない、独り言のような断章をペソアは詩作と並行して書き続けた。だが、同じ標題による次のテクストが発表されるのは、ずっと下って一九二九年(著者がベルナルド・ソアレスとなるのもこの頃である)。その後、二九年から三二年にかけていくつかの文芸誌に散発的に十一の小文が掲載されたが[*7]、それが氷山の一角でしかなかったことが判明するのは死後かなりたってからだ。手近にあった紙に手当たり次第に書きなぐったかのような夥しい量の断章が、『不穏の書』と記された大判の封筒五つに無造作に入れられていたのが、遺稿整理の過程で発見されたのである。[*8]

つまり、『不穏の書』の実体は、さまざまな紙片に書きとめられたメモであり、雑誌に発表されたものや、わずかにタイプ印刷された原稿を除けば、それこそ文字どおりの断片の堆積であり、書名とは裏腹に、いわば「反-書物」なのだ。それを作品として再構成するのがほぼ不可能であるのは、パスカルが未整理のまま残し、後に他人によって編集された『パンセ』のケースとよく似ている。さらに言えば、ペソアはこの書の構成をパスカルほども書き残しておらず、そもそもプランなりコンセプトというものがほとんど見当たらない。そこにあるのはある種の調性、ドイツ語で言うところのStimmung(雰囲気、情態)のごときものだ。それは短調が主で、ときどき薄明かりが差すかのように、軽やかな調子になることもあるが、読む側の力をそぎ取るような重々しい響きがしばしば鳴り響く。
このような性格のため、『不穏の書』には定本と呼ぶべきエディションが存在しない。アメリカ人研究者リチャード・ゼニスのものをはじめ決定版を謳う版もあるが、ペソア自身が日付も明確なプランも残していないので、想定される執筆年代順に並べるにしても、主題別に並べるにしても、恣意性は免れない。[*9] じっさい、ペソアは初めの頃こそ、構成のメモをいくつか書いたものの、書きためられる量が増えるとともに、主題は拡散していき、統一性のないものになっていった。[*10] そもそも、作品の著者にしてからが、ソアレスに落ち着くまでに、ヴィセンテ・ゲーデスやテイヴェ男爵などが想定されていた時期もあり、一冊の『不穏の書』ではなく、複数の『不穏の書』があると主張する研究者もいるほどだ。[*11]
このような執筆状況に呼応するかのように断章が描く内容も多岐にわたっている。孤独な都市生活者の独白があるかと思えば、哲学的・社会学的考察の草稿とおぼしきものがあり、市井の日常生活の写

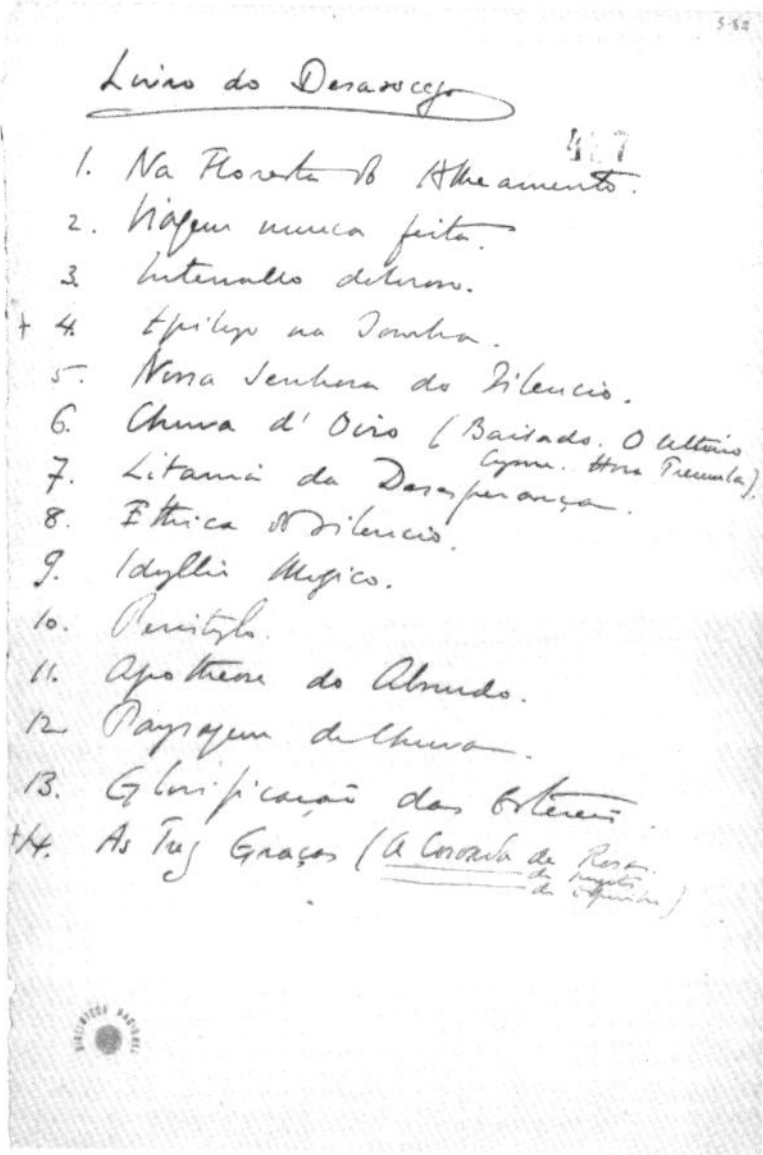
Livro do Desassocego
1. Na Floresta do Alheamento.
2. Viagem nunca feita.
5. Nossa Senhora do Silencio.
7. Litania da Desesperança.
8. Ethica do Silencio.
10. Peristylo.
11. Apotheose do Absurdo.
12. Paysagem de Chuva.
14. As Tres Graças

『不穏の書』構成メモ
所蔵：Biblioteca Nacional de Portugal

生的なスケッチのとなりに、文学論や作品批評が顔を覗かせ、勤め人の愚痴のような嘆き節のほかに、淡い恋心の混じった妄想なども顔を出す。このような多様体をなしている『不穏の書』の特徴を一言で要約するのは、不可能ではないにしても、きわめて難しい。だがとりあえず、ソアレスを著者と限定したうえで、そのさわりを見ていくことにしよう。

ペソアは『不穏の書』の作者を紹介するために、枠物語的な導入をいくつか執筆しているが、その中には、ポール・ヴァレリーの『テスト氏』の冒頭を想起させる次のような断章もあり、それが多くのエディションで「序」として用いられている。

リスボンの街には、品のよい一階席の上に、鉄道も通らない小さな町に見られるような重苦しく家族的な雰囲気をした中二階席のある小さなレストラン、というか大衆食堂がある。日曜日以外はひともまばらなそんな中二階では、かなり奇妙な種類の人たち、まるで他人の興味を惹きそうにない人物、世間から忘れさられたあらゆる連中に出くわす。

静かで値段も手ごろなので、私はある時期そんな中二階のレストランのひとつに足繁く通っていた。私が夕食をとる七時ごろ、よく来ている男がいて、最初は気にも留めなかったのだが、次第に私の注意を惹くようになった。

男は三十歳ぐらいで、痩せていて背は高め、立っているとそうでもないが、座っていると不自然なぐらい猫背だった。服装は無頓着なようでいて、けっしてだらしなくはなかった。青白くぱっとしない顔つきで、苦悩の跡のようなものが見られたが、だからといってそれが特別な風貌を与えるわけでもなく、いったいそれがどんな苦しみによるのかを特定するのも難しかった。喪失感とも見えたし、不安に駆られたといった風でもあったし、それ自身が苦しみすぎた結果ともいえる無関心からくる苦悩のようでもあった。*12

それに続いてソアレスと出会ったきっかけが語られるが、ソアレスが自分の執筆活動を語る際に『オルフェウ』の詩人たちに言及するなど、虚実がたくみに織り交ぜられている点も興味深い。ただ、その後に続くのは長短さまざまな断章であり、一貫した物語も論理もない。というよ

『不穏の書』「序」のタイプ草稿　所蔵：Biblioteca Nacional de Portugal

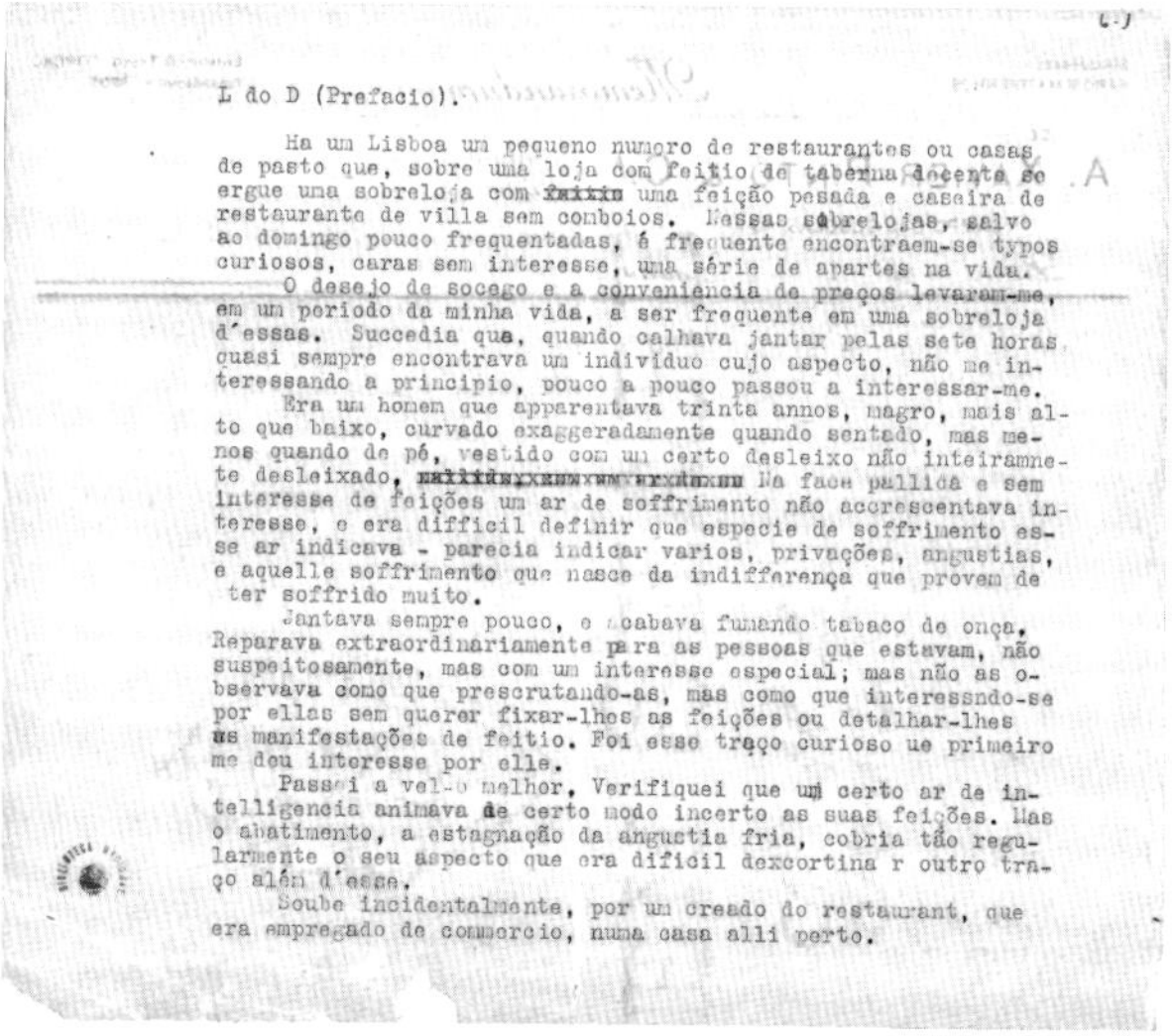
L do D (Prefacio).

Ha um Lisboa um pequeno numero de restaurantes ou casas de pasto que, sobre uma loja com feitio de taberna decente se ergue uma sobreloja com ~~xxxxxx~~ uma feição pesada e caseira de restaurante de villa sem comboios. Nessas sobrelojas, salvo ao domingo pouco frequentadas, é frequente encontraem-se typos curiosos, caras sem interesse, uma série de apartes na vida.

O desejo de socego e a conveniencia de preços levaram-me, em um periodo da minha vida, a ser frequente em uma sobreloja d'essas. Succedia que, quando calhava jantar pelas sete horas quasi sempre encontrava um individuo cujo aspecto, não me interessando a principio, pouco a pouco passou a interessar-me.

Era um homem que apparentava trinta annos, magro, mais alto que baixo, curvado exaggeradamente quando sentado, mas menos quando de pé, vestido com um certo desleixo não inteiramnete desleixado, ~~xxxxxxxxxxxxxxxxxxxxxxx~~ Na face pallida e sem interesse de feições um ar de soffrimento não accrescentava interesse, e era difficil definir que especie de soffrimento esse ar indicava - parecia indicar varios, privações, angustias, e aquelle soffrimento que nasce da indifferença que provem de ter soffrido muito.

Jantava sempre pouco, e acabava fumando tabaco de onça. Reparava extraordinariamente para as pessoas que estavam, não suspeitosamente, mas com um interesse especial; mas não as observava como que prescrutando-as, mas como que interessndo-se por ellas sem querer fixar-lhes as feições ou detalhar-lhes as manifestações de feitio. Foi esse traço curioso ue primeiro me deu interesse por elle.

Passei a vel-o melhor. Verifiquei que um certo ar de intelligencia animava de certo modo incerto as suas feições. Mas o abatimento, a estagnação da angustia fria, cobria tão regularmente o seu aspecto que era dificil dexcortina r outro traço além d'esse.

Soube incidentalmente, por um creado do restaurant, que era empregado de commercio, numa casa alli perto.

りも、まさにこの筋道のないことが『不穏の書』の最大の特徴であり、魅力なのだ。

ではベルナルド・ソアレスとはどんな人物なのか。彼は、リスボンの下町でありビジネス街であるバイシャ地区のとある繊維輸入業、ヴァスケス商会で会計補佐として働く中年の男だ（そこまではペソア本人と共通点がかなりある）。恋人はおろか友人らしい友人もおらず、事務所の同僚とはつかず離れずの関係、というよりも一歩も二歩も距離をとった関係で、孤独な生活を送っている。仕事熱心とはお世辞にも言えないが、さりとて怠惰な社員でもなく、与えられた仕事を淡々とこなし、その他の時間を夢想と執筆にあてる孤独な人物である（夢想と執筆という点はペソアと共通しているが、ペソアは友人も多く、陰気で孤独な人間ではなかった）。そういった境遇であるから、彼の筆の下からは、社長のヴァスケス氏、上司である会計士のモレイラ、ボルジェス出納係などについての悪口めいたものも当然のことながら見られる。しかし、それはあくまでも背景にすぎない。重要なのは、その平々凡々たる日常生活から、この陽炎のような人物が筆一本で離陸し、低空飛行ながらも、別世界へと旅立つ点にある。とはいえ、それは明るい別天地ではなく、平凡すぎるがゆえに常軌を逸した夢幻の世界である。「私は、外の世界が内的現実であるような人間だ。私はそれを形而上学的に感じるのではなく、ひとが現実的なものを捉える通常の感覚で感じる」[*13]とソアレスは言う。以下に、『不穏の書』の主題のいくつかを見ていこう。

まずは、都市の孤独な散策者の独白という側面がある。これはイタリアの作家にしてペソア研究の第一人者でもあったアントニオ・タブッキが指摘したことであるが、『不穏の書』には、リルケの『マルテの手記』(一九一〇)に通じる街の描写がある。[*14] 二十八歳のデンマーク出身の芸術家が、パリの中心から少しはずれた地区を歩き回り、出会う風景や人びとを記す『マルテの手記』との類似は、「手記」という構成だけではない。リスボンの街に注がれるベルナルド・ソアレスの視線は、パリの街角の平凡な光景の裏に潜む虚無を射ぬくマルテ・ラウリス・ブリッゲの視線と驚くほど似ているのだ。すでに、夏の夕べのバイシャ界隈の静寂を語った一節を引いた(第三章)が、その後段を見てみよう。海軍工廠《アルセナル》通り、税関《アルファンデガ》通りなど、テージョ川近くの長く寂しい通りを散策しながら、ソアレスは自分が過去を生きているような気がして、セザリオ・ヴェルデ(ペソアが敬愛した前世代の詩人)の同時代人であると感じる。

私のうちに、彼の詩に似た詩句ではなく、彼の詩を作っているのと同じ実体がある。

このあたりで私は、夜の帳が下りるまで、これらの街並みの生にも似た人生の感覚を引きずってゆく。ここらは昼のあいだ、意味のない雑踏に満ちている。昼間は私は無だが、夜になると私は私になる。税関近くの通りと私はまるで同じなのだ。ただあちらは通りで、私は魂である点が違うが、たぶんこの違いは物の本質からすれば取るに足らないものだ。抽象的であるがゆえに、人間にも物にも同一な運命というのが存在する。[*15]

ただ、ソアレスには青年マルテのようなストイックな相貌は見られず、疲れた中年の悲哀が揺曳《ようえい》している。こう書きながらぼくの脳裏に浮かぶのは、いまひとりの孤独な書記、ブーヴィルの街を徘徊し、ブルジョワを呪詛する『嘔吐』（一九三八）のロカンタンだ。それはリスボンのバイシャ地区に住むソアレスの形而上学的思弁の対象が、やはりしばしば存在と偶然性の問題であるからだけではなく、両者において〈書く〉という行為が、人生と文学の逆説的な関係をめぐって展開しているからだ。じっさい、サルトルがペソアのことをまるで知らなかったとしても、ソアレスの反デカルト的言辞には、実存主義の背景にある世界への不安を先取りするものも見え隠れする。ソアレスとロカンタンの孤独なモノローグがロマネスクを目指しながらも物語の手前にとどまりつづけ、冒険のない冒険を語る点にも共通するものが見られる。さらにペソアにおける形而上学の問題を多角的に論じたジュディト・バルソが鋭く指摘したように、ソアレスがしばしば語る「倦怠」は身体性に根ざしたもので[*16]、サルトルの描いた「吐き気」に通じる実存的なものでもある。『不穏の書』のいくつかの断片には、ボードレールばりの良質な散文詩を見てとることもできる。

港は、人生の戦いに疲れた魂にとって、魅力的な住み処だ。広大な空、動く建物のような雲、色が千変万化する海、煌《きら》めく灯台、これらは目を楽しませる素敵なプリズムで、飽きることがない[*17]。

もちろん、これは『パリの憂鬱』（一八六九）の有名な「港」の一節だが、『不穏の書』にさりげなく忍び込ませても、違和感なく溶け込むことだろう。じっさい、ボードレール描くパリと較べて遜色のないほど、ソアレス描くリスボンは独特の魅力に満ちている。夕焼けが美しい街は世界のいたるところにあるだろうが、個人的には、丘々がバラ色に染まるリスボンの風景ほど心に沁みるものはない気がする。ソアレスはその光景をみごとに描写する。

そう、落日だ。私は気もそぞろにゆっくりと税関《アルファンデガ》通りの出口にたどり着く、宮殿《テレイロ・》広場《ド・パッソ》が眼前にぱっと開ける。太陽が隠れた西の空が輝くのがはっきりと見える。空は緑がかった青から白っぽい灰色へと変わってゆき、左手には、対岸の丘に栗色の雲が死んだようなバラ色の塊になってうずくまっているのが見える。私とは無縁の大いなる平穏があり、秋の抽象的な空気の中で冷ややかに点在している。平穏が実在するのだと想いながらも、ぼんやりした喜びすら感じられないことに私は苦しむ。しかし、ほんとうは平穏もなければ、平穏の不在もない。あるのは、褪色していく空だけだ。——白みがかった青、青みがかった緑、青と緑のあいだの薄灰色、そして消え入る紫の暗いはっきりとしない黄色。それらは雲の色とは異なる曖昧な色調だ――そういった空だけだ。これらすべては、知覚される瞬間にすでに消えてしまっている光景なのだ。無と無のあいだの幕間で、翼が生え、空の高みに宙吊りになっている、空と痣《あざ》の色に染められた、饒舌ではっきりしない一瞬のこと。[*18]

『不穏の書』の魅力の一つは、このような風景の描写と形而上学的思弁の絶妙な交錯のうちにある。[*19]最初に描かれるのは、リスボンの下町《バイシャ》の景色だが、それはそのまま語り手の心象風景でもあり、それが一幅の絵画のようでありながら、宇宙の無限を透視させる描写にもなっている。

ソアレスの思索はそれなりの教育を受けた人物のそれのように見えることもあれば、手当たり次第に本を読んで得た雑多な知識からの独創性のように見えることもある（その点は『嘔吐』の独学者と似ていないこともない）。たとえば、すでに触れた「倦怠」に関する考察にはイタリアの詩人ジャコモ・レオパルディとの共通点を見て取ることができる、とタブッキは指摘する。[*20]たしかに、『不穏の書』に見られる倦怠は、レオパルディがその詩によって表現した、すべてを呑み込む底無しの虚無、不可能性の虚無に似ている。その意味で、ソアレスが陥っているのは、単なる生活の倦怠ではなく、とてつもなく深い、いわば形而上学的な倦怠なのだ。それは現に存在しているものに対する倦怠であるだけではなく、非在に対する倦怠ですらあるからだ。

倦怠とは、別の世界にたいする不快感でさえあるのだ。そして、そんな世界が存在するかどうかは関係がないのである。生きなければならないということの、たとえ別人になったとしても、たとえ別の物質になったとしても、たとえ別世界においてであろうとも、生きなければならないということの居心地の悪さなのだ。倦怠とは、疲労だが、それは昨日の疲労とか今日の疲労ではなく、明日の疲労、そして、もし永遠が存在するのなら、永遠の疲労、あるいは、永遠が虚無のことだとすれば、虚無の疲労である。[*21]

ここに読み取れるのはボードレールが述べた「この世のほかならどこでも」のさらなる彼方だ。このような虚無の感情から純粋な形而上学的考察へは、ただ一歩を踏み出すだけで十分だろう。しかし、ソアレスには形而上学者よりは、モラリストという呼称がふさわしい。ここで言うモラリストとは、個人的なものをとおして、普遍的な性格を考究し、普遍的なものを追い求めながら具体的な観察から離れることのない思想家であり、個人における性向、心理、生活、社会における慣習や風俗の描写を通して人間の本性を探る者という意味である。つまり、ソアレスは、モンテーニュ、パスカル、ラ・ロシュフーコー、さらには「火箭」のボードレールへと続くフランスのモラリストの系譜に連なっている。リスボンの会計補佐が放つ警句のうちに、彼らのアフォリズムの残響を聞き取ることはたやすい。

——すべてを延期すること。明日やってもかまわないようなことをけっして今日やらないこと。

今日でも明日でも、どんなことであれするには及ばない。[*22]

しなくてもよいことはしない、という考えは現実への深い失望に基づく虚無的な世界観でもあるが、その裏面には夢の顕彰がある。夢をみること、あるいは実現するかわりに計画だけ立てること。計画をけっして実行しないこと。これはまたペソア自身の人生でもあった。

このソアレスの態度は、ペソア本人の哲学とも響き合っていることは次の遺稿詩からも明瞭に見てとれる。

わたしは何ひとつしたことがない　そうなのだ
これからもしないだろう　だが　何もしないこと
それこそわたしの学んだこと
すべてをする　何もしない　それは同じこと
わたしとは　なれなかったものの亡霊にすぎない

ひとは見捨てられて生きている
真理も　懐疑も　導師もない
人生はよい　酒はさらによい
愛はよい　眠ることはさらによい[*23]

だとすれば、ペソアが『不穏の書』を未完のままに残したことは、事実においてはまったくの偶然かもしれないが、論理においては偶然どころではなく、必然というべきだろう。断章という形式は多くの作家を魅了してきた。二十世紀のフランスの作家ロラン・バルトは、断章の快感を「始めること」のうちに見たが、ソアレスの場合、事態はまったく逆であり、断章形式とはむしろ不可能性が不意に立ち上がるような空虚の結果だ。

私はなにかを完成してしまうと、いつも呆然としたものだ。呆然とし、がっかりする。私がものを完成することができないのは、完璧癖のせいにちがいない。じつは、そのせいで始めることすらできないのだ。ところが、ついうっかりして、行動を起こしてしまうことがある。私の仕事は意志の結果ではなく、意志の弱さの結果なのだ。私が始めるのは、考える力がないためだし、私が終えるのは中断する勇気がないからだ。つまり、この本は私の怯懦《きょうだ》の結果なのだ。[*24]

するよりはしないほうがよい。そうせずに済むのなら、しないでいること。ベルナルド・ソアレスのこの態度は、ハーマン・メルヴィルの生み出した伝説的書写人バートルビーを思い出させる。ただし、「せずにすめばありがたいのですが」を口癖にし、すべてを拒み、引き籠もるバートルビーとはちがって、ソアレスは夢の世界の住人ではあっても、みずからのうちで外部と内部を逆転させつつ、生き延びていく。

　われわれは誰でもみな野心を抱いている。その野心を実現せずに貧しいままでいるか、それとも実現したと思い込み、金持ちの狂人になるかのどちらかなのだ。

　私を悲しませるのは、私の最良のものでさえ拙いものであり、他の人であれば——もし私が夢見るそんな他人がいたとしてだが——私よりずっと上手にやったにちがいないということだ。芸術においても人生においても、私たちのしていることはたんに、しようと思っているものの不完全なコピーにすぎない。外面的な完璧さだけでなく、内面的な完璧さとさえも一致しないのだ。あるべき真の規則に則っていないのみならず、自分で勝手に考えている規則にさえ則っていない。私たちは内部だけでなく、外部においても空虚であり、期待と約束の賤民《パーリア》なのだ。[*25]

『不穏の書』の主題のひとつは、このような無気力という仮面をかぶった〈無限〉であるが、それは夢の別名である。

2——自伝、夢、はざま

『不穏の書』の「書」とは、マラルメが夢見たような絶対的な「書物」のようなものではなく、つれづれなる思いを余白に書き込むささやかな手帖だと言える。ソアレスが働いているヴァスケス商会はバイシャ地区のドウラドーレス通りにある。目抜き通りのプラタ通りに並行し、「金箔《きんぱく》師」を意味する名を持つこの通りは、名前負けした見栄えのしない裏通りだが、その場所がソアレスにとっては世界に対する窓である。

そしてドウラドーレス街にある事務所が私にとって人生の体現であるとすれば、この同じドウラドーレス街の三階、私の住んでいる場所は、芸術を体現している。そうだ。芸術と人生が同じ通りに住んでいるのだ。けれども違う番地に。生きることを慰めはしないが、人生を慰める芸術、人生と同じくらい単調な芸術——それはたんに場所の違いなのだ。そう。私にとってこのドウラドーレス街は、物事のあらゆる意味を、あらゆる謎の解決を含んでいる。だが、謎の存在そのものの解決だけは別だ。なぜなら、それこそが解決のない謎そのものなのだから。[*26]

ソアレスは、実存的な問いをみずからに投げかけることもしばしばあるが、議論は多くの場合、迷走し、はっきりした答えに到達することはなく、別の話題に移っていく。この彷徨感もまた『不穏の書』の魅力をなしている。日記の起源は、出納帳の余白に書き込まれた日々の出来事の記録だという説がある。ソアレスの肩書きは英語ではAssistant Bookkeeperだが、彼が書き込んでいるBook（Livro）とは会計帳簿であると同時に、彼が見たり聞いたりしたことを書きとめるこのノートだ。さらに示唆的なのは、事務所のことをポルトガル語ではescritórioと言うが、これは文字通り訳せば「書く場所」となり、先ほどのo escritório da Rua dos Douradores（ドウラドーレス街にある事務所）とは文字通りソアレスが執筆に勤しむ場所である。

私の前には重たい帳簿の大きなページが開かれている。目が疲れると、私は古い机に立てかけられた帳簿から目を上げ、そして、目よりもさらに疲れた魂を上げる。この帳簿が体現する虚無の向こう、店の中では、ドウラドーレス街まで棚がまっすぐ規則正しく並び、同じように規則的な従業員や、人間の秩序や凡庸な静けさが並んでいる。窓にはそれとは違う世界の物音がぶつかるが、この違う音もまた、棚の傍らの静けさと同様に凡庸なものだ。

私は新たな目を白いページへと落とす。そこには商会の業績が私の丁寧な数字で書き込まれている。そして、私は自分だけに向けて微笑み、考える。人生には、織物の名前や値段でいっぱいのこれらのページや、その余白や、定規で引かれた線や、清書された文字だけでなく、あらゆる時代の大航海者や、偉大な聖人や、詩人もまた存在している。世界を価値あるものとしている人びとからは排除されている、文章に残らない大勢のものたちもいるのだ。

どんなものかはよく知らない織物の名前を見ると、インドやサマルカンドの扉が開かれ、隣国のペルシャの詩が、第三行目は韻を踏んでいないが、私の不穏に遥か彼方から助けをもたらす。しかし、私は間違えない。私は書き、計算し、文字は並んでいく。この事務職員の手によって、いつもどおりに記された文字が。[*27]

したがって、『不穏の書』の「書」には二重の意味が込められているわけだが、そこから自伝という側面が出てくる。じつは、この点こそいちばん最初に挙げるべきだったかもしれない。断章には、これは一種の「告白」(ルソーへのめくばせ)であるとか、「出来事なき自伝」とか、「人生なき物語」、さらには「本書はけっして人生を持ったことがない人物の伝記である」というくだりが見られる。ソアレスは、日常の観察の合間につねに自分のことを顧みているから、そこから、この影の薄い人物がメリハリをもって立ち上がってくる。内気で、事務所の同僚からもほとんど見下されているが、内には矜恃《きようじ》を秘めた中年の男。同僚や周囲の人や物を静かに見つめ、それに冷ややかなコメントをつける観察者。仕事が終われば、リスボンの街を散策し、風景や天候に人並み以上の注意を注ぐ孤独な散策者《フラヌール》だが、この本には伝記そのものへの関心も見てとれる。

伝記が書かれたり、自伝を書いたりする人びとが私は羨ましい――いや、ほんとうに羨ましく思っているのかどうかは確かではない。――脈絡のない印象や、相互に関係もなく、関係をつけようともしない印象を書き連ねながら、私は無関心に、事実のない私の自伝を、生のない私の物語を語ろうと思う。これは実は告白なのだが、そこでなにも明らかになることがないのだとすれば、それは私に言うことなどないからに他ならない。[*28]

言及されるスイスの作家アミエル（Henri-Frédéric Amiel 一八二一―八一）の『日記』との類似は明らかだろう。諦念、内省、夢想、自己分析など、ペソア＝ソアレスはこの内面の書から多くを学んだと思われる。[*29]

アミエルの日記は私をつねに苦しませた。その原因は私自身にある。
精神の果実が彼のもとに「意識の意識」のように落ちてきたと書かれた箇所まで来

たとき、そこで私は自分の魂のことが語られていると感じた。[*30]

アミエルを意識しつつもソアレスは、自分の手帖は自己主張や自己顕示のためでも、ましてや自己満足のためのものでもない、と違いを強調することも忘れない。むしろ、夢の世界への跳躍台が、彼が書き付ける断片なのだ。すでに述べたようにさまざまな主題が浮かんでは消えるのだが、重要なモチーフのひとつに「旅」がある。『不穏の書』は、旅をめぐる書でもあるのだ。ただし、この旅は現実の旅ではなく、けっして行われることのない旅である点に留意したい。ソアレスは、しがない仕事を辞め、ドウラドーレス通りから出ていく日のことを何度も夢想する。だが、その出立の時を思い描く瞬間から、その時がけっして訪れないことも彼は知っている。出かけないうちから、退屈でたまらなかったこの職場が懐かしく思い出されるのだ。

彼はこの単調な生活から逃げ出さないだけではない。気分転換の旅に出ることすらない。現実に旅をしても何も変わらないことが最初からわかっているからだ。南アフリカで少年時代を過ごしたペソアが、帰国後はリスボンからほとんど出なかったように、ソアレスも、遠い外国を夢見ながら、リスボンの下町を散策することで満足する。「けっして行われなかった旅」と題された断章はこんなふうに始まる。

なんとなく秋めいたある黄昏どきに、私はこの旅に出発した。けっして行われなか

った旅に。〔略〕

私の出発したのは、誰も知らない港だ。私はいまだにそれがどこの港だったのか知らない。というのも、そこには行ったことがないのだから。同じように、私の旅行の目的はつねに、実在しない港を探し求めることだった。そして、その港は入港ということにつきるのだ。忘れられた湾。完璧に存在しない都市のあいだを流れる河の河口。これを読む読者は、まったく不合理だと思うことだろう。しかし、それはあなたが私のような旅行をしたことがないからだ。[*31]

そして、彼は非現実のなかでの旅を楽しみつつ、それが本当にあったのかどうかを自問する。また、別の場所では、自分が知っている「唯一の真の大旅行者」は、彼がむかし働いていた会社にいた若者で、一度も旅したことがなかったが、さまざまな街や国の地図や交通機関のパンフレットや写真を収集していた人物だったと述べている。[*32] 実際に出かけてしまえば、旅の魅力はすべて失われてしまう、というペシミズムがそこに透けて見える。このように見ていくと、重要なのは、夢見られる内容そのものよりも、「夢見ること」自体であることがわかる。ソアレスは記す。

運命は、ただ二つのものを私に与えた。会計帳簿、そして、夢見る才能。[*33]

夢のスペシャリストとでも呼ぶべき詩人や作家がいる。その代表は、それ自体が夢の書である『オーレリア』（一八五五）の冒頭に「夢は第二の人生[*34]」と記したジェラール・ド・ネルヴァル（一八〇八―五五）だろう。ペソアが現代芸術の特徴を夢のうちに認めたことはすでに確認したとおりだが、異名者たちのなかで、ソアレスこそ、夢の散文家と呼ぶにふさわしい。「私のしてきたことは、夢を見ることだけ。〔略〕夢見る人以外のものになりたいと思ったことは一度もない[*35]」とソアレスは書くが、『不穏の書』は夢と夢想に関する断章に満ちている。

私にも大きな野心や広大な夢があった。しかし、そういったものは、使い走りの少年やお針子だって持っている。誰でも夢想はするものだ。違いは、それを実現する力、あるいはそれを実現できる運命だ。

夢の中では、私は使い走りの少年やお針子に似ている。私が違うのは、書くことができるからでしかない。そう。ひとつの行為によって、完全に自分のものである現実によって、私は彼らとは違うのだ。魂においては、私は彼らと似た者だ[*36]。

第三章で引いた「現代芸術、夢の芸術」（一九一三頃）でペソアは、現代文学の方向性を三つに分けて考えていた[*37]。第一は、ホイットマン、ニーチェ、ヴェルハーレンで、外界の喧噪に完全に埋没するまで現実と関わるあり方。第二は、ポー、ボードレール、ロセッティ、ヴェルレーヌなどで、現代生活を拒否し、自分の夢のなか、あるいは時間的や空間的に遠い場所へと逃げ込むあり方。そして、第三は――これこそがポルトガルの芸術のあり方だとされる――世界の喧噪や自然すべてを、夢の内的世界のなかに封じ込め、この現実を逃れること。その意味で、『不穏の書』はまさにこの第三の道を実践したものだと言える。だからこそ、夢想はそのまま書くことと直結するのだ。

私の場合、書くことは身を落とすことだ。だが、書かずにはいられない。書くこと、それは、嫌悪感を催しながらも、やってしまう麻薬のようなもの、軽蔑しながら、そのなかで生きている悪徳なのだ。必要な毒というのがあって、とても繊細な、魂という材料でできている。われわれの夢の廃墟の片隅で摘まれた草や、墓石の脇に留まっている黒い蝶や、魂の地獄のような水のざわめく岸辺でその枝を揺する、淫らな樹々の長い葉っぱで。

書くこと、それは身を滅ぼすことだ。しかし、誰もが身を滅ぼすのだ。なぜならすべては滅びるのだから。とはいえ、私は喜びもなく身を滅ぼす。海の中に消え失せてゆく大河のようにではなく――ひと知れず河が生まれるのは、海に向けてなのだ――、満ち潮が砂浜に残した水溜りのように。ゆっくりと吸い込まれる水は、けっして海に戻ることがない[*38]。

断章という性格が『不穏の書』の最大の特徴だと述べたが、それは否定的な意味ではない。現代文学のある種の流れが必然的に、そして自覚的に入り込んでいった断章という隘《あい》路《ろ》をソアレス＝ペソアは先取りしていたように思われる。『不穏の書』という迷路は始まりも終わりもなく、目標も目的もゴールも、いや、それどころかスタート地点すら持たない無限空間なのだ。あるいはこれらの断章は、ベンヤミンが語った、絶え間ない創造行為のごときものなのかもしれない。

偉人たちにとっては、日々の生活をつらぬいて作業が続く、あの断章群に比べれば、完成した作品など、たいした重みをもたない。というのも、弱い才能、散漫な者だけが、完結に無上の喜びをおぼえ、さてこれでまた自分の生活に戻れた、などと感じるのだから。創造的精神《ゲーニウス》にとっては、あらゆる中間休止《ツエズーア》が、運命の重い打撃さえもが、安らかな眠りと同じように、彼の工房の勤勉さそのものの真っ只中に入りこんでくる。そして、この工房の呪縛圏を示す線を、彼は断章において引くのだ。「天才とは勤勉なり[*39]」。

ベンヤミンが中間休止と呼んだもの、それはペソアの言葉であれば、「インターヴァル」

つまり「はざま」ないし「間」に当たるだろう。「幕間《インタールード》」、「交差《インターセクション》」、「インターヴァル」は『不穏の書』のみならずペソアの詩学の中核に位置するものだ。

私とは、私であることと、私でないことのあいだの、夢見ることと、生きることによって私が作り上げられたもののあいだの、インターヴァルなのだ。*[40]

ソアレスは自問する、「私とは何か。私自身と私のあいだにある、この間は何か*[41]」と。「思うこと」と「あること」のあいだ、「感じること」と「存在すること」のあいだ、これらあらゆるギャップのうちにこそ問題はある。未刊の英語詩集『魔法のヴァイオリン弾き』に収められた「はざまの王（The King of Gaps）」ではまさにこのインターヴァルが主題として詠われている。*[42]

インターヴァルについてペソアが別の形で語る「ポーロックからの来訪者*[43]」と題する小文を紹介しておこう。英国のロマン派詩人コールリッジ（一七七二―一八三四）の神秘的な詩「クブラ・カーン」がどのように生まれたかについて詩人本人が語った挿話が枕となっている。一七九七年の夏のこと、体調不良だったコールリッジは、痛みを和らげるため阿片を服用し、クブラ（フビライ）・カーンがザナドゥに造った離宮に関する本を読みながら、深い眠りに落ちたという。夢のなかで彼は二、三百行にも及ぶ詩を作り、目覚めたときも明瞭に思い出せたので、すぐさま紙に書きつけていった。ところがそのとき、なんと間の悪いことだ! 近隣のポーロックから来客があり、仕事が中断されてしまった。用談を済ませたコールリッジは続きを書き留めようとしたが、十行ほどを除いて、すべてが曖昧になってしまって完成することができなかった、という有名な話である。[*44] これにコメントして、ペソアは言う。私たちが、この世界とあちらの世界に橋を架けることができるのはきわめて稀なことだが、その橋はあまりにも儚く、ほんのわずかな来訪によって壊されてしまう。現実の邪魔者が現れずとも、このポーロックの男はいつでもどこでも現れるのだ。

私たちが考えるすべて、私たちが真に感じるすべて、私たちが真にそれでであるすべては、(それを表現しようとするとき、たとえ自分自身に対してであっても)この来訪者によって宿命的に中断されてしまう。そして、この人物は私たち自身でもあるのだ。誰もが外部に持っている自分自身、人生においては自分よりも現実的な存在なのである。[*45]

このように、ペソアは、存在よりは虚無を、昼よりは夜と沈黙の一部を問題にしてきたことがわかる。しかし、この無、否定とは、ほかならないぼくら自身でもあることを見逃してはペソアの意図を捉え損ねてしまうだろう。ペソアが異名者による虚構の幕間劇を演じようとしたのは、みずからもその一部であるこの「はざまの世界」を立ち上げるためだった。

ここまで、ペソアが生涯をかけて書き続けた『不穏の書』について、少し踏み込んだ形で見てきたが、このエピソードをそろそろ閉じて、伝記的事実に戻ることにしよう。

一九一八年、三十歳にならんとするペソアは、英語詩集『アンティノウス』と『三十五のソネット』をモンテイロ社から自費出版した。[*46] 詩集は、イギリスの批評家たちの関心を惹き、「タイムス文芸補遺」と「グラスゴー・ヘラルド」紙に好意的な批評が出た。出版こそ一八年だが、『アンティノウス』の初稿執筆は一九一五年、つまり、『オルフェウ』創刊の頃に遡る。[*47] 主題は、ローマ皇帝ハドリアヌスの寵愛を受けつつも夭折した美少年アンティノウス。小アジアはビテュニア出身のこの若者はナイル川で溺死した後、エジプト人たちによって信仰され、神殿に祭られ、神格化されることになった。皇帝自身、この神格化を弾圧するどころか、都市アンティノオポリスを創建したほか、帝国中に彫像を建てさせて後押ししたのみならず、天空にアンティノウス座まで作った。こうして、少年は理想的な美の体現として、多くの芸術作品の主題となったのである。後にマルグリット・ユルスナールも名作『ハドリアヌス帝の回想』（一九五一）のなかでそのエピソードを語ることになるが、ペソアはこの美少年の死に直面したハドリアヌスの内面を、驟雨《しゅうう》の場面から始まる長篇詩として描く。

外には雨が　冷たく降りしきっていた　ハドリアヌスの心のうちには
少年は横たわり　息絶えていた
低い寝台のうえで　何も身にまとわず
悲しみと恐れが混じった　ハドリアヌスの目の前で
死の蝕《むしば》みの　ほの暗い光が広がった[*48]

後に後輩詩人のガスパール・シモンイスに宛てた書簡でペソアは、「アンティノウス」と「祝婚歌」が自分の書いた唯一の猥褻詩であるとしたうえで、それが、未発表の三つの詩とともに帝国下における愛の連作をなすと述べている（他の三篇は愛が問題になってはいるが、猥褻ではないとも断っている）[*49]。ペソアの意図は、一「アンティノウス」（ギリシャ）、二「祝婚歌」（ローマ）、三「女体崇拝」（キリスト教世界）、四「パン・エロス」（近代帝国）、五「アンテロース」（第五帝国[*50]）によって、古代から現代にいたる愛の絵巻を描くことだった。ただし、内容は物語が起こる時代区分とは無縁で、問題になっている感情との関係なのだと説明している。じっさい、「アンティノウス」の舞台はローマであるが、五賢帝のひとりに数えられるハドリアヌスの知的バックボーンはギリシャ的なものである。だが、この五部作の計画も他のものと同じく実現されることはなく、書かれたのは古代世界の二篇にとどまった。

当時のポルトガルの国情についても確認しておこう。一九一四年に勃発し、熾烈な戦闘が展開された第一次世界大戦は一九一八年十一月十一日に結ばれた休戦協定によって終結した。ポルトガルは戦争の中心地からは遠くにあり、参戦したのも遅かったが、一九一九年のヴェルサイユ条約では植民地も承認されるなど、国際的にはうまく立ち回ったと言える。ただし、国内の政情はきわめて不安定であり、労働者のストライキが頻発したのみならず、一九一七年五月十九日には、「ジャガイモの革命」とも呼ばれる暴動も起こった。飢えに苦しんだリスボン郊外の住民たちが、首都のパン屋や食料品店を襲ったのである。参戦に反対した勢力が一九一七年末に陸軍大佐シドニオ・パイスをかついでクーデターを起こしたことはすでに見た。パイスは「国王大統領」と呼ばれるほどの独裁的権力を握ったが、一九一八年十二月十四日、その彼がリスボンの中心ロシオ駅で暗殺され、ポルトガルはさらに深刻な政治危機に見舞われる。[*51]

極度のインフレ、通貨エスクードの下落、価値観の激変などポルトガルが混迷をきわめるこの時期、ペソアは積極的に政治的発言を試みている。まずは十月十三日に保守寄りの共和派日刊紙『オ・テンポ』に、コインブラなどで起こった反パイス政権の動きを批判する記事を発表し、それと関連して王党派の批判を行った。[*52] それに対して、二日後に『ディアリオ・ナシオナル』紙に、ペソアを攻撃する匿名記事が出る。ペソアの詩を引用しながら、彼の未来派的態度を非難する内容だった。ペソアはすぐさま『オ・テンポ』紙上で反論をした。[*53] 独裁者とされるシドニオ・パイスだが、ペソアはこの人物に大きな期待をかけていた。[*54] 暗殺後に、その路線継承を画策する政治グループ「国民行動中核」が組織されたが、その中心メンバーにはペソアの友人も入っていた。

ペソアは一九一九年五月一日、その機関誌『行動』一号に政治論文「ポルトガルをどのように組織するか」を発表。[*55] さらに五月十九日、八月四日の二号、三号にも「公論」を発表している。後者は、ペソアの社会や政治に関する考えを知るときには中心的な資料となるが、あるべき政府、選挙制度、公論の形成などについての方向性が語られている。具体的には、農業国からの脱却と産業化の推進を提言するが、有事である現状に鑑みて、強権的な政治も致し方ないとし、民衆による革命的運動を全面否定するペソアの主張はかなり危ういものに見えるだろう。「革命的であることは敵に奉仕することである。自由主義者であることとは自国を憎むことである。近代的な〈民主主義〉は裏切り者たちの乱痴気騒ぎである」[*56] と述べる「公論」の結論はにわかには首肯しがたいものだが、ペソアの政治的な立場は一貫してむしろ保守的なものであった。

実生活に疎いと見えた詩人の激烈な政治的発言には、ぼくらを驚かせるものがある。だが、祖国ポルトガルの来し方と行く末は、ペソアにとって終生変わらぬ関心事だった。彼が生前出版した唯一のポルトガル語による詩集『メンサージェン』はポルトガルの歴史を預言的に展開したものだ。付け加えておけば、一九一九年は、ペソア自身にとってだけでなく、彼の異名者リカルド・レイスにとっても岐路となる年だった。一月にポルトガルで起こった王党派の集会が徹底的に弾圧されたからである。これをきっかけに王党派の知識人が大挙して祖国を去ったが、ブラジルに亡命したリカルド・レイスもその一人だった。

一九一九年、ペソアは相変わらず住所を転々としているが、[*57] その私生活に重大な事件が起こっている。十月七日、継父ジョアン・ミゲル・ローザが赴任先の南アフリカのプレトリアで死去したのだ。その結果、母と妹弟たちはポルトガルへの帰国を決めた。ペソアとローザ将軍の間には、ボードレールと義父オーピック大佐との間に見られたような激しい対立は知られていないが、それはペソアが母たちから遠く離れて暮らしていたことも与っていただろう。いずれにせよ、最愛の母の帰国は彼の生活において最優先の課題となり、彼は家族を迎え入れるための家探しに奔走することになる。

だが、生活上の変化はそれだけではなかった。ペソアの生涯で唯一の恋愛事件が起こるのである。

＊1　拙訳のタイトルは「不穏の書」、高橋都彦氏の訳は「不安の書」となっているが、本書では『不穏の書』と表記する。Desassossego は「不安、心配」を表すごく普通の言葉である。語源的には sossegar（静める、休ませる、落ち着かせる）に否定の接頭辞 de がついた動詞 desossegar の名詞化だ。ソアレスのテクストの特徴は内面と外部の絶え間ない反転であり、外部の風景と語り手の精神はそのまま交流する。このことから、心理状態に限定される「不安」ではなく、「ざわめき」を想定させる「不穏」を選んだ。同じような発想はフランス語訳にもあり、仏訳者は tranquillité（平穏、平安）に否定の接頭辞をつけた intranquillité という辞書にはない言葉を用いている。

*2 カザイス・モンテイロ宛て一九三五年一月十三日付の書簡。Cor II, 345-346.

*3 三人の異名詩人とペソアが虚構的な現実空間で交流を持つのに対して、ソアレスは彼らとは没交渉である。ただし、『不穏の書』の中には、カエイロの詩についてのコメントがある。LDD 80, ECFP XII, 232.『不安の書』八九頁

*4 もう少し正確を期すなら、このテクストの重要性をいち早く見抜き、働きかけたのは詩人のジョルジェ・デ・セーナ（Jorge de Sena 一九一九―七八）で、一九六〇年代にその公開を提唱したが計画は頓挫し、一九八二年になってアティカ社が出版した（*Livro do desassossego*, prefácio e organização de Jacinto do Prado Coelho, Lisboa, Ática, 1982, 2 vols.）。複数のエディションの経緯と特徴は高橋氏が解説で述べているので、そちらを参照されたい。『不安の書』六四六―六四八頁

*5 綴り字に関しては、ペソアは desassocego, desasocego, desasossego, desasoego などを用いた。cf. ECFP XII, 7.

*6 LDDと『不安の書』には「忘我の森で」の断章そのものは収録されているが（LDD 452.『不安の書』五〇五―五一四頁）、付記は記されていない。ECFP XIIは詳細な情報を付して、本文（42-47）と補足情報（638）が記されている。

*7 一九二九年にソリュサォン・エディトーラ社刊行の雑誌に二篇、三〇年に『プレゼンサ』二七号に一篇、三一年に『発見』創刊号に五篇、三二年に『プレゼンサ』三四号、『革命』誌、『レヴィスタ・エディトリアル』誌に一篇ずつ掲載。

*8 使用されている用紙は、会社の便箋、カフェの紙ナプキン、メモ用紙などバラバラで、封筒の中には、一見まったく関係のなさそうな断片も含まれている。

*9 執筆年代順に並べたのは、唯一のエディション・クリティックであることを掲げるジェロニモ・ピザロ編の批評校訂版全集（ECFP XII）。一方、アティカ版はテーマ別である。

*10 章立ては最初期のもので、後期のテクストとは重ならない部分が多い。cf. ECFP XII, 441-443.

*11 一九一四年頃の計画では作者がペソアとなっているものもあり、一九一六年以前と推定される計画では著者ヴィセンテ・ゲーデス、発行者フェルナンド・ペソアとある。cf. ECFP XII, 443-446. 一九九〇年のプレゼンサ版は、前半をヴィセンテ・ゲーデスの作品と見なしている（*Livro do desassossego por Vincente Guedes, Bernardo Soares*, organização e fixação de inéditos de Teresa Sobral Cunha,

Coimbra, Presença, 1990-1991, 2 vols.)。この問題については以下を参照。Teresa Rita Lopez, «Introduction à *Livre(s) de l'inquiétude*», Fernando Pessoa, *Livre(s) de l'inquiétude,* Vicente Guedes, Baron de Teive, Bernardo Soares, trad. par Marie-Hélène Piwnik, Paris, Christian Bourgois, 2018, p. 7-9.

＊12　LDD 39, ECFP XII, 141.『不穏の書』九〇頁。『不安の書』一三頁

＊13　LDD 416, ECFP XII, 105.『不穏の書』三二三頁。『不安の書』四九四頁

＊14　Antonio Tabucchi, *Un baule pieno di gente, Scritti su Fernando Pessoa,* Milano, Feltrinelli, 1990, p. 69-70.「不安で不眠の男（uomo inquieto e insonne）ベルナルド・ソアレス」と題した卓越した章でタブッキは、嘆き節の詩人ジュール・ラフォルグとの親近性も指摘する。ペソアの蔵書にラフォルグの詩集は見当たらないが、彼の詩も含め広く象徴詩人たちが収められたアンソロジーはある。*La poésie nouvelle,* André Beaunier (éd), Paris, Societé du Mercure de France, 1902.『不穏の書』は同時代の作品と多くの主題を共有しているため、ローベルト・ムージル『特性のない男』（『ムージル著作集Ⅰ―Ⅵ』加藤二郎訳、松籟社、一九九二―九五年）、イタロ・ズヴェーヴォ『ゼーノの意識』（堤康徳訳、岩波文庫、二〇二一年）などとの類似性も研究者たちによって指摘されている。

＊15　LDD 46, ECFP XII, 169.『不穏の書』一二五―一二六頁。『不安の書』三一―三二頁

＊16　Judith Balso, *Pessoa, le passeur métaphysique,* Paris, Seuil, 2006, p. 25sq.

＊17　Charles Baudelaire, «Le Port», *Le Spleen de Paris, Œuvres complètes, t. I, op. cit.,* p. 344. ここでは、ソアレスの文章とあわせるため、あえて拙訳を用いたが、以下に阿部良雄訳を挙げておく。「一つの港とは、人生の争闘に疲れた魂にとって、快い棲処《すみか》である。空のたっぷりした広がりや、雲の流動する建築や、海の移り変る彩《いろど》りや、燈台のきらめきは、決して眼を倦《う》ませることなく楽しませるのにすばらしく適したプリズムだ。」『ボードレール全集Ⅳ』（筑摩書房、一九八七年）八九頁

＊18　LDD 226, ECFP XII, 327.『不穏の書』一八四―一八五頁。『不安の書』四五頁

＊19　ただし、ペソアの蔵書中のボードレールの著作は『悪の華』とポーの翻訳で、『パリの憂鬱』はない。

＊20　Antonio Tabucchi, *op. cit.* ペソアはレオパルディに心酔していて、彼に捧げる詩も書いている。この点については以下の論文に詳しい。Elisabeth Ravoux-Rallo, «Pessoa chante Léopardi», in *Le Spleen du poète, Autour de Fernando Pessoa*, Paris, Ellipses, 1997, p. 31-39.

＊21 LDD 344, ECFP XII, 401.『不穏の書』二四二頁。『不安の書』二一三頁

＊22 LDD 440, ECFP XII, 48.『不穏の書』三一六頁。『不安の書』五五一頁

＊23 OC X, 53.『詩集』一二頁

＊24 LDD 168, ECFP XII, 266.『不穏の書』一九四頁。『不安の書』三三三―三三四頁

＊25 LDD 181-182, ECFP XII, 371.『不穏の書』二三四―二三五頁。『不安の書』四〇九―四一〇頁

＊26 LDD 53, ECFP XII, 352.『不穏の書』一六八―一六九頁。『不安の書』三二九―三三〇頁

＊27 LDD 49, ECFP XII, 192.『不穏の書』一六三―一六五頁。『不安の書』三三二―三三四頁

＊28 LDD 54, ECFP XII, 219.『不穏の書』九三頁。『不安の書』二二二頁

＊29 ペソアの蔵書には『日記』の第一巻だけがある。多くの線が引かれ、若干の書き込みが見られる。Henri-Frédéric Amiel, *Fragments d'un journal intime, précédés d'une étude par Edmond Scherer*, 11e édition, *t. I*, Genève, Georg et Co libraires-éditeurs, 1911.

＊30 LDD 141, ECFP XII, 105.『不穏の書』三三二頁。『不安の書』四九三頁

＊31 LDD 480, ECFP XII, 32.『不穏の書』二七五―二七七頁。『不安の書』五四一―五四二頁

＊32 LDD 398-399, ECFP XII, 305-306.『不穏の書』二七〇―二七三頁。『不安の書』四四〇―四四一頁

＊33 LDD 185, ECFP XII, 284.『不穏の書』二九四頁。『不安の書』四六四頁

＊34『オーレリア』（田村毅訳）『ネルヴァル全集VI』（筑摩書房、二〇〇三年）四七頁。Gérard de Nerval, *Aurélia, Œuvres complètes, t. III*, Paris, Gallimard, coll. «La Pléiade», 1993, p. 695.

＊35 LDD 120, ECFP XII, 96.『不穏の書』二五四頁。『不安の書』四三〇―四三一頁

＊36 LDD 57, ECFP XII, 364.『不穏の書』一四七―一四八頁。『不安の書』三〇八―三〇九頁

＊37 OPP III, 149-150.

＊38 LDD 169, ECFP XII, 266.『不穏の書』一九六頁。『不安の書』三三四―三三五頁

＊39 ヴァルター・ベンヤミン「標準時計」（久保哲司訳）『一方通行路』所収、『ベンヤミン・コレクション3』（ちくま学芸文庫、一九九七年）二一四―二一五頁

＊40 LDD 210, ECFP XII, 324. この部分は拙訳。『不安の書』四〇―四一頁

＊41 LDD 218, ECFP XII, 372.

＊42 "The King of gaps", «The Mad Fiddler», in *Poesia Inglesa*, organização e tradução de Luísa Freire, prefácio de Teresa Rita Lopes, Lisboa, Livros Horizonte, 1995, p. 410.

＊43 初出は、一九三四年二月十五日付の雑誌『フラディケ』。OPP III, 398-400.

＊44 *The Complete Poetical Wodks of Samuel Taylor Coleridge*, ed. Ernest Hartley Coleridge, Oxford, Clarendon Press, 1912, I, p. 295-297.『対訳 コウルリッジ詩集』（上島建吉訳、岩波文庫、二〇〇二年）一九二―一九五頁

＊45 OPP III, 399-400.

＊46 アティカ版全集では生前刊行の英語による詩はまとめて第十一巻に収録されている。OC XI.

＊47 コルテス＝ロドリゲス宛て一九一六年九月四日付書簡でペソアは出版の予定を告げている。Cor I, 220.

＊48 OC XI, 90.

＊49 一九三〇年十一月十八日付。Cor II, 220.

＊50 第五帝国については第十一章で詳説する。

＊51 市之瀬敦『ポルトガル 震災と独裁、そして近代へ』前掲書、二〇六―二〇七頁

＊52 «Falência?» http://www.pessoadigital.pt/en/pub/Pessoa_Falencia

＊53 «Falta de lógica... Passadista» http://www.pessoadigital.pt/en/pub/Pessoa_Falta_de_logica

＊54 一九二〇年二月二十七日付『行動』に「大統領＝国王シドニオ・パイス追想」という詩も発表した。OPP I, 1171-1179.

＊55 OPP III, 759.

＊56 OPP III, 793.

＊57 六、七月頃キャピタォン・レナト・バティスタ通り三番地に引っ越したのち、十月頃にはベンフィカのゴメス・ペレイラ大通りなどに間借りする。

08.
詩人の恋

1——オフェリア

一九二〇年、三十二歳のペソアの人生に一大転機がおとずれる。その年は出だしから上々だった。『アセニウム』一月号に英詩「合間(Meantime)」が掲載されたペソアは、珍しく高揚した気分だったかもしれない。作品は三年前にイギリスの出版社カンスタブル社に出版を拒否された英語詩集『魔法のヴァイオリン弾き』所収の一篇。掲載されたのは、一八二八年に創刊され、当時は批評家・作家ジョン・ミドルトン・マリーが編集長を務め、T・S・エリオットやヴァージニア・ウルフの作品も掲載される文芸誌だったから、ペソアの歓びは想像に難くない。

そんな幸先のよい年、詩人に遅咲きの初恋が訪れる。当時十九歳だったオフェリア・ケイロス[*1]という娘に魅了され、恋に落ちたのだ。彼女は勝ち気で冒険好きな性格で、親の反対にもかかわらず働きはじめたところだった。ペソアの一方的な一目惚れだったのか、それとも両者にとって運命の出会いだったのか。前年の十月八日に起きた二人の出会いをオフェリアの回想に基づいて再構成すれば、およそ以下のようになる。[*2]

当時のポルトガルでは中産階級の娘たちは学問を修めることはおろか、働きに出ることも家族が望まないことが多かったが、八人兄弟の末っ子で少し跳ねっ返りのところがあった彼女は、経済的な必要はなかったものの、自分の力で働いてみたいと思い、新聞の求人広告に応募した。[*3] 一九一九年十月のある朝、姉の女中に付き添われて、リスボンの下町《バイシャ》はアスンサォン通り四二番地三階のフェリクス・ヴァラダス&フレイタス社を訪れた。とこ

カフェ・ア・ブラジレイラ近くで
提供：Casa Fernando Pessoa／協力：ポルトガル大使館

ろが、早く着きすぎたため事務所は開いておらず、しかたなく踊り場で待つことにした。そこに階段を昇ってきたのがペソアだった。共同経営者の一人マリオ・フレイタス[*4]が従弟であったこともあり、ペソアは商業通信の翻訳を手伝うために事務所に出入りしていただけでなく鍵も預かっていた。こうして、ペソアはオフェリアを中に招じ入れた。初対面のペソアはゲートルを巻いていたので、噴き出しそうになったとコメントをするオフェリアの回想は、半世紀ほども後、それも、ペソアの死後、詩人としての名声が確立した後の話なので脚色が混じっていないとは言いきれないが、若き日の無垢な初恋の雰囲気を率直に伝えるもので、読んでいて微笑ましい。

オフェリアが働きはじめてから、ペソアはそれまで以上に事務所に入り浸るようになった。『オルフェウ』の同人ルイス・デ・モンタルヴォルをはじめ友人たちも毎日のようにやってきて、事務所はさながらペソアのサロンのようであったという。オフェリアの気を惹こうと躍起になった詩人は、初日からなにくれと彼女の世話を焼いたり、助言を与えたりした。

日頃は控えめなペソアだが、今回ばかりは行動が早かった。ある日の夕暮れ、事務所で停電騒ぎが起こった。雑用係のオゾリオ少年も外に出て行き、事務所には二人きりだった。彼女が帰り支度をしていたとき、ペソアはランプを片手にデスクのところにやってきて、ランプをデスクに置くと、ハムレットを気取ってやおら告白した。「ああ、オフェリアさん、ぼくの詩は韻律がうまくいきません、ぼくの溜め息をうまく乗せることができないのです。でも、あなたのことがほんとうに好きです」。とつぜんの告白に驚いた彼女が上着を羽織って事務所から出ようとすると、ペソアはランプを持って扉のところまで付き添った。そして、いきなり狂ったように彼女を抱きしめると、唇を奪った。彼女は彼を振り切って、すぐさま家に逃げ帰った。

ところが、それほど大胆な行動をしたのを後悔したのか、ペソアは翌日から数日のあいだその日の出来事が嘘のように、彼女を見ても知らんぷりをして、すべてを忘れたかのように振る舞った。これに猛烈に腹を立てた彼女は、彼の真意を問いただすべく、二月二十八日に手紙を出した。それに対して、三月一日にペソアが返信し、交際が始まったという。[*5]

事務所にいるときはアイコンタクトだけでなく、引き出しに走り書きを入れたり、毎日のように小さなプレゼントを贈り、詩を書き送ったりもした。その一方で、ペソアは彼女の家族に会おうとはせず、二人の関係を口外しないようにオフェリアに言った。「ぼくたちが「付き合っている」ことは誰にも言ってはいけないよ。そんなことは滑稽だから。ぼくらは愛しあっているんだから」。[*6] 滑稽という言葉はペソアにとって、恋愛の根幹にある言葉だったかもしれない。最もエキセントリックな異名者アルヴァロ・デ・カンポスの詩に次のようなものがある。

あらゆるラブレターは
滑稽なのだ

でなければ　ラブレターではない
滑稽なのだ

おれもラブレターを書いていた時期がある
みんなと同じように
滑稽なのだ

ラブレターに　愛がこもっていれば
それは必然的に
滑稽なのだ

でも　じつは
ラブレターを
一度も書いたことがない者たちだけが
きっと
滑稽なのだ[*7]

愛する者に会うために大胆な行動をとったり、ちょっとした仕草に一喜一憂したりという、誰もが経験する熱狂状態にこの頃のペソアはあった。

四月になると彼女は別の会社で働きはじめた。終業時にはペソアが会社近くまで迎えに行き、ふたりはテージョ川沿いをゆっくりと散歩してから、彼女の住まいに近いロシオの駅まで送っていくことが日課になる。本や家族の話など、どの恋人たちもするたわいもない話をした。オフェエリアには、母以上に慕う二十歳年上の姉がいて、その姉の家で過ごすことが多かった。両親のところに帰っているときは、彼女が窓辺にたたずむと、ペソアが決められた時間にやってきて、通りの向こうから、合図をしたり、百面相をしたり、投げキスをしたりした。そして、立ち去るときには、家々の軒先をスキップして、彼女を笑わせたという。いずれにせよ、彼女の回想のなかのペソアは、ぼくらの知っている、少々気難しい人物とは別人で、冗談をよく言う、とても陽気な男だ。それも当然だろう。そこにいるのは前衛詩人ではなく、ただの恋する男なのだから。

じっさい、オフェエリアに宛てたラブレターの数々は、高揚した恋人らしい誇張や、幼児的な表現に満ちている。それに対するオフェエリアからの手紙も媚態を含んだもので、少女趣味的な絵はがきを使うこともあった。

ハンサムなニニーニョ〔ペソアのこと〕
九時です。今起きたばかりです。わたしの愛しい恋人におはよう（良い一日でありますように）と言って、この白い便箋にあなた宛ての幾千もの口づけを送ります。今日、あなたに会えますように。

（一九二〇年五月三十一日）[*8]

きのうはぼくのベベ〔オフェリアのこと〕は、イビス〔ペソアのニックネーム〕に不満足じゃなかったよね。きのうは、イビスは恋人にふさわしくやさしかったかな。そうだといいんだけれど。だって、イビスはニーニャ〔オフェリアのこと〕が怒ったり悲しんだりするのはイヤだから。

（一九二〇年六月十一日）[*9]

引用するのも気恥ずかしいので、このぐらいにするが、恋愛初期の高揚した恋人たちの気分がどの手紙にもみなぎっている。

孤高の詩人ペソアの心を捉えたオフェリア・ケイロスとはどのような女性だったのだろうか。ハムレットの許嫁《いいなずけ》と同じ名前を持ち、[*10]褐色の髪と栗色のつぶらな目をした女性は、小柄でかわいらしく、化粧をしないせいで、実際の年齢よりもずっと幼く見えた。だが、内面はとてもしっかり者だったようだ。彼女の手紙を読むと才気煥発で、知性的な女性でもあったことがわかる。フランス語と英語ができ、タイプライターも得意で、文学や芸術にも関心を寄せる魅力的な女性にペソアが惹かれたのも肯《うなず》ける。それまで恋愛らしきものと無縁だったペソアにとって、これは初めての経験であった。おおっぴらにデートをすることができない彼らは、毎日のように手紙のやりとりをしている。日に何度もメモのやりとりをすることもあった。伝書鳩の役割を果たしたのは、先ほどのオゾリオ少年で、事務所の書類のほかに恋文の配達も行ったのだった。
そのころ、ペソアは自分の会社の設立を計画しており、[*11] ロンドンに行くことも漠然と計画していた。オフェリアは自分も一緒に行きたいと答え（一九二〇年六月一日）、二人は新婚生活を異国で過ごすことを夢想したりもしている。

この時期のペソアにとっては、もうひとつ大きな出来事があった。継父の死去にともない、母と弟妹たちがポルトガルに帰国することが決まり、彼らを迎えるための家を準備しなければならなかったのである。これまで何度も転居を繰り返してきたペソアだったから、物件探しには慣れていたかもしれないが、独身の一人暮らしと、母と弟二人妹一人の大所帯ではまるで状況が違う。それに母マダレーナは発作後、身体が不自由になっていたから、その点も考慮する必要があった。いろいろと探した結果、当時はまだリスボン市内に編入されていなかったカンポ・ド・ウリケ地区のコエーリョ・ダ・ロシャ街一六番地に手頃なアパルトマンが見つかった[*12]（この家がペソア自身にとって終《つい》の棲家となる）。実生活の雑事に疎いペソアではあったが、母や弟妹たちが快適に暮らせるようにと、新居の準備に奔走した。三月三十日、一家は帰国。ペソアの努力にもかかわらず、家具の手配や電気水道の手続きなどが終わらず、まずは母の従弟アントニオ・ピニェイロ・シルヴァノの家に落ちついた。十二年ぶりに再会した母は半身不随になり、老いも目立っていたが、ペソアにとってはひさしぶりの一家団欒となった。すべてが片付き、引っ越しができたのは四月終わり

オフェリア・ケイロス　© Alamy／PPS通信社

だった。ペソアは家族との再会を喜んだようだが、妹たちにとっては、リスボンは外国も同然で、馴染むまでに苦労したようだ。五月になると、弟たちは英国の大学で学ぶために旅立ったが、母と妹との生活はペソアに束の間の安寧をもたらした。妹の回想によれば、詩人は規則正しい生活をし、食事も家族と一緒にして、深酒することもなかっただけでなく、剽軽《ひょうきん》な振る舞いでしばしば妹を笑わせるなどの気遣いも見せたという。[*13]

　かくして、これまでの孤独な文学三昧の生活とは異なる、いわば平凡な市井の生活がペソアにも訪れ、すべては順調に進展しているかのように見えた。だが、芝居のごとく、二人の恋路を邪魔する人物が登場する。一人目は、オフェリアの以前の恋人だ。ペソアにとっては初めての恋愛だったが、オフェリアにはじつはすでにこの時点でつきあっていた相手がいた。その振られた若き画家が五月下旬、オフェリアの父親を訪ね、オフェリアが二股をかけたとか、就職したのは新しい男と一緒にいるためだったとか、あることないことをぶちまけた。当然、父親は激怒して、恋人たちはこれまで以上にデートをするのに苦労することになる。その後、男は諦めたようで大事にはいたらなかった。だが、もうひとりは一層たちが悪かった。その人物とは、ほかでもない異名者アルヴァロ・デ・カンポスである。四月五日、カンポスはペソアに対する批判でいっぱいの手紙をオフェリアに送りつける。虚構上の存在の現実への介入に戸惑いながらも、なんとかユーモアをもって受け入れようとしているようすが彼女の返答からは読み取れる。と同時に、この人物への嫌悪感をはっきりとペソアに告げてもいる。いくつかの波風はあったものの六月頃は二人の関係はおおむね良好だった。

六月十三日はペソアの誕生日。なんという偶然か、翌日の十四日がオフェリアの誕生日だった。ペソアは、来年は二人の誕生日をそのまま続けてベッドで祝うことができるね、など上機嫌の手紙を書き、それに対してオフェリアが二日連続でお祝いしたいと答えているのも微笑ましい。

ペソアが彼なりに真剣に結婚を考えていたことは、A・A・クロスの名で『タイムズ』紙の懸賞クロスワードパズルに頻繁に応募していることからも窺える。懸賞金を結婚資金にしようという考えは、二人の手紙に何度か出てくる。その一方で、彼の性格と生活が結婚生活におよそ不向きなことにもペソアは無自覚ではいられなかった。八月半ばからペソアは手紙を書かなくなり、オフェリアは不満に満ちた催促の手紙を何度か送っている。十月になるとペソアは重度の神経症に悩み、入院を考え、二人の関係は悪化、カンポスの介入がそれに拍車をかける。そして、十一月の終わり、ついに破局が訪れる。

十一月二十七日、オフェリアはペソアが長らく連絡も取らないことを非難し、別れを切り出す。二十九日にペソアは長文の手紙をしたためて、別れの理由ともつかぬ理由を説明している。それまでの子どもじみたやりとりとは打って変わってシリアスな内容の手紙は、彼の恋愛観だけでなく、人生観を記した数少ない証言だ。

オフェリア
お手紙ありがとう。あなたの手紙を読んでつらく思うと同時にほっとしました。こういったことはつねに苦痛を伴うのでつらく思ったのですが、これが唯一の解決法ですから安堵しもしたのです。——ぼくらのどちらにとってももはや愛を正当化しえないこんな状況をこれ以上続けるべきではありません。ぼくはいまでも少なくともあなたに対する深い敬愛の念と変わらぬ友情を抱いています。あなたも同様の気持ちをぼくに対して持ち続けてくれるでしょうか。
オフェリアもぼくもどちらも悪くはないのです。もし運命に罪がありうるなら、悪いのは運命です。[*14]

ペソアは、オフェリアからの最後通牒を読んで、つらく思うと同時に、ほっとしたとも書いているが、おそらく本心だろう。そして、関係が悪化すると、罵り合ったりするカップルもいるが、そうではなくて、お互いに敬愛の気持ちを失わないようにしたいと期待を込めて告げ、続けて次のように書いている。

ぼくに関して言えば……

愛は過ぎ去りました。でも、あなたに対する変わらぬ気持ちは持ち続けていますし、忘れることもけっしてないでしょう——信じてください、けっして——あなたの優雅な小さなシルエットとあなたの少女のような仕草を、そしてあなたの優しさも。もちろん、ぼくの勘違いということもあるかもしれませんし、あなたに与えたこういった性質はぼくの錯覚にすぎないかもしれません。しかし、そうだとは思わないし、もし錯覚だとしても、このような性質を与えたことが悪いとも思いません。

手紙やその他の品を返してほしいと思っているかどうかはわかりませんが、ぼくとしては、返さずに、あなたの手紙を死んだ過去の生きた想い出としてとっておきたい。すべての過去のように、歳月が不幸や幻滅でしかなかったぼくの人生の大切なものとして。

あなたは、卑しく低俗な人のように振る舞わないでください。出会っても顔をそむけたりしないでください。想い出のなかに恨みを持ち続けないでください。子どものころ好きだった古い友だちのような関係でいましょう。大きくなってからは道が分かれ、別の恋をしたが、心の片隅に昔の無垢の恋の想い出を保ち続ける幼なじみのように。

二人は関係を解消した後も、疎遠になったとはいえ、犬猿の仲になることはなかった。ただ、同じ道を歩むことができなかっただけだ。ペソアは自分の人生が普通の人びとの人生とは交わらないことをはっきりと告げ、手紙を結んでいる。

というのも、あなたの言う「他の恋愛」とか、「他の道」といったものはあなたには関係があるけれど、ぼくには無縁だからです。ぼくの運命は、オフェリアちゃんがその存在を夢想すらしない他の「法」に従っています。ぼくの運命は譲歩もしなければ許しもしない〈師《マスター》（Mestres）〉たちにますます従っていくのです。

あなたはこんなことを理解しなくてもよいのです。ぼくがあなたのことを思っているように、ぼくのことをいつも優しい気持ちで思い続けてくれさえすればよいのです。

フェルナンド

この訣別の物語は、別の単独者のそれによく似ている。そう、すでに異名に関して名を上げたデンマークの哲学者キルケゴールの婚約とその破綻である。一八三七年、二十四歳のキルケゴールは、まだいたいけな十四歳の少女だったレギーネ・オルセンと出会った。二人は無垢な交際を三年続けたあと、レギーネが十七歳になったのを機に婚約。ところが、それから一年もたたないうちにキルケゴールは彼女に指輪を送り返して婚約を一方的に破棄してしまう。世に「レギーネ体験」と呼ばれる事件である。この体験は、キルケゴールに「誘惑者の日記」を含む傑作『あれか、これか』を結果的にもたらした。彼女に対する罪悪感、そして自分の運命のどうしようもない宿命性をキルケゴールはみずからの思索の糧としたのだった。

ペソアの場合、この恋愛体験はいかなる作品も生み出したようには見えない。それはもともと、彼が実生活を作品へと反映させるようなタイプの芸術家とは正反対であったことからすれば、当然だろう。ペソアの書いた恋愛詩は、カエイロ名義の「恋する羊飼い」くらいだが、そこにはオフェリアの影も、ペソアの内面の苦悩も読み取ることができない。

研究者たちのなかには、オフェリアを平凡なプチブル娘と決めつけ、ペソアを理解しなかったことが原因だったと言いたげなコメントをする者もいるが、ぼく自身はそのような意見には与しない。むしろオフェリアに同情したい気分だ。どう考えても、複雑な精神生活を送るペソアのような詩人と暮らすのは精神的にかなりつらそうだ。三十路を過ぎたペソアは、詩人として一部では有名であっても、世間一般の基準からすれば、結婚相手として望ましい男からほど遠かったことは明らかだったし、普通の二十歳の娘オフェリアがそれに対して不安を感じたのは当然だろう。彼女は、若すぎて自分にはわからないことが多くあったと回想している。

かくして、詩人の恋は一年足らずで終わった。

＊

これですべては終わったかに見えた。そして、終わってもよかったのだが、この恋物語には第二幕がある。リスボンは首都といえども、小さな街だ。彼らの生きる世界は重なる部分もあり、ニアミスの可能性は大いにあった。はたして二人の恋は九年後に再燃することになる。少し先取りになってしまうが、一九二九年の恋愛の顚末を続けて追うことにしよう。キューピッド役を果たしたのは、オフェリアが母のように慕っていた姉の息子、つまり彼女の甥カルロス・ケイロス（Carlos Queiroz 一九〇七―四九）だった。彼はペソアも寄稿した『プレゼンサ』誌に関わる詩人となっていて、二人は交流があった。一九二九年九月二日、カルロスは叔母オフェリアに一葉の写真を見せる。それは、リスボン市内のバル、アベル・ペレイラ・ダ・フォンセカのカウンターでワインを飲み干しているペソアの写真で、裏にはカルロス宛ての献辞が記されていた。

カルロスへ　これはアベルのところ、つまり、地上の楽園に最も近い場所で、前後不覚の私だ。

フェルナンド、二九年九月二日[*15]

これを見たオフェリアは、同じ写真をもらってほしいと甥にせがむ。それを受けて、ペソアが写真を彼女に送ってきた。裏には、ダジャレで「〔リットルを飲む〕軽犯罪を犯す

アベルのカウンターでのペソア（カルロス・ケイロスに贈った写真）
提供：Casa Fernando Pessoa／協力：ポルトガル大使館

(em flagrante delitro)フェルナンド・ペソア」と献辞がつけられていた。オフェリアはそれに対してすぐに礼状をしたため、ペソアが九月十一日に返事をすることで、文通が、そして交際が再び始まった。もちろん、この十年ほどのあいだに少なからぬ変化があった。オフェリアはペソアがかなり変わってしまったことに気づかざるをえなかった。ずいぶん太っただけでなく、とても神経質になっていた。とりわけ、自分の作品に囚われていたため、彼女を幸せにすることはできないのではないか、とペソアは恐れていたという。それに、物質的に彼女が満足できる生活を提供できないことも心配していた。そんな心配に対してオフェリアは、贅沢は望まない、こぢんまりした清潔な部屋で彼と一緒につましい暮らしができればよいと再三書いているほか、酒量を減らし、酒場に入り浸るのをやめるよう懇願している。

いずれにせよ、二人は恋愛関係を家族におおっぴらにする状態にはなかった。そのためであろう、すでに働くのをやめて、姉のところに住んでいたオフェリアをペソアが訪れるのは、あくまで甥の友人という資格でであった。ふたりは友人として談笑にふけったという。それでも、九月二十九日付の手紙でペソアは、田舎暮らしをして、執筆に励みたいという希望を述べながら、結婚について触れている。

ぼくの人生は、文学を中心に回っています。それが出来のよいものであれ、悪いものであれ。それ以外のものには、人生において、二次的な興味しかありません。〔略〕

あなたのことをほんとうに愛しています――ほんとうに、ほんとうに――オフェリア。〔略〕ぼくが結婚するとすれば、あなた以外にはありえません。ただ、もし結婚するとして、家庭〔略〕というものが、はたして思索に人生を奉じる自分にとってふさわしいのかどうかを考えなければなりません。[*16]

有り体に言えば、ペソアは人生と文学の間で逡巡していたわけだ。彼とて人の子、人並みの幸せな生活を夢見ていたのにちがいない。じっさい、後に見るように、ペソアは妹夫婦とはとても良好な関係にあり、姪に対してきめ細やかな配慮も見せている。その一方で、自分の作品を仕上げるには、通常の結婚生活は望めないという気持ちもあった。「ぼくもいい年になりました。十分な能力を備え、知性が頂点に達する年齢です。ですから、作品を加えたり、集めたり、まだ書かれていないものを書き足して、文学作品を仕上げるときが来たと言えるでしょう[*17]」とも書いている。

たしかにペソアはすでに四十を超えていた。それはまさに決断の時だったにちがいない。だが、決断ほどペソアに似合わないものはない。彼はひたすら決断を先延ばしにするタイプなのだ。そうこうするうち、またもやアルヴァロ・デ・カンポスが横槍を入れはじめ、関係は悪化する。オフェリアによれば、その頃のペソアはほとんど狂気の淵をさまよっていた。ペソアからオフェリア宛ての現存する最後の手紙は一九三〇年一月十一日付の短くて、ほとんど脈絡のないもので、自作の詩が同封され「また近々」で結ばれている。オフェリアからの手紙は途切れ途切れにあるが、この時期の二人は電話で話すことも多かった。オフェリアはペソアに電話をかけてくれと手紙で頻繁に頼んでいるが、ペソアのほうはあまり電話が好きではなかったし、叔母たちが聞き耳を立てているので、オフェリアもあまり自然には話せなかったようだ。いずれにせよ、ペソアはまたもや少しずつ身を引き、影のように消えていき、オフェリアは必死で手を伸ばすが、亡霊のようにつかむことができない。

こうして二人の恋愛は明確な終止符が打たれることなく、曖昧な形で解消した。その後もオフェリアからは散発的に手紙が送られただけでなく、電話や誕生日の祝辞の電報などのやりとりはペソアの死の年まで続いた。一九三四年、詩集『メンサージェン』が出版されたとき、ペソアはみずから届けにきたが、オフェリアに取り次いでもらおうとはせず、女中に本を手渡すとそそくさと立ち去った。女中からそれを聞いたオフェリアは慌てて追いかけたが、時すでに遅し、その姿は消えた後だった。[*18] 一九三五年、死の直前にカルロス・ケイロスと話をしていたペソアはオフェリアの近況を尋ね、目に涙を浮かべ「美しい魂！　美しい魂！」とつぶやき、別れについては「運命の網目」と説明したという。[*19]

破綻の背景に、みずからの作品に取り憑かれ、文学に一生を捧げる殉教者としての詩人の姿を認めたくなる者もいるだろう。だが、そのようなセンチメンタルな見方ほどペソアにふさわしくないものはない。ペソアとオフェリアの出会いと別れは、彼の人生の他の出来事とおなじように、生涯の挿話的な一コマにすぎなかった。たとえ、それが他の平凡な出来事と比べればより華やかな光景に彩られているとしても……。[20]

この恋愛体験と関連させて、ペソアとエロスの問題について少し考えることにしよう。すでに述べたように、ペソアには、同性愛を扱った「アンティノウス」を除けば、恋愛詩と呼べるような作品は少ない。[21]愛について語る詩もどちらかといえば、シニカルな側面が強い。たとえば、晩年の一九三五年四月五日の日付がついた詩は身も蓋もないものだ。

愛は本質的
セックスは偶然的
それは似ていることも
違うこともある
ひとは動物ではない
知性をもった肉なのだ
ときには病んでいるけれど[22]

ペソアが恋愛や結婚に向いていなかったかどうかは別として、恋愛に必要な情熱が欠けていたことは確かだ。ペソアの愛した詩人でいえば、バイロンやシェリーのようなパッションが彼にはなかった。あまりに冷静で、達観した発言が多い。

> あらゆる男性の詩人は、どんなタイプの詩人であれ、少し気を惹かれる女性に関してよい詩を書くほうが（よい詩を書くことが人間に属すとしての話だが）、自分が心から愛している女性に関してよい詩を書くことよりも、どれほど容易であるかを、よく知っている。最良の恋愛詩のほとんどは、抽象的な女性に捧げられている。[*23]

じっさい、ペソアの残した詩はもとより、散文作品にもヒロインと呼べるような存在は登場しない。その意味で、ある種のミソジニーは否めないし、彼の作品に揺曳する灰色がかったトーンはそこに端を発するのだろう。愛に対する明確な幻滅というかペシミズムを表明しているのは、『不穏の書』の著者、半‐異名者ベルナルド・ソアレスだ。

> ひとはほんとうに誰かを愛することはけっしてない。唯一愛するのはその誰かに関して作り上げる観念だけだ。愛しているのは、自分がでっちあげた概念であり、結局のところ、それは自分自身なのである。
>
> このことは愛のすべての段階について言える。性愛においては、他者の身体を介して自分自身の快楽が求められる。性愛と区別される愛においては、自分が作った観念を介して快楽が求められている。オナニストは卑しむべき存在だが、厳密に言えば、彼こそが愛の論理の完璧な表現なのだ。彼だけが誰も騙さない。他人も、自分自身も。[*24]

ここに、ペソアの本音を読み取るべきか、ひとつの仮面の言葉を聞くべきか、意見は分かれるところだろう。

2——異名者たちの森で

ペソアの恋路をカンポスが邪魔したことを先に見たが、ペソアの異名者たちは虚構の世界を抜けだし、ときには現実世界にまでせり出してくることもあった。ここで、あらためてペソアの創造した膨大な数にのぼる「異名的」人物たちを見てみよう。狭義での異名は、アルベルト・カエイロ、リカルド・レイス、アルヴァロ・デ・カンポスの三詩人、そして半-異名者ベルナルド・ソアレス。そのほかの広義での〈異名者〉たちの大部分は漠然としたエキストラのような存在、浮かんでは消えていくはかない人物たちであるが、研究者によれば名前だけのものも含めればゆうに百を超えるという。[*25] 彼らのうちである程度の存在感を備えた人物について素描することにしよう。

とはいえ、問題はなかなか複雑である。『不穏の書』の作者でさえ当初ソアレスではなく、ヴィセンテ・ゲーデス（Vicente Guedes）とされていた。精神的な貴族であることを熱望しながらも、出自はまぎれもない庶民であったソアレスとは異なり、ヴィセンテ・ゲーデスは、フランス・デカダンス派の領袖ユイスマンスの代表作『さかしま』（一八八四）の主人公フロレッサス・デ・ゼッサントを髣髴させる没落貴族である。ただし、隠棲に憧れながらも、経済的な事情から働かざるを得ないところはペソアと共通している。すでに一九〇九年頃に作成されたイビス出版のカタログ計画にも現れているこの人物は、いくつかの詩作品を残しているほか、シェリー『鎖を解かれたプロメテウス』、バイロン『カイン』、R・L・スティーヴンスン『ジキル博士とハイド氏』の翻訳者ともされている（ただし、翻訳は行われなかった）。また、書きかけの短篇小説もある。『不穏の書』の初期に書かれた序文では、その彼が（ペソアの父のように）結核で亡くなる前に、ペソアに遺稿を託したことになっていた。その一節を引用しよう。

本書は、けっして人生を持ったことがない人物の伝記である……。／ヴィセンテ・ゲーデスについて、われわれは彼が何者だったのかも、何をしたのかも、何を〔空白〕かも知らない。／本書は彼の書いたものではない。彼自身である。だが、つねに想起すべきは、ここで言われたあらゆることの背後の、影の内で不可思議に蛇行するものである。／ヴィセンテ・ゲーデスにとって、自己意識を持つとは、ひとつの術であり、道徳でもあった。夢見ることは宗教であった。彼は内面の高貴さを決定的に創造したのであり、完璧な貴族の姿勢に最も似た魂を創造したのだった。[*26]

この引用から読み取れるのは、ゲーデスを作者とする『不穏の書』には、ソアレスの場合とは異なり、アンチヒーロー的側面がなかったことだ。一方、この作品がソアレスへと引き継がれる途中で生まれたのがテイヴェ男爵（Barão de Teive）。彼の署名による断章を『不穏の書』に含めるかどうかは研究者の間でも意見の分かれるところだ。[*27] この人物が生まれたのは比較的遅く、一九二八年頃。アルヴァロ・コエリョ・デ・アタイデ（Álvaro Coelho de Athayde）は、第十四代テイヴェ男爵という称号を持つ由緒正しい貴族だが、常軌を逸した思弁に身を任せる狂気の思想家であり、自殺を決意したときから遺言のように自伝的な断章を書きはじめた。これが作者の自殺後にペソアの手に渡ったとされる『ストア主義者の教育』である。内容的には『不穏の書』と重なりあう部分も多い。ただ、テイヴェ男爵には感情的な部分が少なく、ペソアのうちの論理性だけを研ぎ澄まして、特化した人物と言える。そもそも彼の自殺の理由が理性的なものだ。「思うに、私は完全なる理性の使用の段階に達した。それゆえ、自殺することにしたのだ[*28]」。彼は並外れた知性の持ち主なのだが、批評精神が勝ちすぎているために、自分の書いたものに満足することができず、書いたものをすぐに破棄してしまい、結局は作品を完成することができない。この不能（そこには性的なそれも含まれる）は、いわばペソア自身の自己弁明でもあるのだろう。

テイヴェ男爵は最終的にはこの作品をホテルに残して一九二〇年七月二十日に自殺する（ペソアがそれを偶然に発見したということになっている）。親友サ＝カルネイロを自殺で失ったペソアにも、自殺願望が見られたが、テイヴェ男爵はその誘惑から逃れるための分身だったのかもしれない。さらに言えば、ソアレスと同じくテイヴェ男爵もまた、ペソアの半−異名者なのだ。このことをペソア自身が『幕間劇の虚構』の序文（草稿）で述べていて、二人の言語は一緒だが、文体が異なると述べている。[*29]

ペソアの自殺願望の依《よ》り代《しろ》となったのがテイヴェ男爵だったとすれば、狂気を託したのが、アントニオ・モーラ博士（Dr. António Mora）だと言えるだろう。この人物は、三人の異名詩人とともに、パガニズモの世界を構成しているため、きわめて重要である。アントニオ・モーラは背が高く、高圧的な眼差しを持った哲学者で、異教的世界観を顕彰し、キリスト教を批判する論考『神々の帰還』の著者。晩年は精神に異常をきたし、リスボンの西に位置する港湾都市カスカイスの精神科病院で過ごしたという経歴の持ち主だ。この名前のもとに、現代政治に関する試論を含む大量の断片が残っており、批評校訂版全集ではまるまる一巻が当てられている。

最初にこの名前が現れるのは一九一五年頃、アルベルト・カエイロの「哲学的継承者」にして、ポルトガル・パガニズモの代表的人物と見なされる。カエイロの強い影響力のもとに真実を見出したとされるレイスとカンポスが、パガニズモを芸術的に表現したとすれば、それを哲学的に引き継いだのがモーラなのだ。このあたりの経緯を明確に語っているのが、以前に見たカンポスの「我が師カエイロ追想のための覚書」（『プレゼンサ』三〇号、一九三一年）であるが、そこでは「アントニオ・モーラはその知性ゆえにパガニズモの信徒」[*30]だとされていた。

だが、パガニズモ（ペイガニズム）とはそもそも何か。それは、自然崇拝や多神教の信仰をしばしば侮蔑的ニュアンスをこめて指す言葉である。語源はラテン語の形容詞paganus(「田舎の」)であり、その同形名詞は「田舎の住民」「村人」を意味した。それが、キリスト教において、「非キリスト教徒、不信心者」の意味で用いられるようになったのはミラノ勅令(三一三年)以降のようだが、キリスト教が普及する以前のギリシャ・ローマ人を指す(ただし、異教徒と言ってもユダヤ人やイスラム教徒は含まれない)。もちろん、カエイロやモーラのパガニズモは、単なる古代ギリシャやローマの焼き直しや、それへの回帰ではない。むしろ、新たな自然との共生や、森羅万象の多様性を受け止める態度である。

ペソアがパガニズモを提唱したことを理解するためには、当時のポルトガルの状況も考慮する必要があるだろう。一九一〇年に第一共和制が始まると、王権と強く結びついていたカトリック信仰は近代化の敵と見なされ、国家の公式宗教でなくなったばかりか、宗教色の強い祝日は国民の祝日ではなくなっていた。そんななか、一九一七年五月十三日に「ファティマの奇蹟」と呼ばれる出来事が起こっている。ポルトガル中部の小村ファティマで三人の子どもたちの前に聖母マリアが出現し、いくつもの奇蹟を起こしたとされる事件である。[*31]後にヴァチカンから正式に認定される奇蹟なのだが、農村部ではカトリックの力が根強かったことが窺える。ペソア自身はキリスト教やカトリック教会について批判的であり、[*32]この立場を思想的に表明する人物がアントニオ・モーラだと言ってもよいだろう。

モーラが説くネオ・パガニズモは、単純化すれば、次のようになる。キリスト教の一神教的な世界、つまり唯一の神を信奉する世界観はまちがっており、人びとはこの誤った世界観のために堕落している。したがって、それ以前の、より健全な汎神論的世界観に回帰しなければならない。キリスト教以前の多神教においては、自然はさまざまな事物、つまり、事象の複数性として捉えられていた。その意味で、キリスト教のように絶対的存在である神が世界を創造したのではない。むしろ、実在は複数的であり、それゆえ神々も複数的なものだと結論すべきだと、モーラは主張する。神々は人間とかけ離れた存在であるとしても、絶対的な存在ではない。神々と人間、自然と人間には連続性と同時に断続がある。

パガニズモの宗教は、人間的である。パガニズモの神々の諸行為は賛美される、人間的な、同種の、だがより優れた、崇高な段階にある者の行為である。神々は人間性を拒むがゆえにそこから離れるのではなく、半神として、これを超えるのだ。パガニズモを信仰する者にとって、神性は人間を超えるとはいえ人間に反するものではない。単に人間を超えたものだ。[*33]

すでに見たアルベルト・カエイロの詩こそ、このような世界観を作品化したものにほかならない。カエイロは、『群れの番人』第二八詩篇で神秘主義詩人や哲学者を嘲笑する。神秘主義詩人が言うように、花が感じ、石に魂があって、川が月明かりの下で恍惚とするなら、それらはもはや花でも石でも、川でもなく、人間にすぎないからだ、と喝破する。自分は自然を外から理解するのであって、内側から理解するのではない。自然に内部などない、と断言するのだ。その意味で、ここで言われるパガニズモは、キリスト教的神秘主義とは一見似ていても、まったく異なるものだ。パガニズモに最も大きな影響を与えたのがニーチェであることはまちがいない。[*34]だが、モーラは手放しでニーチェを賞賛し、追随するのではなく、独自の路線を行く。興味深いのは、ペソアがこの文明論を発表するにあたって「パガニズモ叢書」のような形で異名者たちの作品を出版することを考え、その企画を何種類も作っていることだ。そのひとつを紹介しよう。

一　『リカルド・レイスのオード　巻1』

二　アルベルト・カエイロ（一八八九―一九一五）作品集

　　リカルド・レイス編『群れの番人（一九一〇―一二）』

三　アルベルト・カエイロ（一八八九―一九一五）作品集

　　リカルド・レイス編『拾遺詩集（一九〇八―一五）』

四　『神々の帰還』アントニオ・モーラ著

五　『リカルド・レイスのオード　巻2』[*35]

このリストからわかるようにパガニズモ的多神教と、異名者たちは密接に関係している。そのため、ペソアにおける複数性の問題をそこから読み解こうとする研究者は少なくないし、ペソア自身もそれを肯定する発言をしている。

ネオ・パガニズモの徒は、受け入れ可能なあらゆる形而上学を受け入れる。それは異教徒が、その万神殿にあらゆる神を受け入れたようにである。

　彼は自分のさまざまな哲学的観念をひとつの形而上学のうちに統一しようとはせず、折衷的なもので満足し、唯一の真理を求めはしない。というのも、あらゆる哲学は同じように真だと考えるからである。ネオ・パガニズモの信徒は、著作を行うことで、〈自然〉に関する自分の感情を実現すると確信している。この感情の強度にしたがって、彼が立脚する形而上学は異なるにちがいない。〈自然〉のある種の時間は、他の時間が要求するのとは異なる形而上学を求める。[*36]

　パガニズモの問題は後に見るフリーメイソンにも通じるところがある。すでに述べたようにモダニズムは近代的、近代化的なものだけでなく、種々雑多な要素を含んだ運動であり、その意味で異教主義もそれと矛盾するものではなかった。だが、ペソアと異教的な問題についてのより掘り下げた考察は別の機会に譲り、ここでは、パガニズモの問題がペソアの文学と思想の結節点であることを確認することでよしとしよう。[*37]
　幼いときにすでに、騎士《シユヴアリエ・ド》パスやチボーデ大尉（どちらもフランス人）といった想像上の人物がペソアのまわりに現れたことは、幼年時代の章で見たとおりだが、自覚的な別人格は、南アフリカの少年時代に始まる。最初の数人はどれも英国人である点が興味深い。チャールズ・ロバート・エイノン（Charles Robert Anon）は、生没年も出生地もわかっていないが、無名を意味するanonymから作られたこの人物はダーバンの高校時代に現れ、一九〇四年に英語で書かれたソネットの作者である。『オルフェウ』にペソア名義で発表された室内劇「船乗り」の草稿にもエイノンの署名がある。哲学的断片五篇ほどが公表されているが、他の多くの作品は未刊のままに残された。

エイノンと同じく本格的な異名者の前段階の異名にアレクサンダー・サーチ（Alexander Search）がいる。じっさい、「探求」を意味するこの名前は、この時点では、異名というよりは筆名というべきものだった。というのも、このリスボン在住の英国作家は、一八八八年六月十三日リスボン生まれ（ペソアと同年同日）とされているからだ。彼が執筆したのは、異名という考えが生まれる前の一九〇四年から〇八年にかけてだから、ペソアの英語執筆の際の分身と考えるべきだろう。彼の署名が付された英詩は百三十篇ほどあるが、そのうち〇四年から〇六年のものは元々はエイノンと署名されていたものを訂正している。つまり〇六年に現れたサーチがエイノンを押しのけたようなのだ。そのほかに、これもすでに挙げた怪奇小説『扉』や「独創的な夕食」の草稿が見つかっている。それだけではない。ペソアは彼の著作として、『ポルトガルの王殺しとポルトガルにおける政治状況』、『合理主義の哲学』、『イエスの精神障害』を挙げているが、それらの原稿は発見されていない。また、彼にはチャールズ・ジェイムズ・サーチ（Charles James Search）という兄もいて、こちらは一八八六年四月十八日リスボン生まれとされる。ただ、業績は翻訳をしたことぐらいしか記されていない。[*38]

他のイギリス人としてはクロス三兄弟が存在感を示している。『タイムズ』紙の懸賞クロスワードパズルの常連であるA・A・クロスが、オフェリア宛ての手紙に登場し、賞金を獲得した暁にはオフェリアとの結婚資金として提供することを約束していたことはすでに見た。ペソアは、一攫千金を夢見てクロスの名前で応募を続けていたが、じっさいに賞金を得たことはなかった。二人目のI・I・クロスは、カエイロの詩を英語に訳して、紹介することを考える文学通で、「カエイロの偉大な発見、客観性の神秘主義。神秘主義者はあらゆるもののうちに意味を見て取るが、カエイロは、彼の言葉によれば、あらゆるもののうちに意味の欠如を見て取る」[*39]と書くのみならず、「アルヴァロ・デ・カンポスはこれまで存在した最も偉大なリズムの使い手の一人である」[*40]として、「海のオード」をたたえる。

だが、最も重要な存在は、エッセイストで翻訳家のトーマス・クロス（Tomas Crosse）である。彼はポルトガル文化のメシア的側面についての著作の草稿を残しただけでなく、言語に関する論考も構想していた。[*41]イギリスにポルトガルの感覚主義の詩人たちを翻訳紹介する計画は、ペソアの計画でもあった。というよりは、後に見ることになるペソアの秘教的な側面を英語で執筆する役割を担ったのがこの人物ということだろう。ただし、それもまた計画にとどまった。

異名者は、ポルトガル人と英国人にとどまらない。ジャン・スル・ド・メリュレ（Jean Seul de Méluret）は、一八八五年生まれのフランス人作家だ。〈ひとりぼっちのジャン〉という意味の名を持つこの人物は、すでにイビス出版の計画にその名が見られるが、[*42]特に一九一三年から三五年の長きにわたって執筆活動を行っている。『露出趣味の諸症例』ほか、『一九五〇年のフランス』、『女衒殿《ぜげん》』などの著作があるとされるが、完成作品は見つかっておらず、主にフランス語で書かれた断章が残るのみ。そこでは西洋の退廃が主題となっている。イヴォ・カストロ編の全集では第八巻を構成しているが、本文そのものは五十頁ほどで、量的に多いとは言えない。若い頃のペソアは（一九〇七年頃）、デカダンス文学と並行して、ノルダウの『退廃論』やロンブローゾなどに見られる西洋文明の凋落を声高に語る著作を読んでいたようだが、メリュレのテクストにはその影響が色濃く反映しているように思われる。[*43]

「我々の文明は死に瀕している。とりわけフランス文明は。次に来る文明は何か。ドイツ文明、東洋、日本文明だろうか、わからない」[*44]といったくだりは、ポール・ヴァレリーの有名な講演「精神の危機」（一九二四）の「我々文明なるものは、今や、すべて滅びる運命にあることを知っている」[*45]を先取りしているようにも見える。

フランスを訪れた日本人の目を通して見た近未来小説『一九五〇年のフランス』は、モンテスキューの『ペルシャ人の手紙』ばりの風刺文。「別の日、私はある女学校を視察した。学校の名前は「処女膜なし研究所」で始まる断章は、女ドンファンが創設した学校で娘たちが悪徳を学ぶというサドを意識したものだ。じっさい、メリュレのテクストは、ペソアの断章のなかではめずらしくセクシュアリティの問題が正面から扱われているだけでなく、かなりグロテスクな性的妄想が記されている点でも他とは異なる。

レイプされ、首をかききられて殺された幼い子どもたちの血で皿を洗う。その後、皿を拭くことはない。これは少々流行遅れの逸楽――なのだそうだ。
幼児の肉を食べることで、われわれは射精を得た。
飲み物としての動物の精液はいまでは流行らない。

これらのフランス語で書かれたテクストは短いものが多く、一頁を超えることはないし、時に英語も混じっているが、ペソアがフランス語でも執筆しようとしていたことの証である。

変わり種の異名者としては、占星術師のラファエル・バルダヤ（Raphael Baldaya）がいる。バルダヤは「否定論」および「秘教的形而上学の原理」の著者。[*46]神智学をヘルメス主義の大衆化、キリスト教化と見なして、断罪し、真の秘教を説く人物であり、英語の著作もある。占星術師になることを真剣に考えていたペソアとは一九一五年頃から交際を始めたとされる。一九一五年十二月二十四日付のサ＝カルネイロのペソア宛ての手紙には、「君が髭を生やした占星術師ラファエル・バルダヤの化身だと想像するだけで笑ってしまう」[*47]という一節があるから、すでにこの頃からペソアによって構想されていたと思われる。

異名者は男性ばかりでもない。数は少ないが数人の女性の異名者が確認されている。オルガ・ベイカー（Olga Baker）、セシリア（Cecilia）、フランス人詩人アルドレース・オグラディ（Ardrèce Augradi）らはわずかな断片が残るのみだが、まとまった作品を書いた女性もいる。マリア・ジョゼ（Maria José）には、「錠前師への手紙」という短いテクストがある。障がいのある女性が、彼女の家の前を通るアントニオに宛ててつづった、けっして渡されることのない愛の独白だ。[*48]

＊

異名とは異なるが、翻訳者としてのペソアについても、触れておくことにしたい。[*49]そもそも、翻訳という作業は、演劇と同じく、自分以外の者になることをそのうちに含んだ行為だ。自分が書いたのではないテクストのうちに入り込み、他者の創造した作品を自家薬籠中のものとして再創造したときにしか、真の意味で満足のいく翻訳作品は生まれない。ペソアが生活のために選んだ職業が商業翻訳だったことはすでに記した。その意味で、彼の暮らしの一部に言語間を往来することが含まれていたと言ってもよいだろう。もちろん、商業翻訳と文芸翻訳はまったく異なる。だが、他者になるというペソアの異名的世界と翻訳の世界はきわめて近く、類縁関係にあると言える。商業翻訳では、英語のほかにフランス語も手がけたペソアだが、文学作品の場合はポルトガル語から英語、英語からポルトガル語の双方向で主に作業をしている。彼が特に力を入れて取り組んだのは、英米文学の作品のポルトガル語訳だ。

ナサニエル・ホーソンの『緋文字』を一九二六年一月一日から『イラストラサウン(Ilustração)』紙に掲載したほか、オー・ヘンリーの短篇小説の訳もあるが、心血を注いで打ち込んだのは、少年時代から心酔していたエドガー・アラン・ポーの翻訳。「大鴉《おおがらす》」「アナベル・リー」「ウラリウム」に関しては、そのリズムまで忠実に訳したと自負している。

ポーの翻訳への没頭には、その見事な仏訳を行ったボードレールに近いものが窺えるが、ペソアは、詩人としてのポーと同時に怪奇小説や探偵小説の著者としてのポーを高く評価していた。[*50] 英語で執筆された『ヘロストラトス』と題する天才論では、その天才を認めながらも、推理と批評をめぐるポーの矛盾した才能が指摘される。「彼の哲学的能力はフィクションであり、夢から引きだされたものである。このことは、彼が哲学的問題に関して明晰に推論できないことに見て取れる。彼の批評もまた偽物だ[*51]」。

ペソアは推理小説を好み、コナン・ドイル、アーサー・モリスンの大ファンだったただけでなくて、自分自身でもこのジャンルでの創作に手を染めた。その一連の物語の主人公がアビーリオ・クアレジュマ（Abilio Quaresma）だ。特別の思い入れがあったようで、晩年の手紙で推理小説作家としての自分の重要性を語っている。[*52] 例のごとく、ペソアはいくつものプランや計画を残しているだけでなく、十二篇からなる短篇小説集の序文すら書いている。ところが、原稿が散逸したのか、それとも途中で放棄されたのかはわからないが、本格的物語である「ヴァルガス事件」をはじめ、ひとつとして完成原稿が残っておらず、発見された十三の作品の草稿が『謎解き師　クアレジュマ』として公刊されたのはようやく二〇〇八年になってのことだ。[*53]

精神科医のアビーリオ・クアレジュマは、安楽椅子型探偵で、並外れた推理力と最新の精神医学の知識によって様々な事件を解いていく。傍若無人な点が、同時代の作家アガサ・クリスティ（一八九〇―一九七六）が生み出したベルギー人のエルキュール・ポワロと少し似ている。異様に秀でた額と、エキセントリックな服装がトレードマークで、ホームズのパイプとはちがって、安物のシガールを次から次へとふかしながら推理にふける。舞台がほぼリスボンという点は、『不穏の書』と同じだが、内向的で夢見がちなソアレスとちがって、クアレジュマは鋭い知性と冷静な判断で、ペソアのまた別の一面を体現する異名者だと言えるだろう。

ここでは比較的まとまっている「盗まれた羊皮紙」を紹介しよう。蒐集家ジャセント・コレイラ氏の密室状態の書斎から、きわめて珍しい羊皮紙の文献が盗まれた。それはコレクター仲間では垂涎《すいぜん》の的の一品ではあるが、市場で簡単に売買できるものではなく、他に盗まれたものもないことから、通りすがりの物盗りの犯行でないことは明らかだった。いったい、誰がなぜ、そしてどのように盗みを働いたのか。蒐集室も、金庫もしっかりと施錠されており、その鍵はコレイラ氏が肌身離さず持っていたのだから、盗みは不可能だと誰もが思った。この密室トリックをクアレジュマはひたすら論理を積み重ねるだけで平然と解いていく。凡庸な発想で袋小路に陥る刑事たちを尻目に、唯一可能なシナリオを披露する様子は推理小説の王道と言える。クアレジュマの持説によれば、あらゆる可能性を検討し、整合性を欠いた仮説を排除していけば、おのずと答えは出るのだ。

ペソアにもう少し時間があったなら、これらの作品を完成させただろうか。その可能性は低い気がする。素人目には、同時に何作も手がけるのではなく、一作に集中すればよいと思うのだが、そうしないところがペソア。彼は未完の帝王なのだ。

実体からほど遠い幽霊のような人物たちの紹介はこの辺で十分だろう。オフェリアとの最初の恋愛が破綻した頃に戻ることにしよう。ペソアは自分の会社を立ち上げるべく、その準備に余念がなかった。社名は「オリジポ」、リスボンの古名である。

＊1　Ofélia Queiroz（一九〇〇—九一）。スペルは正字法の変更期のこともありfとphが混在する。父は輸出業の会社員で、ペソアの祖先と同じくアルガルヴェ地方の出身だった。UQA 137.

＊2　«O Fernando e eu», Relato da Ex.ma Senhora Dona Ophélia Queiroz, destinatária destas Cartas de Fernando

Pessoa, recolhido e estruturado por sua sobrinha-neta Maria da Graça Queiroz, *Cartas de Amor de Fernando Pessoa*, Lisboa, Ática, 1978, p. 23-24.

＊3　一九一一年の数字だが、七歳以上のポルトガル人女性の七七・四パーセントは読み書きができなかったとされるから、彼女は少数派に属する。共和主義者は、婦人の社会進出を推進する政策をとり、状況は改善されつつあったとはいえ、三〇年代まで目立った改善は見られなかった。A・H・デ・オリヴェイラ・マルケス『ポルトガル：3（世界の教科書＝歴史）』（金七紀男編訳、ほるぷ出版、一九八一年）六六頁参照。以下の資料では一九二〇年の数字として、十歳から十四歳の女子の識字率を三二パーセントとしている。António Candeias, Eduarda Simões, «Alfabetização e escola em Portugal no século XX: Censos Nacionais e estudos de caso», *Análise Psicológica* (1999), 1 (XVII), p. 171.

＊4　Mário Nogueira de Freitas（一八九一―一九三二）。伯母アニカの息子で、ペソアと最も親しく、また年齢も近く、気が置けない親戚だった。

＊5　これが、オフェリアの説明なのだが、二月二十八日付の手紙は、もうすでに愛の告白だけでなく、付き合いが始まっていたような内容であり、少し脚色があるように思われる。現存するこの最初のやりとりは、むしろ正式な交際の確認なのだ。告白と最初のキスシーンが起こったのは一月二十二日頃であったようだ。三月二十二日付の手紙でオフェリアは「ハムレットの場面を演じた晩から三ヶ月になります。私の口があなたの口に最初に触れてから三ヶ月」（CDA 53）と書いている。この後も頻出する。五月二十三日付の手紙の追伸では「昨日は二十二日でした（あれから四ヶ月）」と書いている（CDA 111）。一九二九年九月二十一日付の手紙でもオフェリアは「あなたが一九二〇年一月二十四《ママ》日のことを忘れずにいてくれたことがとても嬉しかった。あれから十年もたっているのに。あのことは私の頭と心からも立ち去ったことはありません」（CDA 210-211）と書いている。さらに一九三〇年二月二十五日付の手紙にも「昨日は二十四日でした」（CDA 311）とある。

＊6　«O Fernando e eu», *op. cit.*, p. 30.

＊7　OC II, 84.『詩集』八九頁

＊8　CDA 134-135. ペソアが一九二〇年三月から一九二九年までのあいだにオフェリアに宛てた手紙は全部で五十一通が残されており、それらは一九七八年に『フェルナンド・ペソアのラブレター』

として出版された。オフェリアからの書簡は長らく公開されなかったが、彼女が亡くなった後の一九九六年に『オフェリアからフェルナンド・ペソアへのラブレター』として刊行された。それらに収録されていないものも増補して往復書簡の形で読めるようになったのは二〇一二年のことで、本書での引用はこの版による。最初のオフェリア宛ての書簡集には、姪によるオフェリアの証言の聞き書きが前文として寄せられ、二人の関係が語られている。二〇一三年にゼニスがブラジルで刊行した往復書簡集では、ペソアの手紙がファクシミリで複製されているほか、オフェリアの絵葉書もカラーで見ることができる。*Fernando Pessoa & Ofélia Queiroz: Correspondência amorosa completa 1919-1935*, organização Richard Zenith, Rio de Janeiro, Capivara, 2013.

＊9　CDA 146. Bebéは、赤ん坊、ベイビーの意味だが、オフェリアは自分の愛称として最初から用いており、すでに一九一九年十一月二十八日付の名刺を使った手紙に現れる。一方、ペソアのほうは自分のことをÍbisと名乗っている。

＊10　この名前は彼女の二十歳年上の姉が当時読んでいた『ハムレット』から取った名前だという。QA 137.

＊11　これは次章で詳しく述べる「オリジポ」という会社で、ペソアは仲間の協力が得られず、すべてを自分でやらねばならないとオフェリア宛ての手紙（一九二〇年六月十一日付）で愚痴りながら、「これはきみの未来とも関わることだから」（CDA 148）と弁解している。

＊12　ペソアは三月二十二日にオフェリアに以下のように報告している。「申し分ない以上の、素晴らしい物件だ。十分広い、広すぎるくらいだ。母と、妹弟たち、伯母、ぼくも、みんなで暮らせる」（CDA 50）

＊13　OPP III, 1311.

＊14　CDA 191-192.『詩集』一二〇―一二二頁。現存するもので見るかぎり、ペソアは八月十八日の手紙の後、十月十五日の無沙汰を告げる手紙までの間、音信不通になっていたようだ。その間もまったく会わなかったわけではないことはオフェリアの手紙から窺えるが、その頻度は減っていただけでなく、約束をすっぽかすこともあった。

＊15　«Ao Carlos: Isto sou eu no Abel, isto é próximo já do Paraiso Terrestre, aliás, perdido». 楽園の後に

perdidoとあるので、失楽園というニュアンスも醸し出されるが、ここでのperdidoは、「前後不覚」「へべれけ」を意味する。*Fotobiografias* 157.

＊16 CDA 230.

＊17 CDA 229.

＊18 «O Fernando e eu», *op. cit.*, p. 44.

＊19 Carlos Queiroz, «Carta à Memória de Fernando Pessoa», *Presença*, nº 48, Julho de 1936, p. 11. オフェリアは一九三六年、甥カルロスのコネで国家宣伝局に入り、二十年ほど働くことになる。そこでアウグスト・ソアレスなる人物と出会い、三八年に結婚。夫が亡くなる五五年まで平穏な結婚生活を送った。それでも晩年、彼女は自分が本当に愛したのはペソアだけだ、と言っている。Maria da Graça Queiroz, «Ophelia Queiroz: O mistério duma pessoa», *Jornal de Letras, Artes e Ideias*, nº 175, Lisboa, 12/18 nov. 1985, p. 4.

＊20 最晩年のペソアが異父弟ジョアン・マリアの妻の妹のマッジ・アンダースン(Madge Anderson)に恋をしたという研究があることも記しておこう。José Barreto, «A última paixão de Fernando Pessoa», *Pessoa Plural: revista de estudos pessoanos/journal of Fernando Pessoa studies*, nº 12, 2017, p. 596-641.

＊21 晩年にいくつかの恋愛詩を英語とフランス語で書いているが、それがマッジ・アンダースンに宛てたものだというのがジョゼ・バレットの前掲論文の主張だ。

＊22 OPP I, 414.

＊23 H 99/176.『不穏の書』二一一頁

＊24 LDD 137. ECFP XII, 261-262.『不穏の書』二八八頁。『不安の書』一二六—一二七頁

＊25 ペソアの百三十六の異名についての詳細な紹介は、ESUAを参照。

＊26 ECFP XII, 149.

＊27 この考えに基づき、ゲーデスとテイヴェのテクストも収録した『不穏の書』が以下の版である。*Livro(s) do Desassossego*, São Paulo, Global, 2015.

＊28 *A Educação do Estóico*, Lisboa, Assírio & Alvim, 1999, p. 57.

＊29 LDD 506.

*30 OPP I, 737.

*31 市之瀬敦『ポルトガル 震災と独裁、そして近代へ』前掲書、二〇九―二一〇頁

*32 オフェリアの手紙には、ペソアのために神さまや聖人たちに祈るという部分がしばしば見られるが、これがペソアの気に障った可能性はあるだろう。

*33 ECFP VI, 179-180.

*34 ニーチェとペソアの比較研究は数多く存在するが、パガニズモに関しては以下が詳しい。Cláudia Franco Souza, «Friedrich Nietzsche & Alberto Caeiro: paganismo e linguagem», *Cadernos Nietzsche*, São Paulo, v. 36, n.1, p. 245-265, 2015. ペソアの蔵書にはニーチェの本はなく、研究者はニーチェについての知識はノルダウなどを通しての孫引きだと指摘している。

*35 ECFP VI, 165.

*36 ECFP VI, 250.

*37 ペソアのネオ・パガニズモに関しては、渡辺一史による以下の本に詳しい。Kazufumi Watanabe, *O neopaganismo em Fernando Pessoa*, Lisboa/Paris, Nota de Rodapé, 2015. また同氏の博士論文（前掲）も参照されたい。

*38 ESUA 285-289.

*39 ESUA 553.

*40 ESUA 555.

*41 リストには、大航海時代に関するものやセバスティアン王などについて十篇ほどが挙げられている。ESUA 475-490.

*42 ECFP VIII, 43.

*43 衰退論は十九世紀終わりから二十世紀にかけて花盛りで、そのほかにもシュペングラー、マンハイム、オルテガ・イ・ガセット、ウナムーノなどが有名であるし、ニーチェもこの文脈に置くことができるだろう。ポルトガルではとくに、西欧の中心諸国からの遅れの関係でしばしば論議になった。この点については、第十一章で見ることにする。

*44 ECFP VIII, 60.

＊45　ポール・ヴァレリー『精神の危機　他十五篇』（恒川邦夫訳、岩波文庫、二〇一〇年）七頁
＊46　その断章は以下を参照。OPP III, 401-420. ESUA 442-449.
＊47　*Cartas* II, 133.
＊48　ESUA 626-632. 原題は *A Carta da Corcunda para o Serralheiro*。
＊49　ペソアの翻訳に関しては、Maria Rosa Baptista によるまとめがある。Teresa Rita Lopes (dir.), *Pessoa inédito*, Lisboa, Livros Horizonte, 1993, p. 76-80.
＊50　ペソアの蔵書には、ポーの著作が推理ものも含め、三冊あるが、そのうちの一冊はペソアがヴィクトリア女王賞の賞品として受け取った『詩、小説、評論選集』で、その図書票がついており、ボードレールによる「人と作品」が序として付されている。*The choice works of Edgar Allan Poe: poems, stories, essays*; introd. Charles Baudelaire, London, Chatto & Windus, 1902, p. 676.
＊51　H 185-186.
＊52　カザイス・モンテイロ宛て、一九三五年一月十三日付の手紙で、三百五十頁ぐらいになる大部の詩集と推理小説のどちらを最初に出版しようか迷っていると書いている。Cor II, 338.
＊53　*Quaresma, Decifrador: as novelas policiárias*, Lisboa, Assírio & Alvim, 2008.

09.
商業と詩学のあいだで

1——我が街、リスボン

ペソアにとって一九二〇年はオフェリア・ケイロスとの恋愛、母たちの南アフリカからの帰国など、多くの出来事があった年だ。結婚を視野に入れたためなのか、はたまた物理的に近くなった母が定職を持たない長男にかけた無言のプレッシャーのためなのか、ペソアは経済的自立を真剣に模索していた。そしてついに意を決し、商業通信文の翻訳を担当していたポルトガルおよび植民地産業会社を正式に退職。自分の会社の設立に本腰を入れて取り組んだ。[*1] 社名は「オリジポ（Olisipo）」、リスボンの古名である。ギリシャ人あるいはフェニキア人の植民都市を起源とするこの都市は、前三世紀末にローマ帝国の版図に編入されてフェリキタス・ユリア（Felicitas Julia）と名づけられるまでは、オリシポ（Olissipo）あるいはウリュシポ（Ulysippo）と呼ばれ、それがリスボア（Lisboa）の語源とされる。

ペソアには新たな会社のためのアイデアならば有り余るほどあった。だが、いつものことながら、理念と実践のあいだに大きなギャップがある。今回の構想はとてつもなく大きなもので、会社設立の趣旨によれば、国外でポルトガルの文化と商業を振興し、国内では世界の古典文芸を紹介することとされている。[*2] 当時、盛んだった鉱山開発をポルトガルで代行することによって稼ぎ、その資金を使って出版業を行おうというのだ。じっさい、正式な社名は「オリジポ　代行、運営、出版」であった。

ポルトガル文学の国際発信という発想は一九一九年に遡る。当時は「コスモポリス」計画と呼んでいて、八十八項目からなる箇条書きの構想をはじめ、いくつかのメモが残されているが、[*3] 出版の世界的なネットワークの構築など、きわめて先見的で今では普通に実践されているものも少なくない。ここでもペソアはあまりに先を行きすぎていたのかもしれない。低迷するポルトガルの地位を商業と文学の両面から高めるために、第一次世界大戦で疲弊したヨーロッパ大陸と違い戦火を免れ、文化の中心地となったロンドンにもオフィスを構え、国際的な文化事業を展開しようと考えたのである。一九一九年頃の手帖にすでにその構想が現れているが、それは自分自身の生活の改革とも結びついていた。

その観点からの生活の修正。（a）借金をすべて返済し、この新しい基盤に立って生活を明確化する。これを完全に実行するためには五千ドル必要。（b）リスボンの外に家を借り——たとえばカスカイス——一切合切をそこに収納〔略〕。（c）ロンドンでの案件を組織する、ただし、そこで暮らす必要はないだろう。（d）出発前に、すべての原稿を分類し、仕分けする。そうすれば、私の文学の仕事は明確で目的に向かったものとなるだろう。（e）私の実務生活と思索生活を完全に並行した状態で組織すること。そうして、実務生活が思索生活を損なうことが絶対ないようにする。実務は高次の義務に従わねばならない。[*4]

当時の五千ドルと言えば、現在の約七百五十万円に相当する。ペソアは若い頃から伯母たちに繰り返し借金をしていただけでなく、従兄弟や友人にも少額ながら借金があり、それは次第に嵩《かさ》む傾向にあった。彼の手帖には貸借りや支払いのメモが多数あって、そこには家政婦への未払い金なども記されている。[*5]けっして浪費家ではなかったが、服装には気をかけていて、手帖にはコートやスーツの新調の記録も記されている。

ゼロからの再出発を考えるペソアは、壮大な構想を友人や知人に示して出資者を募ってみたものの、実績のないペソアに投資しようとする者はいなかった。[*6]それでも、二人の友人が協力してくれることになった。一人は親友のアウグスト・フェレイラ・ゴメス。[*7]パリでカタログの国際エージェントをした経験を持つビジネスマンであると同時に、オカルト主義者でセバスティアニズモの作家。もうひとりのジェラルド・コエリョ・デ・ジェズスはポルト・デ・モス鉱山の経営者で、シドニオ・パイスの思想を支持する政治団体「国民行動中核」の設立者の一人だ。こうして、役所に届け出を提出したのが一九二〇年十月十一日、だが会社が始動したのは、オフェリアとの恋愛が破綻したあとになる。[*8]

オフィスはバイシャ地区のアスンサォン通り四八番地に置かれた。[*9] 面白いのは、事務所の準備をする際の備品のひとつにソファベッドがあったことだ。前章で紹介したように、ペソアは帰国した母や妹弟たちのために、コエーリョ・ダ・ロシャ街に住居を見つけ、久しぶりの家族生活を送っていた。だが、美味しい夕食を囲む一家団欒のひと時がかけがえのないものであったとしても、執筆のために一人でいることも必要だった。そのために、ペソアは事務所で寝泊まりできるようにソファベッドを買い込んだのだった。帰国後まもなくして、弟たちはロンドンの大学で勉強するために巣立っていき、残ったのはテッカの愛称で呼ばれていた妹のエンリケッタ・マダレーナ[*10]と母マリア・マダレーナだけになったが、執筆に集中するために孤独は不可欠だった。

一九二一年四月、ペソアは具体的な作業に着手する。まず考えていたのは鉱山開発であり、手始めにパートナー探しのために英語圏の会社に手当たり次第に提案書を送りつけた。ロンドンの国立鉱業法人やアフリカン不動産トラストなどに送ったビジネスレターの写しが残っているが、返事はもらえなかったようだ。[*11]

結局、現実に活動をしたのは収益につながらない出版業務だけだった。オリジポのロゴは舟をイメージした洒落たもので、アルマダ・ネグレイロスがデザインした。のみならず、最初に刊行されたのも、この画家兼作家の『明るい日の発明（A Invenção do Dia Claro）』（一九二一）だった。ペソアは三年前に自費出版した二冊の英語詩集（第七章二二八頁参照）を再編集し『英詩I、II』（「アンティノウス」と「インスクリプション」の改訂版）、『英詩III』

（「祝婚歌」）として再版し、英国の新聞や文芸誌に送った。初版時には『タイムズ』の文芸欄[*12]に短評が載ったが、今回は反応はなかった。トレンドとはかけ離れた作品だったことが理由と考えられる。じっさい、前回の書評では、「ペソア氏は、英語能力よりも、そのエリザベス朝時代の英語について見るべきものがある」として、シェイクスピアの影響に留まっていることが揶揄されていた。ペソア自身のポルトガル語の詩作と比べると、英語の詩はモダニズムとも同時代のイギリスやアメリカの文学運動とも関連が薄い。不思議なことに、ペソアがそれらに強い関心を示した様子は見られない。T・S・エリオットはペソアと同じく一八八八年生まれで、その反ロマン主義的で、古典から同時代の文学までを見据えたモダニズム的詩法など共通点もあるが、未来派のマリネッティの場合と違って手紙を送ったりはしなかった。[*13]少し世代が上で奇しくも誕生日が同じW・B・イェイツ（一八六五―一九三九）には関心を寄せていたが、それについてはオカルト主義について検討するときに、見ることにしよう。これ以降もペソアは英語での創作を続けたが、発表は見合わせた。[*14]

一九二〇年前後のポルトガルは急激なインフレが進み、生活苦から多くの労働争議が起こり、地方ではしばしば暴動が起こるなど、政情はきわめて不安定だった。一九一八年十二月のシドニオ・パイスの暗殺以後も、世論は新たな救世主の登場を期待し、それに対して民主党は反体制運動を危惧して共和国護衛隊を強化したため、多くの軍人が政治に介入するようになった。一九一九年一月十九日には王党派が、リスボンとポルトで王政復古を宣言する反乱事件も起きている。一九一九年から二一年までのわずか三年の間に、内閣が十八回も交代していることを見ても、ほとんど統治不能の状態にあったことがわかる。[*15]

異名者のひとりで君主制支持のリカルド・レイスが「ポルトガルの共和国宣言」に反対してブラジルへと自主亡命したのが一九一九年とされていることは故なきことではない。さらに、一九二一年十月十九日には、リスボンで共和国設立の中心人物たちが相次いで暗殺される「流血の夜」事件が起こっている。首相のアントニオ・グランジョも落命し、保守政権は崩壊した。まさに動乱の時代である。ペソアが会社経営によって新たな船出をしようとしたのはこのような嵐の中であった。

不穏の世情をよそに、ペソア自身の詩作はますます盛んになる。とりわけ、後に『メンサージェン』に収録されることになる本人名義の詩はこの時期に集中的に書かれたものだ。発表媒体となったのが、一九二二年五月に画家パシェコが発刊した月刊誌『同時代』だ。同雑誌の準備号は、『オルフェウ』と同じ一九一五年に発行されたものの、計画は頓挫し、ようやく七年後に日の目を見たのだった。

モダニズム第二世代の『プレゼンサ』と第一世代『オルフェウ』のあいだの中継ぎ的存在と見なされることもある『同時代』は、『オルフェウ』のような先鋭さこそなかったものの、図版や挿絵で彩られ、グラフィック的には洗練された芸術誌と言える。[*16]多くの広告も挟まれ、中にはリスボン随一の快適で高級な場所を自称する「モニュメンタル倶楽部」

が二葉の写真入りで掲げられているなど、購読者が上流階級であることが窺える。内容的には折衷的な印象が強い。芸術、文化のみならず、政治、経済、スポーツ、最新技術に関する情報を発信するとともに、さまざまなパーティーを催すなどの全方位外交の趣を呈している。それに呼応するように参加する作家や芸術家も種々雑多である。雑誌は一九二六年まで、全部で十三号が刊行されるが、ペソアは創刊号から定期的に寄稿している。一号の目次を見ると、寄稿者のなかには、『オルフェウ』の関係者も少なくない。サ＝カルネイロの遺稿がパリ詩篇として、アントニオ・ボットの詩と並んでいるほか、ペソアの短篇小説「アナーキストの銀行家」も掲載されている。図版としては、現代画家アントニオ・ソアレスの絵と、「自画像」と題されたアルマダ・ネグレイロスの絵があるほか、ネグレイロスが一九一九年にパリで書いたという「心で覚えるポルトガルの歴史」というフランス語の掌篇も挿絵入りで掲載され、ヴィジュアル性を強めている。

「アナーキストの銀行家」が
掲載された『同時代』1号
所蔵：Seminário Livre de História das Ideias

二号にはペソアの寄稿こそないものの、サ＝カルネイロやネグレイロスの名前があり、

三号にはアントニオ・ボットの詩と、ペソアによるボットに関する評論「アントニオ・ボットとポルトガルの美的理想」が並んでいる。四号には、編集長パシェコ宛てのカンポスの手紙のほか、ペソア本人名義で「ポルトガルの海」の標題のもとに十二篇が発表される。その第一〇篇の詩は夙《つと》に有名なものだ。

ああ　塩からい海よ　おまえの汐《しお》のどれほどが
ポルトガルの泪《なみだ》であることだろう
おまえを航海したがために　どれほどの母たちが涙し
どれほどの子がむなしく天に祈ったことか
どれほどの許嫁が嫁がずにおわったことか
おまえを我らのものにするために　ああ　海よ

そんな価値があったのだろうか
魂が卑小でさえなければ　どんなものにも価値はある
ボジャドール岬を越えようとする者は
苦しみをも乗り越えて行かねばならぬ
神は海に危険と深淵を与えたもうた
だが　その海には　空もまた映える[*17]

この詩は、ペソアが生前に刊行した唯一のポルトガル語の詩集『メンサージェン』に収録されることになるが、本人名義のなかで最も明快で美しい作品として、人口に膾炙《かいしや》している。はったりも外連味《けれんみ》もなく、ただペソアとポルトガルをつなぐポエジーが凝縮されている。この時期、ペソアは淡々と詩作に励んでおり、次々と代表作が発表されていく。十二月に発行された『同時代』六号には、本人名義の「降誕祭」とカンポス名義の「すでに古くなったソネット」が掲載される。

ひとりの神が生まれ　他の神々が死んだ　真理が
到来したのでも　消えたのでもない　「誤謬《ごびゆう》」が変わっただけ
わたしたちはまたひとつの「永遠」を手にした
消え去ったものは　訪れたものより　つねによいのだ

「科学」は盲目で　不毛の地を耕す
「信仰」は狂気で　自分の信ずる夢を生きる
新しい神とはただの言葉にすぎない
探しても　信じてもいけない　すべては隠されている*18

（「降誕祭」）

キリストの誕生を祝い、西洋社会では特別の日であるクリスマスをタイトルに持つこの作品には、ペソアの世界観が端的に表明されている。キリスト教が相対化されるだけではなく、科学を盲信することも戒められている。とはいえ、ペソアは超自然的なもの、超越的なものを否定するのではない。ただ、それに名前をつけることがすでに誤謬であり、これを探してもいけない、と言うのだ。すべては隠されている。これこそ、言葉の最も深い意味でのオカルト（隠されたもの）である（ペソアとオカルト主義の関係は次章で詳しく検討する）。

翌一九二三年一月の七号に発表されたのは、ペソアが生前に発表した唯一のフランス語詩「三つの死せるシャンソン（Trois chansons mortes）」だ。当時、ポルトガルの知識階級はフランス語を自由に読み書きでき、すでに見たように、雑誌にフランス語の作品を発表することも稀ではなかった。ペソアは英語だけでなく、フランス語にも堪能だったが、これ以降、フランス語の詩はいっさい発表していない。その理由と言えるかどうかわからないが、フランス語でも書こうという野心を示す若い詩人に次のようなアドバイスをしている。

内部から所有しているのではない言語、つまり思考の基盤ではない言語では絶対に書くべきではありません――ここで「書く」というのは「文学として書く」ということです。
あなたもご存じのとおり、私もフランス語が少々できますが、よほど強制された状況でもなければ、フランス語で本を書くことはけっしてないでしょう。[19]

だが、ペソアの死後には二百篇近いフランス語の詩（その多くは未完）が発見されたから、それなりの自負を持って詩作していたことはまちがいない。ボードレール、マラルメ、モーリス・ロリナ、ネルヴァルを愛読していたことはすでに述べたが、ペソアのフランス語詩には、それらの遠い木霊《こだま》を聞き取ることができる。[20]

だが、この時期の作品として挙げるべきは、アルヴァロ・デ・カンポス名義で発表された名高い「リスボン再訪（一九二三）[21]」（一九二三年二月発行の『同時代』八号掲載）だ。

いや　何もいらない
何もいらんと言ったじゃないか

結論なんて　くそくらえだ！
死ぬこと以外に結論なんてあるもんか
美学なんてまっぴらだ！
道徳なんて　口にしないでくれ！
形而上学なんてひっこめろ

完全体系の自慢なんてごめんだ　知（知　なんてこった　知だって！）による
征服のパレードなど見たくもない——
知　芸術　近代文明による征服なんて！

そんな神々に　おれが何か悪いことをしたというのか

真理なら　自分のためにとっておくがいい

おれは技術者だ　だがおれの技術は技術のなかだけにある
それを別にすれば　おれは気狂いだ　だからどうした
おれの問題だ　もんくがあるか

おねがいだから　ほっといてくれ

おれが人並みに結婚し　生活に追われ　仕事して　税金を払うようになれば満足なの
か
いまの反対に　何かであることの反対になってほしいのか
もしおれがいまのおれと違っていたら　皆さんの言うとおりにもしただろう

しかし　おれはこうなんだから　がまんしてほしい！
どっかへ失せちまってくれ！
それともおれのほうが失せようか！
どうしてみんなと一緒に行かなきゃならないんだ

腕に触るなって！
腕を組まれるのは嫌いなんだ　ひとりでいたいんだ
ひとりきりだと言っただろう！
一緒にいてほしいなんて迷惑千万だ

ああ　青い空——子どものころとおんなじだ——
空虚で完璧な永遠の真理だ
ああ　父祖の時代から無言で流れるテージョ河よ
空を映し出す小さな真理だ
ああ　再び訪れたこの苦悩　昔と変わらぬ現在《いま》のリスボンよ
何も与えず　奪いもしない　おまえはおれの感じる虚無そのものだ

ほっておいてくれ　もうすぐ行くから　ぐずぐずしない性質《たち》だから
深淵と沈黙が訪れるまで　おれはひとりでいたいのだ[*22]

あの英国風の沈着冷静なペソアが書いたとはとうてい思えない、このほとんどロックしている詩、そして、そこにかすかに漂うエレジーが、第一の（未来派、前衛的な）カンポスから、第二の（憂愁に満ち、ほとんど形而上学的な）カンポスへの移行を示している。これまでいくつか見てきたカンポスの詩はどれも強烈な攻撃性に満ちた詩であったし、この「リスボン再訪（一九二三）」にもそれは共通する。だが、同時にこの詩には今まで見られなかったメランコリー、黒い思想、けっして晴れることのない嫌悪感が見られる。じっさい、この頃を境にペソアの作品は暗さを増していく。人生に対する諦念というか、変えることのできないペシミズムが主要な調性となるのだ。それはソアレスの『不穏の書』に顕著だった。ここでペシミズムとアイロニーが絶妙なバランスを保っている作品を紹介しよう。『同時代』一号に掲載された短篇小説「アナーキストの銀行家」だ。

ペソアはしばしば対義語法《オクシモロン》を用いたが（第六章一七一頁参照）、「アナーキストの銀行家」というタイトルもそのひとつだ。相当の自信作だったようで、他の作品に先駆けての単行本化や英語版の刊行も構想していた。[*23]エドゥアルド・ジェアダ[*24]監督による短篇映画（一九八三）があるほか、二〇一八年にイタリア人のジュリオ・バーゼ監督によっても映画化され、ヴェネチア映画祭に出品されていることからもその完成度の高さがうかがえる。ダイアローグの格好はとっているが、銀行家の独演会、モノローグであって、「私」のほうは相槌をうち、質問をして、先を促す程度の役回りしか与えられていない。ミニシアターにもってこいの語りで、しばしば舞台化されている傑作だ。

いまから百年近くも前に発表されたこのテクストの何がそんなにも人びとを魅了するのか。それはまさに、語りの妙にある。「かつて君は無政府主義者《アナーキスト》だったそうじゃないか」と語りかける「私」に、大金持ちの銀行家は「だった、じゃない。かつてもそうだし、今もそうだ。この点、僕はかわらない。現に僕は、アナーキストだ」とにこりともせず答える。その後、六十頁にわたり、いかにしてアナーキストかつ銀行家であることが可能なのかが、葉巻とコニャックを前にして、滔々《とうとう》と語られる。それは哲学的であると同時に、政治学的、経済学的である大演説にして、孤独な打ち明け話でもある。高級スーツに身を包んだ老紳士が、貧しい家庭に生まれながらも、いかにしてアナーキストかつ銀行家になったのかを語る。こうして、ペソアが最も得意にしたアイロニーの世界が読む者の眼前に展開する。話はあちらこちらに飛びながら、それでも終始一貫、透徹した論理で進む。人間は自由であるべきだ。専制は絶対に避けなければならない。では、どうすれば各人が独立して自由でありうるか、つまりアナーキストでありうるか。そのためには、各自が自由でなければならないが、それには経済的自立が不可欠だ。だからこそ、自分は銀行家として金儲けに精を出すのだし、そのことによって、孤独なアナーキストたり得るのだ、と。彼の言うところは理路整然としている。

さて、ここでひとつはっきりしているのは、だ……現在の社会体制では、人間集団の、そのひとりひとりがどんなによい目的をもち、ひとりひとりがひたすら社会的虚構とたたかい、自由のためにはたらくことに専念しても、ともにはたらくことは不可能だということだ。そんなことをすれば、自分たちにおのずから専制政治をうみだし、社会的虚構による専制政治のうえに新たな専制政治をうみだし、論理上の目的を実践で破壊し、自分がめざす目的それ自体を意図せずさまたげてしまう。ならばどうすればいい？　話は簡単……みんなでおなじ目的にむかってはたらくのさ、ただし、ばらばらに、ね。[*25]

この思弁的で、詭弁《きべん》的で、皮肉と諧謔《かいぎゃく》に富んだ話をベタに聞くのか、楽観的に読むのか、悲観的に読むのか。当時のポルトガルが経済的にも政治的にもきわめて不安定な社会であったことはすでに述べた通りだが、それでも「アナーキストの銀行家」の主題は過去のものではなく、いまのぼくらが直面している生存《サバイバル》の問題にほかならない。リアルポリティクスと言ってもよい。だが、それは本音と建前のような浅はかな二元論とは違う。

ペソアの短篇はどれも、このようなアイロニーを主題とした変奏と言える。若書きの「独創的な夕食」は、英語で書かれたこともあって、いっそうブラックな味が効いている。とはいえ、彼の短篇集にストーリーを求めるひとは、予想していたのとは勝手がちがってがっかりさせられるかもしれない。じっさい、ペソアの作品はいわばペテン話なのだ。[*26] 小説というよりも、ヴォルテールの『カンディード』のような哲学的コントと言うべきかもしれない。スタイルも長さもまちまちな彼のテクストは、人間の心の襞の深さを知り尽くした詩人がふとついた溜め息のような、軽いお話なのだ。

実生活のほうでは、一九二三年七月二十一日に、妹テッカがフランシスコ・カエタノ・ディアス大尉[*27]（愛称はシコ）と結婚した。二人はリスボンでも最も高台にあるベンフィカ地区に新居を構え、南アフリカで脳卒中の発作に襲われ、特別な治療を必要としていた母、体力の衰えていた伯父のエンリケ・ローザも、新婚夫婦とともに暮らすことになった。妹夫婦との交流はその後も絶えることはなく、彼らは生涯ペソアのよき理解者であり続けた。後に彼らが地方に移り住んだあとも、ペソアは彼らのもとを何度も訪れて滞在している。いずれにせよ、またもやペソアは一人暮らしに、つまり創作三昧の生活に戻ったわけだ。

2——女神アテナの庇護のもとに

『オルフェウ』の廃刊以来、自分の雑誌を持ちたいと考えていたペソアだが、一九二四年十月、ようやく念願が叶い、芸術総合月刊誌『アテナ』を創刊する。図版も豊富に収められているから、かなりの費用がかかったはずだが、財政面は共同責任者の画家ルイ・ヴァス（Ruy Vaz 一八九一―一九五五）が負担したようだ。美術欄を担当するヴァスから口出しされることなく、文芸部門を一任されたペソアは満を持して創刊号を準備した。

雑誌の基調は古代ギリシャを範とする古典的な芸術。これまでも見てきたように、ペソアは一方できわめて前衛的な芸術運動に身を投じるとともに、ギリシャ語こそ学ばなかったものの、少年時代からギリシャ世界への強い関心を持ち続けた。『オルフェウ』と同様、『アテナ』というタイトルの選択もこの志向と無縁ではないだろう。[*28] じっさい、「創刊の辞」で、西洋現代文明にも受け継がれる古代ギリシャの影響力を強調しながら、雑誌名に女神アテナの名を冠した理由を次のように説明している。

> アテナはいわば芸術と科学を統一するものであり、それを完璧性のうちに行う。ポエジーはこの女神の影響のもとに生まれたのであるが、ポエジーとは詩のみならず、あらゆる芸術に霊感を吹き込むものを意味する。アポロンが主観的なものと客観的なものの均衡を体現しているのに対して、アテナは、情動と悟性の特殊性と、理性の普遍性と

『アテナ』1号
所蔵：Seminário Livre de História das Ideias

の調和なのだ。[*29]ペソアは、感覚の重要性を強調しつつも、感覚だけでは創造に至らないと述べ、創作の核心を次のように提示する。

芸術が生まれるためには、個人に属していなければならない。死なないためには、おのれ自身にとってよそよそしくなければならない。〔略〕生まれながらの芸術家にとって感受性は主観的かつ個人的《パーソナル》でありながら、同時に客観的で没個性的《インパーソナル》でなければならない。[*30]

ここで表明された美学は、ロマン主義的な自己陶酔から距離を置くペソアにおいて、なぜ異名者たちが要請されたのか、その背景をはしなくも表しているように思える。経験にのみ根ざした主観性は問題外だ。だからといって、誰のものでもない非人格的な世界とも違う。あくまでも一つの人格を備えた誰か、ただし虚構的な誰かが語る作品。それこそがペソアが、アルベルト・カエイロ、リカルド・レイス、アルヴァロ・デ・カンポスといった異名者たちの共演＝競演を通して産み出そうとしたものだったのであり、『アテナ』はその文字通りの舞台となる。

創刊からほどない十一月三日付『リスボン日報』の一面に掲載されたインタビューも興味深い。ペソアは、純粋に芸術に関する雑誌を作りたかった、と述べたうえで、想定する読者層を三つに分けて説明している。第一は、見ることに関心がある圧倒的多数、第二は読むこと知ることに関心がある少数派、第三は、理解したいというごく僅かな人びと。図版を多用しながらも、それが単なる挿絵とは違う仕方で用いられているのは、三者三様に楽しんでもらうためなのだ。彼らに向けて、流派にこだわらない仕方で、そして、なによりも新しい芸術を提示したい。このように抱負を語ったうえで、重要なのは同質性を避けることであり、芸術が多様であることを示すと同時にある程度まとまった分量を提示することで、ひとりの芸術家の全体像も示す、また、質の同じ作品であれば、世間に知られた作品よりも未知の作品を優先する、とも述べている。

以上の主張は、この雑誌のラインナップを考えるうえで参考になる。一号の場合、ペソア自身の筆になる「創刊の辞」に続いて、義理の伯父エンリケ・ローザの「八つのソネット」、アルマダ・ネグレイロスの「ピエロとアルルカン」、「オード集 Ⅰ」と題したリカルド・レイスのオード二十篇、アントニオ・ボット「返送された手紙」、ポーの「大鴉」のペソア訳など、いわばペソア組とでも呼ぶべき面々によって誌面が構成されている。その後の号も、半分が彼自身の作品や翻訳によって占められることになる。一方、雑誌の後半は多くの写真図版を含んでいるが、これについてもペソアは先のインタビューで、古典的、ロマン主義、同時代の作品を意図的に選んだ、と述べている。実際、一号には、ポルトガル新世代の若き画家リノ・アントニオ[*31]の複製が、ティエポロのデッサン、ロマン派の画家メネーゼス子爵[*32]の油彩とともに紹介されている。

だが、ここで何よりも注目したい点は、リカルド・レイスとアルベルト・カエイロの作品がこの雑誌によって初めて世に出たことだ。カンポスこそ様々な媒体で活躍していたもののの、あとの二人の異名者はかなり前から作品を書きためてきたにもかかわらず活字化されておらず、『アテナ』によってデビューしたのだった。[*33]
ここであらためて、レイスの短い詩を全文引用してみよう。

ぼくはアドニスの庭の薔薇が好きだ
リューディアよ　あの「素速い《ヴォリュクレス》」と呼ばれる薔薇が
それは生まれたその日のうちに
死んでしまうから
あの薔薇にとって光は永遠だ
陽が昇ってから生まれ
アポロンがその定められた道のりを
踏破する前に生涯を閉じるから
あの薔薇にならって　たった一日の命を生きよう
リューディアよ　ぼくらの短い人生の
前と後には夜があることを
みずからすすんで忘れて[*34]

レイスの一連のオードは、リューディア、クローエといった古代女性への呼びかけを含み、薔薇を主題とした古典的な趣の詩であり、ペソアの作品のなかでも古代への共感が溢れているから『アテナ』の趣旨にぴったり合致している。草稿に記された日付によれば、創作は一九一四年六月四日。詩人は長らくこの詩を筐底に眠らせたままにしていたわけだ。カエイロやカンポスという強烈な個性と比べると、影が薄い印象があるレイスだが、先に引用したインタビューでも、ペソアはリカルド・レイスの重要性を強調している。じっさい、残された作品の量から言っても、レイスはカエイロと遜色のないものであり、名実ともに異名者空間の一角をなしているし、作品はこの後もコンスタントに発表されていく。もう一つ晩年のかなり達観した詩を全文引用しよう。

おまえはひとり　誰も知らぬ　黙って　ふりをしろ
だが　ふりをしていることを意識せずに
おまえのうちにすでにあるもののほか何ひとつ望むな
だれでも自分といると　悲しくなる
天気が良ければ日が射すし　枝を望めば　枝があろう
運がよければ　運がむいてくる[*35]

レイスの世界は、ペソアが夢想する理想のギリシャ・ローマ的な異教の世界で、いわば運命を甘んじて受け入れ、持てるものに満足する賢者のようなあり方と言えるだろう。

一九二四年十一月に出た『アテナ』二号は、一六年にパリで自殺した畏友サ゠カルネイロを追想する二頁によって始められる。エピグラフとして、ローマの詩人カトゥルスの言葉「Atque in perpetuum, frater, ave atque vale！（永遠に、兄弟よ、さらば）」が置かれたテクストの書き出しは、「彼は若くして死んだ。神に愛されし者は夭折する、これは古代の言葉だ」。ペソアは、ここで生き残った者として、夭折した親友と、その作品を忘却から救うために、彼の作品を概観し、特徴を素描した後、「マリオ・デ・サ゠カルネイロの最後の詩」と題して六篇の遺稿を掲載する。[*36] この顕彰の作業は、その後も『プレゼンサ』誌に「書誌目録」を執筆するなどして続けられることになる。

二号もラウル・レアルやフェレイラ・ゴメスといった友人を除けば、ペソアの独壇場といっていいだろう。詩こそないものの、カンポスの論考「形而上学とは何か?」、ウォルター・ペイターの「ジョコンダ」の翻訳、ウィリアム・ロジャー・ペイトンの『ギリシャ詩文集』から八つの断章の翻訳（無署名）、すべて彼の手になるからだ。

十二月に刊行された三号も同様だ。ペソア本人名義の二篇（『メンサージェン』に収載されるもの）、「「抒情詩集（Cancioneiro）」より」として十二篇の詩（うち、四篇は既発表）。続いて、ペソアの翻訳によるオー・ヘンリーの短篇二作、ルイス・デ・モンタルヴォル、マリオ・サア、エンリケ・ローザの詩、そしてカンポス名義の論考「非アリストテレス的美学のための素描（1）」、という陣容だ。「抒情詩集」から一篇を見てみよう。

かろやかに　すばやく　なめらかに
鳥の歌が
空へと昇り
一日がはじまる
耳を澄ます　すると　どこかにいってしまった……
たぶん　ぼくが耳を澄ましたので
鳴きやんだのだ

けっして　けっして　何ものにも
曙光が射しませんように
日の光が輝き　丘を黄金色に染めませんように
ぼくがそれを楽しむまで
無よりも　死よりも長く　鳥の声がつづいたことが
ぼくには
嬉しかった[*37]

二五年一月の四号には、「拾遺詩集」と題して、カエイロの『群れの番人』から二十三篇[*38]、ポーの詩の翻訳「アナベル・リー」と「ユラリウム」、カンポスの批評「非アリストテレス的美学のための素描（2）」の他に、マリオ・サアの「アルヴァロ・デ・カンポスへ、あるいは「非アリストテレス的美学のための素描」についての素描」が掲載されている。サアは、「ペソアと並んで聡明なカンポス」にあえて反論すると述べ、異論を呈しているのだが、仲間内のやりとりの印象が強い。

ここであらためてカエイロの詩風を見直すために、彼の哲学を端的に反映している『群れの番人』第二を引用しよう。

わたしの眼差しは向日葵《ひまわり》のように透徹して輝く
道を歩くとき　わたしには
右を見たり　左を見たりするくせがある
ときどき　後ろを眺めたりもする……
一瞬ごとに　見えるものは
これまで一度も見たことがないもの
ほんとうにそう実感するのだ……
わたしは真の驚きを感じる
それは子どもが生まれる瞬間に感じる驚きだ

もし自分の生まれたことがわかるとしたなら……
わたしは毎瞬　生まれるのを感じる
世界の永遠の新しさに向かって……

わたしはキンセンカを信じるように　世界を信じる
それが見えるから　しかし世界について考えはしない
考えることは理解しないことだから……
世界は考えられるようにはできていない
（考えることは　目の病いだ）
ただそれを眺め　一体であればよい

わたしに哲学はない　あるのは感覚……
自然について語るとしても　知っているからではなく
自然を愛するから　こんなふうに愛しているからだ
愛する者が知っていたためしはない　愛しているもののことを
なぜ愛するのかも　愛が何なのかも……

愛とは永遠の無垢　つまり知らないでいること

唯一の無垢　それは考えないこと……[*39]

カエイロは近代的な知性に背を向けて、あるがままの世界と向き合う。それを詩にすること自体にも、じつはほとんど関心がない野生人なのだ。

二月発行の五号はペソアによるオー・ヘンリーの短篇「ジョージアの決断」の翻訳に続いて、フランシスコ・コスタのソネット（八篇）、アントニオ・アルヴェス・マルティンスの詩（「私の本能」）、アルベルト・ウトラの詩のあとに、アルベルト・カエイロ詩選として「寄せ集めの詩より」と記されて十六篇が収録されている。すでに亡くなったことになっているカエイロの詩の次のようなくだりは預言的な響きを持つだけでなく、ペソア本人の願いのようにも見える。

わたしが夭折し
一冊の本を残すこともなく
活字になった自分の詩を見ることもなく
そのために　人びとに哀れまれたとしたら
哀しむには及ばない　とわたしは言うだろう
それはそれで　いっこうにかまわない

わたしの詩が一度も印刷されなくても
詩が美しければ　その美しさにかわりはない
しかし　美しいのに　印刷されないということはない
植物の根は大地の下に隠れていても
花は地上で　人目にさらされて咲くから
どうあっても　そうなのだ　そうでないことはできない[*40]

五号までの『アテナ』誌からペソア作品だけを取り出して並べてみると、この雑誌は詩人が以前から構想していた「異名者叢書」の雛型のようにも見える。一号は、リカルド・レイスの「オード集　I」だが、これまでどこにも登場したことがないこの詩人に関する伝記的情報はなぜか皆無である。二号が、ペソアとカンポスの散文であるのに対し、三号はペソア本人名義の詩の中核をなす「抒情詩集」からの抜粋とカンポスの散文。そして、四号と五号でカエイロの詩がお披露目される。ただこちらも素っ気なく「アルベルト・カエイロ（一八八九―一九一五）」「群れの番人（一九一一―一九一二）」と生没年と制作年が記されているだけで、なんの解説もない。そこにペソアの韜晦癖を見るべきか、それとも周到な演出を見て取るべきか、意見の分かれるところであろう。というのも、四号掲載のカンポスの「非アリストテレス的美学のための素描（2）」は次のくだりで閉じられているからだ。「これまで真に非アリストテレス的な芸術は三つしか存在しなかった。第一は、ウォルト・ホイットマンの見事な詩、第二は我が師カエイロの卓越した詩、三つ目は、私が『オルフェウ』に発表した二つのオード「勝利のオード」と「海のオード」である」[*41]。つまり、側面的にカエイロの重要性が強調されているのである。

『アテナ』では、ペソアは複数詩人としてだけでなく、再び批評家としても（カンポス名義ではあるが）筆を揮《ふる》っている。こうして、『アテナ』誌上において三人の異名者と実名者ペソアの揃い踏みが初めて実現したわけだが、あたかもその使命を果たしたかのように雑誌は五号で終刊してしまう。

この突然の終刊には私生活における事情も関係していた。雑誌創刊から間もない一九二五年二月八日、義理の伯父でペソアのよき理解者であったエンリケ・ローザが、同居していた妹夫婦の家で七十四歳で死去したことは、ペソアにとって大きな痛手であった。彼は、二十歳前のペソアがリスボンに単身帰国して孤独だったときに、文学者たちのサークルに紹介してくれただけでなく、その後もよき相談相手だったからだ。一号にエンリケ・ローザの詩を掲載したのは感謝の気持ちもあったのかもしれない。この掲載は、母や親戚たちにも喜ばれた。

だが、ペソア家では死神が訪れる時には、しばしば複数の人を連れ去っていく。さらに大きな喪失がペソアを襲う。一九二五年三月十七日、ペソアの母マリア・マダレーナが十年にも及ぶ闘病生活の末に六十三歳で亡くなってしまったのだ。最愛の母を失い、ペソアは悲嘆にくれる。悲嘆にくれるなどという生やさしい状態ではない。精神的なダメージは筆舌に尽くすことができないほどで、せっかく好調に展開していた『アテナ』の継続を断念しただけでなく、その後、長い抑鬱状態に入ってしまう。
四月十一日付の連作ソネットにはその精神状態が反映している。

ぼくのまわりに忘れ去られた死者たちが　戻ってくる
みんなして　ぼくは　夢のなかで彼らに会った
愛していたなら　どうして忘れることができたのだろうか
忘れられていたなら　どうして愛されていたのだろうか

疾走する生よ　おまえは彼らを逝かせてしまった
なんという冷たい思い出が　彼らを呼び寄せたことか
ぼくは失ったあらゆるものに涙することを諦める
ぼくは彼らのことを思い出す　感覚の影の彼方に[*42]

八月三十一日の友人宛ての手紙[*43]で、軽い神経衰弱の発作があったために精神科病院で治療したいので、本人の申告で入院をするための手続きを教えてほしい、と書いているから、本人も自覚しており、なんとかそこから抜け出したいと考えていたのであろう。追い討ちをかけるように、九月には妹テッカ（エンリケッタ）の娘マリア・レオノールがわずか一歳二ヶ月で死去。立て続けに死神に襲われたベンフィカの家を逃れるようにして、テッカとその夫カエタノ・ディアスはペソアの住むコエーリョ・ダ・ロシャの住居に移り住んだ。それには精神を病んでいたペソアを支える目的もあったのだろうが、彼ら自身も支えを必要としていたにちがいない。二人の異父弟はすでに英国で暮らしていてほとんど交際がなく、妹夫妻はペソアにとって唯一の親しい身内だった。その年の十一月十六日に誕生した姪のマヌエラ（愛称はミミ）をペソアはとりわけ愛したようで、二七年末に彼らがエヴォラへと転居してからも、ペソアは重い腰をあげて、何度か彼らを訪ねている。

一九二六年一月に、ペソアとカエタノ・ディアスが、共同編集で『商業と経理誌』を創刊したのも、彼らの絆の強さを示す挿話だと言える。実務的なことに皆目弱いペソアではあったが、その一方で、南アフリカで二年間夜は商業学校に通っていたこともあり、ビジネスの理論に長けていただけでなく、度重なる失敗にもかかわらず、関心が消えることはなかったのだ。この雑誌にペソアは、理論的な文章を六本、商業の実践に関する論考を四本発表したほか、商売に役立つ格律なども掲載した。

たとえば「商業の本質」は市場や消費者動向について分析した論考で、インドにおける英国企業とドイツ企業のエッグスタンド販売競争の例をユーモアに溢れた筆致で活写しており、これまでのペソアとは異なる文体が見られる。*44 また、商業通信文を書くときの注意などは、長年翻訳者として携わっていた者ならではの適切な助言となっている。この雑誌は順調に六月まで毎月発行され、ペソアは毎回の掲載記事の半分を担当する健筆ぶりだ。

このようにペソアは、私生活では悲しい出来事に見舞われ、実践では惨敗に惨敗を重ねながらも、商業への興味を失わず奇妙な関係を持ち続けた。ペソアとビジネスに関する逆説的なエピソードを紹介しておこう。時は一九二七年、世界市場へと乗り出しつつあったコカ・コーラ社はポルトガルに進出する計画を進めていた。その輸入代行会社モイティーニョ・デ・アルメイダはたまたまペソアが関係していた会社であり、宣伝文を作成するに際して社長カルロスは、詩人としての才能を見込んでペソアに白羽の矢を立てた。それに応じて詩人が編み出したキャッチコピーは、「アメリカ流のリフレッシュ　コカ・コーラ最初はギクッとする、次にグッと取り憑かれる (Primeiro dia, estranha-se, depois, entranha-se)」というものだった。

扇情的な情景を想像させる斬新なコピーに社長は欣喜雀躍、販売開始から売れ行きも好調だった。この成功によりペソアにもそれなりの報酬が転がり込むことが期待されたが、好事魔多し。この宣伝文句、あまりにはまりすぎていたためか、思わぬ結果を生んでしまう。この「取り憑かれる」が、悪魔つきを思い起こさせたため、当局の検閲にひっかかり、依存性のある麻薬だと考えた（あるいはそれを口実に）政府は輸入を禁止、商品は押収され、テージョ川に廃棄されてしまったのだ。このエピソードには、その後ほぼ五十年間、サラザール独裁政権下でコカ・コーラがポルトガルに入ることがなかったというおまけがつく。[*45]

この嘘のような実話は、二〇一八年に、ペソアの大ファンとして知られるウジェーヌ・グリーン監督によって『いかにしてフェルナンド・ペソーアはポルトガルを救ったか』という短篇映画でコミカルに描かれた。[*46] ペソアとカンポスを一人二役で演じたカルロト・コッタの演技が光る秀作だ。

だが、ペソアの現実生活は、コメディからはほど遠いものだった。カンポスの二作目の「リスボン再訪（一九二六）」[*47] を読めば、詩人の狂気の進行具合が読み取れるだろう。

おれを縛りつけるものなど何もない
一度に五十のものが欲しい
飢えて肉を求めるかのように無性に欲しいのだ
それが何なのかはわからないのに
不定であるから定めることがけっしてできない……
寝ることもできず　半ば夢うつつ
不眠の人間の夢見悪さのなかで生きている

生まれ故郷リスボンに戻ってからすでに二十年がたち、街にも人にも馴染み、余人と同じような日常生活を過ごしていたかに見えたペソアだが、それでも見慣れた光景がとつぜん別の相貌を備えて立ち上がることを、ペソア＝カンポスは目のあたりにし、帰郷時の違和感が間歇《かんけつ》的に湧き上がるときがあったのだろう。

もう一度おまえをじっと見る
恐ろしいまでに何もかも消え去った幼年時代の街……
悲喜こもごもの街　もう一度ここでおれは夢を見る……
おれなのか　ほんとうに　かつてここで生き　ここに帰ってきたのと同じおれなのか
再び帰ってきた　そしてまたもや
再び帰ってきたのは
それとも　ここにいた一人　あるいは複数の〈おれ〉であって
その誰もが記憶の糸で繋がった存在者の連なりで
おれでない誰かが　おれについて見た夢の連なりではなかったか

街が見知らぬものとして立ち現れるのに呼応するように、それを見る詩人も自分のことをよそ者、永遠の異邦人と感じざるを得ず、記憶喪失者のように、よく知っていながら、よそよそしい風景の旅人と化す。

またもや　おまえを見る――リスボンとテージョ川　そしてすべてを
おれは無用な存在として　おまえのうちを　そしておれ自身のうちを過ぎていく

異邦人として　ここでもまた　他のいたるところと同じように
魂のなかでも　人生のなかでも　ただ通り過ぎるだけ
思い出の詰まった部屋のなかを彷徨う亡霊

「リスボン再訪（一九二三）」と同様、自分と近しいはずの世界との違和感が激しく詠われている。「再訪」と言っても、ペソアは一九〇五年以来、この街からほとんど出たことはなかった。そうだとすれば、自分が生まれ、そして愛するこの街にいながら、彼は日々、そこに彼方から帰還するかのように、この後も、リスボンの街を彷徨することになる。日々、新たな目で、その街を見ながら。バイシャを、バイロ・アルトを、路面電車を、そして、テージョ川を。

そう、ペソアにとってはいつも、ここではない、「彼方」こそが問題なのだった。次章では、ペソアにおける形而上学的問いを見ることにしよう。

＊1　ペソアと実業の関係を包括的に研究したのはアントニオ・メガ・フェレイラで、以下の記述は彼の研究に多くを負っている。António Mega Ferreira, *Fazer pela vida, op. cit.* なお、フェレイラは従来の伝記の記述の多くに疑義を呈しているが、ここではその詳細な検証には立ち入らない。

＊2　一九一九年六月十五日から一九二一年二月の日付のある「手帖一四四G（BNP/E3 144G）」はこの計画に関するメモが主となっている。https://purl.pt/13883　一九一九年には、そのほかにツナやサーディンなど水産加工物の缶詰の輸出業代行を真剣に考えてもいた。それでいて、知り合いだっ

たコインブラ大学の学長から英語教師のポストを提案されたときは、家族が強く勧めたにもかかわらず、自分は大学中退だからと言って断っているのがペソアらしい。cf. Richard Zenith, *Pessoa, A Biography*, *op. cit.*, p. 581.

＊3 Ferreira, *op. cit.*, p. 217-222. ただし、フェレイラはコスモポリスとオリジポを直結する考えには疑義を呈している。

＊4 EA 180; BNP/E3 144G, 19. https://purl.pt/13883/1/P45.html

＊5 cf. Jerónimo Pizarro, Antonio Cardiello e Patricio Ferrari, *Os Objectos de Fernando Pessoa*, Alfragide, Dom Quixote, 2013, p. 199.

＊6 手帖には『オルフェウ』の同人や画家、家族親戚など六十名ほどの名前が並んでいる。

＊7 Augusto Ferreira Gomes（一八九二―一九五三）

＊8 Ferreira, *op. cit.*, p. 68-69.

＊9 同じ通りの四二番地には、ペソアがオフェリアと出会ったフェリクス・ヴァラダス&フレイタス社があった。土地勘のある通りを選んだのだろう。若くして自分の会社を立ち上げた従弟マリオ・フレイタスはペソアに少なからず影響を与えたようだ。

＊10 Henriqueta Madalena Nogueira Rosa（一八九六―一九九二）。後に見るように、ペソアはこの異父妹と気が合い、その子どもたちのことも愛した。妹によるペソアの回想として一九八五年にインタビューに答えたものがある。OPP III, 1307-1317.

＊11 Cor II, 367-381.

＊12 *Times Literary Supplement*. cf. *Fotobiografias* 128.

＊13 エリオットとの関係については以下のような研究がある。Ricardo Daunt, *T. S. Eliot e Fernando Pessoa: Diálogos de New Haven*, São Paulo, Landy, 2004. Maria de Lurdes Sampaio, «Ezra Pound and Fernando Pessoa with T. S. Eliot in-between», in Steffen Dix & Jerónimo Pizarro (eds.), *Portuguese Modernisms: Multiple Perspectives in Literature and the Visual Arts*, *op. cit.*

＊14 ペソアが残している出版リストは長大で、誇大妄想的な計画癖は明らかだ。英語詩に関しては、*English Poems, III & IV, V*のほか、*English Sonnets, Book I, Book II*などがあり、本人名義やカンポス名義の

ポルトガル語詩集、また、シェイクスピアなどの翻訳、五十冊ほどが記されている。また、俳句のアンソロジーが挙げられていることも興味深い。*Obra em Prosa de Fernando Pessoa, Páginas de Pensamento político II 1925-1935*, introduções, organização e notas de António Quadros, Mem Martins, Europa-América, 1986, p. 195-197.

＊15　金七紀男『ポルトガル史【増補版】』前掲書、二〇六頁

＊16　一九二三年八月四日、ペソアは数年ぶりに『オルフェウ』の同人だったコルテス＝ロドリゲスに手紙を書いて、往時を懐かしんでいる。「『同時代』を見たかい。この雑誌はいわば『オルフェウ』を継承するものだ。だが、なんという違いだろう！　なんという違いだろう！　あの過去を思い起こすものが散見されるが、残りは、全体的には……」Cor II, 16.

＊17　OC V, 72.『詩集』二六―二七頁

＊18　OC I, 218.『詩集』一五頁

＊19　ルイス・ペドロ・モイティーニョ・デ・アルメイダ宛て、一九三一年十一月九日付書簡。Cor II, 244.

＊20　ペソアのフランス語詩は以下の本にまとめられている。Fernando Pessoa, *Poèmes français*, Paris, La Différence, 2014.

＊21　OC II, 247-248. ポルトガル語で書かれた詩にLisbon revisited (1923)と英語のタイトルが付けられたところに、名状し難いギャップが感じられる。

＊22　OC II, 247-248.『詩集』七〇―七一頁

＊23　一九三五年一月十三日付カザイス・モンテイロ宛て書簡。Cor II, 339.

＊24　Eduardo Geada（一九四五―）。一九八〇年代に『ぽるとがるぶみ』（尼僧マリアンナ・アルコフォラード著）をはじめとする自国文学の名作をテレビ番組として制作して評価される。アルマダ・ネグレイロスのテクストからも短篇を制作している。

＊25　フェルナンド・ペソア『アナーキストの銀行家』（近藤紀子訳、前掲書）一三〇頁。OPP II, 395.

＊26　一九二六年にペソアが発表した「ポルトガル偉人、あるいは司祭《ヴィガリオ》の小話《コント》の起源（Um grande Português ou A origem do conto do Vigário）」という小品がある。conto do Vigário は直訳すれば「司祭

の小話」だが、ペテンを意味する。ヴィガリオという男が同業者をいっぱい食わせる小気味の良いショートストーリー。OPP II, 407-409.『アナーキストの銀行家』前掲書、六三―六七頁
＊27　Francisco Caetano Dias（一八九七―一九六九）。軍人といっても、主計将校で内地勤務、後に大佐にまで昇進する。
＊28　Athenaは一九一九年から二〇年頃にコスモポリスなる壮大な計画を立てていたときの教育部門の名称でもあった。cf. Caderno 144G, 13r, 13v.
＊29　OPP II, 1210.
＊30　OPP II, 1211.
＊31　Lino António da Conceição（一八九八―一九七四）。その年、国立美術協会の展覧会に出品して売り出し中の新人だった。
＊32　Luís de Miranda Pereira de Meneses（一八二〇―七八）。少年期から絵の才能を発揮し、イタリアやヨーロッパ各地を旅行した後、イギリスでラファエル前派の影響を受けた。上流階級の肖像画を多く残している。
＊33　カエイロの作品は、『オルフェウ』三号への掲載も考えられていたが、すでに述べたように、三号は日の目を見ることはなかった。
＊34　OC IV, 34.『詩集』六一頁
＊35　OC IV, 152.『詩集』五八頁
＊36　ペソアは、サ＝カルネイロの死後、彼が滞在していたパリのホテル・ニースに手紙を書き送り、友人の遺稿の入った鞄を早急に渡してほしいと依頼している。Cor I, 266.
＊37　OC I, 97.『詩集』一八―一九頁
＊38　一から四九までの番号が打たれているものの、途中飛んでいる箇所がある。
＊39　OC III, 22.『詩集』三五―三六頁
＊40　OC II, 86.『詩集』五〇頁
＊41　OPP II, 1096.
＊42　ECFP I, tomo III, 81.

＊43　Cor II, 87-88.
＊44　OPP III, 1184-1189.
＊45　ペソアはその他にもBerryloid社の塗料のために物語仕立ての広告を手がけている。
＊46　『いかにしてフェルナンド・ペソーアはポルトガルを救ったか（Como Fernando Pessoa Salvou Portugal / How Fernando Pessoa Saved Portugal）』ウジェーヌ・グリーン監督、二〇一八年、ポルトガル・フランス・ベルギー合作、二十七分。シナリオは以下の書に収録されている。Eugène Green, *L'ami du chevalier de Pas, Portrait subjectif de Fernando Pessoa*, Paris, Diabase, 2015.
＊47　OC II, 249-251.

10. オカルティズム

1――秘教

詩人としての複数性の問題を追うだけでも容易ではないが、ペソアには秘教《エソテリシズム》の思想家という側面もある。いや、詩人であるよりも前に、秘教的思想家だと考える研究者までいるから、この知られざる顔について少し見ることにしたい。のちに見る唯一のポルトガル語の公刊詩集『メンサージェン』[*1]を理解するためにも、隠れたるもの、秘教の問題は避けて通ることができない。そうはいっても、そもそも秘教という言葉があまり馴染みのないものかもしれない。ポルトガル語ではエゾテリズモ、英語ではエソテリシズムと呼ばれるこの言葉は、エソテリコスというギリシャ語に起源を持ち、最も内側にあるものを意味する。多数に開かれた公式の教えではなく、内部の者だけに明かされた秘密の教義であり、「秘伝」や「秘教」のことでもある。具体的にはギリシャに端を発するグノーシス主義の他、魔術や占星術、薔薇十字思想、心霊学などに加え、イスラム教のスーフィズムやユダヤ教のカバラなど、異端思想全般を含む非常に広い概念だ。隠秘主義《オカルティズム》は秘教には含まれず、区別すべきだという主張もあるが、ペソアの場合は、オカルティズムも含めて、幅広く隠れたるものへの関心がある。ただし、この問題構成には、ユダヤ性、ポルトガルのセバスティアニズモ、同性愛の問題までも絡んでくるから、一筋縄ではいかない。快刀乱麻を断つという具合には整理できないが、ペソアと「隠れたるもの」全般の関係について素描してみよう。

ペソアは幼少期から超自然的なものに関心があったようで、少年時代の想い出として次のように述べている。

私は健康的で自然な生には惹かれませんでした。ありそうもないことではなく、信じられないものを渇望し、理論的に不可能なことではなく、そもそも不可能なものを渇望したのです。*2

長じても、この傾向は減じることがなかったばかりか、むしろ増えていったことは、一九一六年六月二十四日付アニカ伯母への手紙からも読み取れる。*3 ペソアは、十八年前に亡くなった大伯父マヌエル・グアルディーノ・ダ・クーニャと降霊術で交信したことを告げ、自分には霊媒者の素質があると自慢げに告げている。また四月にサ＝カルネイロがパリで自殺したときにもそれを感じたと語り、さまざまなオカルト的素養の話もしている。アニカ伯母がカトリック教会とは距離を取る懐疑主義者だったからこそ、かなり率直に打ち明けたのだろう。

ペソアには霊媒術にのめりこみ、精神に直接呼びかける声を書き留めていた時期があり、シュルレアリスムの自動書記にも似た実験を記したノートが相当量残されている。そのほとんどは英語で書かれている。[*4] 対話相手の多くは、ケンブリッジ・プラトン学派の中心人物で、晩年にはカバラや薔薇十字団と関係したともされるヘンリー・モア[*5]など実在の哲学者だが、ジュゼッペ・バルサーモ、すなわちかの有名な錬金術師にして山師、カリオストロ伯爵の名も見える。とりわけ興味深いのは、彼らがしばしば花押でサインしていることで、モアの場合は、Frat R+C や二つの三角形が重ねられた記号などが用いられ、全体として視覚的要素が強い印象を与える。

ペソアは、二十代後半の『オルフェウ』時代に感覚主義を提唱した際、生における唯一の現実は感覚であり、芸術における唯一の感覚は「感覚の意識」であると主張していた。それと矛盾するようではあるが、彼にとって、真の生は感覚を超えたものであり、感覚を超えた世界こそが重要だった。言い換えれば、ぼくらが生きているこの物質的な現実はそれだけでは十分なものではなく、別の場所に真の意味を求めねばならないのだ。ところが、既成の宗教はこの希求に応えるようにはとうてい見えなかったため、ペソアは手探りで別の道を探ったのである。

当時の一般的なポルトガル人と同様、ペソアもまた、キリスト教徒として誕生し、成長し、教育を受けた。生後すぐにリスボンで洗礼を受け、自分の守護聖人であるパドヴァの聖アントニウスに親近感以上の好意を一生抱き続けたこと、南アフリカでは八歳の時に初聖体拝領、十歳で堅信礼を受けたことはすでに見たとおりだ。ダーバンでは初めアイルランド系ミッションスクールに通っていたのだから、ここでもカトリック系の雰囲気のうちにあったと言えるだろう。その彼が、いつからキリスト教に対して、批判的というのでは言い足りない、ほとんど嫌悪に近い立場を取るようになったのだろうか。それを説明するのは容易ではないが、ひとつには当時のカトリック教会の腐敗もあるだろう。だが、それ以上に、青年期に多読した思想書の影響が強いと思われる。いずれにせよ、超越的なものを希求しながらも、既成のカトリック教会に幻滅していたペソアは、ある時期から秘教的なものに急速に惹かれていくようになる。

　ペソアが本格的に秘教に関心を抱いたのは、一九一五年九月、出版社からの依頼で、「神智学・秘教叢書」に収録されるチャールズ・W・レッドビーターの『神智学入門』の翻訳をしたときからと言われる。[*6] サ＝カルネイロ宛ての手紙でペソアは、思想的危機にあった頃にこの本を読み、『薔薇十字団の典礼と秘儀』[*7] と同じくらい大きな衝撃を受けたと告白している。

　神智学とは、キリスト教を超えた体系——高められたキリスト教的原理を含み、なんらかの〈神の彼方〉に根拠を置く——であることを君が考慮し、それゆえ、ぼくの本質的パガニズモとは相容れないことがわかれば、ぼくが感じていた精神的危機に新たに追加された第一の重大な要素が理解できるだろう。次に、神智学があらゆる宗教を受け入れるという事実によって、みずからの神殿にあらゆる神を受け入れるパガニズモとあらゆる点で似ていることがわかれば、ぼくの危機に追加された第二の要素が理解できるだろう。神智学はその神秘とオカルト主義的偉大さによってぼくを恐れさせ、その人道主義と本質的な使徒主義《アポストリズム》（言いたいことはわかるね）によって拒否感を起こすのだが、惹きつけられもするのだ。というのも、それは、「超越論的パガニズモ」（これは、ぼくが辿り着いた思想に与えた名前だ）と似ているからだ。拒否感が起こるのは、ぼくが否認するキリスト教にあまりにも似ているためだ。[*8]

ペソアがここで新たに出会ったと告げている神智学とは、ヘレナ・ペトロヴナ・ブラヴァツキー（一八三一―九一）とヘンリー・スティール・オルコット（一八三二―一九〇七）によって設立された神智学協会によって推進された思想・実践のことだ。宗教的な要素もあるが、本人たちは神聖な智恵、神聖な学だと主張した。ブラヴァツキーの『神智学の鍵』によれば、全宇宙の根底には、一つの絶対的で人智を超えた至高の神霊、あるいは無限の霊力が存在しており、それが万物の根源である。人間は、その至高の神霊からの放射であり、本質を共有しているがゆえに永遠で不滅である。かくして、ひとは「神聖な作業」を通じて神々の働きを実現するとされる。

ペソアは、ブラヴァツキーやその後継者のアニー・ベサント（一八四七―一九三三）の著作も訳しており、[*9]その作業を通して、神智学に関心を寄せたわけだが、本人が述べているように、それ以前から自分なりに世界の隠れた意味を探求していた。その探求から生まれた世界観が、アルベルト・カエイロやアントニオ・モーラという異名者に託されたパガニズモ、つまりキリスト教的な一神教の世界とも神智学とも異なり、複数の神々が存在し、多様性のある世界だった。

カエイロの『群れの番人』第三九の後半を引用しよう。

事物の唯一の隠れた意味は
隠れた意味などまったくないということ
どんな奇妙なことよりも　奇妙なことは
どんな詩人たちの夢よりも
どんな哲学者たちの思考よりも　奇妙なことは
事物とは見えるとおりのものであって
理解すべきことなど何もないということ

そう　それこそ感覚だけがわたしに教えてくれたこと
事物に意味などない　あるのは存在だけ

事物　それが事物の唯一の隠れた意味[*10]

さらに言えば、ペソアにとって、世界の隠れた意味とは、唯一の真理としてではなく、多様性を受け入れる教養でなければならなかった。彼が、オカルト、フリーメイソン、薔薇十字団に強い興味を寄せたのはそのためだ。現代のぼくらからすると、眉に唾することなく、このような見解を聞くのは難しい気がする。だが、十九世紀から二十世紀の文学や哲学を概観すれば、ペソアの姿勢は例外的なものではない。

フランス象徴主義がオカルティズムの類比《アナロジー》の原理から大きな影響を受けたことはよく知られるとおりだ。中でも有名なのはエリファス・レヴィの例であろう。十九世紀後半に著された『秘教哲学全集』は、ヴィクトル・ユゴー、ボードレール、ヴィリエ・ド・リラダン、マラルメ、アポリネールといったフランス象徴主義をはじめとする文学者たち、またジョイスやアンドレ・ブルトンらにも大きな影響を与え、ヨーロッパ全土に降霊術ブームを起こす一因ともなった。かのランボーの有名な「言葉の錬金術」も、『秘教哲学全集』中の『魔術の歴史』なしにはありえなかったと言われる。その他にも、バルザックやネルヴァルなどが超自然現象に少なからぬ興味を示し、作品中に反映させたことも研究書が明らかにするとおりだ。W・B・イェイツの場合は一時期、神智学協会に属したことがあるだけでなく、「黄金の夜明け団」に所属していた。ペソアはイェイツに関心を持ち、このアイルランド詩人に宛てた手紙の下書きも残されているが、自国の文学の復興への強い意志など、二人の接点は少なくない。[*11]

彼らの場合と同じく、ペソアの場合もオカルトへの恒常的な関心が文学と密接に結びついていたとすれば、この主題に真正面から取り組む必要があるだろう。そうはいっても、オカルティズムに関しては、多岐にわたる膨大な資料があり、話を絞るのはなかなか困難である。ここではペソアに関連する事項だけをランダムに見ていくに留める。まず、事実として確認すべきことは、ペソアがあらゆるオカルト的な事象に関心を持ち、それを真剣に信じていたことである。それらの多くは当時それなりに科学的装いを備えていたものである。たとえば、一九一九年には、フランスの動物磁気の専門家デュルヴィル父子に資料を取り寄せるために手紙を書いている。[*12]また、こちらは晩年の証言になるが、オカルティズムを信じているかという、モンテイロの質問にペソアは次のように回答している。

私は信じています、私たちの世界よりも高次の世界の実在と、その世界の住人たちの実在を。そこにはおそらくはこの世界を創造した〈至高の存在〉へと近づくにつれて精緻なものとなってゆく、多種多様なレベルの霊的経験があるのだということを。別の宇宙を創造した同じく〈至高の存在〉がいるかもしれませんし、その宇宙は相関的に、あるいは別個に私たちの宇宙と共存しているのかもしれません。[*13]

ペソアはこのように述べつつも、だからこそ「神」という安易な言葉を避けることが必要だと説き、より具体的に自分とオカルティズムについて説明する。ペソアによれば、この至高の存在にいたる道として魔術、神秘主義、錬金術がある。ここで重要なのは、この道が「人格の形成に関わる」とされる点だ。つまり、〈異名〉と錬金術とは密接に関係している。じっさい、彼の人生の「勝利の日」であった異名者の誕生の時期と、オカルティズムへの傾倒の時期、さらには占星術への没頭の時期は重なっている。

第八章で紹介したように、ペソアの異名者の中にはラファエル・バルダヤという占星術師がいて、遺された草稿にも占星術に関するものは少なくない。ペソアにとって占星術にはいくつかの役割があった。一つは自分や他人の性格を知ることで、彼は友人や知人だけでなく、異名者たち、さらには雑誌『オルフェウ』のホロスコープも作成している。バルダヤは「秘教的形而上学の原理」というテクストも書いており、そこでは神智学を「ヘルメス主義の民主化であり、すなわちキリスト教化[*14]」にすぎないと断じ、自分の方は真の秘教に関する学を開陳するとしている。

こういったペソアの証言やテクストは、これまで見てきた異名者たちの作品、とりわけカンポスの未来派的な詩などとはかみあわない印象を与えるかもしれない。だが、ペソアは実名によって秘教的な主題の詩を少なからず発表している。『オルフェウ』と未来派の運動のはざまの一九一六年十二月、ルイス・デ・モンタルヴォルが創刊した『センタウロス』には、本人名義で秘教的ソネット「十字架の道」十四篇が掲載されたし、一九三〇年代には「最後の呪術」「エロスとプシケー」などオカルト的な主題が顕著に表現されている作品を『プレゼンサ』に寄稿している。そのほかに、薔薇十字団を主題とした詩として、「クリスティアン・ローゼンクロイツの墓で」なども残されているから、秘教的な詩はペソアの創作において、マイナーでマージナルなものとは言えないだろう。

さらに、劇詩『ファウスト』もこのような秘教的カテゴリーに入れることができるだろう。錬金術師ゲオルク＝ファウストが悪魔と契約を結び、栄華と没落を生きるという十六世紀に成立したファウスト伝説は、ゲーテをはじめ多くの作家を魅了したが、ペソアもその魔術的な世界の作品化を試みた一人だ。二十歳の頃からこのテーマに取り組み、晩年までの草稿が大量に残されている点で、畢生《ひっせい》の大作『不穏の書』と双璧と言えるが、こちらはさらに断片的で、内容を摑むのは容易ではない。

劇詩とされているが、実態はファウストの独白であり、二百三十ほどの断片が残されているものの、どのように配置すべきかも含め、謎多き作品に留まっている。ただ、秘教的なものが全篇を通底するテーマであることは残されたいくつかのプランからも見てとれる。アティカ版『詩全集』第六巻に収められた『ファウスト第一』では、一「〈世界〉の神秘」、二「〈認識〉の恐怖」、三「〈快楽〉と〈愛〉の欠如」、四「〈死〉の不安」と四つのテーマに分類されており、神秘という言葉がキーワードの一つであることがわかる。

〈宇宙〉の至高の神秘

すべてのうち　至るところにある　唯一の神秘
それは宇宙の神秘があるということ
宇宙があるということ　何かがあること
あるということがあること[*15]

すべては神秘　神秘はすべて[*16]

これらの独白はきわめて哲学的で、この現実の彼方にこそ真の現実があるということ、つまり、ぼくらが見ているものは仮象にすぎず（「すべては象徴で類比だ！」[*17]）、知性が真の認識に至るためには別の道が必要であるという詠嘆に満ちている。それでは、別の道とはなんだろうか。ペソアにおけるこの宗教的で秘教的な側面を初めて明らかにしたのはイヴェット・センテノ[*18]だが、その成果を踏まえ、ロベール・ブレションは、隠れたるものに関するペソアの関心とその表明を三つの時期にわけている。[*19]青年期はマニ教的あるいはカタリ派的な新プラトン主義や、神秘主義の時期。一九一四年頃からは、神智学の発見とともに独自の形而上学の構築（先に見たサ＝カルネイロ宛ての手紙に表明されているものだ）。最後は、一九三二年頃の精神的危機によってさらにキリスト教の淵源に遡るような神学へと変化したという。死のちょうど八ヶ月前、一九三五年三月三十日付の伝記的文章で、ペソアは自分の宗教的な立場について次のように述べている。

グノーシス的キリスト教、したがってあらゆる既成の教会、特にローマ教会に対して完全に対立する。より深く内的な理由によって、キリスト教の秘密の伝統に対して忠実である。この伝統は、イスラエルの秘密の伝統（聖なるカバラ）とフリーメイソンの隠された本質と密接な関係にあるものである。[*20]

ペソアは隠れたるものへの参入（イニシエーション）についていくつもの断片を残しているが、魔術、錬金術、神秘主義などを説明する際に、フリーメイソンの類いは段階の低いものであり、より高次の段階が秘教的なもの、本当の参入は神的なものだと言っている。[*21] そして、我々が生きているこの可視的世界は象徴と影であること、感覚を通して知っているこの生が死であり眠りであること、つまり我々が見ているものは幻影にすぎないことを知るのが重要だと強調している。秘教的なものとの関係で注目すべきは、この立場があらゆる狂信的な態度の否定と繋がっており、さらには彼の政治的信条とも無縁でないことだ。

テンプル騎士団の偉大なる師、ジャック・ド・モレのことをけっして忘れてはならない。つねに、そしていたるところで彼を殺した三つのものと闘うこと。すなわち、無知、狂信、専制。[*22]

一般に正統と見なされているものこそ、無知、狂信、専制の温床だと考えるペソアは、正統の系譜に疑義を呈し、異端と呼ばれる潮流の意味を探ることになる。一九一七年頃に執筆されたと想定される「グノーシス的異端」に関する断章からは異端に関するペソアの知見が読み取れる。

この異端は決して消滅することはなかった。弾圧され、押しつぶされることで、この秘教の集団は歴史の表舞台からは消え去ったが、その命脈は生き延びた。さまざまな場所にその隠れた生き残りの徴《しるし》を見つけることができるだろう。そして、この生き残りは公式のキリスト教、とりわけカトリック教会との相克を生み出さずにはいられなかった。公式のキリスト教とその神秘主義や禁欲主義の陰には、グノーシス（すなわち、ユダヤのカバラと新プラトン主義の融合）の時代から時おり現れる潮流がある。それはマルタ騎士団やテンプル騎士団の形をとって現れることもあれば、人びとの目には見えなくなった後、薔薇十字団として復活し、フリーメイソンのうちに現出することもあった。フリーメイソンは、グノーシスを形成していた秘教的精神の、一時中断した、末裔《まつえい》なのだ。[*23]

以上の記述は、オカルト文献が説明する内容とほぼ合致している。じっさい、近代のオカルティズムはしばしば古代の知を継承するものとみずからを位置づける。映画化もされたダン・ブラウンの『ダ・ヴィンチ・コード』が描いたようなフリーメイソンと称する近代の結社は、薔薇十字団やテンプル騎士団などの虚実に満ちた神話を教義のうちに組み入れているからである。

　テンプル騎士団は、十字軍をきっかけに誕生した騎士集団だったが、多くの寄進を受けた結果、ヨーロッパ全土に広がる一大勢力となった。その莫大な資産に目をつけたのが、当時財政難にあったフランス国王フィリップ四世だった。総長ジャック・ド・モレとも親しかったにもかかわらず、王は没収の計略を密かに準備し、一三〇七年十月十三日に実行に移した。本拠地のテンプルを襲い、モレ総長をはじめ騎士百四十名を逮捕するとともに、全国の騎士団員を一網打尽にしたのである。罪名は異端信仰。テンプル騎士団は殺人者、冒瀆者であり、全員が悪逆非道の輩であるとした宣伝文書を作らせ、パリ市民に告げる周到さであった。国王の圧力を受けた教皇クレメンス五世は騎士団の廃絶を認め、隆盛を誇ったテンプル騎士団はヨーロッパのほとんど全土で消滅。モレ総長と幹部は長く幽閉された後、一三一四年三月十八日シテ島の広場で火刑に処された。これが、さきに引用したペソアが忘れてはならないとした事実である。

　興味深いのは、他国では絶滅したテンプル騎士団がポルトガルでは生き延びたことだ。団員の逮捕を拒否したポルトガル国王ディニス一世が再編成して、一三一九年にキリスト騎士団を創設したのだ。トマールの修道院を本拠地として生まれ変わった騎士団の総長は王子や王の忠臣から選ばれ、一四一七年から六〇年まで総長を務めたエンリケ航海王子のもとポルトガルの大航海時代の牽引力となった。

一九一〇年、ポルトガル王国の消滅に伴い騎士団は廃止されたが、一九一七年には復活され、ポルトガル大統領が騎士団の総長《グランド・マスター》となったというから驚きではないか。

ペソア自身はいかなる結社の団員でもないと、先ほどの書簡でモンテイロに告げているが、その一方で、伝記的ノートには、「アンチ反動的な保守主義者」「グノーシス派的キリスト教徒」で、反カトリック、テンプル騎士団の団員と記している。グノーシス・カトリック教会は、ドイツで始まった秘教団体「東方聖堂騎士団」の聖職部門と言われる組織である。

以上のようなペソアの理論的な考察は、異名者たちのパガニズモと無縁ではないが、カエイロはこれらの秘教や神秘主義をも超えていくように見える。『群れの番人』第五の中ほどを引いてみよう。

「物事の隠れたしくみ」……
「宇宙の隠れた意味」……
そんなもの　すべて嘘で　何の意味もない
こんなことを考えられるなんてことが信じられない
それはまるで　曙光が差し　木々の輪郭に
暗闇が少しずつほぐれ　ほのかに金色に輝くときに

その理由や目的を考えるようなもの
事物の隠れた意味を考えることは
無駄なこと　健康のことを考えたり
コップを持って泉に行くようなもの

森羅万象の唯一の隠された意味は
いかなる隠れた意味もないということ[*24]

以上概観したようにペソアにおける秘教的なものは時代によって微妙に変化していったために、そのオカルト観を明確に提示することは難しいが、彼がオカルト世界の中枢にいた人物と現実に交流した話を最後に紹介しよう。相手はイギリスのオカルティストで、儀式魔術師として名（悪名）を馳せ、後にカウンターカルチャーに大きな影響を与えたアレイスター・クロウリー（Aleister Crowley　一八七五―一九四七）。一般人からすれば、かなり怪しげに見えるが、その世界では知る人ぞ知る、二十世紀最大の魔術師のひとりであり、複数のオカルト団体を主宰し、麻薬や性を用いた活動や人目を憚《はばか》らない言動で、激しく非難された人物である。

イギリスの厳格な清教徒《ピューリタン》の家庭に育った彼は、青年期からキリスト教に反抗し、魔術に強く惹かれ、「黙示録の獣」を自称し、好んで「ザ・ビースト」と署名した。一八九八年に薔薇十字団的な結社「黄金の夜明け団」に入り、たちまち最高の位階に達したものの、指導者と衝突して脱退、一九一〇年にはドイツの秘教団体「東方聖堂騎士団」に参加、一九二三年にその指導者ロイスが死去すると、その首領職を継いだ。この教団もフリーメイソンを模した団体だったが、クロウリーが整備して大きな組織に仕上げ、我が物としたのである。

母国イギリスはもとより、行く先々で官憲からも目をつけられ、欧州各地を転々としつつ活動を続けていた、不遇な時期にあった魔術師クロウリーと詩人ペソアの軌跡が、星の導きによって交わった。一九二九年、自伝『アレイスター・クロウリーの告白』を購入したペソアは、ホロスコープの間違いを作者に指摘し、訂正を申し出た。これがきっかけで二人の間に文通が始まった。

フランスでの活動が行き詰まっていたクロウリーは当局との面倒を避けるため、そして、新しい愛人との逃避行を楽しむためにポルトガル旅行を企て、三〇年九月二日にはリスボンを訪れ、ペソアとたびたび会っている。有名な魔術師の来訪はポルトガルでも話題になったが、九月下旬、クロウリーはリスボン西郊カスカイスの海岸にある「地獄の口」と呼ばれる奇観の地で謎の消失をとげてしまう。じつは、これは痴話喧嘩をしていたクロウリーがドイツ人の愛人とよりをもどすために、ペソアを巻き込んで引き起こした偽装事件であったが、リスボンの警察当局まで乗り出す怪事件として、ポルトガルはもとより、イギリスでも大々的に報道された。

十月五日、ペソアは「地獄の口のミステリー」という特集を組んだ雑誌に、まことしやかな証言を寄せただけでなく、十二月十六日にもインタビューに答えている。[*25] 証言では、ペソアはクロウリーと知り合ったきっかけから話を始め、魔術師のリスボン滞在の様子を事細かに伝え、さらには魔術師が現場に残した手紙の解説まで丁寧に行ったうえで、これが狂言である可能性を断固否定している。一方、インタビューでは、他殺、自殺、偽装した失踪などの仮説をそれぞれ取り上げて検討し、いかなる結論も出せないと取材者を煙に巻く回答をしている。結局、クロウリーは何事もなかったかのように世に再び現れ、ドイツに活動の拠点を移して東方聖堂騎士団の運営にあたった。

その後も、一九三一年十月には、『プレゼンサ』三三号にクロウリーの詩「牧神頌」の翻訳を発表するなど、ペソアはたいへんな入れ込みようだった。二人のあいだに交わされた手紙のやりとりを読むと、自堕落で女好きの怪しげなグルに律儀に付き合っているペソアの姿が浮かびあがってきて、痛々しい感じがしなくもない。

とはいえ、ペソアが一方的にクロウリーに尽くしたわけでもなかった。詩人のほうにも多少の山っ気はあったようで、詩人はこの事件を推理小説に仕立てて売り込もうと考えていた。消失事件の顛末を時系列に沿って記述する十章からなる短篇小説の草稿が残されており、序文をはじめかなりの量の断片が書かれたが、もちろん例によってこの計画も中途で放棄された。[*26]

2――マラーノというあり方

隠れたるものとの関係で他にも考察すべきことが残っている。一つはユダヤ的なもの、あるいはマラーノである。異名者のひとりアルヴァロ・デ・カンポスが、ユダヤ系ポルトガル人、いわゆるマラーノの風貌を持つとされていたことについては第四章で触れた。「マラーノ」とは、古いスペイン語で「豚」を意味し、[*27]そこから派生して「汚らしい人」を示す言葉だが、十五世紀末のいわゆる失地回復《レコンキスタ》によりキリスト教国に戻ったイベリア半島のスペインとポルトガルで、キリスト教に改宗したユダヤ人たちに付けられた名称である。生来の仮面性、反教会主義、カバラへの指向など、ペソアには確かにマラーノ的な側面を見て取ることは容易だし、それについての研究もある。[*28]さらには異名というトポスそのものも、複数の名前を隠し持ったマラーノの慣習に結びつける研究者もいる。[*29]まずはマラーノについて、小岸昭やポリアコフの著作を参照しながら、簡単に確認しておこう。[*30]

二世紀頃、ローマ帝国に対して反乱を起こしたユダヤ人たちは帝国から追放され、ヨーロッパ各地に離散した。そのなかで、イベリア半島に移住した集団（セファルディム）たちは、支配者の宗教がキリスト教からイスラム、そして再びキリスト教へとめまぐるしく変わったため、それに順応しつつ生き延びることを余儀なくされた。ただ、キリスト教の王国では公認こそされていなかったものの、広範囲に広がるユダヤ・ネットワークを利用することを選んだ王侯貴族たちによって重用されることも少なくなかった。イスラム勢力に対してレコンキスタを推進したカトリック両王（カスティーリャ女王イサベル一世とその夫のアラゴン王フェルナンド二世）にもその傾向があったが、一四九二年にレコンキスタに成功すると、王国内のユダヤ教徒に改宗か国外追放を迫った。こうして、十万人ほどが隣国ポルトガルに移り住んだが、ポルトガル国王ジョアン二世は短期滞在しか認めず、八ヶ月を超える者は奴隷の身分に落とすという厳しい態度を取り、ユダヤ人たちはそこでも窮地に立たされた。

一四九五年にその跡を襲ったマヌエル一世は、即位と同時に彼らを解放したが、歓びもつかの間、スペイン王女イサベルとの婚姻のために、国王はスペインの政策に従うことを迫られた。それでも、ユダヤ人の専門知識や金融商業のネットワークを失うのは大きな損失と考えた国王は裏技を考案した。一四九七年三月、領土内のすべてのユダヤ人に強制改宗を迫りつつも、信仰の調査は二十年間留保したのである。こうして、彼らは公式にはキリスト教徒として数えられることになったが、「改宗者《コンベルソ》」や「新キリスト教徒」と呼ばれ、先祖伝来の宗教を隠れて続けているという嫌疑がつねにかけられた。そのために、差別が続いただけでなく、一五〇六年四月、リスボンでは三日間続く大虐殺が起こり、二千とも三千とも言われるユダヤ人が犠牲になった。一五三六年、スペインにならって、異端審問所が設置されると、迫害はさらに激化し、オランダに逃げる者たちも増えた。哲学者スピノザ（一六三二―七七）がその子孫であることはよく知られている。もっとも彼の場合はユダヤ共同体からも破門されることになるのだが……。

「純血」と呼ばれる民族浄化的な政策は、一七七三年にポンバル侯爵（第三章で見た震災復興の立役者）が差別撤廃の改革を行うまで続き、異端審問所が廃止されるにはさらに一八二一年まで待たねばならなかった。その一方で、王の財政顧問官のみならず、庇護を受けた交易商人や宣教師にも、少なからぬ新キリスト教徒（と目されている者）が含まれていたことも紛れもない事実である。新大陸の発見者コロンブスや、『ドン・キホーテ』の作者セルバンテス、画家ベラスケスなどにユダヤの血が流れている（らしい）という事実はよく知られている。それだけでなく、大航海時代に海外植民の尖兵となった者もいれば、先住民に対する植民者や侵略軍の非人道的な扱いを告発したラス・カサスのような者もいた。このように、ポルトガルとスペインで微妙な相違はあったが、マラーノはきわめて両義的な位置をイベリア半島において持ちつづけたのであり、人数から言えば、ポルトガルはその中心地だった。

じっさい、ペソアが生きていた時代のポルトガル人の多くがユダヤ人を祖先に持つことは、いわば公然の事実であった。だからといって、ロシアや東欧のようにユダヤ人虐殺が頻繁に起こったわけではなく、むしろ過去と比べれば、穏やかな状態であったと言えるだろう。それどころか、一九〇四年にはリスボンにユダヤ人共同体のためのシナゴーグが作られ、一九二〇年頃からポルトでは、バロス・バスト大尉により、ユダヤ人共同体の再生運動が推進され、それまで隠れていたマラーノたちが、ユダヤ人として、公然と宗教的行為を再開するようになったのである。[*31] その背景には、一九一〇年以来、それまでカトリック教会が独占的に行ってきた結婚、出生、埋葬といった行事が、国家へと移管されたことも関係しているだろう。とはいえ、多くのマラーノたちは、それでもみずからの出自を明かすことはなく、かつてと変わらずキリスト教徒として暮らしていた。ヨーロッパの東で反ユダヤ的な動きが激化することを知っていたからかもしれない。

そんな状況のなか、一九二五年、マリオ・サアなる作家が『ユダヤ人たちの侵略』という本を刊行する。[*32] 一言でいえば、ユダヤ陰謀説の書で、主要な銀行はすべて改宗ユダヤ人たちの手によってなり、リスボンやアソーレス諸島も彼らによって作られた、いや、ポルトガルという国、とりわけその文化が、ユダヤ人によって支配されていると主張する内容である。面白いのは、多くの著名人が写真入りの実名で、国を牛耳るユダヤ人として紹介されていることだ。一九〇八年のドン・カルロス一世の暗殺も新キリスト教徒の仕業だとか、パリにおける共産主義運動の勃興はユダヤの金融業者（その多くはポルトガル系）たちの煽動によるといった記述からも見てとれるように、きわめて粗雑なヘイト本と言える。ペソアもマラーノのひとりとして告発されているのだ。虚実こもごものその内容に立ち入ることはここでの関心ではないが、ペソア批判の所在を理解するために、概要を紹介しておこう。

三百頁超の本は五章立てで、「血の侵略」「富への攻撃」「国家への攻撃」「宗教における攻撃」「精神生活における攻撃」からなり、まず、歴史的な概観が行われたあと、財界、政界、宗教界、文化におけるユダヤ系の人物による支配の実態を暴くという体裁だ。その第五章では、フランスの前衛芸術家の事例などによる導入につづき、現代のポルトガルでは未来派が顕著な例だとされ、サ＝カルネイロ、ラウル・レアル、アルマダ・ネグレイロスなど、ぼくらがこれまで見てきた作家や画家がどれもユダヤ系として紹介される。そして、あたかも外堀を埋めたあとに本丸を攻めるかのように、ペソアへの攻撃が二九一頁から五頁にわたってなされる。

ペソアの六代前の祖先サンショ・ペソア・ダ・クーニャが新キリスト教徒であり、一七〇六年にコインブラの異端審問所で、隠れユダヤ教の罪で捕らえられ、財産を没収された等々の家系の記述から始まり、ペソアの外見、偽名使用、オカルト癖、すべてがユダヤ的であると作者は断じる。だが、そのうえで、ペソアはユダヤ人最大の詩人の一人であるのみならず、ユダヤの偉大な哲学者アレクサンドリアのフィロンの再来であると言うのだから、これはむしろ褒め殺しのようにも思え、批判なのかアイロニカルな賛辞なのかわからなくなる。

じっさい、細部に注意して読んでみると、これはきわめて奇妙な本であり、単なる反ユダヤ思想のパンフレットではないことが浮かび上がってくる。というのも、芸術文化に関する記述はきわめて正確であり、いい加減な情報に基づく中傷とは一線を画しているからだ。ペソアの詳しい文学活動の説明のほかにカンポスの「最後通牒」の引用もある。そして、なによりも異名者に関する正確な言及がある。

> ペソアは本名のほかにも、〔略〕アルヴァロ・デ・カンポス、アルベルト・カエイロ、リカルド・レイスの名前も用いている。このことだけでも、ペソアが、隠れた人種に属する人だと思わずにはいられない。つまり、フリーメイソンや秘密結社に最も貢献するユダヤ人や中国人のような種族である。彼らはなにしろ女性的である。ところで、彼が人格の多重性と呼ぶ偽名の多重性は、同じ人格を異なる精神状態で表現しているにすぎないのであり、唯一の人格の不在、要するに文学的性格の欠如を示している。それは異なる観念や気質を体現しつつ、相反するものを総合して、もはや最初の二つのものとは異なる第三のものを生み出すというのとはまったく違う。彼はただ、相反する観念をそのときどきで受肉し、それぞれの特徴に偽名を対応させただけなのだ。[*33]

なかなか見事な分析と言えるし、ぼくらがここまで追ってきた異名の概念とさほど差異はないように思われる。

　この本の作者はいったい何者なのだろうか。マリオ・サア（Mário Saa　一八九三―一九七一）は、アレンテージョの実業家の家に生まれ、家業を継ぎながらも文筆家生活を送ったディレッタントだ。『同時代』の寄稿者でもあったが、ジャンル横断的な仕事をし、哲学、詩、考古学、古代地理、占星術など多岐にわたる文章を残している。とりわけ二十年の歳月をかけて研究したローマ時代のポルトガルに関する考古学研究は、六巻の浩瀚な『ルシタニアの大いなる道　アントニオ・ピオの道程』として結実し、斯界では重要な作品とされている。彼がユダヤ関係の書を書いたのはこれが初めてではない。一九二一年にも、『新キリスト教徒のポルトガル、あるいは共和国のユダヤ人』という書を出版していた。

実は、サアは『オルフェウ』の時代から、ペソアの親しい知人であり、『同時代』や『プレゼンサ』に寄稿し、カフェ・ア・ブラジレイラの作家たちとも広く交流した人物だった。したがって、このテクストが、ペソアも承知のうえでの狂言だった可能性は大いにありうる。じっさい、ペソアの蔵書の中のこの本にはペソアへの献辞があって、「フェルナンド・ペソアに　彼の驚嘆すべき勇気に」と記されている。注意深い読者は、ペソア主宰の『アテナ』に、サアの筆によるカンポス批判が掲載されていたことを覚えているだろう。それは共犯的な目配せに満ちた批判だった。そもそも、よく考えてみれば、すでに見たように、カエイロとレイスは『アテナ』で初めてデビューしたのであり、その際、彼らの経歴はおろか、ペソアの異名者であることも記されていなかったのだから、それらがペソアの創作であることを知るためにはよほどの事情通でなければならない。ペソアからレクチャーを受けたうえでの馴れ合いと考えるのが自然だろう。

いずれにせよ、ペソア自身はみずからのユダヤ的出自を否定したことはなかった。先にも引いたように、血統を遡れば、「騎士階級とユダヤの混血である」とはっきりと述べていた。とはいえ、ペソアは、たとえばパウル・ツェランのようにみずからのユダヤ性を詩作の中心においたわけではない。また、自分のことは、ユダヤ人というよりは、ポルトガル人、ヨーロッパ人だと考えていたと思われる。もちろん、ユダヤ思想への関心はあったし、ペソアの蔵書のなかには、ユダヤ思想に関するものも少なからずある。[*34]

それだけではない、ユダヤ性に触れた文章も発表している。リスボン在住の亡命ウクライナ系ユダヤ人で、古物商兼古書店主であったエリエゼール・カメネツキーが一九三二年に刊行した詩集『サマヨエル魂』への序文である。[*35] オデッサで音楽を学んだカメネツキーは、あるとき菜食主義に目覚め、教えを説くため、イタリア、スイス、ギリシャを皮切りに、アメリカ、アルゼンチン、ブラジルまで布教活動で旅したエキセントリックな人物だ。

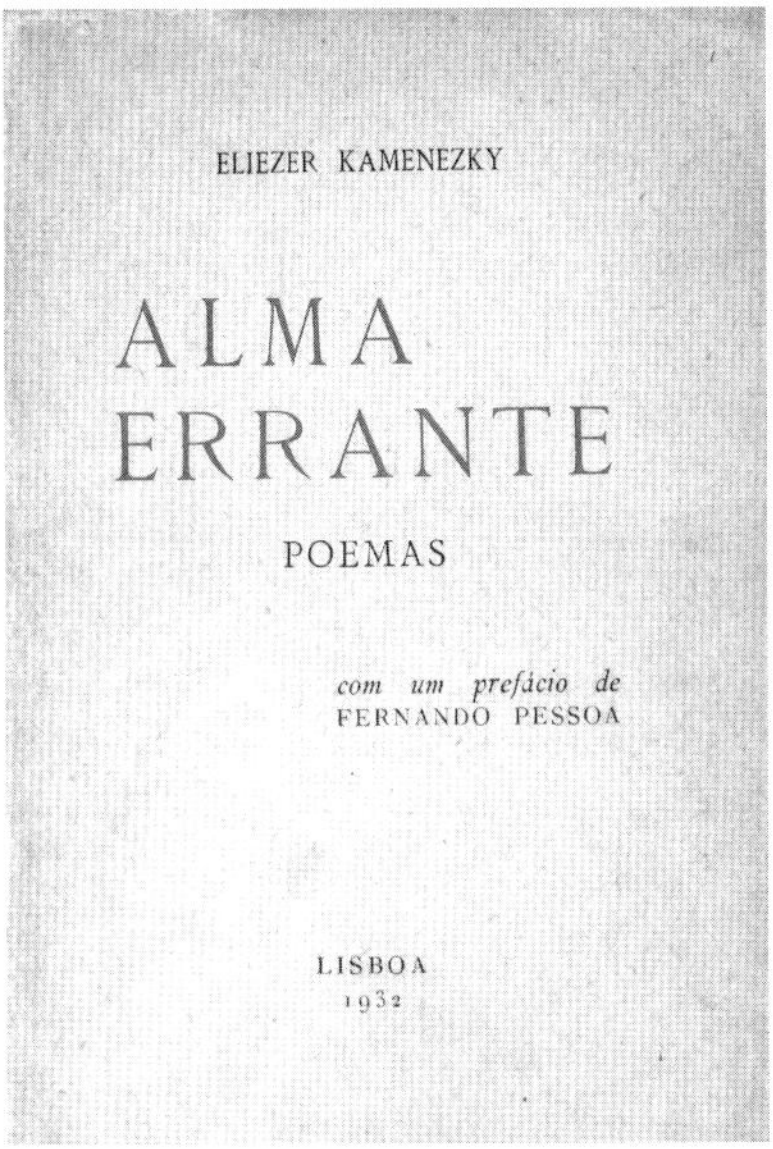

カメネツキーの詩集『サマヨエル魂』
提供：Casa Fernando Pessoa／協力：ポルトガル大使館

ポルトガルを訪れたのは一九一七年で、そのままリスボンに落ち着き、二〇年代に古書店を開いた。自分でも詩作に耽り、リスボンの作家や芸術家サークルにも出入りしていた。黒く長い髭を生やし、いつも白装束で街を徘徊する姿は有名で、一九四〇年代にはポルトガル映画にも出演することになる。ペソアは、不要になった書籍の処分や新刊書の購入によく彼の店を訪れ、親交があったために、詩集の序文を依頼されたらしい。

ただ、カメネツキーの詩集そのものはきわめて凡庸なものだったようで、ペソアが高く評価していたようには見えない。むしろこの本をだしにしてユダヤ教、キリスト教、フリーメイソン、カバラ、薔薇十字団などを縦横に論じている点が、ぼくらの関心を惹く。ただし、ユダヤ性は、他のさまざまな秘教と一緒にされており、特権的な位置は与えられていない。

あらゆる文化や国民性が相反する性格からなっているという持論からペソアは始める。たとえば、英国民は実務的で商業に長けた民族だが、まさにそのために、正反対とも思えるロマン主義やゴシック怪奇の世界の発祥の地である。それではユダヤ人の場合はどうなのか。ユダヤ人は唯物論的で物質主義者であるため、理念や理想を語るときでさえ唯物論的で物質的になってしまう。かくして、ユダヤ的な理念は、三つの仕方で表れる。第一は伝統的愛国主義、第二はカバラ的思弁、第三はつい最近知られるようになった社会的理想主義。この第三のものこそ、著者カメネツキーが奉じる自然主義だとペソアは分析する。

その後は、あたかも著者のことを忘れたかのように、数頁にわたって、カバラとフリーメイソン、薔薇十字団などの錯綜した関係について蘊蓄《うんちく》を傾ける。そして、不思議なことにそこから結論づけられることは、またもや郷愁《サウダーデ》である。「ユダヤ人の社会的理想主義は、郷愁であると同時に憎悪である。より正確に言えば、郷愁主義《サウドジズモ》と防衛である」と説き、ユダヤ人のこれらの要素がきわめて誠実な形でカメネツキーの詩集には表明されているとする。しかし、この序文で、なによりも注目すべきは結論の部分だ。ペソアは作者カメネツキーがポルトガル語を母語としない外国人であり、その表現の稚拙性は許されるべきであると指摘した後にこう記す。

あらゆるユダヤ文学は――さらに言えば、あらゆるセム族の文学は――良いものも悪いものも、本質的に秩序が乱れ拡散している。全体の構成もなければ、文章の正確さもない。いかなるユダヤ人も、たとえそれが大詩人であっても、明示的あるいは暗示的に、ギリシャの頌歌が持つ深い論理的な運動――ストローフ、アンチストローフ、エポード――を示しながら作詩することができない。いかなるユダヤ人も、たとえ大詩人であっても、アイスキュロスのように「海の波の多様な微笑み」といった文を書くことはできない。そして、もちろん、いかなるユダヤ人もこのような序文を書くことはできなかったであろう。[*36]

したがって、ペソアが実名で著したこの序文は、みずからをユダヤ人と結びつけることを明確に否定するものになっている。もちろん、このような否定そのものが怪しい、それこそマラーノ的な態度ではないか、という主張もありうるし、「仮面」「ふりをする」「装う」というテーマのうちにペソアのマラーノ性を読み込もうとする批評家もいる。

ただ、ペソア自身はそのようなマラーノ性をカンポスという異名者のうちに封じ込め、レイスやカエイロにはギリシャ的な、あるいは異教的汎神論の傾向を配した。そして、それら全体がペソアという詩人を形成していると考えるべきではなかろうか。このような観点から、ぼくらとしては、詩人ペソアのうちにユダヤ性を過剰に読み込むことはあまり意味がないと思う。いずれにせよ、カフカやツェランなどと並べてペソアのユダヤ性をあげつらうのは行きすぎだろう。

＊

隠されたるもの、隠さねばならぬものと関係したもうひとつのスキャンダルがある。それは同性愛の問題だ。ユダヤ性と同性愛と言えば、プルーストを持ち出すまでもなく、近代文学においてしばしば語られてきたテーマであった。のみならず、先に引いたマリオ・サアの本にも、同性愛はユダヤ人たちの風習であり、彼らの影響で、ポルトガルの男らしさが衰退したというくだりがあるなど、巷間に流布する根拠なき神話のうちには、ユダヤと同性愛を結びつけるクリシェもあった。

一九一八年に自費出版し、その後オリジポでも刊行したペソアの英詩「アンティノウス」が、同性愛を正面から取りあげた詩であることは第七章で述べた通りだ。そこではローマ皇帝ハドリアヌスが寵愛したアンティノウスを失ったときの悲嘆が降りしきる雨を背景に語られる。

ペソアに同性愛的傾向があっただけでなく、同性愛者だったと断じる研究者もいるが、[*37]それを詮索することはぼくらの当面の関心事ではない。ただ、事実として、彼のまわりには同性愛の問題を前面に打ち出す人物が多数おり、テクストのうちにも同性愛に関する言及が少なからず見られることはまちがいない。また、ペソアはオスカー・ワイルドを愛読したし、蔵書には、ジッドが同性愛についてあからさまに語った『コリドン』(一九二四)もある。さらに言えば、先ほど見た霊媒術によるヘンリー・モアとの会話の主題はセクシュアリティで、彼が将来出会うはずの女性が予言されるのだが、その女性がとても男性的で強い人物ということが強調されている。それをもってペソアが男性に惹きつけられているという結論を出す研究者もいるのだが、本当にそうなのだろうか。ぼくらとしては、これもまたペソアという複数的な人格の一側面と見るべきだと思う。そもそも同性愛的な側面は、フロイトも言っていたように誰にでもあるだろうし、二十世紀前半のポルトガルというホモソーシャルな社会であれば、なおさらそうだと思われる。

いずれにせよ、同性愛と関連したスキャンダルはペソア自身からではなく、アントニオ・ボットの『詩歌集』を一九二二年五月にオリジポが復刊したことに端を発する。[*38]作者はリスボンのアルファマ地区の貧しい家庭で生まれた独学者で、一九一七年からいくつかの詩集を出してはいたものの、さほど注目されなかった。その彼が一九二一年二月に出版し、同性愛を称えた『詩歌集』も耳目を集めることはなかったのだが、ペソアはそれをあえて復刊したのみならず、一九二二年七月には『同時代』三号に、評論「アントニオ・ボットとポルトガルの美的理想」[*39]を寄せ、この審美的詩人を、その作品に示されている同性愛的傾向も含めて擁護する。いわく、あらゆる芸術家は審美家だが、純粋な審美家は稀であり、普通は宗教、真理、心理、思想、偉大さなどの要素もある。だが、ボットの場合、他の要素がまったく見られないという意味で純粋な審美家であり、行動からも道徳からも逃れて、純粋に、つまり観照的に美を追究する。彼が詠う対象の唯一の尺度は美なのだ、と。この評論の改訂版「アントニオ・ボットあるいは理想的審美家創造者」[*40]では、さらに踏み込んで次のように述べる。ボットは自分の男性愛が世間的には認められないことを重々承知したうえで、あるいはこのギリシャ的な愛が現代のポルトガルでは流謫《るたく》にあることを承知したうえで、何憚ることなくその愛を賛美する。彼の詩の異邦性、サウダーデ、悲しみはそこに由来するのであり、それが月にも似た淡い光を放つのだ、と。これは因襲的な当時のポルトガル社会への真っ向からの挑戦状と言ってもよいだろう。

はたして、これに対して『同時代』四号に、保守派のジャーナリスト、アルヴァロ・マイアが「ソドムの文学」と題する反論を寄せ、ペソアの論考を「汚物」「膿」などと呼んで痛烈に批判し、スキャンダルを起こそうとする病的露悪趣味だとまで酷評したが、ペソアは歯牙にもかけなかった。一ヶ月後の五号に掲載されたペソアの答えは、相手の文書に引用されたヴィンケルマンの文章の文法的誤りを指摘するだけで、他の点はまったく無視したものだった。

一九二三年二月にさらに大きなスキャンダルが起こる。今度もやはり発端はオリジポが刊行した三十頁にも満たない小冊子だった。作者のラウル・レアル（一八八六―一九六四）はもともと法曹界に身を置いていたが、文学と哲学への憧憬やみがたく、みずからの地位を捨てて、創作活動に入り、『オルフェウ』二号にも参加した人物。その彼がカバラ的なエノックという筆名で『神格化されたソドム』を発表した。[*41]

挑発的なタイトルからも想像されるように、怪物的な同性愛の美はついには崇高に至ると、錯乱した文体で説くレアルは、ボットの詩を擁護するに際して、アルヴァロ・マイアへの個人攻撃から始める。容姿の醜いマイアは、美しく才能に溢れたボットに嫉妬したために、批判したのだと決めつけ、それほど神を信じているのであれば、自分を醜く生ませた神、世界に同性愛を存在させた神に従うべきだと皮肉を言う。さらに、蛇とアンチクリストの娘である異端的理性の名のもとに語る自分は、男と女に分裂される前の一者への回帰を説くのであり、それこそが、神的なものとの神秘的融合としての同性愛だと述べ、現代における宗教の後退を批判する。つまり、ソドムを神格化し、神秘主義的な官能主義の宗教を打ち立てることで、「目眩」すなわち神に至らなければならない、という途方もない論を展開したのだ。

このような狂気の譫言《うわごと》は当然の結果として、発行と同時にスキャンダルを引き起こした。二月二十二日には、極右とカトリック分子に焚きつけられた保守的な学生たちが「リスボン学生行動同盟」を結成し、作者を粛清しようといきりたった。当局もすぐさま反応し、レアルの本だけでなく、オリジポが前年に復刊したボットの『詩歌集』も押収の憂き目に遭う。もちろんペソアたちも拱手して事態を傍観していたわけではなかった。まずは異名者カンポスが「道徳的な警告」というビラを配って過激な反論を行い、次いでペソア本人名義で声明書『学生声明について』が発表された。[*42] ペソアの反論はきわめて落ち着いた調子で書かれており、その内容も同性愛の擁護ではない。「若かろうが、年老いていようが、高貴な精神が軽々しく論じない三つのものがある。神、死、狂気だ」と始め、学生たちはみずから行動しているのではなく、王党派、共和派を問わずこれまでポルトガルを支配してきた体制の強い影響を受けて、このような反応をしたのだ、と分析する。イエズス会やキリスト教会による教育の結果、彼らは批判精神をまったく持っておらず、自分で判断する代わりに既成概念に従っているだけであり、そこにこそ現代ポルトガルの大きな病があると結論づける。ペソアは、ここでも、無知、狂信、専制を拒否する、いや、告発するのである。

ここまで見てきたペソアの隠れたるもの、隠されたるものとの関係は一つのネットワークを作り、相互に関係していると言えるだろう。そして、その蜘蛛の巣の中心にあるのは、創造への飽くなき意志であるように思われる。「私は神話の創造者になりたい。それこそが人間の仕事として許される最高の神秘だ」[*43] とペソアは書き留めているが、彼の創作全体が文学という神話の創造に当てられた。そして、この「隠れたるもの」は、次章で見るポルトガルの神話ともつながっているのだ。

＊1 Yvette K. Centeno, *Fernando Pessoa: O amor, a morte, a iniciação*, Lisboa, A Regra do Jogo, 1985. ペソアと秘教的なものについての示唆に富む研究としては以下のものがある。Yvette K. Centeno, *Fernando Pessoa: Magia e Fantasia*, Porto, ASA, 2004; José Augusto Seabra, *Fernando Pessoa: pour une poétique de l'ésotérisme*, Paris, A L'Orient, 2004; Patrícia Silva McNeill, «Sacred Geometry of Being: Pessoa's Esoteric Imagery and the Geometry of Modernism», *Pessoa Plural*, nº 6, 2014, p. 20-45; Ana Maria Binet, «A Obra de Fernando Pessoa – uma galáxia de "esoterismos"?», in Steffen Dix & Jerónimo Pizarro (eds.), *A Arca de Pessoa, Novos Ensaios*, Lisboa, Imprensa de Ciências Sociais, 2007.

＊2 一九〇六年のノート。OPP II, 73.

＊3 Cor I, 214-219.

＊4 霊媒に凝っていたのは一九一六年から一七年頃だが、一九三〇年のメモもある。EA 207-339.

＊5 Henry More（一六一四―八七）

＊6 ちなみにペソアの蔵書には、レッドビーターの著作は二点あるが、『神智学入門』は見当たらない。

＊7 これは以下の本で、ペソアの蔵書にも残っている。Hargrave Jennings, *The Rosicrucians: Their rites and mysteries*, London, J. C. Hotten, 1870, 4th ed. 1907. cf. EA 230. その他にも薔薇十字団に関するものには以下の本があり、ペソアが関心を持ち続けていたことがわかる。Francis de Paula Castells, *Our ancient brethren, the originators of freemasonry: an introduction to the history of Rosicrucianism dealing with the period A.D. 1300-1600*, London, A. Lewis, 1932.

＊8 一九一五年十二月六日付。Cor I, 182-183. 強調は原文。

＊9 アニー・ベサント（Annie Besant）の *Os Ideais da Teosofia* やブラヴァツキー（Helena Petrovna Blavatsky）の『沈黙の声（A Voz do Silêncio）』なども訳していて、これらは現在も版を重ねている。蔵書中にはブラヴァツキーの原著（*The voice of the silence*, London, Theosophical Publishing Society, 1913）の他、以下の本もある。*Les origines du rituel dans l'Église et dans la Maçonnerie*, Paris, Adyar.

＊10 OC III, 61.『詩集』四六頁

＊11 ペソアの蔵書にはイェイツの詩集もある。ペソアとイェイツについては以下の文献が詳しい比較

研究を行っている。Patricia Silva McNeill, *Yeats and Pessoa: Parallel Poetic Styles,* London, Routledge, 2010.

＊12　一九一九年六月十日付のフランス語で書かれた書簡の写し。投函されたかどうかはわからない。Cor I, 285-288.

＊13　Cor II, 346. CFPDP 258. ただし、異名者に関する説明などを引用するのは構わないが、オカルティズムについては公表しないようにと厳命している。ユダヤ性の問題と同様、ペソアは慎重だった。

＊14　OPP III, 402.

＊15　Fernando Pessoa, *Fausto: Tragédia Subjectiva,* texto estabelecido por Teresa Sobral Cunha, prefácio por Eduardo Lourenço, Lisboa, Presença, 1988, p. 11.

＊16　*Ibid.,* p. 52.

＊17　OC VI, 74.

＊18　*Fernando Pessoa e a Filosofia Hermética: Fragmentos do espólio,* introdução e organização de Yvette K. Centeno, Lisboa, Presença, 1985.

＊19　cf. Robert Bréchon, «Le chemin du Serpent», in Fernando Pessoa, *Le chemin du serpent,* Paris, Christian Bourgois, 1991, p. 38-39.

＊20　OPP III, 1428.

＊21　これらのテクストはOPP III, 387-538.

＊22　OPP III, 1429.『不穏の書』七九頁

＊23　OPP III, 430-431.

＊24　OC III, 27-28.『詩集』三七頁

＊25　«Os Mistério da Boca do Inferno», OPP II, 1287-1295. «Aleister Crowley foi assassinado?», OPP II, 1296-1300.

＊26　関係者の書簡、当時の新聞雑誌記事、ペソアの草稿など、二人の交流の一切の文献を集めた画期的な本によって、その全貌を知ることができる。*Les secrets de la bouche de l'enfer, Autour de la correspondance entre Fernando Pessoa et Aleister Crowley,* sous la direction d'Emmanuel Thibault, Paris, Les Editions de l'œil du Sphinx, 2015. その後、ポルトガルでもこの一件に関するドキュメントを集めた一書が刊行された。

O Mistério da Boca do Inferno, Correspondência e novela policial, edição de Steffen Dix, Lisboa, Tinta da China, 2019.

＊27　語源に関しては、その他にもアラビア語の mahran（禁じられた）に由来するなどの説もある。

＊28　Anita Novinsky, «Fernando Pessoa: o poeta marrano», *Revista Portuguesa de História, t.* 33, 1999, p. 699-711.

＊29　José Augusto Seabra, «Dois Profetas Messiânicos» in *O Heterotexto Pessoano*, São Paulo, Perspectiva, 1988, p. 139.

＊30　小岸昭『マラーノの系譜』（みすず書房、一九九八年）一一頁。また、マラーノに関する記述は以下を参考にした。レオン・ポリアコフ『反ユダヤ主義の歴史　第Ⅱ巻　ムハンマドからマラーノへ』（合田正人訳、筑摩書房、二〇〇五年）

＊31　cf. Carsten Wilke, *Histoire des juifs portugais*, Paris, Chandeigne, 2015; Samuel Schwarz et al., *La Découverte des Marranes*, Paris, Chandeigne, 2015.

＊32　Mário Saa, *A Invasão dos Judeus*, Lisboa, Imprensa Libânio da Silva, 1925.

＊33　*Ibid.*, p. 292.

＊34　たとえば、以下の書。Michel Nicolas, *Des doctrines religieuses des juifs pendant les deux siècles antérieurs à l'ère chrétienne*, Paris, Michel Lévy frères, 1860.

＊35　«Prefácio ao livro de poemas *Alma Errante* de Eliezer Kamenezky», OPP III, 462-472.

＊36　OPP III, 471-472.

＊37　その急先鋒がペソア研究の第一人者であるリチャード・ゼニスである。たとえば彼の以下の研究を参照。«Fernando Pessoa's gay heteronym?», in Susan Canty Quinlan and Fernando Arenas (eds.), *Lusosex: Gender and Sexuality in the Portuguese-Speaking World*, Minneapolis, University of Minnesota Press, 2002, p. 35-56. ペソアにおけるセクシュアリティ全般をバランスよく見たものとしては以下の書がある。Anibal Frias, *Fernando Pessoa et le Quint-Empire de l'Amour, Quête du Désir et alter-sexualité*, Paris, Pétra, 2012.

＊38　António Botto（一八九七―一九五九）。出版は十一月とする説もある。

＊39　OPP II, 1239-1250.

＊40　OPP II, 1251-1265. これは、ボットが一九三二年に刊行した『返送された書簡』のあとがきとし

て収録された。

*41 Raul Leal (Henoch), *Sodoma divinisada*, Lisboa, Olisipo, 1923.

*42 この事件については以下の論文が詳しい調査を行い、ペソアの文書も復刻している。José Barreto, «Fernando Pessoa e Raul Leal contra a campanha moralizadora dos estudantes em 1923», *Pessoa Plural*, nº 2, 2012, p. 240-270.

*43 OPP II, 1023.『不穏の書』六三頁

II. 祖国ポルトガル

1――ポルトガル語の擁護と顕揚

ペソアは若い頃から政治に強い関心を抱き、ポルトガルの歴史的意義だけでなく、具体的な政治問題について考察することをやめなかった。それは、二十世紀初めのポルトガルの政情がきわめて不安定だったこととも関係しているだろう。王政から共和制、さらには独裁制へと、政体は目まぐるしく変化し、多くの政府が泡沫のように浮かんでは消えた。

ペソアは十八歳の時にジョアン・フランコ政権に反対する学生集会に参加している。二十歳頃のペソアによる英文のメモを引用しよう。

強烈な愛国的な苦しみ、ポルトガルの状況を良くしたいという強烈な欲求は〔略〕無数の計画を私のうちに引き起こす。たとえ一人の人間がそれを成しうるとしても、そのためには性格として意志の強さが必要だろう。ところが、これが私にはまったくない。[*1]

このくだりに続いて、愛国心は他の誰にも負けないが、誰からも理解されないと不満をこぼしつつ、ポルトガル文学の古典の刊行、文芸誌の創刊計画と並んで、革命を起こすための書物『ポルトガルの王殺しとポルトガルの政治状況』[*2]などの政治的文書の執筆を挙げている。

ブルジョワ家庭に生まれ、ポルトガル領事という要職にあったローザ将軍を継父に持ったペソアの政治的スタンスはどのようなものだったのか。晩年の自伝メモには次のようにある。

政治観。ポルトガルのような帝国主義国家には王政が最も適していると考える。と同時に、ポルトガルでは王政はまったく成立しないと考える。そのため、政権選択のための国民投票があれば、憐憫をこめて、共和制に票を投じるだろう。英国風の保守主義者、すなわち保守の中のリベラルであり、完全にアンチ反動主義者。〔略〕

社会的立場。反共産主義、反社会主義、あとは推して知るべし。[*3]

つまり、晩年は政治的に保守的だったわけだが、そこに至るまでには紆余曲折があった。彼が公にした最初の政治関連の文章は一九一五年四月五日に『オ・ジョルナル』紙に掲載された「過ぎゆく生のクロニカル」というコラム。[*4]『オルフェウ』創刊直後に政治欄でもデビューしたかっこうだ。というより、新たな日刊紙を立ち上げた作家のボアヴィーダ・ポルトガル[*5]が、先鋭的な文芸誌『オルフェウ』によって世間の耳目を集めたペソアに目をつけ、花形記者に仕立てようとしたというのが内情らしい。第一回は選挙と支持政党を話題にした内容だが、かなり高飛車な調子でマラルメの名前などを引きながら、政治的見解を変えないのは愚か者だけで、知性ある者はむしろ君子豹変で、目まぐるしく意見を変えるのだ、と断言している。スキャンダルを望んだ編集長の目に狂いはなかったと言うべきだろう。

その後も回を追うごとにペソアの筆は辛辣さを増していく。第三回はポルトガル国民の想像力について、ポルトガル人は想像力豊かだと言われるが、過剰な想像力とは想像力の欠如に他ならないなどと得意の逆説を振り回すものだから、読者は狐につままれた気分になったにちがいない。ところが、調子に乗りすぎたのか、第六回には筆が滑って、リスボンの乗合自動車の運転手を皮肉って、彼らの怒りを買ってしまう。抗議が社に寄せられると、新聞は翌々日の第一面にペソア氏の記事は誤って掲載されたものであり、今後は氏が寄稿することはないとの一文を掲載し、幕引きを図った。かくして、ジャーナリスト・ペソアは短命に終わった。

一方、一九一九年五月、「国民行動中核」の機関誌『行動』に、ペソアが「ポルトガルをどのように組織するか」と「公論」を発表し、かなり具体的な政策を提言したことは第七章で見た。この後、しばらく政治的文章に関しては沈黙が続く。「政治的空白期——ポルトガルにおける軍事独裁制の擁護と正当性[*6]」と題する小冊子を発表するのは一九二八年になってのことだ。独裁制を容認するこの論考を理解するには歴史的背景を参照する必要がある。

金七紀男の記述を参考に確認しておこう。[*7]

ローマ時代より栄えていた歴史ある街、ポルトガル北西部に位置するブラガで、軍事クーデターが起こる。一九二六年五月二十八日のことだった。主導したのは、第一次世界大戦時にフランドル戦線で戦功のあったゴメス・ダ・コスタ将軍[*8]で、当時のマシャド大統領は辞任、ブラガンサ王朝終焉のあと一九一〇年から続いた第一共和制が崩壊した。コスタ将軍が全権を掌握したのも束の間、軍内部の抗争によってコスタ将軍は失脚し、新たにカルモナ将軍[*9]が権力を奪取した。[*10]翌二七年二月には、軍政に反発した共和主義者、社会主義者たちが主導する暴動を軍はポルト、リスボンで鎮圧したものの、約一年にわたる混乱のなかで財政は危機的状況に陥っていた。それを解決するために抜擢されたのが、コインブラ大学で財政学を講じていたアントニオ・デ・オリヴェイラ・サラザール教授[*11]だった。大蔵大臣に任命され、予算に関する自由裁量権を委任されたサラザールは、徹底的な緊縮財政と重い課税によって、積年の財政赤字をわずか一年で黒字に転換させるという神業を行った。

ペソアが「政治的空白期」を発表するのはこのタイミングだ。全体は五章からなってい
る。最初と最後の章が「告知」、中の三章が「軍事独裁制」の三つの「正当性」という構成である。ペソアは、この冊子が五部からなる提案の導入部であり、ここでは軍事独裁制の正当性の問題のみを扱うとしている。

ポルトガル復興のために独裁制に期待すべき第一の理由は、国が二分されている現状である。それは王党派と共和派という分裂であると同時に、伝統的な正書法と共和制による新正書法の分裂でもある（そして、圧倒的大多数は字が読めない）。この分裂の原因はポルトガルに国の理想が欠如しているためだとペソアは分析する。第二の理由は国家に政体（憲法）が欠如していること。ジョン・ロックの政治思想などを援用しつつ、この問題を敷衍《ふえん》したのち、第三の理由として公論が形成されないことを指摘する。政府の建設には、力、権威、公論が不可欠だと述べ、まさにこの公論の不在ゆえに暫定的に独裁制を敷く以外はない、と結論づける。もちろん、すべての独裁制を認めるわけではないと付言することも忘れてはいない。ただ、政治的空白期という特殊な状況においては独裁以外の選択はないのだ。

政治家たちがこのペソアの提言に従ったわけではもちろんないだろう。しかし、ポルトガルは独裁制に向かうことになる。

蔵相のサラザールは一九二九年の世界恐慌の際にも、公共事業の拡充によって失業を抑えるなどの対策を講じて被害を最小限に食い止めることに成功し、国民から「ポルトガル

の救世主」と見なされ、三二年七月には首相に就任。軍事政権を後ろ盾にしつつ、翌三三年四月には、新憲法を公布して、新国家体制を確立する。いわゆる「エスタド・ノヴォ」（新しい国家）である。

その後、サラザールは右翼ファシストと結び、金融・商業資本と地主を保護し、資本の蓄積を促進して工業化を進め、経済成長を最優先課題とする。同時に、社会運動を弾圧し、愛国心に訴えて中産階級の心も摑み、不満分子の発生を抑えて体制の安定化を図った。非常事態にあるポルトガルにおいて、まさに独裁制は必要悪と見なされたわけだ。

だとすれば、詩人の主張が実現したようにも見える。ペソアは初めこそサラザールに期待を寄せたが、言論の自由の封殺、秘密警察による政治犯の拷問、白色テロなど、次第にファッショ化する政権にすぐさま失望した。[*12] それでも「政治的空白期」という著作そのものを撤回することはなく、改訂して改めて世に問うことにしたい、と晩年まで考えていた。[*13]

小冊子「政治的空白期」
提供：Casa Fernando Pessoa／協力：ポルトガル大使館

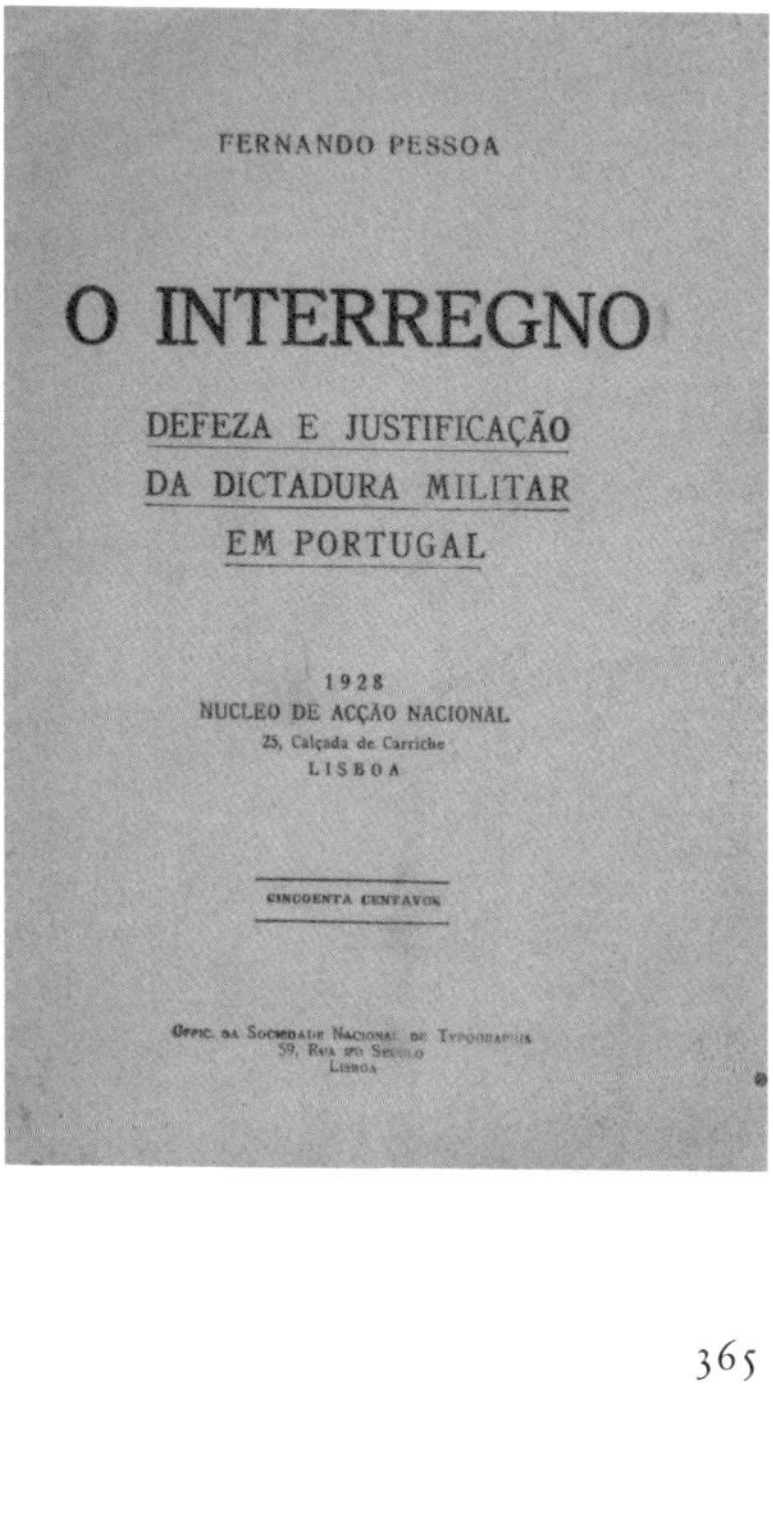

だが、話が先に進みすぎた。一九三〇年代の出来事に入る前に、時間の針を巻き戻し、若い時期に遡って、ペソアとポルトガルの関係を政治に限らず、もう少し広いレンジで見てみよう。南アフリカで少年時代を過ごした詩人にとって祖国との関係はけっして単純ではなかった。ある時期までは英国の文化に浸り、ロンドンで暮らすことも夢見ていたペソアにとって、[*14]帰国して発見したポルトガルは世界のメインストリームから取り残された辺境の地だった。[*15]過去の栄光ではなく、未来のヴィジョンを明確に描く必要性をペソアは痛切に感じていたのだ。

彼が一九二〇年に設立した会社オリジポの業務の柱の一つがポルトガル文化の振興であったことにはすでに触れたが、それと関連するテクストを二つ見ておこう。どちらも同じ発想によるもので、おそらく一九一〇年代後半、三十路に差しかかった頃に書かれている。一つはポルトガル語に関するもので、「ポルトガル語の擁護と顕揚」と題されている。[*16]正書法の理論、前置詞の割当、言語の特性、正書法の基準に関するノート、正書法の改革、国際言語、五つの帝国言語などからなる。

一九一一年、新生ポルトガル共和国は、市民の識字率向上のために、発音に即した形での表記へと変更する正書法改革を行った。二等国に落ちぶれたポルトガルを近代化するためには開明的な市民の育成が急務と考えられた結果だ。なんと、この時点でのポルトガルの非識字率は七〇パーセント。つまり、字を読めるのは、国民の三割でしかなかった。[*17]この数字は一九三〇年になっても大きく変わることなく、四割に到達していない（非識字率六七・八パーセント）。

正書法に関するペソアの考えは、このような現実の文脈を考慮しなければ、大時代的なエリート主義と見えかねないだろう。話し言葉と書き言葉の違いを、一方が自然・大衆的、他方が文化・貴族的としたうえで、前者が国の枠組み内の問題であるのに対して、後者はできる限り国際基準に近づけ、コスモポリタンであるべきだと主張する。また、無用な複雑化は避けるべきだが、ギリシャ語由来の言葉の多くに関しては、他の欧州語と同様にphを保ち、fに置き換えるべきではないと述べる。彼が雑誌『オルフェウ』の綴りをOrfeuではなくOrpheuとすることにこだわったことはすでに見たが、これはいまだ確立途上にあった正書法に関する彼の持論の表れだったのだ。

その一方で、無用なアクセント記号の使用はなくす方向を主張している。これは、彼が自分の名前Pessôaのアクセント記号を取る理由として国際化を挙げたことと平仄《ひょうそく》が合っている。ペソアによれば、話し言葉が民主的で、直接的で瞬時のものであるのに対して、書き言葉は文化であり、知的伝統との関係にあり、それゆえ両者の機能と役割は本質的に異なる。

ペソアは正書法の具体的な例を挙げて詳細に論じるのだが、その細部に入るには及ばないだろう。むしろ、ここで着目したい点は、ポルトガルが真の帝国の言語であるための条件をペソアが考察している点だ。言語を整備することで、ポルトガル語は、英語やスペイン語と並んで、世界的な言語になる可能性があると詩人は考える。それは大西洋を挟んだポルトガルとブラジルが一つの文化帝国を形成しているという彼の確信に由来するのだが、それについては後ほど見ることにしよう。

もう一つはすでに紹介した、英語で執筆されたリスボンのガイドブックである。没後六十年近い一九九二年になって出版されたこの本がはたして詩人の真筆であるのか、疑問視する研究者もいるが、ポルトガル文化の海外発信というペソアの関心からすれば、誰から依頼されたのでもなく、執筆したとしても不思議ではない。

正書法に取り組んでいたのと同じ頃、彼は自国の文化振興のため、「ポルトガル文化倶楽部」という組織を構想している。[*18]「平均的な英国人にとって、そしてポルトガル以外のどの国の平均的な人にとっても（スペイン人は除く）、ポルトガルとは、ヨーロッパの片隅の小さな国、時としてスペインの一部と考えられるものである」[*19]とペソアは手帖に書いているが、その不当に知られざる国の真価を世界に知らしめるべく、英語による紹介、「ポルトガルのすべて（All About Portugal）」を考えていた。手帖には、地理、民族、歴史から商業、文学、芸術までポルトガルに関するありとあらゆる情報を盛り込む[*20]と書かれている。「ポルトガルを旅行する人のためのガイド」や「観光者のためのガイドブック」という言葉も記されているから、一九二六年頃に執筆された「リスボン・ガイド」はその一部、あるいはパイロット版なりスピンアウトと見なすこともできるだろう。[*21]ペソアの天才がまるで感じられないという批判もあるが、それは作者の意図がまったく別のところにあったためだ。自身のオリジナルな観点は極力抑えられ、客観的な情報が重要視されているのだ。そうはいっても細部に着目すれば、ペソアらしい部分もないわけではない。

紹介されている街の主要な観光名所は今とほとんど変わらない。今回読み直して、ぼくの脳裏には最初にリスボンを訪れたときのことがまざまざと甦ってきた。当時この地に駐在していた叔父に街を案内してもらったが、そのなかに馬車博物館があった。そのとき、「なぜ馬車博物館？　大時代的な」と思ったりしたのだが、「大変珍しい博物館」としてペソアはかなり力を入れて説明している。[*22]ぼくらがそれに続いて訪れて、深い感銘を受けたベレンの塔についてもペソアは入念に語っている。

ベレンの塔が近づいてくる。リスボンでもひときわ美しい史跡であるのはもちろん、かつて世界を制覇したポルトガルの国力を、これほど雄弁に物語るものはない。はるか大航海時代には、このプライア・ド・レステロの地から、多くの船が新大陸を目指し、旅立っていった。この東洋風の塔も、もともとはテージョ川と首都リスボンの守りという意味あいで建てられたものである。建設を命じたのは、国王マヌエル一世。設計は「レース建築」の巨匠、フランシスコ・デ・アルーダである。〔略〕

外から眺めたベレンの塔は、まさしく石の宝石というにふさわしい。この姿を初めて目にした者はみな、独特の美しさに最初は驚き、やがてうっとりと見とれてしまう。建物を飾るレース細工、それも繊細なことこのうえないレース細工と見えるのは、実は緻密な石の彫刻である。[*23]

もう一つ面白いのは、「リスボンの新聞」に章を割いていることだ。英語話者がポルトガル語の新聞を読むとも思えないのだが、日刊紙だけでなく、週刊紙までその特徴を挙げているので、当時の状況を理解するのに役立つ。そして、リスボンの街そのものは、ペソアの時代から驚くほど変化していない部分もあるから、今でもこのガイドを携えて街を散策するファンが少なくないことも頷ける。

以上のことから、偏狭なナショナリズムに対してきわめて否定的であったペソアが、同時に筋金入りの愛国者でもあったことがわかるだろう。その政治思想に関してはいまだ膨大なテクストの解析も進んでいないのが現状だが、他者を否定することなく自国を愛すること、固定的な自己同一性とは異なる、コスモポリタニズムに通じる愛国主義のありかたへのヒントを、ぼくらはペソアのうちに見出すことができるように思われる。あるインタビューで彼は述べている。

ポルトガル民族は本質的にコスモポリタンです。真のポルトガル人がポルトガル人だったためしはありません。彼はつねにすべてであったのです。ところで、個人にあっては、すべてであるとは全存在であることですが、集団にあってはすべてであることは各個人にとっては何ものでもないことです。文明の雰囲気がコスモポリタンなとき、たとえばルネサンスの時代にはポルトガル人はポルトガル人であることができたし、それゆえ個人であったし、貴族であることが可能でした。文明の雰囲気がコスモポリタンでないときは——ポルトガル人は個人として呼吸する力を失ってしまう。つまり、ただのポルトガル人になってしまうのです。[*24]

思想家ペソアの面目躍如たるくだりだろう。あらゆるものであるために、なにものでもないことを目指すのがペソアの詩法の中核であることはすでに触れたが、この発想をポルトガルという国に適用したのが、このコスモポリタニズムである。そして、このようなポルトガル観は文化・芸術にさらによく当てはまる。というのも、ポルトガル芸術という言葉が示すのは、ローカルで民俗的なものとはまったく異なる、時空を超えた異なる境位だと詩人は主張するからだ。

ポルトガル芸術という言葉で理解しなければならないことは、そこにはポルトガル的なものが何もないということです。それは外国の芸術を模倣さえしてないのですから。ポルトガル的ということは、その語の品位ある意味においては、国民性などという無作法なものとは無縁にヨーロッパ的であることを意味します。ポルトガル芸術はヨーロッパがそこにみずからの反映を見出し、鏡を忘れて自分自身をそこに認めるようなものでしょう。──ここでいうヨーロッパとは特に古代ギリシャと世界全体のことを意味します。ただ二つの国だけが──過去のギリシャと未来のポルトガル──たんに自分自身であるばかりでなく、同時に他のあらゆるものであることができる力を、神から授けられたのです。[*25]

「神から授けられた」という表現の適否はともかく、詩集『メンサージェン』のペソアは、ポルトガルの神話、伝説、想像力を縦横に駆使し、新たな歴史を語る叙事詩を生み出そうとするのだ。

ダ・コスタ将軍のクーデターが起こった一九二六年五月二十八日、偶然とはいえ、ペソアは興味深い発言をしている。『商業・植民地新聞』紙の「ポルトガル、広大な帝国」と題するアンケートに対する回答である。[*26]質問は全部で四つ。一、ルネサンス時代に列強のひとつであったポルトガルは現在もその位置を保つだけの活力があるか。二、ポルトガルは植民地に関しては第三の強国だが、この事実によってヨーロッパの列強の一つと見なしうるか。三、植民地を失ってしまっても、ポルトガルは欧州貿易において独立した民族でありうるか。四、メディアによって国民の志気を高めうるか。以上の質問に対して、ペソアはいつものように理路整然と回答している。その概要はこうだ。

ポルトガルは、軍事的にも経済的にも列強ではありえない。強国でありうるとすれば、文化の領域においてだが、じつはこの分野でポルトガルが強かったことはほとんどない。ポルトガルは海洋帝国として、大航海時代には発展したが、その後は時流に乗り損ね、量的にも質的にも文化大国であったことはないのだ。第二の点については、現在は列強ではありえず、将来的には可能かもしれないとして留保しながらも、第三の点については、植民地を必要としないが、他国との関係で言えば、植民地を失えば、国力が衰えたと見られるから、失うことに利はないとしている。ペソアは精神的な帝国主義を主張し、そのためには植民地を放棄したほうがよい、と結論づける。

もう少し後に書かれた断章になるが、論旨が整理されているので、そちらから引用しておこう。

我らの文化的肖像に重くのしかかる過去のあらゆる要素を捨て去ることが必要なのだ。ポルトガルの植民地は消滅せねばならぬ。それは無用な伝統だ。〔略〕それはわれわれに重くのしかかっている。それは不吉な伝統を維持し、その伝統は美しいが、無用な栄光であった。まさに栄光であったがゆえにである。帝国主義は我らの伝統だが、それは植民地主義的、支配的帝国主義ではない。*27

ここまで何度も出てきた帝国という言葉はぼくらにはかなり唐突に響くが、これはいわゆる「ポルトガル海上帝国」、つまり、一四一五年の北アフリカのセウタ占拠に始まり、西アフリカと東アフリカの沿岸地帯、南米ではブラジル、アジアではインドやマカオなどに拠点を築いた交易権と海上覇権の体制[*28]を指す。その端を開いた人物が、世界史の教科書でぼくらにも馴染みのある、十五世紀のエンリケ航海王子だ。『メンサージェン』第二部の最初に置かれた詩「王子」はその使命を次のように描く。

神が欲し　ひとが夢見　偉業が生まれる
大地がひとつであることを　神は望んだ
海が隔てるのではなく　つなぐものであることを
あなたが選ばれ　水泡の秘密を暴くために　旅立った

島から大陸へと　輝きながら
白い岸辺が　世界の果てまで駈けた
そして　突然　大地全体が
深い青色から姿を現すのが見えた

あなたがポルトガル人に生まれたのは　神の御意思
海と私たちを　あなたのうちに徴《しるし》としたのだ
大洋は果たされ　帝国は解体される

主よ　ポルトガルもまた果たされねばならぬ[*29]

「果たす」と訳した部分の原語はcumprir-se、「完遂する」という意味だ。エンリケ王子は神の命を受け、偉業を成し遂げたわけだが、それは武力による帝国を打ち立てるためではなかった、とペソアは考える。どういう意味だろうか。アヴィス王朝を開いたジョアン一世の三男として生まれたエンリケが航海王子と呼称されるのは、航海者たちを鼓舞指導し、それまで誰も越えることができぬ未知の領域だったアフリカ西岸航路を切り拓き、大航海時代の幕を開いたためだ（ペソアの詩からも王子が船に乗って航海したようにイメージしがちだが、指令を出したのであって、船乗りだったわけではない）。テンプル騎士団を改組改称したキリスト騎士団の総長として莫大な資金源を擁した彼は、それまでヨーロッパの船乗りたちにとっての限界だったボジャドール岬を越えてアフリカ最南端の喜望岬までの航路を確立し、海洋帝国の礎を築いたとされる。だがペソアは、王子の真の業績はむしろ近代的で普遍的な文明の建設だったと考える。

先に少し触れたポルトガル文化紹介を目的としたポルトガル文化倶楽部の基本方針を記したテクストでもペソアは、エンリケ航海王子の冒険を出発点としているが、さらにそこからセバスティアニズモ的な第五帝国をこの倶楽部の目的及びユートピアとして掲げている。[*30]

2――第五帝国とセバスティアニズモ[*31]

またしても新しい言葉が登場して恐縮だが、ペソアの唯一のポルトガル語詩集『メンサージェン』を読み説く鍵が「第五帝国」、そして、それと連動した「セバスティアニズモ」だ。ぼくらはついにペソアが実名で発表した「愛国的詩集」(とあえて呼ぼう)の秘密のとば口にまでたどりついた。最後の扉を開くためには、この神話の世界にまずは飛び込む必要がある。

じつは、先ほど「ポルトガル、広大な帝国」と題するアンケートの第四の質問に対するペソアの答えをあえて省いたのだが、そこには次のような考えが記されていた。

国家の志気を高めるためのプロパガンダはただ一つ、偉大な国家神話の建設や改修、そしてそれを多元的に広めることである。〔略〕幸いなことに、過去とポルトガルの魂に深く根ざしたセバスティアン王の神話がある。私たちの仕事は、神話を作ることではなく、それを更新するだけでよい。まずはこの夢に浸り、自分の中に取り入れ、体現することから始めよう。そうすれば、私たち一人一人が独立して自分自身と向き合うことになり、夢は私たちが話すこと、書くことすべてに無理なく波及し、私たちと同様に誰もがそれを呼吸する空気が作られることになろう。その時、国家の魂の中で、新しい発見、新世界の創造、第五帝国の誕生をもたらす予測もしなかったような現象が起こるだろう。セバスティアン王が帰還するのだ。[*32]

「第五帝国」とは聞き慣れない言葉かもしれない。ナチスの第三帝国とまちがわれかねないが、それとは無関係で、いわゆる「帝権移譲論」に想を得て、十七世紀ポルトガルのイエズス会士アントニオ・ヴィエイラ（António Vieira 一六〇八―九七）が提唱した、神秘主義・メシア主義・千年王国的な原則に基づく呼称である。「帝権移譲論」そのものは、歴史の流れを権力や帝国の変遷として捉える中世の概念であり、古代オリエントの文明がどのように西洋に移ったかを説くために各国が利用した道具立てだ。その淵源は、キリストの王国が天上のみならず、地上においても与えられるとした旧約聖書の『ダニエル書』にあると言われる。たとえば十二世紀フランスでは、騎士道物語の作者として有名なクレティアン・ド・トロワが、ギリシャ、ローマ、フランスという道順を唱えたし、十四世紀イギリスでは王国大法官にして『書物への愛』で知られるリチャード・デ・ベリーがギリシャ、ローマ、パリ、イギリスという知の継承を唱えたように、自国による世界制覇を正統化する我田引水の論法である。

詳細を見る前に、ペソアが実名で発表した、その名も「第五帝国」という詩の全文を見てみよう。

家に留まるものは哀し
我が家の炉端に満足し
夢が　翼を羽ばたかせ
去るべき炉の燠《おき》よりも赤々と
燃えさからせることもなし！

幸せなものは哀し！
生きているとはいえ　惰性にすぎぬ
魂が叫ぶのは
根源《ルーツ》の教えばかり——
自らの墓のうちで生きるのだと

何世紀にもわたる時間のうちで
次から次へと世紀は引き継がれるが
満足しないのが　人間だ
魂の啓示によって　盲目の力が
支配されますように

こうして　四つの時代が過ぎた
夢見られた存在の四つの時代が
大地は劇場となるだろう
ひとっ子ひとりいない真夜中に
忽然と日が昇る劇場に

ギリシャ　ローマ　キリスト教
ヨーロッパ――四つの帝国は去った
あらゆる時代が逝くところへ
真理を生きるために到来する者は誰か
セバスティアン王の死という真理を[*33]

この詩の元になる考えを十七世紀のポルトガルで説いたのがアントニオ・ヴィエイラ。ジョアン四世（一六〇四―五六、再興王）の王室付説教師で、外交官としても活躍した人物だ。[*34]ときは一六四〇年、ほぼ六十年のあいだスペインに併合されてきたポルトガルは、王政復古戦争（またの名は喝采戦争）によって独立を勝ち取り、ジョアン四世が即位し、ブラガンサ王朝を開いた。ヴィエイラの論はこの王朝の正統性を主張する根拠となっている。死後出版された『未来の歴史』で彼は、アッシリア＝バビロニア、ペルシア、ギリシャ、ローマとつながれてきた覇権を現代に引き継ぐのが第五帝国としてのポルトガルだとした。つまり、ジョアン四世を救世主として、大航海時代の栄光を再興することで、ポルトガルは過去の四つの帝国を継承するというのである。興味深い点は、これまでの世界帝国観が旧世界に留まっていたのに対して、第五帝国は「新世界」も含めた全世界を結びつける使命を持つとしていることだ。これにはポルトガルのブラジル進出が本格化したことも背景にあるだろう。

ペソアは『メンサージェン』第三部の「アントニオ・ヴィエイラ」と題する詩で、彼のことを「ポルトガル語の皇帝」と讃えているが、だからといってその考えをそのまま受け入れるわけではない。むしろ、ヴィエイラを出発点としながらも、それをいわゆる力の覇権ではなく、文化の問題として捉えようというのが、ペソアの立ち位置である。

話は後のことになるが、先取りして言っておくと、一九三四年、アウグスト・フェレイラ・ゴメスが詩集『第五帝国』を上梓した際に、ペソアは序文を寄せている。[*35] この文章はペソアが第五帝国に関して生前に公表した唯一の論考であるが、じつは書き溜めていた膨大なテクストの氷山の一角にすぎない。帝国を空間的かつ軍事的に捉えるのではなく、世界に広がる神秘的で言語学的な存在とした点に独創性があるペソアの帝権移譲論は、およそ次のようなものだ。

通常は、第一の帝国はバビロニア、第二は古代メディアとペルシャの二重帝国とされるが、ペソアは第一帝国をそれ以前の知識を結集した古代ギリシャ、第二帝国をその拡充であるローマとする。一方、第三の帝国は、両者にユダヤ的な要素が加わったキリスト教、第四はルネサンス以降の世俗化したヨーロッパ。それに続くのはふつう大英帝国とされるが、ペソアの考えでは、物質的な覇権ではなく、精神的存在であるポルトガルこそが文化的な統合によって第五帝国となる。そうあるべきだし、そうであってほしいというのが、ペソアの期待であると同時に予言である。

ポルトガル国家は、その帝国としての道のりを三つの段階によって成し遂げる。第一段階は、力ないしは武器、第二段階は余暇ないしは休息、第三は学ないしは知性。[*36]

ペソアの解釈によれば、力とはジョアン二世の跡を襲ったアヴィス王朝の第五代マヌエル一世の治世に、頂点に達する。第二の段階はブラガンサ王朝のペドロ二世に続くジョアン五世で、豊かさの中で惰眠を貪る不毛の時代だが、それは預言の休息の時となる。そして、その次に来るのが、第三段階、すなわち第五帝国なのだが、それを実現するのが「隠れたる者」である。だが、この点を理解するためにはセバスティアニズモについて触れなければならない。ポルトガルの国民性を理解するための鍵を与えてくれる言葉として、サウダーデと同じくらい重要だが、さほど知られていない。聞き慣れない言葉かもしれないが、ペソアという詩人の全貌を理解するために不可欠な歴史的概念でもある。

話は十六世紀半ばのポルトガルに遡る（またもや歴史の授業のようになってしまうが、暫しお付き合い願いたい）。アヴィス王朝のジョアン三世には九人の嫡子と三人の庶子がいたものの、子どもたちはひとりまたひとりと亡くなり、このままでは世継ぎがいなくなるという瀬戸際にまで来ていた。万が一そんなことになれば王権は、婚姻関係から隣国のスペイン国王フェリペ二世に継承され、吸収されるという王国存亡のかかる危機的状況。そんなおり、五男ジョアン・マヌエル王子の妃フアナ（神聖ローマ帝国のカール五世の娘にして、スペイン国王フェリペ二世の妹）が懐妊していることが判明。不幸にしてジョアン・マヌエルは亡くなってしまったが、その半月後の一五五四年一月二十日、フアナは無事に男子を産み落とした。王国中がこの誕生を祝福し、王子セバスティアンは国民から「待望王」と呼ばれることになる。

当時のポルトガルは世界各地にいまだ少なからぬ植民地を擁していたとはいえ、香辛料貿易に陰りが見えはじめ、他国との植民地争いも激しくなっていた時期である。一五五七年、ジョアン三世が没すると、わずか三歳のセバスティアンが、祖母カタリナを摂政として即位した。イエズス会の教育を受けて成長した彼は、次第に十字軍遠征を夢見るようになる。一五七八年、若き国王は、廷臣たちの声にも耳をかさず、ポルトガル国家の年間収入の半分にも達する百万クルザード以上という莫大な軍事費用をかけてモロッコ進軍を決定。だが、杜撰な計画がたたり、アルカセル・キビールの戦いで、サアド朝の君主アブー・マルワン・アブド・アル＝マリク一世に大敗を喫する。この無謀な戦によっておよそ八千人の貴族と兵士の命が奪われただけでなく、セバスティアン王自身も敵陣に突っ込み戦死してしまった。

枢機卿で摂政を務めていた大叔父にあたるエンリケ王子（航海王子とは別人）が、聖職についたままエンリケ一世として王位に就くが、スペイン王（ハプスブルク家）の影響下にあった法王庁は、エンリケが還俗《げんぞく》し婚姻することを禁止。このため、またも後継者を決めることができないままエンリケ国王は一五八〇年に死去。その結果、スペイン・ハプスブルク家のフェリペ二世が王を兼任することになり、ポルトガルは併合された。かくして、二百年ほど続いたアヴィス王朝が消滅したのみならず、ポルトガルはスペイン支配下で次第に国力を失い、衰退していくことになる。

セバスティアニズモは、スペインによる支配下の国民の間で育まれた王の帰還を待望する思想だ。確かに、国王セバスティアンはアルカセル・キビールで敗退した。ところが、その死体はついに見つからなかった。[*37] そのために、戦死したはずの国王がじつは生きていて、いつか帰還し、ポルトガルを復活させる……という思いが伝説となって広まったのである。ペソアは未刊のノートで次のように説明する。

セバスティアニズモとはつまるところ何か。それは、神話的な意味での国の形象の周りに形成された宗教的な運動である。象徴的な意味で、国王セバスティアンとはポルトガルであり、ポルトガルはその偉大さをセバスティアンとともに喪失したのであり、偉大さを取り戻すには、彼が帰還する以外にはない。〔略〕伝承によれば、セバスティアンはある霧の深い朝に白馬に乗って、帰還のために待機していた遠い島から戻ってくる。[*38]

だが、セバスティアニズモの伝説の理論的根拠を説明するためには、さらに遡らなければならない。一五三〇年頃のポルトガル、トランコゾという街に、自身は旧キリスト教徒だったが、新キリスト教徒（改宗ユダヤ人）と親しく交流していたゴンサロ・アネス・バンダーラという靴屋がいた。[*39] 彼はユダヤ人のメシア思想に共鳴し、新しいメシアの登場、「隠れたる者」が民族を解放するという預言的な四行詩を書き、異端審問にかけられた。当局からは禁止されたものの、その詩は人びとの間に広まり、とりわけスペイン併合の時代になると、祖国解放の思想を下支えするものとなった。人びとは、セバスティアン王こそ隠れた王だと考え、その帰還を信じるようになり、スペイン支配を終わらせる民衆の反乱の原動力になった。

つまり、ジョアン四世に仕えたアントニオ・ヴィエイラの「帝権移譲論」は、このバンダーラの預言詩集を下敷きにしているのだ。だからこそ、支持を得て、一六四〇年にスペインからの独立を勝ちとった再興王ジョアン四世を預言された救世主だと人びとに思わせ、正統性を認めさせることができたのだと言える。[*40] いずれにせよ、この後、第五帝国とセバスティアニズモはしばしばセットとして考えられるようになる。

以上が、二十世紀前半にもなお広く流布していたポルトガル版メシア思想の概略だが、ペソアはこれを換骨奪胎して、自分なりの世界観を打ち出すことになる。すでに一九一四年、つまりペソアが新進気鋭の批評家として評論を発表し、また、彼の異名者たちが誕生した年の九月に、年長の作家サンパイオ・ブルノに宛てた手紙にこの言葉は記されている。

たとえば愛国主義のような単純な事柄を洗練化することや、定義するのが難しいメシア思想に惹かれる傾向があるため――これはすでに『鷲』に掲載した論考で表明し、そこでは近い将来における超カモンイスの登場を予告しました――私は国家に関する神秘的現象、おそらく極めて重要な、いわゆる「セバスティアニズモ」に惹かれます。[*41]

こうして見てくると、ペソアがポルトガルの新たな詩的潮流の旗印として掲げた「超カモンイス」は文学に限定された問題でなく、二十世紀前半のヨーロッパで、その存在感を失ったポルトガルという国そのものの再生と連関することになる。じっさい、ペソアが実名で発表した唯一のポルトガル語詩集『メンサージェン』こそは、これらのテーマが収斂していく場なのである。そこに収められた詩「ポルトガル国王　セバスティアン」を読んでみよう。

狂っていた　確かに　狂っていた　おれは
〈運命〉の許さぬ偉大さを望んだ
確信なら　溢れ出すほどあった
だから　あの広大な砂漠に残っているのは
おれだったかもしれぬが　真のおれではない

我が狂気を　他の者どもよ
付随する物もろとも　継承せよ
狂気がなければ　ひとなど
壮健な動物にすぎぬではないか
子孫を残すだけの生ける屍《しかばね》ではないか[*42]

セバスティアン一世を文学作品の主題としてとり上げたのは、もちろんペソアだけではない。それまでにもアルメイダ・ガレット、カミーロ・カステロ・ブランコ、アキリーノ・リベイロなど多くの作家が作品化してきた。それは、セバスティアン王が、エンリケ航海王子と同様、ポルトガルという国を象徴する人物だからだ。[*43]ポルトガルを代表する巨匠マノエル・ド・オリヴェイラ（Manoel de Oliveira　一九〇八―二〇一五）も『ノン、あるいは支配の空しい栄光』（一九九〇）という長篇映画や、ジョゼ・レジオの『国王セバスティアン』を原作とする『第五帝国』（二〇〇四）で、この狂気に満ちた人物を描いている。[*44]

セバスティアンがポルトガルの隠喩に最もふさわしい形象なのはなぜか。それは、誇大妄想に取り憑かれた人物だからだ。彼はモロッコ征服だけでなく、エルサレムの奪回、さらにはキリスト教の名の下に地中海を制圧し、ヨーロッパの支配者たろうとしたが、結果的にはポルトガル史上かつてなかった大敗北を喫する。アルカセル・キビールは地上戦としては最後の十字軍の戦いであると同時に、スペインとポルトガルというイベリア半島の雄が世界における覇権を失う、終わりの始まりでもあった。

これ以降、西洋文明は、アングロ・サクソン系の支配する世界になる。ポルトガルの海洋帝国の栄光を謳ったカモンイスの『ウズ・ルジアダス』が一五七二年、セバスティアン一世が敗れたアルカセル・キビールの戦いが一五七八年、スペインの無敵艦隊が英国艦隊に敗れるアルマダの海戦が一五八八年、セルバンテスの『ドン・キホーテ』が一六〇五年という流れを見ると、潮目が変わったのがよくわかる。

つまり、セバスティアンはポルトガル国民のＤＮＡに深く入り込んだ期待と希望と夢と誇大妄想を集約する存在と言える。ペソアは、無為の称揚とも見える遺稿詩「自由」でもこの待望王に触れている。

ああ　何という悦び

義務を果たさないことは
読むべき本があり
何もしないことは
読書はめんどうだ
学問など無
太陽は輝きつづける
文学などなくとも
河は善くも悪くも流れる
原本《オリジナル》など存在しない
風はといえば
ごく自然に朝から吹き
ゆったりとし　急ぐこともない……

本など　インクのついた紙にすぎない
学問など　不確実なもの
無と皆無のあいだを確実にしようとする
濃い霧のなかで　セバスティアン王を

待つほうがどれほどよいか
王が来ようが来まいが[*45]

じつは、この詩はサラザールの独裁政権による言論統制に対する抗議の詩であり、生前刊行されなかったのは検閲を恐れた結果と思われる。続きを見れば、その理由がわかる。

詩　善行　舞踏　どれも偉大なものだ……
しかし　世界にはもっとよいものがある
子ども　草花　音楽　月光　太陽　ときに
成長の代わりに　乾燥をもたらすのは残念だけれど

ああ　しかし　さらによいものがある
それはイエス・キリスト
経済のことなど　何も知らなかったし
本棚をもっていなかったことは確実だ……

サラザールが財政学の教授だったことが揶揄されているのだ。
それはさておき、さらに興味深いのはペソアが、このセバスティアニズモをポルトガル文化の隅々にまで浸透した精神性と見なしていることである。たとえば、ポルトガル音楽と言って、すぐさま思い起こされるファドだ。ポルトガル語のfadoは運命、宿命、預言を意味する。演歌にも通じるような哀愁に満ちた調べ、まさにサウダーデの感情で人びとを魅了する歌は十九世紀半ばに生まれたというが、ペソアはこの音楽をもセバスティアンと結びつけ、次のように述べている。

> あらゆる詩は——歌というものは伴奏のある詩ですが——自分の魂に欠けているものを反映します。だから、哀しい民族の歌は陽気で、陽気な民族の歌は哀しい。しかし、ファドは明るくも哀しくもありません。ファドとは、間《インターヴァル》のエピソードなのです。ポルトガル的魂が、まだ存在する前にファドを生み出し、望む力もなく、すべてであることを望んだのです。
>
> 力強い魂はすべてを運命に帰す。弱い魂だけが自らの意志などという存在しないものに期待するのです。
>
> ファドは力強い魂の倦怠であり、信じていたのに、自分を捨てた神に対してポルトガルが向ける軽蔑の眼差しなのです。
>
> ファドのうちで、彼方にいた正統な神々が帰還します。これこそが、セバスティアン王という人物の隠された深い意味なのです。[*46]

ここにはペソアのキーワードがさりげなくちりばめられている。「間」、「神々が帰還する」など。興味深い点は、通常は自分の意志に従うことが強さだと考えられるのに対して、運命に身を委ねることこそ強い魂だと述べられている点だ。この短いテクストから読み取れるのは、ポルトガル精神の根源にあるサウダーデがセバスティアニズモというメシア思想と密接に結びついていることである。じっさい、ポルトガルの歴史家ジョアン・ルシオ・デ・アゼヴェードは「セバスティアニズモは苦悩から生まれ、希望によって育まれた。詩のなかのサウダーデ、歴史のなかのセバスティアニズモ、両者はポルトガル人に固有の分離しがたい特徴である[*47]」と言っている。

次章で見るように、詩集『メンサージェン』を成り立たせる内的論理は、このような第五帝国、セバスティアニズモなのであり、靴屋バンダーラに関する言及も詩集の中に見られる。いや、それだけではない。ペソアはバンダーラの預言詩の解釈も何度か試み、遺稿のなかには、自分自身をセバスティアンと結びつけているくだりも見られる。バンダーラが、「隠れたる者」の帰還を一八七八年から八八年と考えていたようだという自説を述べたうえで、ペソアは記す。

〔一八八八年には〕大航海時代以来、最も重要な国民的な出来事が起こった。しかし、まさに事態の性質上、この事件はまったく人目につかなかったし、人目についてはならなかった。[*48]

一八八八年に起こった国民的な出来事とは何だろうか。これはおそらくペソアの誕生のことだと思われる。つまり、ペソアは、バンダーラの預言を成就するために生まれた人物、彼自身もまた「隠れたる者」だと自負していたのではなかろうか。

＊1 一九〇八年十月三十日に書かれたと推定される断章。EA 90.
＊2 この書かれなかった書 The portuguese regicide の著者はアレクサンダー・サーチ。
＊3 一九三五年三月二十五日、リスボンと記された伝記的メモ。OPP III, 1429.
＊4 OPP III, 749-754.
＊5 José Boavida Portugal（一八八九—一九三一）。一九一二年九月から十二月にかけてポルトガル文学の現状に関して、テイシェイラ・デ・パスコアイスやゴメス・レアルといった作家にアンケート調査を実施、『レプブリカ』に掲載するなどジャーナリストとしても活躍していた。
＊6 *O Interregno: Defeza e Justificação da Dictadura Militar em Portugal.* これは当初は無署名で発表される政治パンフレットとして書かれたようだが、当時の検閲システムの関係で、署名入りの冊子体の形で「国民行動中核」から刊行された。OPP III, 794-817.
＊7 金七紀男『図説 ポルトガルの歴史』前掲書、一〇〇—一〇一頁
＊8 Manuel de Oliveira Gomes da Costa（一八六三—一九二九）
＊9 António Óscar Carmona（一八六九—一九五一）
＊10 一部の政治家や知識人は亡命して、パリに「共和国防衛同盟」を結成したが、ペソアはポルトガルを去ろうとはしなかった。多くの若い芸術家がパリに留学したり、旅行したりしていたが、彼はポルトガルに留まる。現実の空間に関心のないペソアにとって重要なことは理念的なポルトガルであった。
＊11 António de Oliveira Salazar（一八八九—一九七〇）。サラザールが一九三三年に確立するエスタ

ド・ノヴァ（新しい国家）は七四年まで続き、ヨーロッパでは稀に見る保守権威主義的な長期独裁政権となる。

*12 ペソアはファシズムに対しては断固として反対する立場を取っていた。一九二六年、イタリアでムッソリーニ一党独裁政権が誕生した際にペソアは、ジョヴァンニ・B・アンジョレッティなるリスボン在住のイタリアの知識人へのインタビューを『ソル』誌に発表して、辛辣に批判した。これは無署名であったが、ジョゼ・バレットによって発見された。*Sol*, nº 22, 20 nov. 1926. José Barreto, «Mussolini é um louco: uma entrevista desconhecida de Fernando Pessoa com um antifascista italiano», *Pessoa Plural*, nº 1, 2012, p. 225-252.

*13 cf. OPP III, 1425.

*14 じっさい、彼の二人の異父弟は南アフリカから帰国してすぐにロンドンに留学、英国で大学教育を受け、暮らすことになる。

*15 ペソアは晩年にいたるまで、ポルトガルの地方性を批判している。«O caso mental português» in *Fama*, nº 1, 30 nov. 1932.

*16 LP 55-59.

*17 A・H・デ・オリヴェイラ・マルケス『ポルトガル：3』前掲書、七二頁。なお「リスボンの成年男子の識字率はポルトの二倍、郡部の四倍だった」。デビッド・バーミンガム『ポルトガルの歴史』前掲書、二一七頁

*18 LP 152-153. Teresa Rita Lopes (dir.), *Pessoa inédito*, *op. cit.*, p. 240.

*19 BNP/E136-59, quoted by Teresa Rita Lopes, in L 10.

*20 BNP/E136-58, quoted by Teresa Rita Lopes, in L 10.

*21 手帖にはその構成メモが複数残されている。BNP/E144P-51v.

*22 『リスボン』一一三―一一七頁。L 94-96.

*23 『リスボン』（近藤紀子訳）一〇九頁。L 98-100.

*24 インタビュー『ポルトガル』誌、一九二三年十月二十三日。SQI 260.『詩集』一一九―一二〇頁

*25 SQI 262-263.『詩集』一二〇頁

＊26　これは二回に分けて掲載された。二回目は一九二六年六月五日。OPP III, 705-710.

＊27　SP 51.

＊28　すでにブラジルを失っていたとはいえ、この時点でポルトガルはなおアンゴラ、ギニア、モザンビーク、カーボベルデ、サントメ・プリンシペ、インド（ゴア、ダマン、ディーウ）、マカオ、ティモールなどに広大な植民地を領有していた。一九六〇年以降はそれらが続々と独立し、一九九九年のマカオ返還によって、帝国はついに終焉するが、海上帝国はじつに六世紀も存続した。

＊29　OC V, 59.『詩集』二五頁

＊30　LP 152-156. このテクストでペソアが、ポルトガルとブラジルが政治的には別の国家であるとしても、共通の帝国の方針のうちにおいては異なる国ではなく、同じ使命を果たすべきだと説明するのもそのためだ。これはポルトガル語による精神的な営みであるがゆえに、帝国の建設のためには、言語の整備、正書法の確立を外国からの影響を受けずに行うことが必要だとも説いている。

＊31　ペソアと第五帝国、セバスティアニズモについては膨大な文献があるが、明確な見取り図を提示した論考としては以下のものがある。Jorge Uribe e Pedro Sepúlveda, «Sebastianismo e Quinto Império: o nacionalismo pessoano à luz de um novo corpus», *Pessoa Plural*, nº 1, 2012, p. 139-162. 彼らの編集した *Sebastianismo e Quinto Império* (SQI) はこのテーマに関するペソアのテクストを断簡零墨も含めて集めた貴重なエディションである。

＊32　OPP III, 710.

＊33　OC V, 84-85.『詩集』二七―二八頁

＊34　ヴィエイラについて日本語で読める文献としては以下が詳しい。浅見雅一「地域概念の形成 アントニオ・ヴィエイラの世界観」『地域史とは何か』（濱下武志・辛島昇編、山川出版社、一九九七年）所収。ペソアはメモの中で、史実とは無縁に、ヴィエイラをテンプル騎士団の総長としている（SQI 139)。このヴィエイラを主人公にした映画がマノエル・ド・オリヴェイラ監督の『言葉とユートピア』（二〇〇〇）。

＊35　第九章で触れたとおり、オリジポ設立の協力者であったこの人物は、『オルフェウ』（ただし出版されなかった三号）、『同時代』にも参加したジャーナリスト・詩人・批評家で、オカルト、占星術、

カバラに強い関心を寄せ、晩年のペソアに最も近かった。この本は「フェルナンド・ペソアへ、良き年に生まれた」として、詩人に捧げられている。またペソアの蔵書のこの本には詩人を讃える自筆の献辞も記されている。

＊36 OPP III, 712-713.

＊37 これに関しては諸説あり、王の遺体は十七世紀にスペイン経由でポルトガルへ返還され、同国で埋葬されたともいう。

＊38 OPP III, 688.

＊39 Gonçalo Annes Bandarra（一五〇〇―五六）。新キリスト教徒だったという説もある。

＊40 ただし、ヴィエイラはセバスティアニズモについては否定的だった。

＊41 Cor I, 122-123. ジョゼ・ペレイラ・デ・サンパイオ（José Pereira de Sampaio 一八五七―一九一五）はブルノの筆名で活躍し、後世からはサンパイオ・ブルノと称される作家・思想家。ユダヤ思想や薔薇十字などペソアと思想的にも近いものがあり、とりわけセバスティアニズモについての著作『隠れたる者』（一九〇四）もあった。この本はペソアの蔵書中にあり、書き込みも見られるから、源泉の一つと言えるだろう。ペソアは引用した部分につづけて、「先生のご著書――私は存じ上げています――が私の指針であり、先生だけが私を導いてくれるのですから、この現象を研究するにはどのような本を読めばよいかご教示いただければ幸いです」と助言を乞うている。この時点でペソアの知識は限られており、こうした現象がポルトガル固有のものなのかどうかも尋ねている。

＊42 OC V, 44.『詩集』二四頁

＊43 ポルトガルだけでなく、ブラジルも含めてセバスティアニズモと文学や哲学の関係を広範に扱った著作としては António Quadros, *Poesia e filosofia do mito sebastianista*, Lisboa, Guimarães Editores, 2ª ed. 2001. また、このテーマに関し必須の文献として以下のものがある。José Marinho, *Nova Interpretação do Sebastianismo e outros textos*, *Obras de José Marinho*, vol. V, ed. Jorge Croce Rivera, Lisboa, Imprensa Nacional-Casa da Moeda, 2003.

＊44 オリヴェイラ監督は、なんと百六歳で撮った最後の作品『レステロの老人』（二〇一四）でもセバスティアン王について立ち戻っている。

＊45　OC I, 247-248.『詩集』二一一─二一二頁
＊46　一九二九年四月十四日、ファドについてのアンケートに対する答え。*O Noticias Ilustrado*, ano II, 2ª série nº 44. SP 98.『詩集』一二〇頁
＊47　金七紀男『図説 ポルトガルの歴史』前掲書、五七頁
＊48　OPP III, 653. 強調は原文。

12. 詩集『メンサージェン』

1――『プレゼンサ』誌

一九二七年、この年の六月にペソアは三十九歳になる。この時期の友人宛ての書簡がほとんど残されていないため、四十歳を目前にした詩人の心中を知るすべはないのだが、詩人の人生は、ポルトガル社会と同じく相変わらず灰色だった。創作活動の方はますます旺盛になっており、後に『メンサージェン』に収められる詩のいくつかがこの年の九月と十二月に集中的に書かれている。さらには、新しい試みとして、十一世紀ペルシャの詩人ウマル・ハイヤームが実践した四行詩ルバイヤートを模した詩作も行っている。第一、第二、第四句で脚韻を踏むこの詩形をペソアは、英国の詩人エドワード・フィッツジェラルドの翻訳によって若い頃から知っていたが、英訳からポルトガル語訳を試みただけでなく、この時期にはポルトガル語で百五十篇以上も作っている。

だれもが　自分の魂を夢見る
あたかも　魂が夢見た魂それ自体と等しいかのように
だれもが　鐘型ガラスに覆われた魂を持っている
ガラスで覆われ――幕間劇に苦しむ[*1]

だが、この年の重要な出来事は、若い世代たちとの出会いだった。一九二七年三月、首都リスボンと第二都市ポルトの中間に位置し、伝統ある大学を擁するコインブラで、「芸術と批評」を目指す雑誌『プレゼンサ（Presença）』が創刊された。ペソアやサ＝カルネイロが一九一五年に発行した『オルフェウ』はポルトガル・モダニズム第一期の重要な拠点だったが、二号しか出せず短命に終わった。十二年後に、その流れを汲んで第二次の重要拠点となった『プレゼンサ』は一九四〇年まで順調に続き、五十四号を刊行した。運動の中心にいたのはジョアン・ガスパール・シモンイス（João Gaspar Simões　一九〇三―八七）、ジョゼ・レジオ（José Régio　一九〇一―六九）、ブランキーニョ・ダ・フォンセカ（Branquinho da Fonseca　一九〇五―七四）、いずれも二十代半ばの若者だった。彼らは先輩詩人たちにも広く寄稿を呼びかけた。ペソアもその一人で、『プレゼンサ』に安定した拠点を見出し、多くの作品を発表することになる。[*2]

「Presença」という誌名は「現代性、存在感、影響力」などの意味を持つが、新しい美意識を主張しようとする自負が表れている。のちには、それに呼応するような洒落た表紙も備えることになるが、一号は二段組でわずか八頁の粗末なもので、『オルフェウ』とは違って高級な用紙も使っていない（逆にだからこそ長く続けられたのだろう）。それでも、レジオが書いた創刊の辞「生ける文学」は志高く、雑誌の方向性を明確に示している。あらゆる独自な芸術は生きたものであり、その独自性は未知なるもの、真なるもの、芸術家の個性の内奥から来る。ところが、現代のポルトガル文学では旧弊なものばかりが幅をきかせ、新しく独自で真摯なものがほとんど見られない。だからこそ、自分たちの雑誌はモダンであることを目指す、と宣言する。

こうして、雑誌は海外の最新の潮流（プルースト、ジッド、ドストエフスキー、ジョイス、ピランデッロ）を紹介しただけでなく、モダニズムについての論考も掲載した。[*3] とはいえ、その路線は前衛的なものからは距離を取っていたように見える。一九二〇年代、ヨーロッパの他の首都では、戦後復興のなかで多様な文化が花開き、前衛芸術も活発だったが、ポルトガルでは状況が少し違った。『オルフェウ』の時代には未来派が入ってきたものの、その後は、ダダイスムもシュルレアリスムもほとんど紹介されなかった（これらの紹介は一九四〇年以降のことになる）。

『プレゼンサ』は、『オルフェウ』が切り拓いたモダニズム路線の継承者を任じていたが、両者には違いもあった。一九一五年の運動では、新たな共和制の誕生に連動した開放的で挑発的な行為が目立ったのに対して、二七年の場合は独裁制下のどんよりとした重い空気が漂っていたのである。[*4] ペソア研究の第一人者エドゥアルド・ロウレンソは『オルフェウ』の冒険が存在論的――〈文学的〉な観点からすると悲劇的――であったのに対して、『プレゼンサ』のほうは圧倒的に心理的でドラマティックだと説明している。[*5]

その違いはさておき、ぼくらにとって重要なことは、この雑誌がペソアの異名者たちに満ちた空間となった点である。三人の異名詩人だけでなく、ソアレスの『不穏の書』の断章まで掲載され、異名を解説したテクストも発表された。その一つが、一七号（一九二八年十二月）に掲載された「書誌目録」であることは第四章で見たが、異名という言葉が明確に定義されたことの意義は大きい。[*6]

三号（一九二七年四月）に掲載された論考「モダニズム世代」でレジオが、ペソアを新たな文学の指導者と名指し、自分たちの運動の旗印としたことに、[*7]ペソアは勇気づけられただろうし、参加への気持ちも高まったにちがいない。最初のテクストが掲載されるのは五号（一九二七年六月）、実名による詩「海岸」とカンポス名義の芸術論「環境」が寄せられた。[*8]後者はこの時期のペソアの芸術観が要約されている点できわめて重要なものだ。カンポスは言う。「感性」そのものは、他の時代に継承することができず、伝えることができるのは感性に関する知性にすぎない。知性は、すでに感性が変化したものであり、次の時代に伝わるのは、それ自身とは異なる何かということになる。それを受け、異教的《パガニズモ》な意味での神、つまり真の神とは、ある存在がみずからに関して持つ知性のことに他ならないと述べ、カンポスは外部と内部を逆転させた説を展開する。

生きること、それは他人に属することである。死ぬこと、それは他人に属することである。生きることと死ぬことは同じことである。しかし、生きることが外部から他人に属することであるのに対し、死ぬことは内部から他人に属することである。二つは似通っているが、生は表で死は裏である。だから、生は生であり、死は死なのだ。なぜなら、表は、それが表だとわかった瞬間から、つねに裏より真実であるから。

あらゆる真の感情は知性のうちでは嘘である。というのも感情が生まれるのはそこではないからだ。あらゆる真の感情はそれゆえ虚偽の表現を持っている。表現するとは、自分が感じないことを言うことである。[*9]（「環境」）

以上のことから、カンポス＝ペソアが引き出す結論が、まさに「ふりをすること」だ。

ふりをすること、それはみずからを知ることである。[*10]（同前）

感覚することと思考すること、つまり感性と知性の関係は、ペソアが初期から何度も立ち戻る大問題だった。カンポスのこのテクストは、それを歴史的次元と個人的次元からだけでなく、宗教的なものとも絡めて論じている点で興味深い。「ふりをすること」、これこそ詩法の核心だが、このような詩人の振る舞いは、他者を欺くためのものというより、むしろ自己認識のあり方なのだ、というのである。なぜ、そのようなことが言えるのか。それは、経験とその表現との間にはつねにギャップがあり、感じたことをそのまま表現しても、感じたこととの表現にはならず、感じているふりをすることによってこそ、感じることができるからだ。その意味で、この芸術論は、『プレゼンサ』三六号（一九三二年十一月）に掲載されるペソアの最も有名な詩「自己心理記述（Autopsicografia）」の解説になっていると言えるだろう。

詩人はふりをするものだ
そのふりは完璧すぎて
ほんとうに感じている
苦痛のふりまでしてしまう[*11]

ペソアの実人生と彼の芸術はストレートに交わることはけっしてないのだ。私小説ほどペソアから遠いものはない。

当時のペソアは、リカルド・レイス、アルベルト・カエイロ、アントニオ・モーラといった異名者を中心にネオ・パガニズモを大々的に打ち出す計画を立てていたが、その中核となるテクストはいずれも『プレゼンサ』に発表された。レイスの場合は、「オード」計八篇が四回にわけて発表されている。[*12]

偉大であるためには　自分自身でなければならない
いかなるものも　誇張も排除もしないこと
ひとつひとつのことに　すべてであれ
どんな些細な行為のうちにも　自分のすべてを投入せよ
そうすれば　あらゆる湖に月が輝く
月は天の高きところにあるのだから[*13]

一九二八年三月の『プレゼンサ』一〇号には、レイスのオード二篇、カンポスの詩と並んで、ペソア名義の詩も一篇掲載された。実名の詩は、きわめてシンプルで直截な詩だ。

どんな音楽でもいい　ああ　どんなものでも
魂から　この不安を
取り去ってくれさえするならば
あらゆる不可能な平穏を要求するこの不安を
どんな音楽でもいい——ポルトガルギターでも
ヴァイオリン　アコーディオン　手回しオルガン……
即興的な歌……

イメージのない夢……
なんでもいい　人生以外ならなんでも
ホタでも　ファドでも
人生の最後のダンスの
大混乱でも……
もうこれ以上　心を感じたくない！[*14]

（「どんな音楽でも」）

詩人は若者たちの雑誌に寄稿するだけで満足していたわけではない。『発見』など他の雑誌にも頻繁に寄稿するだけでなく、一九二九年四月にはまたしても友人たちと雑誌を始めている。名前は「ソリュサォン出版の雑誌」。最初の号の編集長は今回もジョゼ・パシエコだ。この雑誌のユニークな点は、すぐに書籍化が難しい古今の作品を廉価の分冊形式で少しずつ発行し、後に一冊にまとめるという発想にあった。ペソアの周辺の作家、マリオ・サア、カルロス・ケイロス、ジョゼ・レジオなどが参加し、ペソア自身も、ソアレス名義の『不穏の書』の断章、カンポス名義の詩や散文を発表した。『現代ポルトガル詞華集』の計画もあり、その序文も執筆している。[*15] だが、この試みもまた成功からはほど遠く、十八分冊を出したところで終了した。

一九二九年九月、ペソアがカルロス・ケイロスに贈った写真（二五三頁図版）によって、かつての恋人オフェリアとの関係が再燃したものの、ほどなく破綻したことは第八章で見たが、一九三〇年も旺盛な創作欲は続く。カエイロ本人は一九一五年に亡くなったことになっているが、『恋する羊飼い』ほか、作品は続いているし、レイスのオードが十二篇、カンポス名義の作品が五篇、本人名義が七十作以上と夥しい量の作品が書かれる。

　一九三〇年五月には、リスボンにある国立美術協会で第一回「独立派《アンデパンダン》サロン」展が開催される。新しい世代の画家、彫刻家、建築家、デザイナーなど七十名近くが、三百以上の作品を展示した。そのカタログにはラウル・レアル、マリオ・サア、ジョゼ・レジオなどの論考とともにカンポスのエッセイも掲載された。さらに、「独立派サロン」展の画家たちが視覚作品を寄せた詩画集「抒情詩集」も併せて刊行された。このタイトルは、ルネサンス期イタリアの詩人ペトラルカの『カンツォニエーレ』に範をとった抒情的な作品を示すが、一つ上の世代に属すセザリオ・ヴェルデや、カミロ・ペサーニャなどの詩とともに、ペソアの詩五篇（うち一篇は抒情詩とは趣を異にするカンポスの「先延ばし」）も含まれていた。[*16]『プレゼンサ』はこの催しに積極的に関与しており、二六号、二七号で特集を組んだだけでなく、レジオとガスパール・シモンイスがコインブラからリスボンにやってきた。こうしてペソアと初めての出会いが実現した。若者たちは、作品や手紙のやりとりを通してしか知らなかった伝説的な詩人と対面できることに心を躍らせていたにちがいない。だが、現実の出会いは、予想に反して大いなる幻滅を引き起こす結果となった。カフェ・モンターニャで彼らを迎えたペソアは、完全にアルヴァロ・デ・カンポスとして振る舞い、ほとんど神経症とも言える詩人の言動に、若者たちはただただ驚いてしまった。彼らは、自分たち地方出身の若者と距離を保つために首都の有名詩人が取った軽蔑的な態度だと考え、すっかり失望したという。ペソアの真意がどこにあったのかは謎のままだが、詩人はすでに半ば狂気に陥っていたのかもしれないし、若者たちを警戒していたのかもしれない。それでも、ペソアは六月二十八日にはガスパール・シモンイスに手紙を送り、お互いに多忙でゆっくり話すことができなかったのは残念だが、会えただけでもよかったなどと書き送っている。[*17]

この後も『プレゼンサ』との関係は冷え込むどころか、若者たちの慫慂《しょうよう》を受けたペソアはそれまで以上に多くの作品を寄稿するようになる。一九三〇年九月は、イギリスの魔術師アレイスター・クロウリーのポルトガル訪問で、ペソアが忙しかったことは第十章で見たが、頻繁な手紙のやりとりは続いている。[*18]

一九三〇年十二月、『プレゼンサ』二九号にガスパール・シモンイスによる「フェルナンド・ペソア、あるいは無垢の声」が出る。かねてよりペソアの天才の秘密を解明しようとしてきたシモンイスは、フロイトの理論などを援用しつつ持論を展開した。この論考を含んだシモンイスの評論『ポエジーの神秘』(一九三一)について、ペソアは若き崇拝者の手放しの賞賛に感謝しながらも、その内容には留保をつける手紙(一九三一年十二月十一日付)を書き送っている。とりわけ、精神分析に関しては慎重になるようにと助言し、精神分析は有用であるが、不完全で偏狭な理論だと述べている。[*19] フロイトの功績は、無意識の発見、セクシュアリティへの着目、翻訳の問題（心的問題が他の領域へと転換される）の三点にあるとしながらも、ひとつの現象は複数の要因の複合的な結果であるから、性的なものに特化して説明をすることはできないと諭している。いずれにせよ、異名者の創造や、みずからの詩法をなんらかの理論の枠組みから説明されることを拒否したことはまちがいない。

この時期、『プレゼンサ』では編集方針の違いから、ブランキーニョ・ダ・フォンセカやミゲル・トルガ[*20]らが離脱し、一九二八年から参加したアドルフォ・カザイス・モンテイロ（Adolfo Casais Monteiro 一九〇八—七二）が、レジオやシモンイスとともに編集の中心になる。モンテイロは、晩年のペソアが異名者の問題や出版計画について長文の手紙を書き送る相手だが、それはもう少し先の話だ。

『プレゼンサ』三〇号（一九三一年一・二月）には、カエイロの『群れの番人』からの抜粋八篇が掲載されるが、さらに重要なのはカンポスによる「我が師カエイロ追想のための覚書」だ。カエイロを活写するこの文章によって、独特な人となりがくっきりと浮かび上がってくるだけでなく、レイスへの言及によって異名者相互の関係も明らかにされており、さながらペソア劇場のパンフレットとなっているからである。

こうして、直接編集に関わることこそなかったが、『プレゼンサ』はほとんどペソアのホームグラウンドの様相を呈している。それが頂点に達するのが三一・三二合併号（一九三一年三・六月）。カンポスの詩「ぼろきれ」、ペソア名義の「足場」、レイスの「オード二篇」、カエイロの「最後から二番目の詩」が掲載され、異名者が一堂に会するからである。ここではレイスのオードの一つ目を引こう。

ぼくらの秋が　リューディアよ
冬をひそませてやってきたら
思いを馳せてみよう　やがてくる春のことではない
春は他のひとたちのもの
夏のことでもない　そのころ　ぼくらは死んでいる
過ぎ去るものが　残す痕跡へと思いを馳せてみよう
いま　葉のそれぞれが生き
それぞれを異なる葉としている　この黄色へと[*21]

かくして、一九二〇年代後半のペソアは、若き日にみずからが提唱した超《スプラ》カモンイスになったかのような活躍振りだ。

その一方で、ペソアは実人生との和解を図る行動にも出ている。リスボンの西二十キロに位置するカスカイス市に、元々はサン・セバスティアン塔と呼ばれていた、おとぎ話にでも出てきそうな奇妙な洋館がある。一九〇〇年に、煙草産業で財をなしたアイルランド系ポルトガル人ジョルジェ・オーネイルによって建てられた、ネオ・ゴシック、ロマンティック、アラブ風などが脈絡なく織り込まれた折衷様式の館である。その後、一九一〇年にカストロ・ギマランイス伯爵が別邸として購入し、妻とともに暮らしたが、二七年に伯爵が死去すると、遺族は伯爵の名前を冠した博物館兼図書館とすることを条件に屋敷をそっくり市に寄贈した。こうして、一九三一年七月、カストロ・ギマランイス伯爵図書美術館がオープンした。資料整理のために司書学芸員が必要になり、一九三二年九月、『オ・セクロ』紙に求人広告が掲載されたのである。

それを見たペソアがこれまで周到に避けてきた宮仕えを、なぜ決意したのかはわからない。コネを使うことも事前に事情を探ることもせず応募するところが、ペソアらしい。[*22]さらに驚くべきは、同年九月十六日付の手紙の内容である。司書としての適性なり経験（はもちろんなかったが）を語るのではなく、南アフリカでの英国風の学歴を提示した後は、ひたすら詩人としての活動と長所と、英語とフランス語の能力を強調するものだった。当然、市当局はそんな詩人を雇うはずもなく、ペソアはあえなく不採用となった。採用されたのはカルロス・ボンヴァロットという画家。[*23]カスカイスを主題にした風景画で知られるほか、レントゲンを用いた絵の修復などにも長けていたというから、順当な結果だと言えよう。いずれにせよ、これはペソアが生涯で唯一行った就職活動だった。この就活失敗に失望したとは思えないが、一時とはいえ、風光明媚な港湾都市の図書館でゆっくりと本に囲まれる生活を詩人は夢見たのだろうか。

この時期に書かれながら発表されなかった傑作をここで引用しておきたい。

わたしは逃亡者だ
生まれたとき　わたしは
自分のなかに閉じこめられた
ああ　しかし　わたしは逃げた

ひとは飽きるものだ
同じ場所に
それなら　同じであることに
どうして　飽きぬことがあろうか

わたしの魂は　自分を探し
さまよいつづける
願わくは　わたしの魂が
自分に出逢いませんように

なにものかであることは牢獄だ
自分であることは　存在しないこと
逃げながら　わたしは生きるだろう
より生き生きと　ほんとうに[*24]

一九三三年になると、三月十九日にサラザール独裁による新国家体制が始まり、ポルトガルのファシズム化が進んだ。ペソアは新たな精神的危機に見舞われつつも、創作を盛んに続けた。また、これまでの自分の作品をまとめようという気にもなっていた。折しも『プレゼンサ』の同人たちは雑誌だけでなく、叢書の形で単行本を出すことを計画し、ガスパール・シモンイスがペソアに百頁から百五十頁ほどの普及版を出したいと告げている。[*25]この提案に対して、ペソアは二月二十五日付の手紙で、まずはアルベルト・カエイロの『群れの番人』を出版してはどうかと答えている。

私の意図としては、カエイロに関しては『全集』（『群れの番人』『恋する羊飼い』『寄せ集めの詩』）として一巻本で出すつもりでした。しかし、今のところ『寄せ集めの詩』は完成しておらず、いつできるかわかりません。それだけでなく、構成も見直す必要があります。言葉だけでなく、心理学的な構成もです。[*26]

結局、この計画もいつものように実現せずに終わるのだが、この時期、彼の名声は国境を越えて広まりつつあった。一月には、フランスはマルセイユで発行されていた文芸誌『南方手帖』に、ピエール・ウールカードの翻訳によって、カエイロの詩三篇、カンポスの詩一篇、ペソア本人名義の詩一篇が、解説付きで掲載されたのだった。訳者は、一九三〇年、ゲーラ・ジュンケイロについて研究するためにコインブラ大学に留学したとき、『プレゼンサ』の詩人たちと知り合い、「ポルトガルにおける文学モダニズムのパノラマ」と題する論考を『ポルトガル研究誌』に発表していた。[*27]

だが、ペソアの名前が広く一般に知られるようになるのは、翌年刊行される詩集によってである。

2——『メンサージェン』

一九三四年十二月、四十六歳にしてペソアはついに母国語による第一詩集を刊行する。余白がたっぷりとられた百頁の小詩集で、タイトルは『メンサージェン(Mensagem)』、英語で言えば「メッセージ」。入稿の時点までは「ポルトガル」という題名で構想されていた。[*28] この事実が端的に示すようにポルトガルという国が主題だが、その栄光の時代であるアヴィス王朝から、来たるべき栄光の時代までを謳いあげた叙事詩、というわけではない。前章で見た「第五帝国」、つまり現実の海洋帝国ではなく、想像上の文化的帝国としてのポルトガルが象徴的に表現される。

この詩集も劇詩『ファウスト』や散文集『不穏の書』と同様、ペソア畢生の作と言ってよいだろう。最も早いものは一九一三年七月二十一日の日付を持ち、最も遅い作品は刊行年の四月二日に書かれている。こうして、二十年以上にわたって断続的に書かれ、多くは雑誌に発表された詩篇を再構成して一冊の詩集に仕立て上げたのは、いつもはけっして完成にいたらないペソアにしては奇蹟的だが、そこにはある事情があった。それについては後ほど見ることとして、まずは作品を概観しよう。

フェルナンド・ペソア『メンサージェン』
提供：Casa Fernando Pessoa／協力：ポルトガル大使館

詩集は三部構成で、第一部「紋章」十九篇、第二部「ポルトガルの海」十二篇、第三部「隠れたる者」十三篇の計四十四篇からなっている。正直に白状すると、ぼくは最初にこれらの詩を読んだとき、個々の詩に惹かれはしたものの、全体的にはピンとこなかった。ポルトガルの歴史もセバスティアニズモのことも知らなかったのだから当然だ。あとになってポルトガル人にとっても読みこなすのは一筋縄でいかないことを知った。とっつきにくい理由は、歴史的事象と秘教的な世界観が渾然一体になっているためだ。その後、『「メンサージェン」事典』[*29]をはじめ、いくつかの研究書を読むことで、以前よりは理解が進んだものの、じつは、今でも完全に理解しているとは言えない。それでも、各種の解説から学んだことを紹介することにしよう。

まずは第一部「紋章（Brasão）」の目次から。

第一章「盾面（Os Campos）」
1城々　2五盾
第二章「城々（Os Castelos）」
1オデュッセウス　2ヴィリアト　3エンリケ伯爵　4タレジャ
5アフォンソ・エンリケス　6ディニス
7（1）ジョアン一世、（2）フィリッパ・デ・レンカストレ
第三章「五盾（As Quinas）」

1ポルトガル王 ドゥアルテ　2ポルトガル王子 フェルナンド
3ポルトガル摂政 ペドロ　4ポルトガル王子 ジョアン
5ポルトガル王 セバスティアン
第四章「王冠（A Coroa）」
ヌーノ・アルヴァレス・ペレイラ
第五章「紋章装飾（O Timbre）」
グリフォンの頭：エンリケ王子、グリフォンの一翼：ジョアン二世、
グリフォンのもう一翼：アフォンソ・デ・アルブケルケ

固有名詞のオンパレードで何が何だかさっぱりわからない。

この第一部は、ポルトガル王国の紋章に建国からの重要人物を配したものなのだ。ポルトガル国旗の中心やや左寄りに国章が記されているのは、みなさんもご存じだろう。しっかり見た人ならば、盾が二重になっていて、外側には七つの城が、内側の盾にはさらに小さな五つの盾が十字に配され、それぞれの中にサイコロの5のような印があることも知っているかもしれない。

第一章のタイトルであるcampoは平原、畑、戦場などを示す言葉だが、紋章学ではフィールド、すなわち紋章図形が描かれるところを意味する。ここに第二章と第三章のモチーフがタイトルとして示されるが、1ではヨーロッパにおけるポルトガルの象徴的位置が、

2では現実の栄光の空しさが示唆される。

第二章のタイトル「城々」とは、国章の外側に配された七つの城のことで、これらはポルトガルが当時イベリア半島を占領していたムーア人から奪還した城とされる。

第三章の「五盾」は、五つのコインをサイコロの5のように並べた五つの盾だが、これは一一三九年オーリッケの戦いでアフォンソ一世が打ち破ったムーアの五人の王だとされる。サッカーファンならば、ポルトガル代表のユニフォームのエンブレムで見覚えがあるかもしれない。

第四章が「王冠」なのは、ペソアが意識しているのが、共和制以前に用いられていたブラガンサ公爵の紋章に由来する王国の国章だからだ。このことは第五章の「紋章装飾」がグリフォンとされていることからもわかる。だが、細部にまで立ち入る必要はないだろう。ポルトガル建国の英雄たちの姿が主題となっているということを確認しておけば、とりあえずは十分だ。系図の話になるが、しばらくお付き合いいただきたい。

「城々」はリスボンの建設者と言われるオデュッセウス、ローマに抵抗した英雄ヴィリアト（?―前一三九）、スペインのガリシア地方から離れ、ポルトガルの原型となったポルトゥカーレ伯爵領の当主ポルトガル公アンリ（エンリケ）・ド・ブルゴーニュ（一〇六六―一一一二）、その妃タレジャ[*30]（一〇八〇―一一三〇）、その子で初代ポルトガル王アフォンソ一世（アフォンソ・エンリケス、一一〇九―八五）、第六代王ディニス一世（一二六一―一三二五）、アヴィス王朝の始祖ジョアン一世（一三五七―一四三三）とその妃でイギリス王朝から嫁いだフィリッパ・デ・レンカストレ（一三五九―一四一五）まで。これらの人物が、七つの城に配される。

それに続く「五盾」の方は、アヴィス朝二代でジョアン一世の長男ドゥアルテ一世（一三九一―一四三八、雄弁王）、六男フェルナンド聖王子（一四〇二―四三）、三男ペドロ（一三九二―一四四九、コインブラ公）、四男ジョアン（一四〇〇―四二、総司令官王子）、すでに詳しく見たセバスティアン一世（一五五四―七八）という布陣だ。

王冠のあるポルトガル王国の国章

「王冠」を飾るのは、ジョアン一世の重臣にして勇敢な武将であったヌーノ・アルヴァレス・ペレイラ（一三六〇―一四三一）。王族でない人物だが、カモンイスの『ウズ・ルジアダス』でも何度も登場している重要な人物だ。

「紋章装飾」は伝説上の怪物グリフォンで、翼と上半身が鷲で、下半身がライオンの姿をしている。この章では、その頭がエンリケ航海王子（一三九四―一四六〇）、片翼がジョアン二世（一四五五―九五）、もう片翼が第二代インド総督アフォンソ・デ・アルブケルケ（一四五三―一五一五）に当てられている。

列挙するだけでため息が出そうだが、カモンイスの『ウズ・ルジアダス』でもほぼ同じような人物が謳われている。とはいえ、ペソアの意図はポルトガルの建国以来の英雄たちを称賛することではない。未来を見据えて、新たな神話を創出することにある。これらの詩のいくつかはすでに見たが、ここでは対義語法《オクシモロン》を駆使した詩「オデュッセウス」を引用しよう。

神話とはすべてである無
天をひらく太陽自身
輝く　もの言わぬ神話——
神の　遺骸なのだ
生き生きとして　剝き出しにされた

この港に　辿り着いたそのひとは
けっして存在したことがなかったのに　存在した
存在することもなく　我々を満たした
そのひとは来なかったから　来た
そして我々を造った

このように　伝説は流布し
現実のなかに入り込む
通り過ぎながら　多くのことを産み出す
下のほうでは　生が　つまり
虚無の半分が　死にかけている[*31]

この詩から見てとれることは、重要なのは人物の事績ではないということだ。「フィリッパ・デ・レンカストレ」はアヴィス朝の王たちを産んだ母の名をタイトルにした作品だが、彼女は次のように謳われる。

どのような謎があなたの胸には隠されていたのか
その胸は天才たちばかりを抱いた
どのような大天使がある日　訪れて
母なる　あなたの夢を見守ったのか

あなたの篤実な面《おもて》を我らの方に向けてください
聖杯の王女よ
人間の姿をした帝国の胎

ポルトガルの代母よ[*32]

これらの人物はポルトガル人にとっては、ぼくらにとっての信長、秀吉、家康級の歴史上の偉人たちだから、名前を聞いただけでイメージが浮かぶはずだ。したがって、ペソアはその下地の上に新たな風景を描こうとしたにちがいない。

第二部は、『同時代』にまとめて発表された「ポルトガルの海（Mar português）」に手を入れたもので、同名の「ポルトガルの海」と「王子」はすでに紹介した。その他の十篇は、「水平線」「境界柱」「化け物」「バルトロメウ・ディアスの墓碑」「コロンブスたち」「西洋」「フェルナォン・デ・マガリャンイス〔マゼラン〕」「ヴァスコ・ダ・ガマの昇天」「最後の船」「祈り」。つまり、王侯たちの指図に従って遠くへと旅立った英雄たちが取り上げられ、大航海がテーマとなっている。

我らよりも古い海よ　おまえの畏《おそ》れのうちには
珊瑚と　浜辺と　森がある
夜と霧が暴かれ
大嵐が過ぎ去り　神秘が
花のうちに〈遠方〉をひらき　南の恒星が
参入儀式の聖堂の上に輝く

遠くの岸辺の厳しい線――
船が近づくと　斜面は屹立し
〈遠方〉ではまるで見えなかった木々となり
近づくと　大地が　音と色をともなって開く
そして上陸するときには　鳥たちや　花々が
遠くからは抽象的な線にすぎなかったものを満たす

夢　それは目には見えない形象を見ること
はっきりとしない距離から
希望と意志のかすかな動きによって
水平線の冷たい線のうえに探すこと
樹や　浜辺や　花や　鳥や　泉を――
それは〈真理〉が与える正当な祝福の口づけ[*33]

（「水平線」）

第二部は比較的わかりやすい。象徴的な意味が含まれているにしても、それを知らなくても十分に楽しめるからだ。興味深いのは、コロンブス的な発見と、ポルトガル的な大航海の違いをペソアが強調している点だ。ポルトガルの航海者たちは、純粋に「遠方」の呼びかけに応えて出発したのであり、そこにはコロンブスのような輩に見られる功利的な意図はなかったとペソアは言う。「連中に達成できないこと／それは〈遠方〉を呼び起こす／〈魔術〉*34」（「コロンブスたち」）。つまり、ポルトガルが現実界の帝国を築けないとしても、そもそも使命ではないからなのだ。問題は想像界で王者となることだからである。

第三部「隠れたる者（O Encoberto）」は最も秘教的なパート、第五帝国とセバスティアニズモのテーマが全面的に展開されていて難解だ。

第一章「象徴（Os Símbolos）」
1国王セバスティアン　2第五帝国　3待望王　4幸福の島々　5隠れたる者

第二章「告知（Os Avisos）」
1バンダーラ　2アントニオ・ヴィエイラ　3〔無題〕

第三章「時候（Os Tempos）」
1夜　2嵐　3静寂　4夜明け　5霧

第一章では、ここまで何度も登場した国王セバスティアンが改めて取り上げられる。彼はまさに現実の世界での敗残者、ポルトガル凋落の責任者であるが、想像界においては救世主であり、彼がいつの日か帰還するというのがセバスティアニズモの教義だったことは前章で見た。「待望王」「隠れたる者」は彼の別名だ。

「第五帝国」の最終節でペソアは自説を披瀝する。「ギリシャ　ローマ　キリスト教／ヨーロッパ――四つの帝国は去った／あらゆる時代が逝くところへ」[*35]。当然、次に来るのがポルトガルによる第五帝国ということになるわけだ。こうして様々な象徴が提示されたのち、第二章「告知」では、第五帝国の思想を予告した靴屋バンダーラとイエズス会士ヴィエイラが取り上げられる。一方、第三詩篇だけが無題である点には興味を掻き立てられずにおれない。全篇でこの詩のみにタイトルがないのはなぜか。

わたしはこの書を悲しみの岸辺で記す
我が心に感じるものはない
我が目には熱い水があふれる
主よ　あなただけが　わたしを生かしてくれる

〔……〕
いつやってくるのか〈隠れたる者〉よ
ポルトガルのいく時代にもわたる夢よ
〔……〕

あなたは　いつ　戻り

我が希望を愛へと変えるのか
霧と郷愁《サウダーデ》から　いつなのか
いつなのか　我が夢よ　我が主よ[*36]

この「わたし」がほかならぬペソアだとすれば、詩人は、自分こそがバンダーラとヴィエイラに次ぐ、三人目にして最後の「預言者」だと宣言していると考えてよいだろう。セバスティアン国王の帰還の神話で始まった第三部は、第三章「時候」で今日のポルトガル、さらに未来へと進む。

波立つ海の深淵に永眠するのは誰か
我ら　ポルトガル　可能存在だ
深底のどんな不安が我々を立ち上がらせるのか
意志する可能性の欲望だ

そしてまた　夜の吉兆の神秘だ……
しかし　突然　風が立つ場所で
神の灯台　稲妻が煌めき
暗い海は唸り声をあげる[*37]

（「嵐」）

最後に「霧」のなかにおぼろげな姿（セバスティアン国王だろうか）が立ち現れて、フィナーレとなる。

すべては不確かで　最終的なものはなにもない
すべてはばらばらになり　完全なものはなにもない
ああ　ポルトガルよ　おまえは相変わらず霧なのだ……

いまこそ　その時は来たれり！

Valete, Fratres.[*38]

（「霧」）

詩集を封印するかのように置かれた最後の言葉 *Valete, Fratres.* は「サラバ　兄弟タチヨ」を意味するラテン語だ。フリーメイソンの参入儀式で、入団するための試練を受ける者に対して励ましとして投げかけられる言葉。だとすれば、この詩はペソアによる新たな世界への参入儀式と考えることができるかもしれない。ただし、それに限定してしまうと、ぼくらとの接点が見えなくなってしまうおそれがある。むしろ、『メンサージェン』という詩集は、必敗の宣言と読むべきかもしれない。現実世界ではつねに敗北するが、想像界では不死鳥のように甦る、芸術のメタファーとして。あるいは、新たな世界秩序、多様で超党派的な世界への可能性が謳われている一種の福音の伝えとして。さらには、民族も性差も消える多元的でシームレスな世界への誘《いざな》いとして。霧の中から現れるセバスティアンはそのままメシアであるはずだ。

したがって、『メンサージェン』がカモンイスの『ウズ・ルジアダス』の系譜、つまり、叙事詩に近いように見え、ポルトガル史の重要な人物や事績が謳われる点は共通しているとしても、そのスタンスには決定的な違いがある。そもそも、このタイトルは何を意味するのだろうか。ペソアはMensagemに複数の意味を込めたことをメモにして残している。この詩集は冒頭から最後の言葉までラテン語がしばしば記されているが、Mensagemというタイトルにもラテン語の言葉が隠されている。ローマ建国を謳ったウェルギリウスの『アエネーイス』第六歌に見られる有名な言葉、mens ag[itat] [mol]em すなわち、「精神が物質を動かす」という言葉である。*39 なるほど、そう考えると、この秘教的側面はわかりやすくなる気もする。つまり、ポルトガルという国家が担う精神的使命を伝える書だということだ。さらには、ens gemma と置き換えると、今度は、卵的な存在としてのポルトガルといった具合で、解釈の余地は大きい。さらに、ここでは詳しく見ることはできなかったが、「隠れたる者」というテーマは、聖杯伝説や、薔薇十字団、カバラ、幸福の島の伝説などと結びつく。*40

この詩集の今ひとつの特徴は、ペソアが歴史を外から客観的に記述するのではなく、あたかもみずからがこれらの歴史的人物になったかのように語る点だ。修辞学の用語で言えば「プロソポペイア」、つまり、その場にいない人物が突然、その場の誰かの口を借りて語り出すという、いわば憑依の形態による語りの技法が用いられている。「プロソーポン（顔＝仮面）のポイエイン（製作）」を語源とするこの比喩形象が存分に用いられることによって、史上の名だたる人物たちがみずからの声で歴史を語るのを聞いているかのような印象を持つ。ペソアという言葉がラテン語のペルソナを語源とし、そのペルソナはギリシャ語のプロソーポンに由来することは第五章で見たが、仮面をかぶって他者を呼び寄せるという手法によって、ペソアはみずからの世界観を描き出したのだ。

　この詩集が描き出すポルトガル像は、十九世紀末以降に共和主義者や社会主義者が自国を顕彰するために作り上げた国家のイメージとは大きく異なっている。ペソアのほうが真実に近いと言いたいのではない。そうではなく、政治家たちが具体的な帝国についてイメージを膨らませたのに対して、詩人のほうはあくまでも想像の世界における帝国を語った点が違うのだ。若きペソアは「心理学的見地から見た新しいポルトガル詩」において、「新たなインド」への出立を語っていたが、それは通常の空間の内にはなく、虚構の世界のものであった。ペソアは過去への郷愁《サウダーデ》を語るのではなく、ありえない未来の郷愁を語る。だからこそ、我らが偉大なる民は夢が織りなすものの作り出す帆船で、空間のうちには実在しない「新たなインドの探索に出発する」*41というのである。その意味でも、ここに見てとれるのはセバスティアニズモ、つまり絶対的な敗北主義であり、すべてが無為であることのペソア流解釈の結実と言える。

その点が端的に読み取れるのが、「ポルトガル王子　ジョアン」だろう。「総司令官王子」の異称を持つジョアン・デ・ポルトガルは国王ジョアン一世の息子で、ドゥアルテ一世、コインブラ公ペドロ、エンリケ航海王子といった兄たちと力をあわせポルトガルの発展に貢献したが、詩集では王子のなした栄光よりは、無為、空しさのほうが強調される。

わたしは偉人ではなかった　我が魂は窮屈な思いをしたものだ
かくも偉大な同輩たちの魂にかこまれて
あやまって　選ばれて
我が魂は　乙女のように　固まったのだ

それこそ　広大な海の父である　ポルトガル人のものだから
望むことは　なしうる　ということ
あまねく海をすべて　あるいは　空しく消えた岸辺を――
そのすべてであれ　その無であれ[*42]

（「ポルトガル王子　ジョアン」）

そもそもなぜほぼ完成していた『群れの番人』ではなく、建国神話を扱う詩集を刊行しようとしたのだろうか。ペソアの真意がどこにあったのかは別として、この詩集は表面上はサラザール政権が進める国威発揚の路線と衝突するものではなかった。じっさい、この本で、ペソアはポルトガル国民広報局が主催する文学賞の詩部門アンテロ・デ・ケンタル賞に応募する。その背景は複雑なのだが、単純化して言えば、経済的な理由と交友関係があった。第一は旧友アントニオ・フェロの存在である。ペソアの若い頃からの友人で、『オルフェウ』創刊の際には若すぎたために執筆陣には入れてもらえず、編集者として名前を連ねていた人物だ。一九三三年に国家プロパガンダ局の責任者に任命された彼はサラザールにすり寄り、そのインタビュー集を出すなど、政権にきわめて近かった。その彼がペソアを誘ったのだ。第二は、多額の賞金である。というか、有り体に言えば、ペソアは、この賞金獲得を目指して、ポルトガルをテーマとした詩集をまとめ上げ、滑り込みでエントリーしたのだった。複数の会社のための商業通信文の翻訳に対する報酬で細々と生活してきたペソアだったが、数ある執筆計画を実現するためにも、まとまった金を必要としていた。また、知人や親戚に借金を返済する必要もあった。賞金五千エスクードは、ペソアの年収のおよそ一年半にあたる潤沢なものだった。後輩詩人アドルフォ・カザイス・モンテイロ宛ての手紙では、応募するのが詩集刊行の目的ではなかったと述べているが、額面通りに受け取ることはできないだろう。[*43]

とはいえ、詩集の刊行はスムーズに進んだわけではなかった。本賞の応募要件は、百頁以上の詩集だったが、ペソアの詩はどれも短く、四十四篇をそのまま組んだのでは百頁に達しなかった。多くの白い頁を入れ、レイアウトを工夫することで、辛うじて規定に達した。この手の作業が得意とは言い難いペソアを助けたのが、友人で『第五帝国』の著者アウグスト・フェレイラ・ゴメスだった。応募のため一部が十月に印刷され、十二月一日に刊行された。すぐさま好意的な書評がいくつか出たが、それも友人たちのお膳立てによるものだったようだ。『リスボン日報』の文芸欄(十二月十四日)の丸々一面が当てられ、三篇の詩の引用、アルマダ・ネグレイロスのイラスト、ペソアへのインタビューという入れ込みぶりだった。こうして、友人たちの連携プレイがあって、なんとか出版に漕ぎ着けたのみならず、着々と地盤作りもされていたのだった。

内容に関しては、ペソアは自信を持って選考結果を待ったはずだ。だが、意外にも、というか、当然のことながらというべきか、勝利の女神はペソアに微笑まなかった。本賞を勝ち取ったのはフランシスコ会修道士のヴァスコ・レイスによる『巡礼』という凡庸な作品。選考委員のうちにモダニズムに敵対的な人物がいたことなど、理由はいくつかあっただろうが、国威顕揚のための愛国的な詩という設定からすれば、なるべくしてなった結果と言える。じっさい、『メンサージェン』の秘教的な文体は多くの読者を当惑させたにちがいない。『メンサージェン』の方は、本賞ではなく、優れた詩に与えられる部門での受賞となった。ただし、アントニオ・フェロは職権を用いて、その賞金を千エスクードから本賞と同じ五千エスクードに増額したので、同じ価値を持つと認められたと言えるし、ペソアとしては大金をせしめることに成功したわけで、当初の目的は果たせたわけだ。*44

詩人はこの結果をどのように受け止めたのだろうか。詳しい証言は残っていないが、いつもながらのアイロニカルな態度で甘受したのではないか、と予想される。というのも、ペソアは翌三五年一月四日の『リスボン日報』に受賞者ヴァスコ・レイスの詩集に関する批評を発表し、修道士による詩集のうちにパガニズモ的要素を見出す読解を行っているからだ。

ところが、ペソアと政権を決定的に決裂させる事件がそのすぐあとに起こる。一九三五年一月十五日、ジョゼ・カブラル議員が、あらゆる秘密結社を禁じ、すべての公務員に結社に属していないことを宣誓させる法律を国会に提出したのである。

ペソアは猛反発し、二月四日、『リスボン日報』に、「秘密結社」と題する長文の批判を寄稿[*45]。異端審問所への先祖返りのような法律が成立するなら、閣議すら秘密結社と見なせるだろうと揶揄した後、現在のポルトガルにどのような秘密結社があるかと問い、ポルトガル聖堂《テンプル》騎士団は長く休眠状態であり、カルボナリもほとんど消滅したと思われるから、標的はフリーメイソンにちがいない、と断ずる。そのうえで、カブラルがフリーメイソンの実態をまったく知らず、むしろ巷間に流布する誤った情報に基づいて、それを危険視しているのだろうと推測する。ペソアは、自分はフリーメイソンの会員だったことはないが、専門家として、この法律がいかに愚かであるかを、歴史的・社会的・政治的観点から説明する。フリーメイソンが、各国にそれぞれ独立した管区としてあることを詳しく述べてから、弾圧の試みは、スペインでも、イタリアでもドイツでも失敗した事実を挙げて、その理由を分析する。さらに、世界中におよそ六百万人の団員がおり、とりわけ、アメリカに四百万、イギリスのさまざまな組織に百万もが所属している事実に注意を喚起し、英米だけでなく、フランスの組織（大東社《グラントリアン》）も敵に回すことの愚を説く。とりわけ、英国では王権とフリーメイソンの結びつきが強いと述べ、ポルトガルの対外政策において、無用な断絶を生む危険性があることも理由に挙げる。

結論として、この法律は第一に、無用かつ無駄、第二に、不当で残酷、第三に、ポルトガルの国際関係において有害だと断じた。

ペソアの批判に対して、政権も黙っていなかった。二月から三月にかけて三十もの記事によって国家に歯向かう詩人に集中砲火を浴びせた。ペソアは完全に孤立した。友人たちも含め、誰ひとり助けの手を差し伸べることはなかったのだ。そのような状況のなか、二月二十一日にサラザール列席の下で行われたケンタル賞の授賞式にペソアが姿を現すことはなかった。式典には礼服での出席が義務だったが、ペソアはそのためにせっかくの賞金を使うつもりもなかったようだ。手に入った賞金はと言えば、友人や近所の商店への借金の返済であっという間に消え、夏には再び借金生活に戻ったから、焼け石に水だった。[*46]

いずれにせよ、ペソアはこの詩集の刊行で満足していたわけではなく、自作を次々と刊行しようと考えていた。ペソア論を準備しているというモンテイロに対して、これまでの実名による作品を集めた全詩集が出るまで待つのがよいだろう、と書いている。[*47] さらに『アナーキストの銀行家』の全面改訂版、それの英語版も続けて出したいと、抱負を語っている。

このように自分の仕事をまとめることを真剣に考えていたペソアは、みずからの死期が近いことを感じていただろうか。一九三四年に彼が作成したホロスコープでは死亡は一九三七年と記入されているから、長生きする気はなかったのだろう。それにしても、まさか間近とは思っていなかったにちがいない。そして、一九三五年はペソアにとって運命の年となる。

＊1　ECFP I, 19. ハイヤームに関する言及は『不穏の書』のうちにも何箇所か見られる。『不穏の書』三〇二—三〇三頁

＊2　仲介役をしたのは、リスボン在住ながら同誌に参加した詩人、カルロス・ケイロス、つまりペソアの元恋人オフェリアの甥だったようだ。

＊3　José Régio, «Classicismo e Modernismo» (nº 2), «Da geração modernista» (nº 3), «Ainda uma interpretação de Modernismo» (nº 23), João Gaspar Simões, «Modernismo» (nºs 14-15).

＊4　cf. Robert Bréchon, *Étrange étranger: une biographie de Fernando Pessoa, op. cit.*, p. 440-441.

＊5　『コメルシオ・ド・ポルト』紙の「文学・芸術付録」（一九六〇年六月十四日および二十八日）に「プレゼンサあるいはモダニズムの反革命」の表題で発表された試論。強調は原文。

＊6　『プレゼンサ』はペソアのみならず、ポルトガル・モダニズム第一世代の包括的な紹介も試みた。それが「書誌目録」のシリーズであり、ペソア執筆によるサ＝カルネイロ（一六号）から始まり、ラウル・レアル（一八号）、マリオ・サア（一九号）、アントニオ・ボット（二〇号）、アルマダ・ネグレイロス（二一号）などの業績が記述されたのであり、ペソア自身のものもその一環だった。

＊7　https://digitalis-dsp.uc.pt/bg4/UCBG-RP-1-5-s1_3/UCBG-RP-1-5-s1_3_master/UCBG-RP-1-5-s1/UCBG-RP-1-5-s1_item1/P18.html

＊8　同じ頁の冒頭には、サ＝カルネイロの詩「極致」も掲載されている。

＊9　OPP II, 1080-1081.『詩集』一一四―一一五頁。強調は原文。
＊10　OPP II, 1081.『詩集』一一五頁
＊11　OC I, 237.『詩集』一〇頁
＊12　六号（一九二七年七月）、一〇号（一九二八年三月）、三一・三二合併号（一九三一年三・六月）、三七号（一九三三年二月）。
＊13　OC IV, 148.『詩集』六五―六六頁
＊14　ECFP I M, 108.『詩集』一二一―一二三頁
＊15　後日談となるが、準備していたアンソロジーは、ペソアの死後、アントニオ・ボットが一九四四年に完成し、ペソアが書き上げていた序文を附してコインブラのノーベル書店から刊行された。
＊16　収録されたのは「先延ばし」の他に既発表の以下の作品。「母さんのぼうや」「剣」「ゴメス・レアル」「歌」。
＊17　Cor II, 211.
＊18　ペソアと『プレゼンサ』の同人たちのやりとりは往復書簡の形でまとめられていて、その交流をつぶさに見ることができる。CFPDP.
＊19　ペソアがどこまでフロイトの理論に通じていたかはわからない。現存する蔵書中、フロイトの書は『レオナルド・ダ・ヴィンチの幼年期の想い出』の仏訳のみ。
＊20　Miguel Torga（本名Adolfo Correia da Rocha 一九〇七―九五）。この時点ではまだ筆名ミゲル・トルガを使う前だった。短篇集『方舟』（岡村多希子訳、彩流社、一九八四年）が邦訳されている。
＊21　執筆の日付は一九三〇年六月十三日（ペソアの四十二歳の誕生日）。OC IV, 120.『詩集』五三頁
＊22　その顛末は、ペソア直筆のファクシミリも収められた以下の書に記されている。*Fernando Pessoa: a biblioteca impossível*, com um estudo de Teresa Rita Lopes, Cascais, Câmara Municipal de Cascais, 1995. ガスパール・シモンイスの論考や、ウールカードのフランス語論考（後述）の詳しいレフェランスが記されているほか、ケープ大学の証明書や、みずからの英語詩集の書評が出た『タイムズ』の切り抜きなどが添付されたものだった。願書の手紙そのものは以下に再録されている。Cor II, 272-274.
＊23　Carlos Bonvalot（一八九三―一九三四）。cf. João Gaspar Simões, *Vida e Obra de Fernando Pessoa*, *op. cit.*,

p. 786. テレザ・リタ・ロペスは、不採用の理由をペソアの学歴不足（博士号を持っていない）と、フリーランスの商業翻訳という生業のためだとしている。Teresa Rita Lopes, «Pessoa excluído», *Fernando Pessoa: a biblioteca impossível, op. cit.*, p. 9.

＊24 OC VII, 44-45. 一九三一年四月五日執筆。『詩集』一〇頁

＊25 CFPDP 208.

＊26 Cor II, 287, CFPDP 210.

＊27 Pierre Hourcade（一九〇八―八三）。その一部は、パリの右翼週刊紙『ジュ・スイ・パルトゥ』一九三一年六月三日付に再録された。ガスパール・シモンイス宛て一九三一年十月五日付の書簡には、それについての言及があり、「私は至るところにいる（Je suis partout）」という冗談も書いている。Cor II, 240. ウールカードは博士論文を終えた後、いったん帰国したが、すぐに外国人教師としてポルトガルに戻り、三四年までリスボン大学で教鞭を執り、ペソアと親しく交際した。彼宛てのペソアの手紙も残っている。また、彼のペソア論はポルトガル語にも翻訳されている。*A mais incerta das certezas: Itinerário poético de Fernado Pessoa*, ed. & trad. Fernando Carmino Marques, Lisboa, Tinta da China, 2016.

＊28 友人のダ・クーニャ・ディアスが、あらゆる場所で見境なしに用いられているポルトガルという言葉は避けた方がよい、と助言したためだという。SP 53. また、この詩集は、出版社から出たのではなく、ペソアの自費出版のようなものであった。『メンサージェン』の入稿原稿は国立図書館に所蔵されており、以下のサイトで見ることができる。
https://purl.pt/13965/2/bn-acpc-e-e3-146_PDF/bn-acpc-e-e3-146_PDF_24-C-R0150/bn-acpc-e-e3-146_0000_capa-capa_t24-C-R0150.pdf

＊29 Artur Veríssimo, *Dicionário da Mensagem: Figuras históricas, Mitos, Símbolos, Conceitos*, Porto, Areal Editores, 2002.

＊30 カスティーリャ王アルフォンソ六世の庶子である彼女は通常テレサ・デ・レオンと呼ばれるが、ペソアはここでその名をTarejaとガリシア語風に記している。ちなみにポルトゥカーレ伯爵領は彼女が持参金として、フランスから来ていたアンリにもたらしたもので、この婚姻なくしてはポルト

ガルは生まれなかった。

＊31 OC V, 27.『詩集』二四頁

＊32 OC V, 35.

＊33 OC V, 60-61.『詩集』二五―二六頁

＊34 OC V, 67.

＊35 OC V, 85.『詩集』二八頁

＊36 OC V, 95-96.

＊37 OC V, 102.『詩集』二八頁

＊38 OC V, 106.

＊39 ペソア自身がこのようなメモ以外にも、Mensagem のさまざまなアナグラムのメモを残している。ECFP I M, 365-371.

＊40 カモンイスの『ウズ・ルジアダス』と『メンサージェン』を比較した以下の研究を参照。J. Oliveira Macêdo, *Sob o signo do Império: Os Lusíadas [de] Luís Vaz de Camões, Mensagem [de] Fernando Pessoa: análise comparativa*, Porto, ASA, 2002.

＊41 OPP II, 1194-1195.

＊42 OC V, 43.

＊43 一九三五年一月十三日付。Cor II, 338.

＊44 『メンサージェン』の刊行と、賞の経緯については、以下の論文に詳しい。José Blanco, «A verdade sobre a *Mensagem*», Steffen Dix & Jerónimo Pizarro (eds.), *A Arca de Pessoa, Novos Ensaios, op. cit.*, p. 147-158. それによれば、シモンイスの伝記以来、『メンサージェン』は次席で、残念賞のような形で賞金をもらうことになったとされるが、事実はちがい、ペソアは第二カテゴリー百頁以下の詩集での受賞となったのであり、その賞金が増額されたのだという。

＊45 Fernando Pessoa, *Associações secretas e outros escritos*, ed. José Barreto, Lisboa, Ática, 2011, p. 17-34. この本には、同論文の草稿をはじめ関係資料がまとめられている。ポルトガルにおけるフリーメイソンについては市之瀬敦『ポルトガル　震災と独裁、そして近代へ』前掲書、第一章を参照。

＊46　このエピソードは、ペソアの理髪師だったマナセス・セイシャスの証言による。彼をはじめ晩年のペソアを知っていた近所の人たちへのインタビューが一九八一年に行われ、テレビ番組「フェルナンド・ペソアの家」で放送され、その記録が残っている。«A Casa de Fernando Pessoa», Série O homem é um mundo – um programa de Luís de Sttau Monteiro. Em Arquivos RTP.
https://arquivos.rtp.pt/conteudos/a-casa-de-fernando-pessoa/
その内容は以下の論文に書き起こされている。Clara Cuéllar dos Santos, «A Pessoa por detrás da obra: Três documentários do Arquivo RTP», *Pessoa Plural*, nº 18, 2020, p. 506-572.
https://repository.library.brown.edu/studio/item/bdr:1153884/PDF/

＊47　Cor II, 349.

13. エピローグ

一九三五年、なんらかの大事件が起こることをペソアが自覚していたことはまちがいない。英語で書かれた次のようなメモが残されている。

五で終わる年には、私の人生の重要な出来事が起こっている。
一八九五年　母の再婚、その結果、アフリカ。
一九〇五年　リスボンに戻る。
一九一五年　『オルフェウ』。
一九二五年　母の死。[*1]

この年に撮られた写真に写っているペソアは、どれも少しうつむき加減で、表情はおそろしく暗く、頭が禿げ上がっているせいもあり、まだ五十歳にもならないのに、まるで老人のように見える。妹や弟、友人たちと一緒の写真でも、ひとりだけ地面を見つめ、心ここにあらずといった様子だ。じっさい、ペソアが少しずつ世間との距離を取ろうとしていたことは、週刊誌『ファルディケ』の編集長トマ・リベイロ・コラソ宛ての手紙からも読み取れる。

私は去年から、複数の症候を示す神経症を患っており、長いこと、何もする気が起きません。まるで精神医学の教科書の「精神神経症」をシナリオ化した心理映画にで

ペソア、1935年2月撮影
ⓒ Alamy／PPS通信社

もなってしまった気分です。活動と見なせるもののほうへと辛うじて緩慢ながらも戻ってきたのはごく最近のことで、そこでようやくこうして貴兄にお便りすることができるわけです。[*2]

じっさい、この手紙は、以前にペソアも寄稿したこの雑誌を送り続けてくれる編集長に、その厚誼に感謝しつつ、もはや送る必要はないと告げるものだ。どの雑誌の定期購読もやめ、売店で買っているのだから、『ファルディケ』も同様にしたいというのが趣旨だが、その背景には、フリーメイソン問題に対する雑誌の編集方針への抗議なども見え隠れする。

また、迫りくる死期を自覚していたのか、創作の秘密の根幹に触れるような文章をいくつか記している。とりわけ重要なのは、すでに何度か引用したアドルフォ・カザイス・モンテイロ宛て一月十三日付の長文の手紙だ。きっかけは、一月十日にモンテイロが、ペソアの作品をまとめるとともに、研究書も出したいので、「異名者」の誕生について教えてほしい、と手紙を送ったことだった。モンテイロは、『メンサージェン』の作風はこれまで自分が知っていたのとは異なるものだという感想も述べていた。それに対して、ペソアは、すぐさま返事をしたため、自分は批評を受け入れるし、師でもシェフでもないから遠慮しないように、と相手に気を遣いつつ手紙を始める。[*3] そして、自分は愛国主義者かつ神秘主義者ではあるが、『メンサージェン』を最初に出版したのは間違いだったかもしれない、と譲歩しつつも、他のものとは違って、なんとかまとめることができた唯一のものだったと弁解している。じつは、まず出版したかったのは、異名者の詩を収めた三百五十頁ほどの作品集か、推理小説短篇集だったとペソアは告げたうえで、三つの質問、(1)将来の出版計画、(2)異名者の誕生、(3)オカルティズムについて、詳しく説明を与えている。2と3については、すでに重要なくだりを引用しながら要点をまとめたので、ここでは1についてだけ見よう。

ペソアは、まずほとんど準備できているのが『アナーキストの銀行家』だと言って、これは英語版もすぐに刊行したい、ヨーロッパ的な規模で成功するチャンスもあるという自負を表明している。「ノーベル賞を取るという意味ではありません」と言いながらも、次のように書く。

ご覧のように、私はここでフェルナンド・ペソアについてしか語りませんでした。カエイロ、リカルド・レイス、アルヴァロ・デ・カンポスについては当面は何も刊行しないでしょう。それが出版されるとすれば、ノーベル賞を受賞したときだけでしょう。とはいえ――これを考えると悲しくなりますが――私はカエイロのうちには私の劇的な脱人格のあらゆる能力を注ぎ、リカルド・レイスのうちには精神的な規律を彼にふさわしい音楽性に包み込んで注ぎ、アルヴァロ・デ・カンポスのうちには、私自身と人生にはあてがわなかったあらゆる情動を注ぎ込んだのでした。[*4]

異名者についての刊行計画を記したメモも残っているから、額面どおりに受け取るわけにはいかないが、この時点では『アナーキストの銀行家』をまずは完成させるつもりだったようだ。ただし、この手紙が後に公開されることを意識しているので、そのあたりも斟酌する必要はあるだろう。ペソアは、オカルト主義に関すること以外は公開してかまわないとモンテイロに許可を与えた。じっさい、この手紙はペソアの死後、『プレゼンサ』四九号（一九三七年六月）にモンテイロのコメント付きで掲載されることになる。

一週間後の一月二十日、さらに補足の手紙がモンテイロに送られている。こちらも異名というトポスの本質を理解する鍵を与えてくれる重要なものだ。ペソアはみずからを劇作家と定義しつつ、自分は垂直方向ではなく、水平方向に変化すると説明している。

私は本質的に——それは詩人、思索家、そしてもっとずっと多くのものという意のままにならない仮面の背後にいる——劇作家です。異名者の実在を説明するのに、以前の手紙で少しだけ触れた、私の本能的な脱人格化現象からおのずと次のような定義が導き出されます。私は進化するのではなく、**旅をするのです**（大文字キーの操作を間違ってしまい、そんなつもりはなかったのに、大文字でこの語が出てきてしまいました。でも、そのままにしておきます）。私は人格を変えてゆく、（ここには進化があるのかもしれませんが）新たな人格を、私が世界を理解する新たな装いの型を、あるいは、より正確には、人が世界を理解しうる新たな装いの型を創造する能力を高めてゆくのです。だから私は自分のなかで、進化ではなく、旅に似つかわしいと考え、この歩みを進めるのです。つまりは、階を昇るのではなく、平地で、ある場所から別の場所へと歩を進めたのです。確かに、青年期の詩作品にあった気取りのなさやあどけなさを失いました。けれども、それは進化ではなく、老化です。*5

ひとつの人格が世間の荒波にもまれて変化していく教養小説《ビルドゥングスロマン》のようなあり方ではなく、次々と人格が入れ替わることを旅に喩えるこの説明は腑に落ちる。住む場所を替えたり、話す言語を換えたりすることで、人柄も少なからず変化することはぼくらも経験することだ。両親や旧友と打ち解けてお国言葉で話すときと、ビジネスの相手と英語で渡り合うときの私は、同じではありえない。

サラザール政権との確執についてはすでに触れたが、フリーメイソン擁護の記事を発表したことを除けば、ペソアは相変わらずの生活を続けていた。カフェに行き、レストランに行き、友人たちと会い、執筆に勤しむ。ただし、人付き合いは稀になっていたようだ。

ペソアが憂鬱だった原因のひとつは、母の死から十年の歳月がたち、『オルフェウ』の時代からも二十年がたち、リスボンに帰国してからはすでに三十年がたったいま、何もかもが儚く、それこそ夢幻のごとくに思われたからかもしれない。少年時代から親しかった従弟マリオが一九三二年二月に亡くなったのをはじめ、鬼籍に入った者も少なくなかった。

三月八日付の『リスボン日報』の文芸欄には、アルマダ・ネグレイロスが『オルフェウ』の記念日」と題する二十年前の創刊を回顧する記事を寄稿しているが、そこに名を挙げられたかつての同人十二人のうち、すでに五人には逝去を示す十字架が記されていた。記事をアルマダは「『オルフェウ』はポルトガルにおける近代運動のパイオニアであった。／つづく」と締めくくるのであったが、その横には、バトンを受け継いだ『プレゼンサ』の編集長カザイス・モンテイロの「ポルトガル文芸概観」と題する記事が著者の写真入りで掲載されている。[*6] これらの墓碑のような記事は、いやがおうでも詩人のノスタルジー、つまりサウダーデを掻き立てたにちがいない。

六月十三日、ペソアは四十七歳になった。この年もオフェリアからは例年のように「誕生日おめでとう」の電報が届き、ペソアもそれに応えて「ありがとう、君もおめでとう」という電報を送っている。[*7] 二人はもはや会うことはなかったものの、最後まで一日違いの誕生日の祝いの言葉を伝えあうことはやめなかった。

ペソアの最後の恋があったとされるのはこの前後のことだ。相手は英国在住の異父弟ジョアンの妻の妹で、当時三十代前半だったマッジ・アンダースン（Madge Anderson 一九〇四―八八）。アイルランド＝スコットランド系の亜麻色の髪の謎めいた女性は四月から五月にかけてポルトガルを訪れた。二人の間には手紙のやりとりがあり、この時期にペソアが恋愛詩を少なからず書いていることから、これを詩人最後のパッションと捉える研究者もいる。ただ、この個性的な女性にペソアは惹かれていると同時に、恐れていたふしもあり、二人に具体的な交際はなかったようだ。いずれにせよ、ここではそのディテールに入る必要はないだろう。[*8]

もう少し重要なことは、長年離れていた家族との再会で、それがペソアの生活を少し活気づけた。九月二日、イギリス在住のもう一人の異父弟ルイス・ミゲルが妻のエヴァととも に旅行でポルトガルを訪れ、リスボンとエストリルに九日ほど滞在した。弟が一九二〇年にイギリスに移り住んで以来の再会だったから、つもる話もあったことだろう。ダーバンやプレトリアなど南アフリカでの少年時代のこと、リスボンやロンドンのこと、話題はいくらでもあり、何時間も話が弾んだにちがいない。一九二三年にロンドン大学で化学の学士号を得た後、エンジニアとして働き、一九三二年に結婚していたルイス・ミゲル（家族での愛称はリー）は、ペソアと似た性格で、文学好きだったから、楽しく過ごしたと思われる。上機嫌で自分の英語詩を朗唱する兄に、弟は英語での出版も続けるように励ました。[*9]

ペソアが披露した英語の詩は、「DT」というタイトルの自嘲的なものだった。[*10]

ある日　おれは　たしかに
壁の上のムカデを
靴で叩き殺した

ところが奴はそこにいなかった
そんなことが可能かって？
簡単な話　わかるだろう
ＤＴの始まりさ

ピンクの鰐《わに》と
頭のないトラは
大きくなり
餌を要求する
連中を叩き潰せる
靴はないから
おれはついに考える
飲むのをやめるべきかな　と

ＤＴとはDelirium tremens、つまり「振戦譫妄《しんせんせんもう》」のことで、アルコール依存症患者の禁断症状の一つ。この詩はその後、恋人に甘える言葉などがあった後、次のように締め括られる。

だから　最後は
おれはハッピーになるだろう
なぜって　靴の一撃で
現実の　本物の　一撃で
本物のムカデを　殺すからさ
おれのだめになった魂よ！

絶望的な状態を滑稽に描いたこの詩は、当時のペソアの状況を反映していると言えるだろう。じっさい、バイロ・アルトの病院に勤務していた、ペソアの母の従弟で医師のジャイメ・ネヴェスは週末に一緒に食事をするごとに、このままでは肝臓を壊すからアルコールを控えた方がよいと忠告したが、ペソアが耳を貸すことはなかった。

この時期、サラザール政権に対して心底嫌気がさしていたペソアは、イギリス行きの計画を弟ルイス・ミゲルに告げ、弟のほうもそれを助けることを約束した。だが、これも他の多くの計画と同様、実行に移されることはなかった。いや、実行に移すにはもはやペソアは疲れすぎていたのかもしれない。カンポスの遺稿詩（六月二十四日付）は当時のペソアの気持ちを直截に語っている。

おれは疲れている　もちろんだ

いつか疲れるときがやってくるんだから
何に疲れているのか　そいつはわからない
そんなことがわかっても　なんの役にも立たないさ[*11]

ペソアは人前に姿を現すことが稀になり、ひたすら詩作に耽り、朝からグラスを傾ける生活にさらに沈潜していく。[*12] レストランには行かず、毎夕、近くの食料品店に寄って判で押したように、チーズとハムを、煙草とブランデーと一緒に買い求め、部屋で夕食をとった。買い物の際に名前で注文するのではなく、「3を二つ、12・5をひとつ」などと数字（商品の価格）の符牒で注文したというのもペソアらしい。日曜日にひげそりのために部屋を訪れる理髪師によれば、女中が寝室は整えていたものの、居間は散らかり放題で、いくつもある灰皿には吸い殻が捨てられずにいっぱいになっていたという。[*13]

作品は大量に書いていたが、発表するのを差し控えていたのは、サラザール政権による検閲体制が明らかだったからだ。十月三十日付のカザイス・モンテイロ宛ての手紙では、今後ポルトガルでは作品を発表しないことを決意したので、『プレゼンサ』に寄稿できない、と断っている。[*14]

だが、幸いなことに、ペソアは古くからの友人の誘いにのって禁を破ることになる。寄稿を慫慂したのは、六月に新しい雑誌『南西』を創刊した旧友アルマダ・ネグレイロス。この画家・詩人は一号と二号（十月）を個人雑誌として編集し、自分の作品しか掲載しなかったが、十一月刊行の三号にはかつての『オルフェウ』の同人にも声をかけた。ポルトガル・モダニズムを生み出した雑誌創刊からはや二十年の歳月が経っていた。ペソアは実名で詩を発表したほかに、「われら『オルフェウ』の同人」という回想も寄せた。その文章は、「われわれはあいかわらずここにいる。『オルフェウ』はもはやないが、『オルフェウ』は続いている」と結ばれている。[*15] だが、それ以上に興味をそそられるのは、カンポス名義の芸術論「偶然任せのノート」だ。ペソアの芸術観がみごとにまとめられている。「一流の詩人は自分が実際に感じることを言い、二流の詩人は自分が感じようと思ったことを言い、三流の詩人は感じねばならぬと思い込んでいることを言う[*16]」とカンポスは始める。これは、ペソアの特徴である「ふりをすること」と通底している。ただ、これは誠実さの問題とはなんの関係もなく、自分が本当に感じていることなど誰にもわからない、と詩人は言う。

多くのひとはただ習慣に従って物事を感じるのであり、それは人間的誠実さという点からすれば全くもって誠実だ。しかし、彼らはいかなる度合においても知的誠実さをもって感じてはいない。[*17]

詩人において重要なのは知的誠実さだとカンポスは指摘する。たんに「実際に感じる」だけでなく、真に感じることを語った詩人の数は片手の指を上回らないし、最も偉大な詩人の中にもそれをなさなかった者も少なくない、と。カンポスによれば、ワーズワースとコールリッジがそれをなしえた。彼らの詩は「ミルトンの詩のすべてより誠実であるし、シェイクスピアの全作品より誠実」なのだ。

シェイクスピアに関して留保すべき点があるとすれば、それは彼が本質的かつ構造的に作意的であり、そのために彼の恒常的な不誠実さが恒常的な誠実さになることだ。彼の偉大さはそれに由来する。[*18]

一方、三流詩人は義務感から感じるとされ、カモンイスに対する批判も見られる。『メンサージェン』によってカモンイスを超えたという自負があったのかもしれない。

詩句のなかに感じたものを投げこむ詩人もいる。彼らは、自分がそれを感じていないかもしれないなどと思いもしない。カモンイスは彼の「美しき魂」の喪失に涙を流した。ところがそこで泣いているのは彼ではなくペトラルカなのだ。もし彼が真の感動を持っていたなら、ソネットや十音節の詩句の代わりに、新しい形式や新しい言葉を見出したことであろう。ところが彼は生きながら喪に服すように、十音節のソネット形式を用いたのだ。[*19]

カンポスの結論は、「これまでに存在した詩人で唯一完璧に誠実だったのは、我が師カエイロだけである[20]」というものだった。

死の直前のペソアはあたかも一切のことから逃れるためであるかのように深酒した、とガスパール・シモンイスは伝えている[21]。毎日の日課のカフェやバルでのはしご酒のみならず、家では量り売りの安ブランデーを飲み、煙草をふかしながら、深夜まで執筆していたというから、身体を壊すのも無理はない[22]。

妹のテッカ（エンリケッタ）は、ペソアの健康状態を憂慮していた。一九三二年、妹夫妻はエヴォラからリスボンに戻ることになったが、市内に住む代わりに、カスカイス近くの海辺の街サン・ジョアン・ド・エストリルに一軒家を建てた。市内に用があるときは、ペソアの住むコエーリョ街に泊まったし、ペソアも彼らの家にしばしば食事に出かけたので、その際に目にするペソアの深酒に心を痛めていたのである。

十一月二十七日はテッカの誕生日で、エストリルの家での夕食会にはペソアも出席することになっていた。しかし、待てど暮らせどペソアは現れなかった。隣人への電話も通じなかった。心配した彼女の夫カエタノ・ディアスが翌朝、家を訪ねてみると、詩人は猛烈な腹痛と嘔吐に襲われてひどい一夜を過ごした後だった。ペソアの母の従弟ジャイメ・ネヴェス医師の見立てでは肝疝痛とのことだ。二十八日こそ小康状態を保っていたものの、翌二十九日、友人のテイシェイラ・レベロが訪問していたときに再び発作が起こり、友人たちは慌てて、バイロ・アルトにある、フランス系の聖王ルイ病院に緊急入院させた。ネヴェス医師が勤務していたからである。翌三十日、あらためてペソア重篤の報せを聞いたものの、妹は足を骨折していたため見舞いに行けず、カエタノ・ディアスだけが訪問。午後の六時半まで付き添ったのち、快方に向かったように見えたため帰宅した。だが、ペソアには病魔に打ち勝つ力はもはや残っていなかった。容態は急変、午後八時半、ペソアは、ネヴェス医師、看護婦、数人の友人に看取られて息を引き取った。享年四十七。ひたすら文学に没頭した短い生涯だった。

絶筆となったのが、鉛筆書きの英文 I know not what tomorrow will bring（明日が私に何をもたらすかは知らない）であったのは、少年時代から英語の世界で生きた詩人らしい。最後の言葉は、「眼鏡を渡してくれ（Dá-me os óculos）」だったと伝えられている。

十二月二日、ペソアは終の棲家からさほど遠くないプラゼーレス墓地にあるペソア一族の墓に埋葬された。葬儀には、親族のほか、詩人や作家五十人が参列し、『オルフェウ』を代表して、年来の友人ルイス・デ・モンタルヴォルが弔辞を読んだ。翌日から多くの新聞雑誌に長文の訃報が掲載されたが、それはモダニズム運動の雑誌『オルフェウ』の中心人物としての紹介であり、文学史上先例を見ない「異名」の創造者としてのペソアの全貌が世に知られるのは、三十年以上先のこととなる。

48 SEXTA-FEIRA, 6 DE DEZEMBRO DE 1935

Diario de Lisbôa

Suplemento literario

DIRECTOR: JOAQUIM MANSO—PROPRIEDADE DA RENASCENÇA GRÁFICA

Redacção, Composição e Impressão: Rua Luz Soriano, 44, LISBOA - Telefone 20271

"IN MEMORIAM"

FERNANDO PESSOA

O poeta português

por Almada Negreiros

Não tenho uma carta de Fernando Pessoa. A nossa convivencia de vinte e cinco anos foi exclusivamente feita pela Arte. E faz-me crêr que Fernando Pessoa não manteve, fora da sua familia, intimidade de outra especie com ninguem. Ou de Arte ou nenhuma.

Na dedicatoria da «Cena do Odio» escrevi: «A Alvaro de Campos com a dedicação intensa de todos os meus avatares». Por seu lado, na mesma epoça (1915) Fernando Pessoa dedicava-me «A passagem das horas» com estas palavras: «Almada Negreiros, você não imagina como eu lhe agradeço o facto de você existir». Estas dedicatorias são as das nossas proprias obras. Nunca eu admirei mais a alguem, e nunca ninguem soube ser tão francamente generoso para comigo!

Ao entregar-lhe um exemplar do n.º 1 dos meus cadernos SW, escrevi esta linha: «A Fernando Pessoa, ao melhor companheiro literario que um autor possa alguma vez encontrar».

Fiz a citação destas dedicatorias para que melhor se veja como apenas a Arte é o bastante para fornecer a amizade.

Quero lembrar-me nas nossas conversas de alguma que melhor sirva de seu retrato para hoje, e recordo estas palavras de Fernando Pessoa:

«Você não me verá nunca escrever sobre quem quere que seja senão literariamente acêrca do literato. O espirito critico aparta-se da convivencia com os que conhecemos mais perto e chegamos a estimar. E' indispensavel que alguem fique de fora para julgar. Ficar fora do que se sabe que fica lá dentro é ser critico. A'parte isto, ha outros sobre os quais nunca escreverei: aqueles que têm voz propria. Acho que juntar mais uma opinião á de um autor que já a tem, não é fazer critica, e querer ser critico. São bem raros aqueles que puzeram o dedo em si proprios, e a critica não pode ir mais longe do que isto.

Mas quando um poeta nasce nos seus proprios versos, devemos querê-lo através de tudo; e o critico, sem deixar de o ser, cede espaço ao arauto. Porque a idade perigosa dos poetas é a dos versos. Quantos poetas morreram nos seus proprios versos! Quantos versos ficaram sem o seu poeta».

Não conheci exemplo igual ao de Fernando Pessoa: o do homem substituido pelo poeta!

Esta sobreposição do poeta ao homem, outro que não Fernando Pessoa poderia tê-la feito mal. Mas ele tinha efectivamente posto toda a sua vida na Poesia: Ele é exactamente o poeta dos seus versos.

A esta cedencia do homem ao poeta, chamem-lhe renuncia, convento, morfina, clausura, segredo de resistir, chamem-lhe o que quizer, mas Fernando Pessoa fê-lo bem, com inteireza, com altura e com as suas proprias possês.

E até que um dia de 1935 o poeta foi pessoalmente enterrar o corpo que o acompanhou toda a vida. Ficou só o poeta, acêso em olhos perenes de Portugal, do Mundo e do Futuro. Ficou só o poeta, o unico poeta que não viu as suas proprias aventuras naturais de homem!

Dizem que Portugal é uma terra de poetas. Eu tambem o creio. A'parte a confusão que por cá se faz de versos e poesia, eu sou testemunha de que o português em geral é muito mais poeta do que ele proprio tem a coragem!

Eu creio que o português tem uma acessibilidade melhor dos sentimentos universais do que qualquer outro povo da terra. E mais creio que esta acessibilidade do universal é historicamente portuguesa, por mais pesados que ainda caiam sobre nós os nossos antecedentes. Mas se assim é, se o sentimento do universal é organicamente português, como ha de cada português estabelecer a ligação entre o seu caso presente e o mundo e o futuro, senão por universalidade pura, ou por outras palavras, por autentica poesia, por franca, generosa e universal poesia, seja qual fôr o aspecto da actividade particular a cada qual? Depois de ga-

(Vêr continuação na 2.ª pagina)

Fernando Pessoa

por Almada Negreiros

O poeta intemporal

por João Gaspar Simões

A maneira como certos jornais noticiaram a morte de Fernando Pessoa não pode deixar duvidas no espirito de ninguem de que ele era uma das maiores individualidades literarias portuguesas do nosso tempo e uma das maiores individualidades da literatura portuguesa de todos os tempos. Quando quem morre é membro de uma agremiação literaria ou filiado politico de um partido, tenha ou não tenha valor—«morreu um grande homem»—diz uma certa Imprensa; quando quem morre é um Fernando Pessoa, um homem livre, um homem superior, um dos poucos homens universais que a nossa literatura tem conhecido—essa Imprensa, se não emmudece, diz: «morreu o senhor fulano de tal, filho da senhora fulana tal» ou então: «o senhor fulano de tal não era nosso correligionario; eis por que não sabemos de quem se trata». Fernando Pessoa morreu e foi assim, pouco mais ou menos, que certa nossa Imprensa se lhe referiu. Eis por que Fernando Pessoa, se não houvesse outras razões para crer que ele era um grande poeta e uma alta inteligencia, teria de ser, por fôrça, uma grande individualidade da literatura portuguesa. Só um homem superior podia ter vivido quarenta e sete anos em Portugal—em Portugal e em Lisboa—desconhecido dos que têm por habito notabilizar os inferiores. E' verdade que Fernando Pessoa não procurou nunca publicar a sua obra; só muito instado colaborava nas poucas revistas que sabiam da sua existencia e o admiravam. Contudo, ele foi um dos fundadores do *Orpheu*, onde publicou, por exemplo, *A Ode Maritima*, um dos mais fortes poemas da literatura portuguesa; é dele a revista *Athena*, uma das publicações mais originais que entre nós têm aparecido, e onde Fernando Pessoa deixou, assinados por Alvaro de Campos, Ricardo Reis, Alberto Caeiro, e pelo seu proprio nome, obra que baste para o impôr á admiração de to o homem culto. Colaborou na *Aguia*, onde anunciou o advento do *Super-Camões*, na *Solução Editora*, que, sob a sua direcção, iniciou uma *Antologia de Poesia Moderna* e no *Sudoeste*, ultima revista em que colaborou. Na revista *Contemporanea* publicou *O Mar Português* e um dos seus mais subtis ensaios esteticos, *Antonio Botto e o ideal estetico em Portugal*, e na *Presença*, a primeira revista portuguesa que, criticamente, descobriu a extraordinaria personalidade de Fernando Pessoa, o poeta de *O Guardador de Rebanhos* manteve durante anos uma colaboração assidua. Nela escreveu, a pedido dos seus directores, uma *Tabua Bibliografica* da sua obra, onde traçou a biografia de si mesmo, Fernando Pessoa, e dos seus varios heteronimos, Alberto Caeiro, nascido em 1889, isto é, um ano depois do proprio poeta, e morto em 1915, Ricardo Reis, nascido em 1887, e Alvaro de Campos, nascido em 1890. Nessa mesma *Tabua* Fernando Pessoa escreveu: «Fernando Pessoa não tenciona publicar—pelo menos por um largo enquanto—livro nem folheto algum (era isto em 1928). Não tendo publico que os leia, julga-se dispensado de gastar inutilmente, em essa publicação, dinheiro seu que não tem; e, para o fazer gastar inutilmente a qualquer editor, fôra preciso um tirocinio para o processo a que deu seu apelido o saudoso Manuel Peres Vigario, já acima indirectamente citado». Não obstante, em 1934 publicava o pequeno livro de poemas *Mensagem*. Pequeno livro, digo, não só porque, em face dos *Poemas dos Guardadores de Rebanhos*, assinados por Alberto Caeiro e publicados na revista *Athena*, esse volume é, materialmente, pequenissimo, mas tambem porque, na sua obra, define apenas um aspecto, dos menos caracteristicos, da personalidade complexissima de Fernando Pessoa. Foi a publicação dêsse volume, quanto a mim inoportuna, que acarretou a Fernando Pessoa, um dos homens mais universais que têm vindo ao mundo em Portugal, a estreita e

(Vêr continuação na 3.ª pagina)

ESTE SUPLEMENTO NÃO PODE SER VENDIDO EM SEPARADO

1935年12月6日付『リスボン日報』紙の死亡記事
所蔵：CASA COMUM

ペソアは自分が死後に正当に評価されると考えていただろうか。自分の作品に自信を持っていたことはまちがいないが、それだけでなく、不滅の詩人であるという自負を持っていたことをぼくらに確信させるテクストが残されている。それが、一九三〇年頃に英語で執筆された散文『ヘロストラトス』だ。ヘロストラトスと聞いても、ピンとこない人が多いだろう。実在のギリシャ人で、一介の羊飼いだったが、自分の名前が後世に語り継がれることを望み、紀元前三五六年頃エフェソスのアルテミス神殿に火を放ち、焼失させた人物である。かくして、念願かなって不名誉な名前を残したわけだが、『ヘロストラトス』の主題は、今風の言葉を用いれば、セレブリティ。有名であるとは、名声とはどういうことなのかが、束の間の名声、永遠の名声あわせて論じられる。ホメロス、ミルトンといった人物の名声だけでなく、ルネサンス期のイタリアや、大航海時代のポルトガルといった現象も俎上に載せられる。そして、有名になる原因は偶然のことも本質的なこともあるが、偶然のものは扱わないとしている。また、名声は自然であることも人為的であることもある。たとえば、王侯は有名人だが、それは自然なことであり、これも扱わないとペソアは言う。さらに良い名声と悪い名声があるが、これは状況によって変化することがあると指摘する。このような導入に続いて、名声の本質について考察していくのだが、話は少しずつ、むしろ「天才」とは何かに移っていく。これはペソアが関心を寄せるのが、文学における名声であるためだ。そして、単なる才能と天才を区別して、真の天才が独創性にあると展開していく点が興味深い。

機知《ウイット》には三つのタイプがある。機知そのもの、論理性、批評性だ。才能には二つのタイプがある。構成的能力と哲学的能力だ。天才には一つのタイプしかない。独創性《オリジナリティ》だ。上記の三つの心的段階はピラミッドを形成している。[*23]

ペソアは主に英米文学の作家詩人（ブレイク、ポー、チャールズ・ラム、コールリッジ、ワイルド）を取り上げて、知性（機知）、才能、天才の違いを分析する。ここではその詳細に入ることはできないが、興味深いのは、なぜ天才が同時代からは評価されないかを論証するあたりだ。ペソアによれば、天才とは普遍性なのだが、各時代は個別なものであり、とりわけ前の時代への反動によって成立している。そのため、天才は同時代からは理解されず、逆に、後代からは評価されるという。このあたりに、ペソアがみずからの死後に期待していたことが読み取れるかもしれない。

脱線しながら進む論考は最後の断章七十で簡潔な結論を出す。

神々は何も告げようとしない。運命も同様だ。神々は死に絶え、運命は黙したままだ。[*24]

だとすれば、天才についても、名声についても、預言はない、ということになる。しかし、ペソアの天才は死後、証明された。その名声は今や揺るぎのないものになったと言ってよいだろう。

＊

ペソアは、ポルトガルの詩壇の外で知られることはなく、ひっそりと世を去った。未来派としてスキャンダルを起こした詩人というのが、当時の一般のポルトガル人が抱いていた詩人像だったらしい。だが、その文学的営為の全貌を世に知らしめるべく、死の翌年に早くも『プレゼンサ』（四八号、一九三六年七月）が追悼特集を組み、その後も継続的に私信や遺稿を掲載することになる。[*25]

死後の詩人の評価の高まりは速かった。ほとんど無名だったペソアは国民的詩人の扱いを受けるようになっただけでなく、その名声はすぐさま国境を越えたからだ。その後のペソアはほとんど伝説の領域に入る。この評伝を終えるにあたり、ファンが世界中に生まれるようになるまでの後日談を簡単に記そう。

詩人の死後には未刊の原稿が大きな衣裳箱《アルカ》一杯に残された。[*26] 一九六八年に行われた調査によれば、断簡零墨の類いや本人以外の書類も含めて、その数、二万七千五百四十三点（うち、一万八千八百十六点が自筆原稿、三千九百四十八点がタイプ原稿、二千六百六十二点がタイプ原稿に書き込みのあるもの、その他は新聞雑誌の切り抜きや友人知人の詩や手紙など）。ペソアが生前に発表した詩は二百九十九篇、散文は百三十二点だったから、既発表作品は文字通り氷山の一角にすぎなかった。じっさい、まとまったものだけで考えても生前発表は、彼の創作の十分の一どころか、何十分の一にすぎなかったと言えるだろう。

　ペソアの死後すぐに、その遺稿も含め、全体が見渡せるような著作集を出版しようという動きが起こる。先陣を切ったのは、ペソアに私淑していたアドルフォ・カザイス・モンテイロ。一九四二年、さまざまな雑誌媒体に散逸した状態にあったペソアの本名および異名による作品を集めて『ポエジー　最初の詩選集』を出版する。[*27]彼は一九五四年にはサラザール政権を逃れてブラジルに亡命し、大学で教鞭を執り、彼の地で没することになるが、一九五八年、『フェルナンド・ペソアの詩研究』を発表して、研究の領域でも先鞭をつけた。[*28]

presença
fôlha de arte e crítica
coimbra, julho, 1936

Éste número consagrado a Fernando Pessoa, em quem «presença» se orgulha de ter reconhecido sempre uma das mais ricas e originais individualidades da literatura portuguesa. Não podendo ser o que sonharíamos fôsse, (é bom sempre sonhar mais!) nem sendo a personalidade de Fernando Pessoa para caber quer num número de revista quer num volume ou cento de volumes, «presença» promete nunca deixar de se ocupar do grande poeta. Será mais um modo de se afirmar fiel à missão, de que não desiste, de proclamar e defender quaisquer valores espirituais em geral, estéticos em particular, contra tôdas as antipatias violentas mas impotentes que se lhes opõem.

ano décimo　48　volume segundo

死の翌年にペソア特集を組んだ『プレゼンサ』48号
所蔵：Biblioteca Nacional de Portugal

　同じ頃、ジョアン・ガスパール・シモンイスとルイス・デ・モンタルヴォルも、アティカ社から『ペソア全集』の刊行を計画する。[*29]この時点で、二人の編者は「全集」などというものがペソアの場合とうてい不可能であることに無自覚であり、慣例に従ってこのような命名を行ったのだった。一九四二年に刊行された第一巻は「フェルナンド・ペソアの詩集」と題され、遺稿を含む本人名義の詩を集めた。その後、四五年までに、カンポス（第二巻）、カエイロ（第三巻）、レイス（第四巻）、『メンサージェン』（第五巻）が前後して上梓されたが、その後は遺稿の整理に時間がかかり、ジョルジェ・デ・セナによる英葡対訳による「英語詩」に当てられた第十一巻が出版されるのは一九七四年、じつに第一巻から三十年以上たってのことだ。その後、『不穏の書』や日記や書簡なども追加されたが、作品の校訂などに関して不備が少なくないのは、当時の状況では仕方がなかった。

そのアティカ版全集を編纂したシモンイスは、一九三五年にコインブラからペソアのいるリスボンに移り住み、すでに旺盛な批評活動を続けていたが、一九五〇年に初の伝記『フェルナンド・ペソアの生涯と著作』[*30]を発表した。かつての同志カザイス・モンテイロからは「ガスパール・シモンイスのキャリアのみならず、同時代の批評のなかで最もセンセーショナルな失敗作」と酷評された問題含みの本だ。確かに、かなり脚色の多いものであることはまちがいない。それでも基本的な事実を広く知らしめた功績はけっして小さくあるまい。

一九六〇年になると、リオ・デ・ジャネイロで、その当時収集できるかぎりのペソアの詩を集めた、八百頁におよぶ『詩作品』と題された一巻本がジョゼ・アギラール書房から刊行される。[*31]マリア・アリエテ・ガリョスがきわめて行き届いた編集を行い、その後のエディションの範となるものだ。

ペソアの死後、原稿は妹エンリケッタ・マダレーナによって理想的とは言えない状況で保管されてきたが、一九六六年にポルトガル国立図書館が一括して買い入れ、六八年にはカタログ化が始められた。[*32] こうして、研究者たちによる本格的な調査が可能になったのだが、それにより、これまでまったく知られておらず、また予想されることもなかったいくつもの著作をペソアが準備していたことが明らかになった。それが『不穏の書』、『ファウスト』、『魔法のヴァイオリン弾き』などだ。[*33] ただし、ペソアは、自作を分類して封筒に入れていたとはいえ、雑多な紙に書かれた原稿であるため、その整理は難航し、現在にいたるまで校訂については意見の一致を見ていない。

その後に出たコンパクトにまとまった全集としては、一九八六年にレーロ&イルマウン社から刊行されたアントニオ・クワドロスの編集による『フェルナンド・ペソア著作集』全三巻がある。作品のみならず、主要なペソア論も収録されていて、ぼく自身、最初はこの本を重宝してよく利用したし、本書でも典拠のひとつとして用いた。

生誕百年を機に、一九八八年に文化省が「ペソア・チーム」を発足させ、イヴォ・カストロを責任者に、国家事業として批評校訂版全集（Edição Crítica de Fernando Pessoa）の刊行を開始したことで、ペソア研究の状況は一気に精緻になった。ペソアが備忘録としてつけていた手帖までも書き起こされていて決定版にふさわしいが、その反面、専門的すぎて一般人の手には余る。のみならず、今ではほとんどが品切れで買い求めることもできない。

かくして、現状ではポルトガルとブラジルのさまざまな出版社から多様な版が出ていて、定本と言えるものが存在しない状況はいかにもペソアらしいと言えるかもしれない。それでも、近年、リスボンのアシリオ&アルヴィン出版から、『不穏の書』の校訂版をはじめ多くの散文集が出ているのはありがたいし、若い世代の研究者たちが種々の校訂版に取り組んでいるのも頼もしい。

ポルトガル国外の状況はどうか。すでに述べたように、フランスでペソアが紹介されたのは、まだペソアが存命中の一九三〇年のこと、当時コインブラ大学の外国人教師であったピエール・ウールカードは、『プレゼンサ』のシモンイスたちと交流があり、ペソアについての紹介記事をパリの雑誌『コンタクト』に発表。その後三三年にも彼によるフランス語への翻訳紹介がなされたが、小規模のものにとどまった。本格的な紹介は一九五二年に発刊された国際雑誌『亡命』の創刊号に掲載されたアルマン・ギベールのものを俟たねばならない。[*34] 翻訳されたのは、「煙草屋」「秘儀参入」「降誕祭」の三篇で、ギベールは「フェルナンド・ペソアあるいは四重の男」と題する解説も載せている。

これを読んで刺激を受けたのが二十世紀のドイツ語圏を代表するユダヤ人詩人パウル・ツェラン（一九二〇―七〇）だ。雑誌『亡命』の編集長エドワール・ロディティと共同して詩七篇をドイツ語に翻訳した（「秘儀参入」「自己心理記述」、カエイロの「事物の驚異的な現実性」「群れの番人」、レイスの「アドニスの庭の薔薇を愛す」、カンポスの「偉大であるためには」「煙草屋」）。

英米圏では一九五〇年代から異名者も含めた詩が翻訳され、散発的な紹介が始まっているが、本格的なものは七〇年代になってからだった。スペイン語圏では、メキシコの詩人オクタビオ・パス(一九一四―九八)が「自分にとっての他人」という卓抜なペソア論を一九七一年に発表している。[*35] このエッセイはぼくが最初に読んだ本格的なペソア論で文字通り衝撃を受けた。イタリア語圏では後に触れる作家アントニオ・タブッキの功績が大きい。

だが、専門家以外の興味を惹きそうにない話はこれぐらいにして、一般的な状況をもう少し追うことにしよう。

一九八五年六月十三日、没後五十年を記念して(ただし、命日ではなく誕生日に)、ペソアの遺骸は、リスボン南西部ベレン地区にあるジェロニモス修道院の中庭のパンテオンに移葬された。この修道院は、マヌエル一世が、エンリケ航海王子の功績とインド洋航路を発見したヴァスコ・ダ・ガマの偉業を讃えるとともに、航海の安全を祈願して建設したもので、修道院附属の聖母マリア聖堂は王家の墓廟《ぼびょう》となっていて、入り口近くには、ヴァスコ・ダ・ガマとカモンイスの棺も安置されている。『メンサージェン』でポルトガルの歴史を謳ったペソアが葬られるにふさわしい場所と言えるだろう。

この年には、パリのポンピドゥー・センターで「複数詩人　フェルナンド・ペソア」と題した展覧会が行われるなど、国外でもメモリアル事業が展開した。生誕百年を目前にした一九八六年にはペソアは百エスクード紙幣に肖像が使われるまでになった(ただし、八八年から、百エスクードは紙幣からコインに変更になったため、刷られたのはわずかな期間でしかなかったのだが……)[*36]。

一九九三年には、ペソア記念館(Casa Fernando Pessoa)が開館。詩人が晩年の十五年間を過ごしたコエーリョ・ダ・ロシャ街一六番地の建物が修復され、リスボン市によって瀟洒な資料館として公開されたのである。生前のペソアの蔵書や、ポルトガル語や各国語に訳されたペソアの作品や研究書を収めた図書室があり、遺品も見ることができる。在りし日のペソアを偲ぶのによい場所だ。

ペソアも足繁く通ったカフェ・ア・ブラジレイラの前には、テーブルについた詩人の銅像が置かれ、観光客にとって絶好の撮影スポットとなっているし、グルベンキアン美術館に行けば、アルマダ・ネグレイロスの描いた大判の肖像画と対峙することができる。こうして、今やペソアの姿はリスボンの街の一部となった。

＊

文学の世界でまず挙げるべきは、ポルトガルのノーベル賞作家ジョゼ・サラマーゴ(一九二二―二〇一〇)が発表した『リカルド・レイスの死の年』(一九八四)だろう[*37]。邦訳もあるこの小説は、一九三五年十一月三十日、ペソアの死から始まる。ブラジルで医者として働いていたリカルド・レイスは、ペソアの訃報をカンポスから受けとり、十六年ぶりにポルトガルに帰る。サラザールによる独裁政権が確立し、ファシズムがポルトガルを覆っ

アルマダ・ネグレイロス「フェルナンド・ペソアの肖像画」（201×201cm）
『オルフェウ』同人の集ったレストラン「イルマォンス・ウニードス」のために
1954年に描かれ、現在はペソア記念館に展示。
グルベンキアン美術館所蔵の向きが左右逆の同名の肖像画は、
これを元に1964年に制作されたもの。

ている状況だ。もちろん政治一色の話ではない。サラマーゴは、想像を逞しくして、レイスとリディア（レイスが「オード」で呼びかけたリューディア）の間に生々しい男女関係を結ばせ、マルセンダというこちらもレイスの詩に登場する女性にも惹かれる様子を描いた。

サラマーゴ以上にペソアに取り憑かれた作家がいるとすれば、それはイタリアのアントニオ・タブッキ（一九四三―二〇一二）だ。「ヴェルレーヌもマラルメもランボーも、決定的な年頃に『悪の華』を読まなかったなら、あのような彼らになることはなかっただろう」とポール・ヴァレリーは言った[*38]が、ペソアを読むことがなければ、タブッキという作家は誕生しなかったかもしれない。知的活動においてだけでなく、ペソアは彼の生にまで深くかかわった。夫人のマリア・ジョゼ・デ・ランカストレもまたペソア研究者だからだ。翻訳者としてのタブッキは、『唯一の多数』（一九七九）、『詩人とはふりをする者だ』（一九八八）などのすばらしいアンソロジーを編み、ペソアをイタリアに知らしめるのに貢献した。研究者としては『人びとでいっぱいの鞄、フェルナンド・ペソア論』（一九九〇）にまとめられる諸論考によって精緻でかつ斬新な解釈を打ち出した。研究は作家となった後も続けられた。「郷愁《ノスタルジー》、自動車、無限」と題されたペソア論は一九九四年にパリの社会高等学院で行われたフランス語の講演の記録だが、前衛芸術運動と「ノスタルジー」という二つの切り口から、ペソアの本質に迫る示唆に富んだ論考だ。[*39]

そして、小説のなかにもペソアは頻出する。『逆さまゲーム』（一九八一）、『インド夜想曲』（一九八四）、『レクイエム』（一九九一）、『夢のなかの夢』（一九九二）、『フェルナンド・ペソア最後の三日間』(一九九四)まで、それぞれの強度は異なるが、ペソアは単なる挿話以上の役割を果たす。虚構をめぐるタブッキの小説の構造そのものがきわめてペソア的なのだ。その意味で、このイタリア人作家にとってペソアは創作の根源にあると言っても過言ではない。大きな影響を受けた、などという月並みな表現には収まらない。ポルトガルを舞台にする小説『供述によるとペレイラは……』(一九九四)を書いただけでなく、ポルトガル語での執筆にまで至らせたからである。[*40]

ペソアの作品にとどまらず、ペソアの姿形とリスボンの美しい街並みを映像化したいと考えた映画監督も数多くいる。ウジェーヌ・グリーンの映画『いかにしてフェルナンド・ペソーアはポルトガルを救ったか』(二〇一八)についてはすでに述べたが、ヴィム・ヴェンダース監督のロードムービー『リスボン物語』(一九九四)でも、ペソアは重要な要素となっている。消えた監督を待つ音響技師ウインターはリスボンの古い建物で蚊になやまされながら、ペソアの断片をドイツ語で読む。街角にさりげなく登場するペソアの姿にヴェンダースの思い入れを感じる。

しかし、なんといっても、本国でいち早くペソアを作品化したジョアン・ボテリョ(一九四九―)について触れなければならないだろう。彼は『中断された対話』(一九八一)でペソアとサ゠カルネイロの友情を描いた。入れ子構造をとったこの映画は安易な要約を許さない複雑なものだが、ペソアのテクストをふんだんに入れ、それを『オルフェウ』の誕生と絡ませている（劇詩「船乗り」の一部も演じられている）。この作品の特徴は映像と朗読が他方を説明することなく、反響している点にある。[*41]ボテリョは二〇一〇年には今度は『不穏の書』を『不穏の映画』として映像化したが、こちらも重層的な作りとなっている。枠としては、ペソアとベルナルド・ソアレスがカフェで出会うという、オリジナルの構造を用いている（ただし舞台は現代）が、最後は、ソアレスは空想の存在だったとして消えてしまう。そして、中間はソアレスの散文が描く、さまざまな妄想的な世界がひしめきあう濃密な空間だ。ここでも、テクストは映像の説明ではないし、テクストを単に映像化しているわけでもない。さらに二〇二〇年には、今度はジョゼ・サラマーゴの『リカルド・レイスの死の年』を映画化して、三度ペソアをスクリーン上に映し出した。[*42]ボテリョの映画は、台詞も含め原作のエロス的世界を忠実に再現するとともに、ペソアとのアイロニーに満ちた会話も活写している。ペソアを演じるのは、オリヴェイラ監督の作品『神曲』や『アブラハム渓谷』にも出演したルイス・リマ・バレット、あまり顔が似ていないところがかえって印象的だ。

そのほかにも、女優としても活躍したマリア・デ・メデイロス（一九六五―）が、名優ルイス・ミゲル・シントラ（一九四九―）との二人芝居の形で映画化した中篇『王子の死』（一九九一）をはじめ、ペソアのテクストにインスピレーションを得た作品は、ポルトガルでも他の国でも少なくない。テレビドラマでは「独創的な夕食」などさまざまな作品が映像化されている。そして、これまでも何度か言及したポルトガル映画界の巨匠マノエル・

ド・オリヴェイラも忘れてはならないだろう。オリヴェイラはボテリョの『中断された対話』では、死に際のペソアを看取る神父を演じただけでなく、ヴェンダースの『リスボン物語』でも出演。さらにみずからの作品の至る所にペソア的な要素をちりばめている。[*43]

ペソア自身と映画との関係は曖昧だ。一九二九年にジョゼ・レジオから『プレゼンサ』に映画について書いてほしいと頼まれたが、曖昧な答えでお茶を濁している。当時、映画はまだ芸術としては認められていなかったわけだが、ペソアより一世代後の『プレゼンサ』の同人たちは映画に関心を寄せ、雑誌にも映画についての論考が掲載されている。ポルトガルでは一九三一年、オリヴェイラの初期の名作『ドウロ河』(無声映画)が公開され、レジオはそれについて書いている(『プレゼンサ』四三号、一九三四年十二月)[*44]から、ペソアも作品を見ていた可能性はある。先に見た『ヘロストラトス』の中にも、映画に関するパッセージがあることも付け加えておこう。

ドイツ人とロシア人を除いて、映画において芸術的なものをなしえた者はいない。ここでは円が方形になることは不可能なのだ。[*45]

若き日のペソアが「ポルトガル文化倶楽部」を作る計画を立てていたことは第十一章で見たが、じつは、そこには映画部門もあった。ただ、それはすぐに取り消されてしまったのだが……。草稿のうちには、芝居ないしは映画の梗概と題されたものがいくつか残されているから、もう少し長生きしたならば、この分野に挑戦したかもしれない。[*46]

＊

哲学の世界でもペソアは注目されている。フランスの思想家ジル・ドゥルーズは、作者というトポス、あるいは異名者という「出来事」に関心を示した。

あらゆる作家、創造者はひとつの影です。プルーストやカフカの伝記をどのように書いたらよいのでしょうか。ひとが書きはじめるやいなや身体に対して影のほうが優位に立つのです。真理とは現実存在の産出です。それは頭のなかにあるのではなく、実際に存在するものです。作家は現実の身体を送り出します。ペソアの場合には、それは想像的な人物のように見えますが、実はさほど想像的ではありません。彼はこれらの人物にそれぞれのエクリチュールと機能を与えているのですから。しかしペソア自身は、これらの人物がすることだけは絶対にしない。まず作者の体験があって、それを物語る「たくさん見たし旅もした」式の文学では、たかが知れているのです。[*47]

構造主義は、ロラン・バルトやフーコーの言葉に端的に表れているように、「作者の死」という言葉で、作者と作品の関係をいったん分離し、作者という人格は、実人生の人格とは異なるという点を強調した。ドゥルーズがここで強調しているのもその点だ。ペソアのケースはまさに彼らにとって枠組みにぴたりと入るのかもしれない。
その他には、アラン・バディウが『哲学宣言』で、哲学との関係で七人の重要な詩人として、ヘルダーリン、マラルメ、ランボー、トラークル、マンデリシュターム、ツェランとともにペソアの名を挙げている。[*48] すでに述べたように、ペソア自身が哲学に強い関心を示し、その作品にはプラトン、アリストテレス、アウグスティヌスから、ルソー、カント、ヘーゲル、ニーチェ、フロイトまで様々な名前が現れるのだから、それも当然かもしれない。ただし、ペソア本人は自分を哲学者ではなく、あくまで詩人であると考えていた。

だが、ペソアが最も浸透しているのは音楽の世界だ。九〇年代以降に登場した世代はこぞってペソアを取り上げ、日本でも人気のあるポルトガルの女性歌手ドゥルス・ポンテス（一九六九―）は、『メンサージェン』から「王子」を選んで歌っているし、ジョアン・ベンガラ率いる〈コンパニア・ベンガラ〉は『ポルトガルの海』と題して、同じ詩集の中核を歌っている。一方、フランスとポルトガルで活躍する女性歌手ベヴィンダが一九九七年に出した「複数の人ペソア」はアルベルト・カエイロの詩集『群れの番人』から選んだ詩などに、ヴァスコ・マルティンが曲をつけている。二本のチェロの伴奏だけのシンプルなアレンジが効いていて、すばらしい出来だ。曲調はいかにもファドという感じはまるでしない。一九九九年にリリースされたアレシャンドラの歌う『テラス・ド・リスコ』のほうは、ファドが基調ではあるが、ジャズ・ピアノ、ポルトガルギター、エレキギター、バンドネオン、チェロという編成で、こちらも新鮮なペソアを響かせている。また、ボサノヴァのカエターノ・ヴェローゾも詩人への共感をしばしば語っている。

さらに驚くべきは、ペソアの若き日の異名者をバンド名にしたリスボン出身のグループ、Alexander Searchだ。ペソアの英語詩を読んで、その若さ、未成熟な部分にロックンロールを感じたというジュリオ・レゼンデの呼びかけで、ペソアの英語詩をロックで歌うために結成されたというバンドだ。メンバーは普段はそれぞれの活動をしているが、このバンドではペソアに倣って、別人格となり、異名を用いているという徹底ぶりだ。ヴォーカルはユーロビジョン・ソング・コンテスト二〇一七年のポルトガル代表で、優勝したサルヴァドール・ソブラルだが、バンドでは十九世紀の人物ベンジャミン・シンブラを名乗り、当時のコスチュームで登場して、なりきって歌う。

挙げれば切りがないが、そもそもペソア本人名義の詩は、伝統的なスタイルで書かれているため、ファドに乗りやすいと言える。二〇一三年の「Fernando Pessoa / O Fado e a Alma Portuguesa」(フェルナンド・ペソア集/ファドとポルトガルの魂)は、ジョアナ・アメンドエイラ、アナ・ラインス、アナ・モウラほか、重要なシンガーによるアンソロジー。これを見てもペソア熱は高まることはあっても衰えることはなさそうだ。

ペソア作品の舞台化は枚挙にいとまがない。いまも世界のどこかの街で行われているにちがいない。『アナーキストの銀行家』や『不穏の書』がよく取り上げられるが、そのほかにも異名者たちが次々と出てくる作品など、多くの演出家の想像力を刺激している。日本でも、いくつかの試みが行われている。

舞台芸術では、コンテンポラリー・ダンスの母とも言われるカロリン・カールソン（一九四三―）が一九九三年に、パリ・オペラ座のエトワール、マリー＝クロード・ピエトラガラ（一九六三―）のために、ペソアの詩を自由に使って書いた「ドント・ルック・バック（過去を見るな）」が記憶に残っている。日本での上演を見たが、その見事な振り付けと動きは観客を魅了した。終わった後の会場にはほとんど陶酔状態の人もいたことを今でもまざまざと思い出す。

＊

しかし、なぜひとはペソアに取り憑かれたかのように惹かれてしまうのだろうか。他人のことはわからないが、ぼく自身について言えば、ペソアの魅力は、その一句一行が他人の書いたものとはとうてい思えず、これを書いたのは自分ではないかという気にさせることから来ている。いや、もっと言うと、自分はペソアの異名者の一人ではないのか、あるいはペソアとは自分の異名者なのではないか、といった妄想にまで至ってしまうのだ。とりわけペソアを訳しているときは、テクストは目の前にあるのではなく、どこか別のところからやってくる気がする。自分の奥底ともちがう、天から降ってくるのでもない。不思議な空間の歪みのようなものがあって、今ここが、いつの間にかソアレスが彷徨するリスボンの下町《バイシャ》となり、アルベルト・カエイロ、リカルド・レイス、アルヴァロ・デ・カンポスといった面々がぼくにとっての飲み仲間になる。そして、まるで結社のメンバーにでもなったかのように、全世界のペソア愛好者たちと出会うと秘密の挨拶を交わしたりするのだ。

これからもさまざまな分野でペソアは多くの人を吸引していくことだろう。ペソア・ウィルスの感染力はきわめて強い。そして、この作家の新たな側面もこれからまだまだ現れてくるにちがいない。新たな読み、新たなアプローチをその作品は誘発するからだ。作品を成立させるのは、他ならぬ読者のぼくらであるということを、まざまざと告げている詩を引用することでこの評伝を閉じることにしよう。

わたしの書くものはすべて　ふりにすぎない
とひとは言う　そんなことはない
ただ　わたしは想像力で
感じるのだ
心は使わない

わたしが夢見たり　感じたりするもの

わたしには届かないもの　消えゆくもの
それらはすべて　何かを見下ろす
テラスのようなもの
そこから見える何かこそが　美しい

だから　わたしは書く
遠くにあるものに囲まれて
夢中になることもなく
存在しないものを生真面目に
感じている？　感じるのは読者の役割[*49]

（「これ」）

＊1　BNP/E3 52/3.
＊2　Cor II, 355.
＊3　この手紙は、相手への気兼ねのなさからか、調子が明るい。ここでは「師でないのは、自分は教えることができないからで、シェフでないのは、目玉焼きも作れないからだ」と軽口を叩いている。Cor II, 337. CFPDP 251.
＊4　Cor II, 340. CFPDP 253.
＊5　Cor II, 350. CFPDP 266.
＊6　*Diário de Lisboa*, 8 de março de 1935, p. 9, 15. なお、次のサイトで紙面が公開されている。

http://casacomum.org/cc/visualizador?pasta=05760.024.05669#!9
http://casacomum.org/cc/visualizador?pasta=05760.024.05669#!15

＊7 CDA 367.

＊8 cf. José Barreto, «A última paixão de Fernando Pessoa», *op. cit.* 二人の書簡もファクシミリで複製された詳細な論考である。マッジは英国の諜報部のために働いていて、それで国外を頻繁に旅行していたとも言われる。

＊9 ペソアが弟に宛てた手紙の草稿から読み取れる。Cor II, 356-357. 帰国後も弟は、兄に出版社を探していると告げる手紙を送っている。

＊10 この詩は弟宛ての手紙に同封されるはずだったもので、ペソアはこれを「アルコール詩ないしはアルコール後の詩で」、公刊にはふさわしくないと書いている。この詩はマッジにも送られたようだ。Cor II, 356-357. Fernando Pessoa, *Poesia Inglesa*, *op. cit.*, p. 504.

＊11 OC II, 78.

＊12 マッジへの手紙でも、ペソアは彼女とリスボンで会えなかったのは、鬱状態に陥っていたからだ、と弁解している。José Barreto, «A última paixão de Fernando Pessoa», *op. cit.*, p. 604.

＊13 テレビ Clara Cuéllar dos Santos, *loc. cit.*

＊14 Cor II, 357-358. ペソアはサラザールが授賞式の時にした演説のことを挙げている。

＊15 OPP II, 1334.

＊16 OPP II, 1096.『詩集』一一五頁

＊17 同前。

＊18 OPP II, 1097.『詩集』一一五頁

＊19 同前。『詩集』一一六頁

＊20 同前。

＊21 João Gaspar Simões, *Vida e Obra de Fernando Pessoa*, *op. cit.*, p. 792-795.

＊22 アルコール依存症の詩人というのは、ガスパール・シモンイスによるデカダン派的な神話である可能性は確かにあるだろう。多量のアルコール摂取による肝機能障害という定説に異を唱えるペソ

ア・ファンの医師たちによる研究があることを記しておこう。興味深いのはイレネ・クルスによる仮説で、ペソアは南アフリカで過ごした少年時代にB型ないしはC型肝炎に罹ったのではないかというものである。Robert Bréchon, *Étrange étranger: une biographie de Fernando Pessoa, op. cit.*, p. 543. UQA 685-689.

＊23 H 108/185.

＊24 H 199.

＊25 カルロス・ケイロス、アドルフォ・カザイス・モンテイロなどが中心になって進められた。

＊26 ポルトガル語では衣裳箱はarca。聖書の文脈ではノアの「方舟」、モーセと神の「聖櫃」の意味もある。ただし、これはいわば比喩表現であって、実際には、草稿群は三つからなる。大きな衣裳箱には九十一の封筒が番号を振られて入っており、小さなスーツケース（mala）には二十五の小箱（pacote）が、そのうち二十二には番号が振られて入っており、簞笥にはやはり番号を振られた封筒が二十五発見された。*Dicionário de Fernando Pessoa e do modernismo português, op. cit.*, p. 55.

＊27 版権問題と絡んで、後述のアティカ社はモンテイロに対して裁判を起こすなど、内輪揉めも見られた。

＊28 Adolfo Casais Monteiro, *Estudos sôbre a Poesia de Fernando Pessoa*, Rio de Janeiro, Agir, 1958.

＊29 全集と銘打っているが、実際にはColecção «Poesia»とも記されていて、詩全集であり、本書でOCとして略記しているもの。散文の出版は一九六六年から始まり、まず手記、文学批評、哲学関係などが刊行され、一九七七年には『不穏の書』が二巻本で出版された。

＊30 João Gaspar Simões, *Vida e Obra de Fernando Pessoa, op. cit.*

＊31 Fernando Pessoa, *Obra Poética*, ed. Maria Aliete Galhoz, Rio de Janeiro, Editora José Aguilar, 1960.

＊32 ペソアの蔵書や遺品は、後述のペソア記念館に収蔵された。そのほかポルトの市立図書館にも資料がある。国立図書館の資料のいくつかはそのホームページで公開もされている。

＊33 そこには緑色の封筒に入れられた「四行詩集」もあった。ペソアはこれをポルトガルの民衆の素朴な心情の吐露だとしている。これらの詩は、本稿では取り上げることができなかったペソアの別の面を示している。cf. OC IX.

＊34 『亡命』はアラン・ボスケとエドワール・ロディティを編集長として、年二回刊行の「国際詩の雑誌」と銘打って創刊された。一九五二年十月創刊号のラインナップは錚々たるものだ。サン＝ジョン・ペルス、リルケ、ピエール・ジャン・ジューヴ、ジャン・ポーラン、アンリ・ミショー、アーチボルト・マクリーシュ、ジュール・ロマン、ホルヘ・カレーラ・アンドラーデ、ロイス・マソン、ガルシア・ロルカ、ラファエル・アルベルティ、エウジェニオ・モンターレ、リベロ・デ・リベロ、シオラン、ジョルジュ・シェハデ、フェルナンド・ペソア。ヨーロッパやラテン・アメリカの重要な詩人の作品が紹介された。ギベールはすでに一九四二年にチュニスで刊行された雑誌にペソアを紹介している。

＊35 Octavio Paz, «Fernando Pessoa: el desconocido de sí mismo», *Los signos en rotación y otros ensayos*, *op. cit.* その抄訳はオクタビオ・パス「自分にとっての他人」（鼓直訳）『詩集』一二四―一三三頁。

＊36 それまで百エスクード紙幣は十八世紀の詩人マヌエル・マリア・バルボザ・デュ・ボカージュだった。また、二〇一四年には、四分の一ユーロの記念硬貨が三万枚ほど発行されたそうだが、残念ながら、こちらはお目にかかったことはない。

＊37 José Saramago, *O Ano da morte de Ricardo Reis: romance*, Lisboa, Caminho, 1984. ジョゼ・サラマーゴ『リカルド・レイスの死の年』前掲書。

＊38 Paul Valéry, «Situation de Baudelaire», *Œuvres t. I*, *op. cit.*, p. 612. ポール・ヴァレリー「ボードレールの位置」『ヴァレリー集成Ⅲ』（筑摩書房、二〇一一年）。ただしここでは拙訳による。

＊39 *Una sola moltitudine*, a cura di Antonio Tabucchi, Milano, Adelphi, 1979. *Il poeta è un fingitore*, Duecento citazioni scelte da Antonio Tabucchi, Milano, Feltrinelli, 1988. *Un baule pieno di gente, Scritti su Fernando Pessoa*, *op. cit.* *La Nostalgie, l'automobile et l'infini: Lectures de Pessoa*, Paris, Seuil, 2013.

＊40 アントニオ・タブッキ『逆さまゲーム』（須賀敦子訳、白水社、一九九八年）、『インド夜想曲』前掲書、『レクイエム』前掲書、『夢のなかの夢』（和田忠彦訳、岩波文庫、二〇一三年）、『フェルナンド・ペソア最後の三日間』（和田忠彦訳、青土社、一九九七年）。

＊41 ゴダール映画でお馴染みの女優ジュリエット・ベルト（一九四七―九〇）がエレナ役を演じている。

＊42　二〇二二年のＥＵフィルムデーズで上映された。
＊43　オリヴェイラ監督は、『コロンブス　永遠の海』（二〇〇七）では『メンサージェン』から「化け物」の一節を、『ブロンド少女は過激に美しく』（二〇〇九）では、カエイロの『群れの番人』を名優ルイス・ミゲル＝シントラに朗唱させている。
＊44　ジョゼ・レジオ『ドウロ河』（松本晴子訳）、『マノエル・デ・オリヴェイラと現代ポルトガル映画』（遠山純生編、エスクァイアマガジンジャパン、二〇〇三年）三〇―三一頁
＊45　H 83/161.
＊46　それらの関連資料は二〇一一年に一書にまとめられた。*Argumentos para filmes*, Lisboa, Ática, 2011.
＊47　Gilles Deleuze, *Pourparlers*, Paris, Minuit, 1990, p. 183. ジル・ドゥルーズ『記号と事件』（宮林寛訳、河出文庫、二〇〇七年）二七〇頁。引用は拙訳。ドゥルーズは『襞』においても、知覚の問題と絡めて文学作品における睡眠や目眩の例に言及し、コクトー、ミショーと並んで、ペソアの名を挙げる。「フェルナンド・ペソアは、大変独創的な知覚、形而上学、心理学、美学の着想を展開したが、これはやはりライプニッツに近いもので、小さな知覚と「海に関する系列」に基づいている」（ドゥルーズ『襞　ライプニッツとバロック』宇野邦一訳、河出書房新社、一九九八年）一六一頁
＊48　アラン・バディウ『哲学宣言』（黒田昭信・遠藤健太訳、藤原書店、二〇〇四年）七九―八〇頁
＊49　OC I, 238.『詩集』一二一頁

フェルナンド・ペソア略年譜

（ ）内は年齢

一八八八（0）	六月十三日、フェルナンド・アントニオ・ノゲイラ・ペソア、リスボンに生まれる。	一八八〇年代末、ポルトガル王政の末期。植民地支配をめぐりヨーロッパ列強に後れを取り、国内に不満が渦巻く。王党派と共和党が対立。九〇年、アフリカの植民地の領有権をめぐり、英国がポルトガルに対し、最後通牒。
一八九三（5）	一月二十一日、弟ジョルジェ誕生。七月十三日、父ジョアキン、結核で死去。一家は父方の祖母や叔母たちとともに転居。	
一八九四（6）	一月二日、弟ジョルジェ死去。この頃、最初の異名者であるシュヴァリエ・ド・パス（フランス人）が現れる。	
一八九五（7）	五月、祖母ディオニジアが発作の後、精神科病院に二ヶ月間入院。七月二十六日、最初の四行詩「おかあさんへ」。十二月三十日、母マリア・マダレーナ・ノゲイラ、ダーバン在ポルトガル臨時領事ジョアン・ミゲル・ローザと再婚。	
一八九六（8）	一月二十日、母と共に継父の赴任地南アフリカのダーバンに出発、二月半ばに到着。三月、聖ヨゼフ修道会学校に入学。十一月二十七日、妹エンリケッタ・マダレーナ（愛称テッカ）誕生。	

一八九八（10）
十月二十二日、次妹マダレーナ・エンリケッタ誕生。
九九年十月、第二次ボーア戦争開始。

一八九九（11）
四月、飛び級でダーバン・ハイスクールに進学。成績は優秀。

一九〇〇（12）
一月十一日、弟ルイス・ミゲル誕生。
一九〇〇年、ポルトガル、パリ万博に参加。

一九〇一（13）
五月十二日、英語の詩を書く。六月二十五日、妹マダレーナ・エンリケッタ死去。八月一日、一家は一年間の予定でポルトガルに一時帰国。ディケンズの『ピクウィック・クラブ』に熱中。手書き雑誌『おしゃべり』を五号まで作成。

一九〇二（14）
五月、一家は母方の親戚を訪れるため、母の故郷テルセイラ島を訪れ、九日間滞在。六月、ペソア以外はダーバンへ戻る。九月十九日、ペソアもダーバンへ発つ。大学入試の準備をしながら、夜は商業学校に通う。
〇二年、リスボンが完全に電化。

一九〇三（15）
一月十七日、弟ジョアン・マリア誕生。十一月、喜望峰大学に合格。英語の論文は八百九十九人中一位で「ヴィクトリア女王記念賞」を受賞。

一九〇四（16）
ダーバン・ハイスクール（大学一年相当のクラス）に通い、シェイクスピア、ミルトン、バイロン、シェリー、キーツ、テニスン、ポー等を愛読。英語で詩と散文を書く。異名者チャールズ・ロバート・エイノンが現れる。八月十六日、末妹マリア・クララ誕生。

一九〇五（17）　八月二十日、単身リスボンに戻る。はじめ大伯母マリア・ピニェイロの家に、ついで母の姉アニカの家に仮寓。十月、リスボン文学高等学校（後、大学に改組）に通う。継父の兄で詩人のエンリケ・ローザの奨めでセザリオ・ヴェルデなど同時代のポルトガルの詩に親しむ。カミロ・ペサーニャを紹介される。

一九〇六（18）　五月下旬、原因不明の体調不良に悩む。友人のない孤独な生活の中、英国留学を考える。七月、休暇で家族が帰郷、一緒に住む。十二月十一日、妹マリア・クララ死去。
○六年、ジョアン・フランコが首相となり、独裁制。

一九〇七（19）　四月二十五日、家族はダーバンに戻り、ペソアは父方の祖母ディオニジアと母方の大伯母たちと暮らす。祖母の精神障害が悪化し、ペソア自身も強度の鬱病に悩む。ジョアン・フランコ政権に反対する学生集会に参加、六月頃、退学。アレクサンダー・サーチの名で怪奇小説『扉』を英語で執筆。九月六日、祖母ディオニジア死去。

一九〇八（20）　貿易会社のための商業翻訳を始める。これが生涯の変わらぬ収入源となる。この時期、『ファウスト』の最初の草稿を執筆。
○八年二月一日、ポルトガル国王カルロス一世と王太子ルイス・フィリペが暗殺される。

一九〇九（21）　祖母の遺産を使って印刷機を購入、十一月にイビス出版を設立するも、翌年には廃業。グロリア通りで一人暮らしを始める。
○九年二月、マリネッティがフランス『フィガロ』紙に「未来主義創立宣言」。

一九一〇（22）　十二月、雑誌『鷲』、ポルトで創刊される。
一〇年、リルケ『マルテの手記』。

一九一一（23）
ブラジルで出版予定の世界文学選集のため、詩の翻訳を引き受ける。
一〇年十月、マヌエル二世がイギリス領ジブラルタルへ亡命し、共和主義者たちが共和国を宣言。国旗と国歌が制定される。

一九一二（24）
文壇の若い作家たちと交流。マリオ・デ・サ゠カルネイロと親しくなる。四月、『鷲』に評論「社会学的見地から見た新しいポルトガル詩」を発表、論争が起こる。九月から十二月にかけ、『鷲』に評論「心理学的見地から見た新しいポルトガル詩」を連載。
一一年、新通貨エスクードが発行される。

一九一三（25）
週刊誌『演劇《テアトロ》－批評雑誌』に寄稿。八月、『鷲』二〇号に『不穏の書』の最初の断章を発表。旺盛な創作活動が続く。
一三年、プルースト『失われた時を求めて』（～二七年）、ラルボー『A・O・バルナブース全集』。

一九一四（26）
一月、イギリスの出版社に提案した『ポルトガル諺集』のために三百の諺を選び翻訳するが、戦争勃発のため計画は頓挫。二月、『レナシェンサ』にポルトガル語の詩二篇を発表し詩人としてデビュー。三月八日、彼の生涯の「勝利の日」、アルベルト・カエイロという決定的な異名者が現れる。六月、異名者アルヴァロ・デ・カンポスが現れ、次に異名者リカルド・レイスの最初の詩が書かれる。精神的危機に見舞われる。
一四年七月、第一次世界大戦勃発。ポルトガルは当初は中立を宣言。

一九一五（27）
一月、英語詩『アンティノウス』の初稿執筆。三月、『オルフェウ』創刊、ペソア「船乗り」、カンポス「勝利のオード」掲載。三月、『同時代』準備号。六月、『オルフェウ』二号、ペソア「斜雨」とカンポス「海のオード」掲載。カンポスの人命を軽視した内容の公開書簡に反発し、数人の同人が『オルフェウ』を脱退。九月、出版社からの依頼でC・W・レッドビーターの『神智学入
一五年、カフカ『変身』。

門』などを翻訳。十一月、母マリア・マダレーナが脳卒中により左半身麻痺になる。十二月、強い抑鬱症に悩まされる。

一九一六（28）
占星術師として生計を立てることを考える。三月、初めて降霊術を体験。四月、『逃亡』創刊、「不条理な時刻」寄稿。四月二十六日、サ＝カルネイロ、パリで服毒自殺。アルマダ・ネグレイロス「反ダンタス宣言」発表、スキャンダルとなる。十二月、ルイス・デ・モンタルヴォルが創刊した『センタウロス』に、秘教的ソネット「十字架の道」十四篇。

一六年三月九日、ドイツ、ポルトガルに宣戦布告。一六年、ジョイス『若い芸術家の肖像』、フロイト『精神分析入門』。ツァラらによるダダイスム運動。

一九一七（29）
四月十四日、リスボンで最初の未来派展開催。アルマダ・ネグレイロスの講演「二十世紀ポルトガル諸世代への未来派からの最後通牒」がスキャンダルを引き起こす。八月、友人たちと代行業務の会社F・A・ペソアを設立するが翌年には解散。十一月、『ポルトガル未来派』創刊。ネグレイロスの挑発的な作品のために警察に差し押さえられ、一号で終わる。実名の詩とカンポス「最後通牒」掲載。

一七年、ポルトガル、第一次世界大戦に参戦。五月十三日、ファティマに聖母マリア出現。十二月五日、シドニオ・パイスがクーデターを起こし、軍事独裁が始まる。ロシアに二月革命、十月革命起こる。

一九一八（30）
七月、英語詩集『アンティノウス』と『三十五のソネット』を自費出版。イギリスの批評家たちに注目される。

一八年前半、スペイン風邪の大流行が始まり、ストが頻発、治安が悪化する。四月、パイスが大統領に就任。十二月、パイスが暗殺され、ポルトガルは深刻な政治危機に見舞われる。

一九一九（31）
五月、シドニオ政権に好意的な政治論文「ポルトガルをどのように組織するか」を『行動』に発表。十月七日、継父ジョアン・ミゲル・ローザ没。十月八日、オフェリア・ケイロスと出会う。

一九二〇（32）	一月、イギリスの『アセニウム』に英語詩を発表。三月一日に十九歳のオフェリアに最初の手紙を送り、双方の家族には内緒の交際が始まる。三月三十日、母と弟二人と妹がポルトガルに戻り、一緒に暮らす。十月、重度の神経症に悩み、入院を真剣に考える。友人たちと鉱山開発代行会社兼出版社オリジポ設立。十一月末、オフェリアとの関係が破局を迎える。	一九年、王党派がポルトとリスボンで王政復古を企てるも、すぐに鎮圧される。 二〇年までの六年間でポルトガルの物価は四五〇％以上、上昇する。
一九二一（33）	オリジポからみずからの『英詩Ⅰ』、『英詩Ⅱ』、『英詩Ⅲ』とネグレイロスの著書を出版。	二一年までの三年間で十八の内閣が乱立し内政は不安定に。十月十九日、リスボンで共和国設立の中心人物たちが次々暗殺される「流血の夜」事件が起こる。
一九二二（34）	五月、ジョゼ・パシェコの雑誌『同時代』創刊号に「アナーキストの銀行家」発表。オリジポ、ボットの『詩歌集』を復刊。七月、『同時代』三号に評論「アントニオ・ボットとポルトガルの美的理想」。	二二年、ジョイス『ユリシーズ』、T・S・エリオット『荒地』。
一九二三（35）	一月、『同時代』七号にフランス語詩「三つの死せるシャンソン」、二月、同誌八号にカンポス「リスボン再訪（一九二三）」発表。ラウル・レアルがエノックの筆名で二月に出版した『神格化されたソドム』（オリジポ）がスキャンダルとなり、三月、同書とボットの『詩歌集』がリスボン当局に押収される。カンポス名で過激な反論を行う。七月、妹エンリケッタ・マダレーナ（テッカ）、カエタノ・ディアスと結婚。	二三年、リルケ『ドゥイノの悲歌』。
一九二四（36）	十月、画家ルイ・ヴァスと共同で『アテナ』創刊、レイスとカエイロの詩が初めて活字となる。翌年までに五号を出して終刊。	二四年、ブルトン『シュルレアリスム宣言』。

一九二五(37)	二月八日、継父の兄でペソアのよき理解者であったエンリケ・ローザ死去。三月十七日、母マリア・マダレーナ死去。ペソアは悲嘆にくれ、『アテナ』継続を断念。九月三十日、妹テッカ夫妻が気遣い、ペソアの家に転居してくる。	二五年、V・ウルフ『ダロウェイ夫人』。
一九二六(38)	一月、カエタノ・ディアスと共同編集で『商業と経理誌』創刊、「商業の本質」発表。	二六年五月二十八日、軍事クーデターにより、第一共和制が崩壊。
一九二七(39)	三月、ジョゼ・レジオらがコインブラで『プレゼンサ』を創刊。四月に出た三号でレジオはペソアを新たな文学の指導者と明言する論考を掲載。六月、同誌五号に詩「海岸」とカンポスの芸術論「環境」掲載。年末、テッカ一家はエヴォラに移る。	二七年二月、ポルト、リスボンで共和主義者たちの反乱が起こるも軍により鎮圧。軍事独裁政権が七四年まで続く。
一九二八(40)	この時期、いくつかの政治パンフレットを発表。友人たちと出版社ソリュサォン・エディトーラを始める。	二八年四月、コインブラ大学教授のサラザールが大蔵大臣に任命される。
一九二九(41)	四月、雑誌「ソリュサォン出版の雑誌」を刊行、ソアレス『不穏の書』を二篇掲載。九月、オフェリア・ケイロスとの関係が再燃、結婚が予定される。	二九年九月頃からアメリカの株価大暴落を受け世界恐慌に。
一九三〇(42)	九月二日、イギリスの魔術師アレイスター・クロウリーがリスボン訪問。九月二十三日、ペソアと二人で仕組み、クロウリーはカスカイスの「地獄の口」と呼ばれる奇観の地で謎の消失をとげる。十二月、ガスパール・シモンイスが最初のペソア論を『プレゼンサ』二九号に発表。	

一九三一（43）	三月、オフェリアとの関係が再び破局を迎える。十月、『プレゼンサ』三三号にクロウリーの「牧神頌」の翻訳を発表。	
一九三二（44）	九月、カスカイス市のカストロ・ギマランイス伯爵図書美術館の司書学芸員ポストに応募するが叶わなかった。十一月、『プレゼンサ』三六号に「自己心理記述」を発表。	三二年七月五日、サラザール、首相に就任。
一九三三（45）	一月、フランスの雑誌『南方手帖』に詩五篇の翻訳が掲載される。	三三年四月十一日、サラザール独裁による新国家体制「エスタド・ノヴォ」が始まる。
一九三四（46）	アウグスト・フェレイラ・ゴメス『第五帝国』のための序文。十月、詩集『メンサージェン』を完成、十二月に出版。	
一九三五（47）	一月、カザイス・モンテイロに異名者の生成に関する長文の手紙を書く。九月、イギリス在住の異父弟ルイス・ミゲル夫妻がポルトガルを訪れ、十五年ぶりに再会。ペソア、イギリス行きの計画を弟に告げる。十月三十日、当局の検閲に抗議するために、ポルトガルでの作品発表を止めることを決意。十一月二十九日、肝機能障害のため聖王ルイ病院に入院。三十日午後八時半頃に死去。絶筆となったのは、鉛筆書きの英語 I know not what tomorrow will bring（明日が私に何をもたらすかは知らない）。死後には約二万七千五百点の草稿が衣裳箱に残された。十二月二日、一族の墓があるプラゼーレス墓地に埋葬される。	

（澤田直編）

あとがき

フェルナンド・ペソア？　誰それ？　本書を手に取った人でそう思う人もいるだろう。

自分とは誰か、何者なのか、という問いは、多くの人が若いとき一度は真剣に考えるものだ。今ある自分とは別の誰か、何かになりたい、という気持ちが多くの人にあることは、メタバースやアバターの隆盛からも見て取れる。その意味で、普遍的で、なおかつ最新の問題でもあるのだが、この問いにきわめて先鋭的な形で取り組んだのが、二十世紀ポルトガルの詩人フェルナンド・ペソアだった。「わたし」とは確固とした個人であるどころか、無定形な多様体で、自分自身にとっても捉えどころがない。二十一世紀の今でこそ自然に思われるこの考えを、ペソアははるか以前に先取りしていた。

ここ二十年くらいで徐々に増えてきたペソアの読者は、彼が紡ぎ出す詩や散文の独特な語り口、肌触りに魅了されるが、その感触の根底には、わたしとは誰なのか、何なのか、世界とは何なのか、なぜこの世界であって、別の世界ではないのか、という形而上学的な問いがある。その問いにペソアは、哲学とは異なる形で応答する。それが読む者にとって心地よいのだろう。

ペソアの文章に惹かれたひとは、おのずとそれを生み出した人物に興味を持つはずだ。自分とは別人格の〈異名者〉たちを案出し、たったひとりで宇宙全体を体現するようなこの不思議な人物は、どのような人生を送り、何を考えていたのだろうか。ペソアの生涯と彼の言葉の意味を、新しい読者にも興味を持ってもらえるかたちで明らかにすることが本書の目指すところだ。その意味で、ペソア伝であると同時に、ペソア入門でもありたいと考えた。そして、ペソア本人の言葉を数多く引用し、その営みを時代のなかで浮かび上がらせる。企図が成功したかどうかはみなさんの判断に委ねるが、ペソアの全体像を曲がりなりにも素描できたなら、それにまさる喜びはない。

ぼくがペソアという詩人に出会ってからすでに四十年近くになる。一目惚れのように惹かれ、読むだけでは満足できず、できもしないポルトガル語から訳してみようという無謀な試みを始めてからも三十年近い。何がそれほどまでにペソアに没入させたのか。この本は、それに対する答えでもある。

参考にした文献は膨大な量に上るが、専門家以外に資するところは少ないと思い、参考文献表は付していない。頻出するペソアの著書や関連書は巻頭に略号表で提示し、具体的に使用した文献については、個々の註で明記した。

執筆も概ね終わった二〇二一年七月、ペソア研究をリードするリチャード・ゼニスが一〇五五ページの浩瀚な伝記を出版した。刊行の知らせを聞いたときは正直言ってかなり焦った。内容が似ていたらどうしようと思い、さっそく読んだ。ペソアの手帖や草稿に精通しているゼニスならではの細かい情報も満載で、各種の資料やヒアリングを通してこれまで不明だった事実も明らかにされており、ペソア伝の決定版と言える。しかし、まったく違うアプローチなので胸をなで下ろした。というわけで、本書はゼニスの伝記とは没交渉に書かれたものではあるが、教えられることが多く、最終段階で取り入れた部分もあることを付記しておく。全体の記述に関しては、これまでの世界中のペソア研究者たちの仕事に多くを負っていることは言うまでもない。

日本におけるペソアについての本格的な紹介は一九八五年、故池上岑夫先生の編訳による『フェルナンド・ペソア詩選　ポルトガルの海』（彩流社）に遡るが、それでもペソアは長いこと知られざる詩人にとどまった。ただ、さらなる翻訳や紹介を待ち望む声が水面下で増えていたことは、詩誌『現代詩手帖』が、一九九六年六月に「フェルナンド・ペソア」特集号を組んだときに明らかになり、その波は広がっていった。

構想以来、お世話になった方は数多く、すべてのお名前を挙げることができないが、以下の方々に心よりの感謝を伝えたい。

イタリアの作家でペソア研究者でもあった故アントニオ・タブッキとマリア・ジヨゼ・デ・ランカストレ夫人からは、多くの助言と励ましをいただいた。

日本におけるペソアの翻訳研究の先達では、故池上岑夫先生、高橋都彦先生から多くのことを教えていただいた。ポルトガルの歴史と文化に関しては、金七紀男先生、市之瀬敦先生のご著書から学んだことが非常に多く、本書でもたびたび参照させていただいた。ペソアの優れた研究者である渡辺一史さんには多岐にわたって相談にのっていただいただけでなく、ポルトガル語の読解での難点などについてもご教示をいただいた。

本書には多数の写真や図版を収録することができたが、その版権交渉には、ポルトガル大使館文化部の手厚い援助を受けた。心より御礼申し上げます。

本書は、『不穏の書、断章』、海外詩文庫『ペソア詩集』(ともに編訳)に続いて、ぼくの三冊目(平凡社の増補版を含めると四冊目)のペソア関連の書物となる。思潮社の故小田久郎氏と小田康之さん、平凡社の故松井純さんに、あらためて御礼申し上げます。

『すばる』連載時には、集英社の鯉沼広行さん、金関ふき子さん、単行本化にあたっては佐藤一郎さん、そして校正のみなさんにたいへんお世話になった。

Muito obrigado.

あとは、この本が世に広まって、ペソアの読者がさらに増殖するのを祈るばかり。

二〇二三年六月十三日

澤田直

初出

「すばる」2021年８月号〜2022年３月号
「すばる」2022年５月号〜2022年６月号
「すばる」2022年８月号〜2022年９月号

単行本化にあたり、加筆・修正を行いました。

著者略歴

澤田直
（さわだ・なお）

1959年、東京生まれ。パリ第一大学大学院哲学科博士課程修了。
現在、立教大学文学部教授（フランス文学）。
著書に『〈呼びかけ〉の経験：サルトルのモラル論』（人文書院）、
『新・サルトル講義：未完の思想、実存から倫理へ』（平凡社）、
『ジャン＝リュック・ナンシー：分有のためのエチュード』（白水社）、
『サルトルのプリズム：二十世紀フランス文学・思想論』（法政大学出版局）など。
訳書にフィリップ・フォレスト『洪水』（共訳、河出書房新社）、
『シュレーディンガーの猫を追って』（共訳、河出書房新社）、
『夢、ゆきかひて』（共訳、白水社）、
『荒木経惟 つひのはてに』（共訳、白水社）、『さりながら』（白水社）、
ミシェル・ウエルベック『ショーペンハウアーとともに』（国書刊行会）、
J-P・サルトル『真理と実存』『言葉』（以上、人文書院）、
『自由への道』全6巻（共訳、岩波書店）、
『家の馬鹿息子：ギュスターヴ・フローベール論』4巻、5巻（共訳、人文書院）、
フェルナンド・ペソア『新編 不穏の書、断章』（平凡社）、
海外詩文庫『ペソア詩集』（思潮社）などがある。

装丁
川名潤

フェルナンド・ペソア伝《でん》
異名者《いめいしゃ》たちの迷路《めいろ》

2023年8月10日　第1刷発行

著者　澤田《さわだ》 直《なお》
発行者　樋口尚也
発行所　株式会社集英社
東京都千代田区一ツ橋2-5-10　〒101-8050
電話　03（3230）6100［編集部］
03（3230）6080［読者係］
03（3230）6393［販売部］書店専用
印刷所　大日本印刷株式会社
製本所　株式会社ブックアート
定価はカバーに表示してあります。

ISBN978-4-08-771823-2 C0095